GILLIAN WHITE

Ein unheimlicher Gast

Buch

Rose und Michael Redfern führen auch nach dreißig Jahren immer noch eine glückliche Ehe. Rose liebt ihren Mann sehr, denn er gibt ihr die Geborgenheit, die sie in ihrer Kindheit schmerzlich vermisste, und nimmt Rücksicht auf sie, wenn die schrecklichen Erinnerungen an die tragischen Ereignisse ihrer Jugend sie quälen. Als sie zehn Jahre alt war, verlor sie ihren Zwillingsbruder Jamie, und kurz darauf verschwand auch ihr Vater spurlos. Umso mehr ist Rose auf die Verlässlichkeit ihres Mannes angewiesen. Doch ihr Vertrauen in Michael wird zutiefst erschüttert, als sie ihn mit einem jungen, hübschen Mädchen sieht. Augenblicklich ist Rose davon überzeugt, dass ihr Mann sie betrügt. Als weitere Hinweise ein Verhältnis Michaels mit der jungen Frau zu belegen scheinen, gibt es an der Untreue ihres Mannes für Rose keinen Zweifel mehr. Während Michael zu ihrem dreißigsten Hochzeitstag eine Reise nach Venedig plant, denkt sich Rose einen teuflischen Racheplan aus …

Autorin

Gillian White stammt aus Liverpool und arbeitete mehrere Jahre als Journalistin, bevor sie sich ganz dem Schreiben von Romanen widmete. Mit ihrem Mann und zwei Hunden lebt sie in Totnes, Devon.

Von Gillian White sind außerdem als Goldmann Taschenbuch lieferbar:

Der Peststein. Roman (45128)
Das Ginsterhaus. Roman (44539)
Hexenwiege. Roman (44984)
Das Hotel bei den Klippen. Roman (44540)

Gillian White

Ein unheimlicher Gast

Roman

Aus dem Englischen
von Isabella Bruckmaier

GOLDMANN

Die Originalausgabe erschien 2001 unter dem Titel »Night Visitor«
bei Bantam Press, a division of Transworld Publishers, London

Umwelthinweis:
Alle bedruckten Materialien dieses Taschenbuches
sind chlorfrei und umweltschonend.

Deutsche Erstveröffentlichung Juni 2002

Umschlaggestaltung: Design Team München
Umschlagfoto: Getty Images Bavaria
Redaktion: Silke Hennemann
Satz: Uhl + Massopust, Aalen
Druck: Elsnerdruck, Berlin
Verlagsnummer: 45236
KvD · Herstellung: Katharina Storz/HN
Made in Germany
ISBN 3-442-45236-8
www.goldmann-verlag.de

1 3 5 7 9 10 8 6 4 2

Für Rosie.
Pass auf dich auf, Engel.
Du fehlst mir.
Du warst wunderbar.

Danksagung

Ich möchte mich bei dem Tiermediziner Hugh Peplow und dem Humanmediziner Dr. Michael Loverock für die Hilfe und die Zeit, die sie mir schenkten, bedanken und mich zugleich bei ihnen dafür entschuldigen, ihre wertvollen Informationen nicht genutzt zu haben, wenn sie meiner Geschichte nicht dienlich waren.

1

»Nein! Nein! Es ist gut, Baby, es ist schon gut. Ich bin ja bei dir, ich bin ja bei dir.«

Ein Furcht erregendes Heulen zerriss unvermittelt das Schweigen der Nacht.

Hellwach.

Krank vor Angst.

Die *Aura epileptica.*

Mittlerweile spürte Rose, wenn es wieder so weit war. Der schöne Otterhund wälzte sich unruhig auf seinem Lager in der Zimmerecke und Rose hatte geistesgegenwärtig schon ihr Nachttischlämpchen eingeschaltet, bevor die Glieder des Hundes in ihren starren Tanz verfielen, diesen Tango aus der Hölle, bevor seine sanften braunen Augen sich verdrehten und ihm der Schaum vor das Maul trat.

»Halte durch, Kleiner, halte durch.«

Diese heftigen Anfälle hatte Baggins meistens in Vollmondnächten, gegen vier Uhr morgens, als riefe die in den vom Mond silbern beschienenen Fluss drängende Flut die ältesten Seelen. Und die Seele dieses Hundes war alt, war wunderbar und fand sich hervorragend zurecht auf diesem winzigen Planeten. Rose erschien seine Krankheit eindrucksvoll und schrecklich zugleich.

»Alles wird wieder gut. Ist schon gut, Kleiner, ich lass dich nicht allein.«

Inzwischen waren diese Anfälle zu einem Ritual geworden wie das nächtliche Aufstehen damals, als Rose ihre Babys stillte. Der einzige Unterschied war, dass Roses nächtlicher Imbiss zu jener Zeit aus Limonensaft und Cadburyschokolade bestanden hatte, während sie nun, mit fünfzig, Milch und Cashewnüsse bevorzugte. Und dass sie jetzt, statt Windeln zu wechseln und mit heraushängenden Brüsten auf den Sonnenaufgang zu warten, am Boden neben ihrem Hund kauern und ihm gut zurede musste, während sie ihm die zuckenden Flanken streichelte und auf das Nachlassen der Krämpfe wartete, um Baggins sodann die Treppe hinunter in die Küche und durch die anschließende Phase zu helfen.

Dort unten konnte er dann eine Stunde lang herumtoben, durch die Hintertür in den Garten und wieder zurück, zitternd und im Zickzack, sich zwischendurch ängstlich zusammenkauernd, bis sich seine Sinne langsam wieder erholten.

Schmerzlich langsam.

Doch diese Sinne, die einmal hervorragend funktioniert hatten – seine scharfen Augen und sein scharfer Geruchssinn hatten ihn über Hügel und Felder jagen lassen, ohne dass er für die menschliche Stimme erreichbar gewesen wäre –, waren durch diese grausamen Anfälle allmählich zerstört worden.

Homöopathische Mittel zeigten keine Wirkung.

Als Baggins schließlich fünf Jahre alt war, fand er nicht mehr alleine nach Hause, musste ständig aus Tierheimen abgeholt werden. Der Hundewart kannte bereits seinen Namen.

Einmal tauchte er im Schlafzimmer wildfremder Leute auf und gab den Pavarotti. Es ging nicht anders, Baggins musste an die Leine und verlor seine geliebte Freiheit.

Er konnte immer schlechter sehen. Schließlich gelang es ihm nicht mehr, Stöcke aus dem schlammbraunen Fluss und den Teichen zu holen. Groß und schwer wie er war, stieß er gegen Laternenpfosten und geparkte Autos, wobei manche Stoßstange eine Delle abbekam.

Am schlimmsten jedoch war, dass er durch die Medikamente vorzeitig alterte. Er hatte kaum Energie für seine Spaziergänge, und wenn er zurückkam, fiel er erschöpft um. Von vierundzwanzig Stunden verschlief er zwanzig, aber wovon konnte er schon träumen? Ständig schien ihm schwindlig zu sein und er schwankte nur noch oder lag herum und schnarchte, furzte und zuckte mit den Gliedern. Die Anfälle wurden häufiger und stärker, weil die Medikamente ihn so schwächten, daher beschloss Rose, die Barbiturate abzusetzen und der Natur ihren Lauf zu lassen.

Dabei ging sie behutsam vor.

Doch dann kam diese fatale Nacht, als Rose, eine ganz normale, anständige Frau, die sich nie etwas hatte zu Schulden kommen lassen, dieses Verbrechen beging, das einzige, das sie in ihrem ganzen Leben wissentlich begangen hatte. Sie hatte es nicht geplant, aber es war dennoch schwerwiegend. Und möglicherweise verhalf ihr ihr makelloser Charakter dazu, damit durchzukommen.

Der Tierarzt kam am frühen Abend, nachdem Baggins eine Reihe von Anfällen über sich hatte ergehen lassen müssen, die insgesamt sechs Stunden dauerten.

Er hatte sich völlig verausgabt und war am Ende.

Der Tierarzt, ein freundlicher, attraktiver Mann, ging sofort hinaus zu seinem Renault Kombi, hob die Heckklappe hoch und suchte nach einer Ampulle Pentobarbiton, einem gefährlichen Medikament. Rose und Michael sahen erleichtert, dass Baggins mit seinem leidenden Blick und dem Schaum vor dem Maul endlich vollkommen friedlich wurde und einschlief. Dem Tod ganz nah zu sein schien.

»Sechsunddreißig Stunden Frieden«, strahlte der Tierarzt und warf einen stolzen Blick auf Baggins, bevor er in der Küche verschwand. »Sein Gehirn ist jetzt vollkommen abgeschottet und kann nicht mehr normal arbeiten, in Baggins' Fall müsste man eher abnormal sagen.«

Ein lautes Knirschen draußen von der Auffahrt kündigte Rose die Ankunft ihrer Mutter an. Dinah ärgerte sich sicher darüber, einen Wagen auf ihrem üblichen Parkplatz vorzufinden. Was das Einparken anging, war sie eine absolute Niete, hätte dies jedoch niemals zugegeben. Daher kochte sie vor Wut, wenn jemand es wagte, ihren wertvollen Parkplatz vor dem Haus zu besetzen.

Aus Angst, dass sich Dinah mit dem Tierarzt anlegen würde, lief Rose aus dem Haus, um ihre Mutter über den Notfall zu unterrichten. Schließlich war Dinah Baggins' größter Fan und würde sofort für jeden den Platz räumen, der wegen des geliebten Hundes da war.

Draußen in der Auffahrt fiel Roses Blick auf die teils ordentlich gestapelten und teils durcheinander geworfenen Packungen und Gerätschaften im Fond des Renaults. Der Tierarzt hatte bereits erklärt, er habe noch einige Besuche zu erledigen, manche davon weit draußen in der Heide. Er würde Stunden dafür brauchen und wahrscheinlich nicht vor zehn nach Hause kommen, was er seiner Frau bereits mitgeteilt hatte.

Baggins' Erlösung war noch ganz frisch, die Hölle, die sie an diesem Nachmittag durchgemacht hatte, als sie seine schrecklichen Qualen mit ihm durchstehen musste, hatte sie erschöpft, vielleicht war das der Grund dafür, dass irgendein Schalter in ihrem Kopf umgelegt worden war. Anders konnte sie sich ihr abscheuliches Verhalten später nicht erklären.

Sie schnappte sich eine kleine, bereits aufgerissene Packung, auf der »Pentobarbiton« stand. Damit läge in Zukunft Baggins' Erlösung in ihren Händen. Mit einem sicheren Gegenmittel in der Hand musste sie ihm nicht mehr dabei zusehen, wie er sich quälte, während sie auf den Tierarzt wartete. Der entscheidende Impuls war das Wissen, dass im Heck dieses Autos die Antwort auf so viel Leid lag.

Sie konnte Schluss machen mit Baggins' normaler Medikamentation, die ihn zu einem Zombie werden ließ, falls es ihr gelang, einen Weg zu finden, ihm nur ein paar Milligramm dieses Zaubertranks zu verabreichen, sobald sich seine Anfälle zu diesem Terror steigerten.

Nachdem sie Dinah alles kurz erklärt hatte, stahl sich Rose wie ein Dieb – und sie war ja wirklich einer – zurück ins Haus und versteckte die Packung in dem schwarzen Schirmständer. Kaum hatte sie die Packung hineingleiten lassen, ergriff sie Panik. Bestimmt würde es eine Ermittlung geben. Der Tierarzt würde sich sicherlich daran erinnern, wie er sein Auto außerhalb ihres Hauses hatte stehen lassen und sie aus dem Zimmer ging, als sie ihre Mutter vorfahren hörte.

Doch andererseits raunte ihre dunkle Seite, wie wollten sie ihr ihre Schuld nachweisen, wenn sie das Verbrechen standhaft leugnete? Er musste noch weitere Besuche erledigen, einige nachts. Konnte er dabei nicht die Packung verloren haben, ohne dass er etwas davon gemerkt hatte? Ein anderer Kunde könnte sie ihm entwendet haben, oder ein zufällig hinzukommender Gast, ein Drogensüchtiger … ihre Gedanken drehten sich im Kreis in der verzweifelten Bemühung, einen Ausweg zu finden aus dieser Situation, die sich vielleicht zu einem ernsthaften Problem entwickeln würde.

Ein Skandal. Eine Gerichtsverhandlung. Ehefrau eines Buchhalters und Mutter zweier Kinder. Verdacht auf Drogensucht. Doch es gab keinen Weg zurück.

Sie hatte ein schweres Verbrechen begangen und damit musste sie nun leben.

Später versteckte sie die Schachtel der Schande bei Baggins' alten Tabletten, die nun niemand mehr brauchte.

Schließlich hatte sie es aus Mitleid getan.

Die Packung enthielt fünf kleinere, mit Ampullen voll gestopfte Schachteln.

Michael erzählte sie nichts von ihrem Geheimnis, genauso wenig wie sie ihre Entscheidung mit ihm besprach, Baggins' Tabletten abzusetzen. Denn Michael beunruhigten die Anfälle weitaus mehr als Rose. Ihm war ein Baggins als schläfriger alter Herr lieber – alles, nur nicht diese grauenvollen nächtlichen Krämpfe, von denen er ohnehin meist nichts mitbekam, da er tief und fest, mit offenem Mund auf dem Rücken liegend, schlief. Seinen Hund liebte er wie seine Frau, doch er hielt die Tabletten für wichtig. Er war ein gehorsamer Patient und tat, was der nette Herr Doktor anordnete. Er achtete peinlich genau darauf, seine eigenen Medikamente pünktlich einzunehmen, und machte sich schon Gedanken, wenn er sie eine Stunde zu spät schluckte.

Rose bestellte und bezahlte weiterhin die hohen Phenobarbmengen und versteckte diese. Sie kaufte eine Packung Einwegspritzen, die Tierarztrechnungen kamen weiterhin, Baggins hatte hin und wieder einen Anfall, doch diese heftigen Anfälle blieben aus. Und wenn sich einer ankündigte, konnte sie ihn sofort abmildern.

Als Rose ihm das erste Mal das Medikament spritzte, fürchtete sie, ihr Herz könnte ihr aus dem Brustkorb springen. Ihre Hände zitterten so stark, als würden sie von einer Batterie angetrieben.

Sie musste ihn intravenös spritzen. Der Tierarzt hatte zuvor immer eine kleine Stelle an Baggins' Bein rasiert, doch das konnte Rose nicht wagen. Genauso wie sie nicht zimperlich die Augen schließen oder wegsehen konnte, wenn die Spritze eindrang.

Das hier war Baggins' dritter Anfall an diesem Tag und schließlich siegte ihr Mitleid: Sie rammte ihm die Nadel in den Fuß – er merkte nichts davon – und zog die Plastikröhre wieder heraus. Nach vollbrachter Tat glitt ihr die Spritze aus der Hand. Ihr ganzer Körper war schweißüberströmt.

Frieden, vollkommener Frieden für Baggins. Eine ungeheure Erleichterung und etwas Stolz erfüllten Rose.

Es war nur eine kleine Täuschung. Doch für Rose war es eine solche Ungeheuerlichkeit, Michael überhaupt zu täuschen, dass ihr dies im Laufe der Zeit stark zu schaffen machte. Es war ihr immer schwer gefallen, etwas für sich zu behalten. Als Michael fünfzig wurde, organisierten die Mädchen eine Überraschungsparty und verpflichteten sie zum Stillschweigen.

Falls sie etwas ausplauderte, würde sie alles verderben.

Sie erzählte es ihm.

Sie konnte einfach nicht anders.

Gegen ihn Partei zu ergreifen, bedeutete Verrat für sie, so geringfügig der Anlass auch sein mochte. Mit Ausnahme ihrer heimlichen Raucherei. Daher war es kein Wunder, dass der bloße Gedanke, einer von ihnen könne den anderen betrügen und eine außereheliche Affäre haben, für sie so unvorstellbar war, dass sie nie auch nur einen Gedanken daran verschwendet hatte.

Egal.

Genug von den Kapriolen des Haushundes.

Von der ersten Packung Ampullen war ein Viertel aufgebraucht. Aus Angst davor, entdeckt zu werden, traute Rose sich nicht, die Tabletten abzubestellen – der Tierarzt hatte sie nicht nur angerufen, sondern war am nächsten Tag vorbeigekommen, um ihren Garten zu durchkämmen. So wuchs Roses Barbituratvorrat im Verlauf der folgenden zwei Jahre zu einer ansehnlichen Apotheke kleiner schwarzer Fläschchen heran, die sie in einer länglichen Schachtel unter ihrem Bett wegschloss, in der sie seit dreißig Jahren ihr Brautkleid aufbewahrte. Niemand ging daran außer ihr. Niemand rührte daran, außer es wurde gestaubsaugt.

Sie konnte sich einfach nicht zu der vernünftigeren Lösung durchringen, die Schachtel nach oben in den Dachboden zu den anderen Familienandenken zu räumen. Der spinnwebenverhangene Dachboden mit der Fiberglasisolierung bedeutete nämlich das sichere Aus für alles, was dort hinauf wanderte. Selten sah ein Gegenstand, der nach hier oben verbannt worden war, noch einmal das Tageslicht. Nein, Rose zog es vor, ihr Brautkleid und alles, wofür es stand, lebend und atmend hier bei sich zu haben, direkt unter dem Bett, in dem sie schlief.

Als Baggins mit acht Jahren, einem guten Alter für einen Hund, starb, waren Rose und Michael untröstlich. Sie würden ihn nie vergessen.

Sicher, sie hätte die Medikamente wegwerfen sollen, doch da ihr klar war, wie gefährlich sie waren, hatte sie Angst, ein Kind könnte sie finden. Und falls sie sie in der Toilette hinunterspülte, wurden vielleicht ein paar wieder hochgespült, kleine weiße verräterische Hinweise auf den winzigen Schritt, den sie vom rechten Weg abgewichen war, und Michael käme ihr auf die Spur.

Schließlich vergaß sie ganz, dass sie überhaupt da waren.

Jetzt wäre der geeignete Zeitpunkt für Rose gewesen, Michael ihre Täuschung zu gestehen, doch warum hätte sie das tun sollen? Bald würde sie die kleinen Packungen todbringender Flüssigkeit und den Vorrat an Schlafmitteln, der über dem weißen Brautschleier verstreut war, vollkommen vergessen haben. Das Leben ging weiter, das war der Lauf der Welt. Mit der Zeit verblasste die Erinnerung an die struppige Gestalt neben dem Kaminfeuer, an den Geruch des schlammigen Flusswassers im Schlafzimmer, die Sandreste neben der Bodenleiste, die feuchten Spuren der Hundeschnauze am Fenster, das hastige Hinunterschlingen von herumstehenden Essensresten.

Manchmal kam die Erinnerung an Baggins zurück, dann wurde Roses und Michaels Blick traurig und sie starrten hinaus in die Ferne, riefen manchmal sogar seinen Namen, wenn niemand sie hören konnte, unten am Fluss, wenn der Mond am Himmel stand, das Gras frisch war oder es regnete. »Pass auf dich auf, Engel.«

Damals hatte sie nicht den geringsten Grund anzunehmen, sie würde jemals wieder Verwendung für diese Medikamente haben. Aber ein Verlust muss verarbeitet werden, und der Verlust eines Haustieres lässt sich nicht wirklich vergleichen mit dem Verlust des geliebten Lebensgefährten. Es wird berichtet, dass Schwäne manchmal aus Kummer sterben.

Gott sei Dank waren sie und Michael beide gesund. Mit etwas Glück lagen noch viele Jahre vor ihnen und Rose hoffte, sie stürbe zuerst.

Wahrscheinlich hatte er nichts dagegen.

Auf Michael konnte man sich verlassen, er war ein so grundanständiger Mann, der am glücklichsten war, wenn alles seinen geregelten Gang ging. Er aß regelmäßig die gleichen Gerichte, trug dieselben Kleider, bis sie abgenutzt waren, zahlte seine Rechnungen am Dritten des Monats, bei ihm wusste man, woran man war. Deshalb hatte sein Unternehmen sich so hervorragend entwickelt. Er war nicht der Typ, der einfach so ohne Vorwarnung tot umkippte.

Damals war er eine ziemlich gute Partie gewesen, doch nicht ganz ungefährlich. Erstens sah er umwerfend aus, weshalb er für bestimmte Frauen ein Objekt der Begierde darstellte. Groß, schlank, cool, mit jeder Menge schwarzer Locken auf seinem Kragen. Er war achtundzwanzig, wohlhabend, ehrgeizig und klug, hatte einen trockenen Humor, der manche Menschen schockierte.

»Michael ist nicht einfach«, hatte Dinah ihre Tochter zur Vorsicht gemahnt. »Etwas zu energisch für meinen Geschmack. Nicht so wie dein Vater.«

Energisch?

Doch es stimmte, er hatte etwas Gefährliches an sich.

»Dieser Hang zur Selbstzerstörung«, fuhr Dinah fort. »Wo zum Teufel kommt der nur her?«

In dieser Hinsicht hatte ihre Mutter Recht. Rose hatte einen selbstzerstörerischen Zug, hatte ihn seit ihrer Kindheit. Als sie fünf Jahre alt war, hatte sie eine solche Panik davor, blind zu werden, dass sie sich gezwungen sah, die Herausforderung anzunehmen. Tagelang lief sie mit verbundenen Augen und einem Stock herum und versuchte, nicht zu schummeln, indem sie unter dem Verband herauslugte. Sie übte für den Fall, dass das Schlimmste eintrat. Vielleicht dachte sie, dass ihre Angst verschwände, wenn sie es mit dem Monster aufnähme. Es hat nie funktioniert, es wurde alles nur schlimmer.

Dann war es der Tod gewesen und sie hatte sich jede Nacht in ihren kleinen Spielzeugschrank eingesperrt, wo es vollkommen dunkel war und sie nichts hören konnte außer ihrem eigenen Wimmern. Plötzlich jedoch wurde es entsetzlich laut, als die Luft um ihre Ohren explodierte. Wütend machte sie sich ins Höschen, um sich selbst zu beweisen, dass sie warm und am Leben war. Wörter wie »Grab« und »Sarg« ließen sie erzittern vor Angst. Als ihr die schreckliche Erkenntnis dämmerte, dass Mummy und Daddy eines Tages sterben würden, weigerte sie sich, mit ihnen zu sprechen oder ihre Gegenwart zur Kenntnis zu nehmen, um sich selbst zu schützen und zu beweisen, dass sie auch ohne sie zurechtkam.

Unzählige Male war Rose kurz davor gewesen, sich in die Tiefe zu stürzen, um ihre Höhenangst zu überwinden. Vielleicht war es das, was sie an Michael anzog: Sie ahnte die Gefahr eines grausamen Sturzes.

Doch sämtliche Befürchtungen Michaels wegen waren schnell ausgeräumt. Er war treu.

Dank der dreißig Jahre, die sie nun zusammen waren, konnte Rose Michaels Gedanken lesen, manchmal bedurfte es keines Wortes. Sie kannte seine Ansichten zu Politik und Personen, Urlaub und Einrichtungsfragen. Ihre Freundinnen, die schwierigere Männer abbekommen hatten, erklärten, sie darum zu beneiden, und sie stritt es nicht ab, sondern nickte nur und meinte: »Wisst ihr, ich hatte einfach Glück.«

»Er hört dir zu«, sagten sie, »und das ist ungewöhnlich, ein Mann, der zuhört.«

Und ihr Haus, dessen Hypotheken längst abbezahlt waren, war warm und gemütlich. Auf seine frisch gewaschenen Draperien fielen Sonnenstrahlen, auf dem Rasen standen Liegen, in der Küche, bestens ausgestattet mit einem Aga-Herd, roch es nach selbst gebackenem Kuchen, und in den Badezimmern dieses Hauses, das bis vor kurzem noch mit fröhlichem Kinderlachen erfüllt war, hingen flauschige Handtücher.

Rose war stolz darauf, dass ihre Ehe funktionierte, während so viele in ihrem Umkreis gescheitert waren. Dieser Erfolg erfüllte sie mit Freude, hatte sie es doch geschafft, Gefahren, Trennung, Unordnung und Chaos von sich fern zu halten. Hatte die richtigen Entscheidungen getroffen. Sie hatte sich den richtigen Lebenspartner ausgesucht, den bestmöglichen Vater für ihre Kinder, und darauf kam es letztlich an. Daisy und Jessie beteten Michael an. *Die drei Schweinchen* kannte er auswendig, er half Rose, wo es ging, und ließ sie am Samstagmorgen ausschlafen.

Das Schönste jedoch war, dass Michael sie zum Lachen brachte. Manchmal so sehr, dass sie sich die Seiten halten musste und ihr der Kiefer schmerzte. Mit ihm zu leben war wunderbar, er war unkompliziert, man musste ihn einfach mögen. Weshalb sie einen großen Freundeskreis hatten. Michael zog die Leute an. Sie selbst, vermutete Rose, wurde eher als Anhängsel gesehen. So war es immer gewesen, und es machte ihr nicht wirklich etwas aus.

»Aber du hast kein eigenes Leben«, versuchte ihr Kate klar zu machen, deren Mann so gut wie nie zu Hause war, weil er in seiner Arbeit und im Golfspiel aufging. In Roses Augen war Kates Ehe eine Farce. Bei der Verfolgung ihrer diversen Pflichten und Hobbys fuhren sie wie Schiffe in der Nacht aneinander vorbei. Die Gesellschaft anderer war ihnen lieber als die des Ehepartners. »Und was wäre, wenn Michael etwas zustieße?«, fragte Kate in diesem unangenehm klebrigen Ton. »Was würdest du dann mit dir selbst anstellen?«

War sie etwa eifersüchtig?

Kein Wunder.

Rose hatte manchmal das Gefühl, dass ihre Freunde sie für etwas engstirnig hielten. Meinten, sie solle arbeiten gehen. Erklärten, ihr Hochschulabschluss sei die reinste Verschwendung. Sie wappnete sich gegen derartige Angriffe mit einer regelrechten Verteidigungsstrategie.

»Mir macht das wirklich nichts aus. Ich bin vollkommen glücklich zu Hause.« Angesichts Kates ungläubigen Gesichtsausdrucks hatte Rose das Gefühl, dies näher erläutern zu müssen. »Michael und ich spielen Tennis, machen unsere Wochenendreisen, gehen ins Theater. Und wir genießen es, zusammen zu Hause zu sein, zu lesen, im Garten herumzupusseln, Musik zu hören, ein Gläschen zu trinken oder was Schönes zu essen. Was soll daran verkehrt sein?«

»Aber jetzt, wo die Kinder aus dem Haus sind, wird dir da nicht langweilig?«

Kate redete, als sei es etwas Schreckliches, Zeit für sich zu haben. Als sei es unerträglich. Als sei ein Päuschen, um sich eine Soap wie *The Archers* anzusehen, in der Sonne zu sitzen, durch die Geschäfte zu bummeln oder sich mit einer Freundin zum Essen zu treffen, nur eine Notlösung, um sich von einer Nacht zur nächsten zu retten. Heutzutage galt man als bemitleidenswerter Tropf, wenn man nicht ständig herumrannte und bis über beide Ohren mit Arbeit eingedeckt war. Rose wollte davon nichts hören. Sie genoss es nämlich sehr, einfach nur dazusitzen und ihren Gedanken nachzuhängen. Ins Leere zu schauen, dabei den frisch gebrühten Kaffee zu riechen und hin und wieder einen Keks einzutauchen. Aber durfte man das zugeben?

Später pflichtete Kate ihr unbewusst bei, als sie stöhnte: »Ich weiß ehrlich nicht, was ich mache, wenn Derek zu arbeiten aufhört. Die Vorstellung, dass er die ganze Zeit zu Hause rumhängt, gefällt mir gar nicht. Wir werden uns gegenseitig in den Wahnsinn treiben.«

O Gott, wie traurig und wie vorhersehbar.

Rose war sich bewusst darüber, wie glücklich sie sich schätzen konnte, ein so privilegiertes Leben zu führen.

Und sie hatte noch ihre Kinder.

Ihre jüngste Tochter, die neunzehnjährige Jessie, war erst vor einem Jahr zu Hause ausgezogen und wohnte nun in der Lehrerbildungsanstalt, dem St. Marks College. Das war nur eine halbe Stunde entfernt. Genauso gut hätte sie zu Hause wohnen und jeden Tag hinfahren können, aber sie bestand nun mal auf ihrer Unabhängigkeit. Wenigstens war sie nicht nach London verschwunden, wie sie anfangs gedroht hatte. Dafür war Rose Michael dankbar. Er hatte Jessie die Sache mit London ausgeredet.

Und Daisy, die drei Jahre älter als ihre Schwester war, arbeitete in der Bücherei am Ort. Sie wohnte mit einem Journalisten zusammen, der kam und ging, wie er Lust hatte.

Ja, Rose hatte zweifellos Glück gehabt.

Vielleicht war das der Grund, dass sie sich manchmal schämte und sich als eine Art Gewissensberuhigung ehrenamtlich in der Gemeinde engagierte – sie las Blinden aus der Zeitung vor, fuhr Kranke zum Arzt und löste für sie Rezepte in der Apotheke ein oder stellte sich gelegentlich als Aufsichtsperson in dem kleinen Museum am Markt zur Verfügung.

Sie war gerne *nett* zu den Leuten.

Das Schicksal war *nett* zu Rose gewesen. Es hatte sie davon verschont, nach Schnäppchen jagen und in den Secondhandläden herumwühlen zu müssen oder mit Kinderwagen und Einkaufstüten auf den Bus zu warten, um sich zu einer Sozialwohnung in irgendeinem dieser tristen Wohnblocks fahren zu lassen.

Sie sah diese Leute, sah sie durch die Windschutzscheibe ihres Saabs. Die Frauen, die zu Hause einen Mann hatten, der sie schlug, und eine Horde kleiner Rotznasen. Ein Leben vor dem Fernseher. Ein Leben im Chaos. Wie entsetzlich!

Sie war keine Rebellin gewesen, damals. Weißes Lederoutfit – Stiefel, Rock, Weste. Sie hatte ziemlich gut ausgesehen. Nicht dass sie eine makellose Schönheit gewesen wäre, aber sie war aufgefallen mit ihrem dichten schwarzen Haar, das stets wie von selbst richtig fiel, und den dazu passenden Augen mit den langen Wimpern.

Aber ohne ihre Lederklamotten und dreißig Jahre älter hatte Rose viel von ihrer Attraktivität verloren.

Jetzt trug sie Kaschmir und die unvermeidlichen Schals und Armbänder. Ein gut gelauntes Muttertier – das war Rose. Doch so viel Zeit sie auch für ihr Aussehen investierte und so sehr sie mit Make-up und Frisuren experimentierte – schließlich wollte sie gut aussehen für Michael, sie lebte von seiner Anerkennung –, nichts schien den Alterungsprozess wirklich aufhalten zu können.

Nicht einmal die mexikanischen Yamswurzeln.

Die Falten wurden tiefer.

Das Bindegewebe schlaffer.

Die Haare spröder und grauer.

Sie achtete stets auf ihre Unterwäsche, ging weder mit Lockenwicklern zu Bett, noch lief sie in einem schmuddeligen Morgenrock durchs Haus. Michael verschwendete an derlei Dinge keinen Gedanken. Als Mann in der Mitte seines Lebens sah er nur interessanter aus. Trotz seines kleinen Bäuchleins schlief er lieber nackt, wogegen es Rose selbst in jungen Jahren nie gelungen war, ihr Schamgefühl diesbezüglich abzustreifen. Geschweige denn jetzt, wo ihre Brüste Schwierigkeiten hatten, den Bleistifttest zu bestehen.

Doch in Michaels Augen war sie noch immer wunderschön, so schön wie eh und je, und er geizte nicht mit Komplimenten.

Manchmal kam es ihr so vor, als laufe alles zu glatt, um wahr zu sein. Als sollte dadurch das Schicksal herausgefordert werden. Daher war sie, als sie Michaels Seitensprung entdeckte, wie vor den Kopf gestoßen.

Das war schlimmer als der Tod. Viel schlimmer.

Michael liebte eine andere, er ruhte nicht sicher in seinem Grab, tief unter der Erde, für immer ihr Ehemann, bis der Tod kam, auch sie zu holen.

Sie würden keinen gemeinsamen Grabstein haben.

Sie wäre nie »die Ehefrau von«.

Ihre Asche würde getrennt verstreut, seine auf der Heide, ihre am Fluss.

Auf den Schock folgten die Zweifel.

Sie musste sich geirrt haben. Nur weil sie in Michaels Büro gefahren war, um seine Armbanduhr abzuholen, die repariert gehörte, nur weil sie ihn, als sie im Foyer auf ihn wartete, am Arm einer jungen, strahlenden Begleiterin vom Lunch zurückkommen sah, so tief ins Gespräch versunken, dass er sie nicht bemerkt hatte. Er hatte auch gar keine Chance gehabt, schließlich hatte das Mädchen mit großen Augen an ihm geklebt. Warum hätte Rose sich ein solches Horrorszenario ausmalen sollen?

Nein.

Durch die gespreizten Finger sah sie ihnen zu, wie sie gemeinsam durch die Türen gingen. Gelähmt, wie eine ins Gebet versunkene Gottesanbeterin, beobachtete sie die beiden. Auf knotigen, dürren Fledermausbeinen, jeden Augenblick bereit, zu ihrer Verteidigung loszuspringen.

Automatische Türen.

Typisch, Michael ließ der Frau den Vortritt.

Ihr Blick, ihre Frisur und ihr Kleid strahlten Freiheit aus. Und dieses provokante Lächeln. Die Kleine sah gut aus. Dunkelgraues Kostüm, hohe Absätze, schicke Frisur. Hatte etwas Wildes, Knabenhaftes, Aggressives.

Rose geriet sofort in die Rolle der Außenseiterin, als die sie sich ihr Leben lang gefühlt hatte.

Sie kramte im Handschuhfach herum und fand ein Päckchen alter Zigaretten.

Den ganzen Nachmittag lang schaffte sie es nicht, sich aus diesem Gefühlswirrwarr zu befreien. Zündete sich eine Zigarette nach der anderen an. Schloss die Augen und versuchte, mit ihrem ganzen Willen dagegen anzugehen. Es wegzuzaubern. Weg. Weg. »Bitte, bitte, bitte…«

Ihr Schmerz füllte das Auto. Die Windschutzscheibe beschlug. Sie fuhr riskant – was gar nicht ihre Art war – und wendete in einer Sackgasse. Sie hatte Schwierigkeiten an einer Straßengabelung und drehte in einem Kreisverkehr zwei Runden.

Ich werde verrückt.

Ich verliere den Verstand.

Ein paar Kinder in einem Garten riefen ihr etwas zu. Es war ein drückend schwüler Tag Ende September. Aus einem Eiswagen tönte laut »Just One Cornetto«, traf ihre Nerven wie ein Zahnarztbohrer. Sie umklammerte das Steuerrad mit den Händen.

Schweißperlen traten ihr auf die Stirn.

Sie konnte ihren Schmerz schmecken.

O Gott. So helft mir doch.

In ihrem Unglück wusste sie, dass sie ihn nicht direkt fragen durfte. Sie würde ihn damit tief verletzen. Ihre finsteren Verdächtigungen würden eine Beziehung treffen, die bislang unberührt geblieben war von derartigem Schmutz. Aber wie konnte sie ihn heute Abend begrüßen, ohne sich zu verraten?

Ihm etwas zu trinken einschenken?

Ihn küssen?

Ihm das neue Buch zeigen, das sie gekauft hatte?

Über die Nichtigkeiten mit ihm reden, die ihre Zufriedenheit ausmachten?

Würde er zusammenzucken, wenn sie ihm die Hand auf den Arm legte?

Ein alter Mann ging mit seinem Pudel vorbei. Er wirkte so beneidenswert unbekümmert. Sie musste an einem Bahnübergang anhalten. Als sie den Zug heranbrausen hörte, fühlte sie sich versucht, die Schranken zu durchbrechen, um dem kaum noch erträglichen Zweifel ein Ende zu bereiten, der sich in ihrem Kopf breit machte.

Was für eine Farce.

Sie hatten geplant, in der darauf folgenden Woche nach Venedig zu fahren, ein kurzer Winterurlaub. Michael hatte es vorgeschlagen. Venedig war schon immer ein Traum von ihr gewesen. Und bei dem Gedanken an die halb gepackten Koffer, die auf Jessies Bett lagen, tat sie sich plötzlich selbst so Leid, dass sie versehentlich auf den Bürgersteig fuhr. Sie konnte nichts mehr sehen vor Tränen, wendete und die Scheibenwischer gingen los. *Zum Teufel mit ihnen. Zum Teufel mit ihnen.*

Aber warum sollte Michael eine Woche Urlaub buchen, wenn er sich in eine andere verliebt hatte? Wäre es da nicht wahrscheinlicher, dass er eine Geschäftsreise vortäuschte und stattdessen mit seiner Geliebten wegfuhr? Oder wollte er Rose vorgaukeln, alles sei in bester Ordnung? Oder hatte er Schuldgefühle?

Wieder auf der Straße grübelte Rose weiter. War er in letzter Zeit netter zu ihr gewesen?

Rücksichtsvoller? Zärtlicher? War es im Bett anders gewesen? Hatten sie häufiger miteinander geschlafen? War es schöner gewesen? Oder langweiliger? War ihr irgendetwas entgangen? Und wenn ja, was?

Verdammt, verdammt, verdammt. Sie konnte sich nicht mal mehr erinnern, auf welche Zeichen man achten sollte. Sie wusste keine Antwort auf ihre eigenen dämlichen Fragen.

Sie durfte nicht so weiterfahren. Sie würde sonst noch jemanden umbringen, wenn nicht sich selbst. Ihr eigener Tod scherte sie im Moment nicht, doch der Gedanke, dass jemand anders umkommen könnte, weckte sie halbwegs auf.

Sie fuhr an den Rand und versuchte, sich zu beruhigen. Der Aschenbecher klemmte, als sie ihn ausleeren wollte. Michael wäre stinksauer, wenn er herausfände, dass sie geraucht hatte.

Beruhig dich. Beruhig dich.

Ein kleiner Vorfall – und was machte sie daraus? Bauschte es absolut unangemessen auf. Sie lachte nervös auf.

Die Asche fiel auf den Boden und auf ihre Hände. Sie musste an Urnen denken, die mit menschlicher Asche gefüllt waren. Diese entsetzliche Angst hatte ein Monster geschaffen, ein sich selbst verzehrendes, wütendes Ungeheuer, das in ihrem kranken Hirn hauste.

Was zum Teufel war nur los mit ihr? *Denk nach. Denk.* Rose zündete sich die letzte Zigarette an. Schließlich konnte Michael genauso gut ein neues Mädchen aus dem Büro getroffen haben, als er vom Lunch zurückkam, und nur freundlich zu ihr gewesen sein. Roses heftige Reaktion ließ darauf schließen, dass Michael gewohnheitsmäßig von einem Bett zum anderen hüpfte – ein richtiger Schwerenöter war, ein Wüstling, der sich wahrscheinlich im Park einen runterholte, wo alle Welt ihn dabei sehen konnte.

Gott. O Gott.

Endlich konnte Rose befreit auflachen. Es war einfach zu komisch, das war's. Ein hysterischer Lachanfall schüttelte sie. Nun weinte sie vor Lachen. Das Gesicht im Spiegel war verzerrt und rot verheult.

Das alles traf überhaupt nicht auf Michael zu. Absolut lächerlich. Er wäre schockiert, wenn sie ihm von diesem Wahnsinn erzählte, der für kurze Zeit von ihr Besitz ergriffen hatte. Dass in ihr solch tiefe Ängste steckten, die nur auf eine Gelegenheit lauerten, mit aller Macht hervorzubrechen wie ein wildes Tier im Zoo, hätte sie nie für möglich gehalten. Schließlich hatte Michael ihr nie auch nur den geringsten Anlass zur Eifersucht gegeben. Vielleicht lag es an ihrem Alter, dass sie sich plötzlich wegen einer solchen Lappalie so verrückt machte, nach dreißig Jahren im sicheren Hafen.

An diesem Abend drückte sie, als der Geschirrspüler lief und Michael im oberen Stockwerk unter der Dusche stand, auf den Wahlwiederholungsknopf. Um sich selbst zu beruhigen.

»Belinda kann im Augenblick nicht sprechen, bitte hinterlassen Sie eine Nachricht nach dem Signalton.«

Rose schnappte nach Luft und ließ den Hörer fallen, als hätte sie sich verbrannt.

Belinda?

Und dieser rollende Akzent, sie musste aus Wales kommen.

Bestimmt eine Klientin? Dann hätte Rose kaum von ihr gehört, Michael brachte selten Arbeit mit nach Hause. Heute hatte er eine halbe Stunde in seinem Arbeitszimmer telefoniert, bevor sie ihn zum Abendessen gerufen hatte.

Vielleicht war das keine wichtige Beziehung. Vielleicht war diese Belinda bloß Michaels Geliebte. Roses Fantasie ging mit ihr durch. Es war sogar denkbar, dass er die ganze Zeit über ständig eine Geliebte gehabt hatte. Woher sollte Rose das wissen?

Sie saß allein in dem warmen Licht ihrer Leselampe und ließ die Augen durch das Zimmer schweifen. Ein äußerst gemütliches Zimmer hatte sie hier geschaffen. Weiße Ledermöbel, Perserteppiche auf glänzendem Parkett. Sie verharrte vollkommen ruhig, die Hände auf den Knien, und grub die Zähne in die Unterlippe. Noch so ein perverser Zufall an einem Tag, an dem ihr seelisches Gleichgewicht bereits so sehr aus den Fugen geraten war.

Sie war müde und erschöpft, hatte zu viel Wein getrunken beim Abendessen, damit das Gespräch nicht zum Erliegen kam, dieses seltsam falsche und aufgesetzte Gespräch. Zum ersten Mal seit dreißig Jahren empfand sie es so. Hatte Michael ihre Nervosität bemerkt? Offenbar nicht. Er hatte sich benommen wie immer, war witzig und charmant gewesen, erpicht darauf, über den Urlaub zu reden, und hatte sich über den angedrohten Streik der Fluglotsen lustig gemacht. Und gut gegessen wie immer.

Und nun … Belinda?

Bei diesem Namen musste Rose unwillkürlich an ein Flittchen denken, mit riesigen Ohrringen und blonden Haaren. Belinda. Belinda. Der Name klang hart, er traf sie wie ein Messerstich. Das Mädchen, das sie mittags im Foyer gesehen hatte?

Was sollte sie nun tun? Seine Taschen nach Hinweisen durchwühlen? An seinen Unterhosen schnüffeln? Heimlich in seinem Tagebuch lesen? Seine Termine überprüfen?

Sie wollte mit niemandem darüber reden. Wenn sie darüber redete, dann war die Sache real. Außerdem würde sie das Mitgefühl in den Augen ihrer Freunde oder ihren mitleidigen Ton am Telefon nicht ertragen.

Und dieser Schock.

Lady Moon fiel ihr ein, die den Weinkeller ihres Mannes geräumt und die Flaschen an die Leute im Dorf verteilt hatte. Sie dachte an die anderen Racheakte, von denen sie gehört oder die sie in schlechten Fernsehfilmen gesehen hatte. So tief wollte Rose nicht sinken. Rose wollte nicht, dass Michael sie verließ, ganz egal, mit wie vielen Frauen er auch ins Bett stieg.

Würde er sie verlassen?

Wie würde er es ihr sagen?

Würde er es ihr sanft beibringen oder am Telefon?

Robin Cook hatte seine Frau am Flughafen stehen lassen.

Solche Gedanken rasten durch ihren Kopf, bis sie Angst hatte, verrückt zu werden. Denn im Grunde *wollte* sie es gar nicht wissen, wollte sie den Mädchen nicht erklären müssen, dass ihre dreißigjährige Ehe kaputt war – und ebenso wenig ihren Freunden, ihrer Mutter und den Nachbarn. Sie wollte nicht allein zurückbleiben in diesem riesigen Haus, in ihrem Doppelbett. Wollte nicht in ihrem Lehnstuhl sitzen und neben sich einen leeren stehen haben. Für eine Person kochen, damit aufhören, seine Socken zu sortieren. Mit dem Taxi nach Hause fahren, nur noch einen Liegestuhl aufbauen, wegen Tennis mit Di oder Sue telefonieren müssen. Sie wollte nicht fernsehen, ohne Kommentare abgeben zu können wie »Schau dir den an!« und »Das ist einfach zu blöd!« und »Sollen wir das aufnehmen?« und »Den Film haben wir doch schon mal gesehen?«.

Und nicht allein nach oben gehen.

Und frierend aufwachen, ohne sich an jemand kuscheln zu können.

Und was war mit Weihnachten?

Und mit Urlaub?

Ohne jemanden, der sie in den Arm nahm oder küsste.

Rose verschränkte die Arme vor der Brust, als wolle sie sich selbst umarmen und sich wiegen, wie ein einsames, verschrecktes Kind.

»Nein, Kleines, nein, nein.«

2

Manchmal wunderte sich Daisy, wie ihre Mutter so unberührt bleiben konnte von den »Höhen und Tiefen des Lebens«, wie sie es zu nennen pflegte, während Granny so verbittert geworden war.

Jeder andere wäre durch den Tod des Zwillingsbruders stark traumatisiert gewesen und das Verschwinden des Vaters irgendwo in der Biscaya hätte bei jedem anderen im empfindsamen Alter von vierzehn zu eklatanten psychischen Problemen geführt.

Nicht so bei Rose. Wenn sie über diese tragischen Ereignisse sprach – und es machte ihr nicht einmal etwas aus, darüber zu reden –, dann kompensierte sie es einfach, indem sie nicht müde wurde zu betonen, wie nahe sich alle in ihrer kleinen Familie gestanden hätten, wie glücklich sie gewesen seien und wie eng das Verhältnis zu ihrer Mutter nach dem Tod ihres Vaters geworden sei.

»Jeder muss sein Bündel tragen«, pflegte sie zu sagen. »Heutzutage ist es nur modern, eine schwere Kindheit gehabt zu haben und damit zu entschuldigen, warum man es später zu nichts gebracht hat. Ich wurde nicht missbraucht. Oder misshandelt oder im Stich gelassen. Ich weiß, in euren Ohren hört sich das seltsam an, aber kein Schaden ohne Nutzen. Nach Jamies Tod, und das war grausam für uns alle, wurde uns klar, was wirklich zählt. Ich sehe es an euren Gesichtern, ihr denkt, ich predige wieder einmal. Aber es ist tatsächlich so, Daisy, man lernt, mit so etwas fertig zu werden.«

Man wird damit fertig oder man geht unter. Und Mum war nicht der Typ, der untergeht.

Tapfer.

Hart im Nehmen.

Entweder man schätzte Mums ruhigen Stoizismus oder er ging einem auf die Nerven. Das hing davon ab, wie man drauf war. Dad glaubte noch immer, sie beschützen zu müssen, »nach allem, was sie durchgemacht hat«. Andererseits beschützte Dad jeden, das war eine Art Lebensaufgabe für ihn. Und vielleicht der Grund, warum es sich für Daisy als so schwierig erwies, einen mit ihm vergleichbaren Partner zu finden.

Mum hatte Glück gehabt, Dad zu begegnen. Aber etwas Glück hatte sie nach den in ihrer Kindheit erlittenen Verlusten auch verdient.

In Daisys und Jessies Augen führten ihre Eltern eine wahre Musterehe. Keines der Mädchen konnte sich erinnern, ihre Eltern je laut streiten gehört zu haben. Traten Meinungsverschiedenheiten auf, wurden sie ruhig ausdiskutiert, und meistens war es Dad, der nachgab. Doch solche Pattsituationen kamen nicht häufig vor und sehr selten ging es dabei um wichtige Dinge. Dad sah gut aus für einen Mann seines Alters. Er hatte auch Sinn für Romantik, kam mit einem Strauß Blumen nach Hause oder Pralinen oder einem neuen Kleid. Er kannte Mums Größe, wusste, was ihr gefiel. Er hätte sie von Kopf bis Fuß vollkommen einkleiden können; hätte ein Bild, ein Buch oder eine Farbe für sie wählen können und wäre sich sicher gewesen, auf Anhieb ihren Geschmack zu treffen.

Irgendwie war es fast unheimlich, dass Mum und Dad stets wussten, wie sich der andere fühlte.

Für Mum gab es nichts Wichtigeres als die Familie. Das hatte manchmal schon etwas von Besessenheit, war aber andererseits wieder verständlich. Schließlich war ihre eigene Familie fast vernichtet worden, als sie ein Kind war. Beide Mädchen hatten das während ihrer nicht ganz problemlosen Pubertät ständig im Hinterkopf, als Mum nicht aufhörte, sie zu umsorgen, sich überall einzumischen und ihnen zu erklären, was sie tun und lassen sollten. Denn genau diesen Eindruck hatten sie.

Dad rief ihnen stets ins Gedächtnis, was Mum alles mitgemacht hatte – als ob sie das je hätten vergessen können. Doch tief in Daisy brodelte es, eine stille, verborgene Wut kochte in ihr und sie wusste, Jessie ging es nicht anders.

Sie hätte gern ein Jahr lang pausiert zwischen Schule und Universität. Ihre Freundin Charlotte hatte sie gefragt, ob sie nicht mit ihr durch Südamerika reisen wollte. Charlotte fuhr dann auch, aber mit Jennie. Daisy wäre gerne nach Edinburgh an die Uni gegangen, aber Dad überredete sie, Mum zuliebe nicht so weit wegzuziehen. Exeter lag in der Nähe und war gut mit dem Zug erreichbar.

Sie hatte das Gefühl, von Dad betrogen worden zu sein. Es ging um Daisys Leben und Zukunft, und statt seine Tochter zu unterstützen, hatte Dad Mums Druck nachgegeben. Aber es lag doch bestimmt auch an Daisy? Sie hätte sich nicht so schnell geschlagen geben dürfen.

»Hör mal, Schatz, dafür hast du noch genug Zeit.« Dad hatte ihr etwas zu trinken eingeschenkt. Dieser Taktik bediente er sich gerne, wenn er zeigen wollte, dass er einen als Ebenbürtigen betrachtete und nicht nur als Kind. »Deine Mutter macht gerade eine schwere Zeit durch. Und gerade dann, wenn es einem nicht so gut geht, kommen unangenehme Erinnerungen aus der Vergangenheit hoch. Die alten Probleme, die man zwischendurch ganz gut im Griff hat, kommen wieder an die Oberfläche und man ist froh um jede Hilfe, die man kriegen kann. Rose braucht eure Unterstützung. Wenn ihr jetzt weggingt, würde sie das sehr deprimieren. Das wisst ihr genauso gut wie ich.«

»Aber Dad, sie hat Jessie. Jessie kommt jeden Tag nach Hause.«

Beide Mädchen besuchten eine öffentliche Schule, aber als Tages-, nicht als Internatsschüler. Dadurch standen sie immer etwas außerhalb des Schulbetriebs, des gesellschaftlichen Lebens dort, des Teils also, der wirklich zählte. Und auch das war Mums Schuld gewesen.

»Wir reden hier nicht über Jessie, wir reden über dich.«

»Na ja, mir fällt niemand in meinem Alter ein, der auf die Wechseljahre seiner Mutter Rücksicht nehmen muss.«

»Das ist aber gar nicht nett«, wies Dad sie zurecht. »Du bist unfair.«

Vielleicht ging es Mum besser, wenn Jessie so weit war. Doch nein, ihre jüngste Schwester musste dieselben Kämpfe ausfechten und kam nicht weiter als bis ans College von St. Marks. Und ein Jahr Auszeit durfte sie genauso wenig einlegen.

Und jetzt fuhren Mum und Dad nach Venedig. Einen kleinen Triumph glaubte Daisy zumindest verbuchen zu können – zumindest hatte man sie von der Reise verschont. Urlaub war seit Jahren ein Streitthema, bei dem die beiden Mädchen sich einig waren. Alles hatte angefangen, als Daisy sechzehn war und sich neben einem Pool in der Dordogne sonnte. Sie hatten sich beide zu Tode gelangweilt und Dad hatte ihnen vorgehalten, sie seien verzogene Gören.

»Wir sind nicht verzogen, wir langweilen uns nur«, hatte Jessie sich gewehrt und ihren Bikini zurechtgezupft, der eigentlich überflüssig war, weil es nicht wirklich etwas zu verbergen gab. Flach auf dem Rücken liegend sah sie aus wie ein Toastständer. »Sieh mal, Dad, was können wir hier schon machen? Wir sind Meilen entfernt von der nächsten Stadt oder vom nächsten Strand, es gibt keinen Laden, der zu Fuß zu erreichen wäre, geschweige denn ein Café.«

»Wäre es euch lieber gewesen, wir wären nach Benidorm gefahren? Ist es das?«

»Natürlich nicht. Du weißt, was ich meine. Warum können Daisy und ich beim Urlaub nicht mitentscheiden? Warum gehen wir nicht in ein Hotel mit einer Disco oder so, wo etwas los ist?«

»Das ist auch Mums Urlaub und meiner, nicht nur eurer.«

»Das ist uns klar«, brummte Jessie mürrisch. »Aber wäre ein Hotel nicht für uns alle nett? Außerdem haben Daisy und ich das alles schon durchgekaut. Nächstes Jahr möchten wir beide allein wegfahren.«

»Jessie, du bist dreizehn.«

»Ja, und nächstes Jahr bin ich vierzehn. Rachel Caldwell fährt dieses Jahr mit Freunden weg. Ihre Eltern haben nichts dagegen.«

Daisy pflichtete ihr bei, wusste aber, dass sie bereits verloren hatten. Jessie war jünger, konnte aber ihre Ansichten besser vertreten. »Ich komme mir blöd vor, immer mit dir und Mum in Urlaub zu fahren. Das macht sonst niemand, warum müssen wir das tun?«

Und dann kam sie wieder, die alte Leier: »Ihr wisst doch beide, wie wichtig es für eure Mum ist, ihre Familie um sich zu haben …«

Wieder war Dad auf ihrer Seite.

Ja, sie wussten es. Und wie sie es wussten.

Sie hatten es schon so oft zu hören bekommen, dass sie manchmal glaubten, diese Tragödien selbst durchlebt zu haben. Und Granny konnte erzählen, dass einem die Haare zu Berge standen. »Dieser arme kleine Nicky Wainwright, so ein schmächtiges Kerlchen. Brüllend kam er angelaufen, über und über mit Schlamm bedeckt, noch immer die Indianerfedern auf dem Kopf. Wir brauchten eine Ewigkeit, bis wir verstanden hatten, was er uns sagen wollte.« An dieser Stelle wurde Grannys Miene immer ganz ernst und ihre Augen glühten vor Schmerz. »Jamie war die Klippe hinuntergestürzt. Sie waren mit dem Rad bis zum Rand gefahren, um die Wette.« Hier kam eine Pause. Granny senkte den Kopf, als wolle sie einem Schlag ausweichen. »Er sah aus, als hätte er Erdbeeren gegessen. Es lief über sein Kinn, der ganze Mund war rot verschmiert.« Sie zog an ihren Fingern, bis es knackte. Es wäre zwecklos gewesen, sie zu bitten, damit aufzuhören. Man spürte, sie wollte die ganze Geschichte noch einmal erzählen… und noch einmal… und wieder und wieder. »Sein Gesicht war kreideweiß. Er hing in seinem Rad. Wir hatten keine Ahnung, wie man ihn da herausholen sollte. Sah ein bisschen aus wie dieses Spiel aus diesen ineinander verhängten Metallteilen, die man trennen muss. Und sein kleiner Kopf stand in einem so schrecklichen Winkel ab. Ein Pedal hatte fast ein Bein abgetrennt. Mein armer kleiner Junge. Mein kleines Kerlchen…« Die Stelle, an der sie sich die Mundwinkel mit einem Taschentuch abtupfte. Niemals die Augen, immer den Mund.

Granny lebte immer noch in demselben Haus wie an dem Tag, als ihr Sohn umkam, saß noch auf denselben schmiedeeisernen Stühlen, im Schutz derselben Ligusterhecke und zwischen denselben Gänseblümchenflecken.

Die Klippe befand sich am Ende des Gartens, am Steilufer des Flusses in Bantham. Die große, von Hortensien, Rhododendren und Ginster umgebene Rasenfläche erstreckte sich bis zum Rand des Abgrundes. Der Fluss spülte den Lehm unten aus und Grandpa hatte eine Mauer gebaut, um die Erosion in Grenzen zu halten. Jamie war auf seinem brandneuen Fahrrad wie ein Vogel hinuntergesegelt, von ganz oben über den Abgrund, und unten auf der Mauer aufgeschlagen.

Er war sofort tot gewesen, Genickbruch.

»Zum Glück war Rose nicht dabei«, pflegte Granny zu sagen. »Sie lag im Bett, hatte die Grippe. Gott sei Dank. Wäre sie dabei gewesen, hätte es sie erwischt. Sie war der

Hitzkopf von den beiden. Sie waren zwar Zwillinge, aber so verschieden wie Feuer und Wasser.«

Ein Kind zu verlieren musste unerträglich sein.

Und seinen Zwillingsbruder zu verlieren konnte nicht weniger schrecklich sein.

»Wer war Nicky Wainwright?«

»Jamies bester Freund.«

Mum und Granny gingen vollkommen unterschiedlich damit um.

Granny konnte einfach nicht loslassen, ihr ganzes Leben lang nicht. Während Mum sich eher damit abgefunden zu haben schien, so traurig sie darüber auch war. Vielleicht gelang einem das mit zehn Jahren auch besser.

Dad meinte dazu immer: »Natürlich glauben wir gerne, dass Mum Jamies Tod gut verwunden hat, aber wir sollten dabei nicht vergessen, dass es damals keine professionelle Hilfe gab für so schwer traumatisierte Menschen. Woher sollen wir wissen, was in Mum vorging? Es kann durchaus sein, dass sie sich Granny und Grandpa zuliebe nicht traute, ihre Gefühle zu zeigen.«

Doch als ob diese Schicksalsschläge für ein Leben nicht ausreichten, erlitt Granny auch noch einen Nervenzusammenbruch, nachdem Grandpa nach einem Portugalurlaub spurlos verschwunden war. Und Mum musste mit ihren vierzehn Jahren mit alldem fertig werden.

Grannys Augen füllten sich noch immer mit Tränen, wenn sie an diese schreckliche Nacht erinnert wurde. Dennoch war es ihr ein Bedürfnis, die Geschichte immer wieder zu erzählen.

Grandpa Tate zog die Maxwell-Nummer ab.

Wenn Granny die entsetzliche Geschichte erzählte, klang ihre Stimme immer, als komme sie von ganz weit her, als spinne ein alter Seebär sein Seemannsgarn.

»Wir teilten uns eine Kabine, Rose, John und ich. Wir hatten im Restaurant zu Abend gegessen und waren gerade schlafen gegangen. John musste aufgewacht sein. Ich vermute, er hatte Verdauungsprobleme, er hatte das öfter und deswegen hatte ich auch vorgeschlagen, nur einen kleinen Imbiss zu nehmen, doch John hatte auf einer richtigen Mahlzeit bestanden. Es war der letzte Abend unserer Reise und er wollte dies mit einem schönen Essen und Wein feiern.

Das Furchtbare ist, dass wir sein Fehlen erst am Morgen bemerkten. Da war es für eine Suchaktion bereits zu spät, obwohl sie es natürlich trotzdem noch versuchten. Niemand kann sagen, was genau passiert ist, aber er muss wohl über Bord gefallen sein.«

Ein Jahr später fuhr Granny wieder dorthin, um weiße Lilien ins Meer zu werfen. »Ich warf alle halbe Stunde eine hinein«, erzählte sie, »weil ich ja die genaue Stelle nicht kannte.«

Keinesfalls durfte Granny gegenüber das Thema Selbstmord erwähnt werden, warnte Mum ihre Töchter.

Dass dies damals als Möglichkeit in Betracht gezogen wurde, erschütterte Granny tiefer als Johns Tod selbst. Granny wusste, dass ihr Ehemann glücklich und absolut nicht suizidgefährdet gewesen war. »Er liebte uns«, pflegte sie zu sagen. »Vor allem Rose. Er betete sie an. Besonders nach dem, was mit Jamie passiert war. Er gab ihr die doppelte Portion Liebe und hätte sie nie freiwillig verlassen.«

Da Grandpa Tate Buchhalter gewesen war, hatte er alles geregelt und vorgesorgt – seine arg dezimierte Familie brauchte sich in nichts einzuschränken. Rose musste zwar ohne die Liebe ihres Vaters auskommen, doch materiell fehlte es ihr an nichts.

»Glaubt ihr denn nicht«, redete ihnen ihr Vater zu, »dass

man durch solche Erfahrungen ein wenig besitzergreifend werden kann?«

Daisy und Jessie fiel es schwer, darauf zu antworten.

War Mum ihm gegenüber genauso besitzergreifend?

Mum und Dad hatten zwar eine Menge Freunde, aber Dad ging nie allein weg, um Golf oder Squash zu spielen wie andere Männer. Er war auch nicht der Typ, der abends auf ein Bier ins Pub ging. Mum und Dad verbrachten ihre Freizeit immer gemeinsam, und wenn der eine nicht gehen konnte, blieb auch der andere zu Hause, doch keinen der beiden schien das zu stören. So war es immer gewesen.

Manchmal musste Dad geschäftlich verreisen. Dann rief er Mum jeden Abend an. Sie wusste daher immer, wo er war und wann er zurückkam. Dad machte auch nie ein Geheimnis daraus, wie sehr ihn diese Reisen nervten, und wann immer es ging, nahm er Mum mit. Zurück kam er stets beladen mit Geschenken.

Alles, was Mum zu erledigen hatte, brachte sie während Dads Arbeitszeit über die Bühne. Die Abende oder Wochenenden hielt sie frei – auch von ihren Freundinnen. Mum ging nicht einmal ans Telefon, wenn eine Freundin nach sechs anrief, um zu plaudern. Ab sechs Uhr war sie nur noch für Dad da und sonst niemanden.

Daisy fand es merkwürdig, wie sehr Mum Dads Gesellschaft der aller anderer Menschen vorzog. War es nicht ab und zu weitaus lustiger, mit Freundinnen loszuziehen? Und wie machte man das – ab einer bestimmten Uhrzeit sämtliche Interessen zurückzustellen?

Man hätte meinen können, Rose und Michael müssten irgendwann genug voneinander haben.

Daisys Erfahrungen ließen sich in keinster Weise mit denen ihrer Eltern vergleichen. An der Uni war sie immer von einer Menge Leute umgeben. Man machte ständig alles gemeinsam und niemand schien das Bedürfnis nach einer festen Bindung zu einem Partner zu verspüren – niemand außer Daisy. Die nicht aufgab. Ihre Männer hatten durch die Bank die fatale Neigung, aus ihrem Bett zu hüpfen, um jemand am anderen Ende des Landes zu Hilfe zu eilen oder weiß der Geier was. Kein Mensch schien ein Gespür dafür zu haben, wonach sie sich wirklich sehnte.

Unglücklicherweise hatte auch ihr momentaner Partner, William, in dieser Hinsicht nicht dieselbe Wellenlänge wie sie. Als Kind geschiedener Eltern war er zusammen mit Stiefgeschwistern aufgewachsen, was jedoch keine Blessuren hinterlassen hatte, obwohl er nicht aufhörte, Daisy um ihre heile Familie zu beneiden.

»Nein, du musst auch die Nachteile sehen. Du romantisierst es, weil du es selbst nicht hattest«, widersprach ihm Daisy. »Es wäre perfekt, wenn da eins nicht wäre: dieses schreckliche Geglucke und Besitzergreifende meiner Mutter.«

»Du weißt ja gar nicht, was du für ein Glück hast«, meinte William nur dazu.

»Es nimmt einem die Luft zum Atmen. Versteh das doch.« William war meistens bei ihr, wenn Mum sie anrief und ihr mit diesen nervtötenden Einladungen kam. Er half Daisy sogar, sich Entschuldigungen auszudenken. Er bekam mit, wie anstrengend das war.

»Wie oft ruft mich meine Mum an?«, fragte er sie.

Daisy gab zu, dass das so gut wie nie geschah.

»Ja, und das liegt daran, dass es ihr viel lieber ist, wenn ich ihre Kreise nicht störe. Und nicht mit Graham streite. Und die Atmosphäre nicht so gespannt ist, weil ich mich mit seinen Kindern nicht verstehe.«

Doch Daisy hätte das vorgezogen.

William war extrovertiert, unabhängig und offener, was

seine Gefühle betraf. Er hatte etwas von der Welt gesehen, war auf der Schauspielschule gewesen, hatte auf einer Schiffswerft gearbeitet und war Taxi gefahren. Er war sogar auf einem Greenpeace-Schiff mitgefahren. Und jetzt arbeitete er bei den *Western Morning News* als Chefreporter. »Das ist so ein Mutter-Tochter-Ding«, erklärte er. »Sie will dich nicht verlieren. Du bist ihre Freundin, zumindest denkt sie das. Sie weiß ja nicht, was du von ihr hältst.«

»Deiner Meinung nach verhalte ich mich nicht loyal ihr gegenüber, ist es das?«

Er überlegte kurz. »Ich finde, du unterschätzt, welche Vorteile es hat, eine liebende, fürsorgliche Mutter zu haben.«

Daisys Blick wurde stählern. »Für mich ist das keine Liebe. Für mich ist das ein Gefängnis.«

Sie waren auf der Fahrt nach Hause. Eine Einladung zum Mittagessen.

Die letzten drei Wochen hatten sie sich eine Ausrede nach der anderen einfallen lassen. Zusammen mit Jessie war Daisy zu dem Schluss gekommen, dass sie, wenn sie diesen Sonntag gingen, bis Venedig ihre Ruhe hatten.

»Und Granny ist sicher auch da.« Mit zwei Händen strich sie sich die Haare nach hinten, ihre langen, geraden, schwarzen Haare.

»Prima«, meinte William, »Granny ist klasse.«

»Sie ist eine unerträgliche alte Schreckschraube.«

»Ja, manchmal schon. Aber sie ist amüsant.«

»Finde ich nicht.«

William summte vor sich hin, während sie in seinem alten MG die Landstraße entlangfuhren. Seine braune Lederjacke rieb quietschend am Sitz, wenn er sich bewegte. Daisy musste an Snoopy denken.

»Es ist einfach nicht mehr so wie früher, als Baggins noch

lebte.« Daisy blickte zum Fenster hinaus, als sie von der Hauptstraße abbogen in die Seitenstraßen, in denen sie vor vielen Jahren mit dem Hund spazieren lief. Sie war nur schwer über Baggins' Tod hinweggekommen. Mum hatte beschlossen, ihn einschläfern zu lassen. Sie sagte, er sei müde, er habe genug vom Leben. Aber woher wollte Mum das wissen?

Es überraschte sie ein wenig, dass ihre Eltern keinen neuen Hund angeschafft hatten. Schließlich gibt ein Haustier dem Besitzer das Gefühl völliger Kontrolle und jetzt, da ihre beiden Töchter das Haus verlassen hatten, wäre das für Mum, diesen Mega-Kontrollfreak, eine gewisse Kompensation gewesen.

»Ich finde es irgendwie merkwürdig«, sinnierte William, »dass du immer an deiner Mutter herummeckerst. Warum tun Frauen das? Es ist Betrug an deinem Geschlecht. Du machst es. Deine Tochter wird es tun, und so wie ich das sehe, hat sich die arme Rose absolut nichts zu Schulden kommen lassen.« Nach einem letzten tiefen Zug zum Abschied warf er seine Zigarette aus dem Fenster. Die Redferns wussten nicht, dass er rauchte, daher bedeuteten die Besuche Stress für ihn. Wenn doch endlich Rose den Mut hätte, sich zu outen. Jeder wusste, dass sie heimlich rauchte, aber alle taten so, als hätte sie es aufgegeben.

»Das hat nichts mit Meckern zu tun.« Jetzt, da sie durch das vertraute Tor fuhren und die Reifen auf der Auffahrt knirschten, lenkte Daisy ein. »Ich liebe sie. Sie ist großartig und ich verdanke ihr viel, aber Mum ist nun mal ein Kontrollfreak und Dad macht alles noch schlimmer, weil er ständig nach ihrer Pfeife tanzt. Freiheit, so wie du sie kennst, war für Jessie und mich nie möglich. Sonst wären wir heute ganz andere Menschen, unabhängig und voller Selbstvertrauen. Du hast es geschafft. Mum hinderte uns daran, erwachsen zu werden, und dafür hasse ich sie manchmal.«

»*My heart belongs to Daddy*«, sang William und stellte den Motor ab. Ihre Blicke trafen sich. »Du bist eifersüchtig, stimmt's?«, fragte er sie.

Daisy schnaubte verächtlich. »Wegen was?«

»Weil er sie so liebt. Und weil er ein solches Getue macht um Jessie.«

»Sei still, du Schuft.«

Jessie war bereits da.

Ihr Mini stand in der Auffahrt, mit offener Tür, das Innere übersät von Abfall – ein Stück Zellophan, eine leere Bonbontüte, ein paar alte Pommes und ein brauner Apfelbutzen.

Grannys Nissan in diesem ungesunden Hörgerätebeige war ordentlich abgestellt, wie immer an ihrem Platz neben der Mauer.

Mum, die anscheinend nach ihnen Ausschau gehalten hatte, während sie zwischen Küche und Terrasse hin- und herflitzte, kam mit umgebundener Schürze heraus, um sie zu begrüßen. Wie sie den Kopf schüttelte – ganz wie eine alte Frau. Es war doch nicht so lange her, seit Daisy sie zum letzten Mal gesehen hatte, aber irgendwie wirkte Mum ausgelaugt, ihre Wangen waren eingefallen und die Haut unter ihren Augen sah braun und faltig aus.

Älter.

Angegriffen.

In dieser Familie gab es ein paar Themen, die man besser nicht erwähnte, wie zum Beispiel die Menopause oder Dads betrügerischen Onkel, Jessies Phase der Ladendiebstähle und Uromas zehnjährige Unterbringung in der Nervenheilanstalt. Es mussten die Wechseljahre sein, die so an Mum zehrten. An manchen Tagen ging es ihr besser, an anderen schlechter. Doch sie klang munter, wie immer. »Daisy! Gott sei's gepriesen. Lauf in den Garten und hol Michael, er soll dieses Ding wegstellen. Er wollte unbedingt noch einmal den Rasen mähen, bevor wir wegfahren, und jetzt ist er mit dem Rasentrimmer am Machen. Ich mache mir ernsthaft Sorgen wegen seines Blutdrucks.«

»Warum? Hat er etwas gesagt?« Daisy war verwirrt. Sie hatte sich nie Gedanken gemacht über Dads Gesundheit, trotz des kleinen Schlaganfalls, der sie letztes Jahr alle so schockiert hatte. Er nahm regelmäßig seine Medizin, 75 mg Clopidogrel täglich. Der Arzt sagte, er sollte sein Leben so normal wie möglich weiterführen. In ihrer Vorstellung war ihr Vater nicht alt, keiner, der einen Gang zurückschalten sollte.

»Nein, aber …«

»Geht es ihm nicht gut?«

»Er hat es nicht direkt gesagt …«

»Aber Dad hat seit Jahren hohen Blutdruck. Warum machst du dir jetzt plötzlich Sorgen?«

»Er sieht in letzter Zeit so müde aus, das ist alles«, erklärte ihre Mutter und gab Daisy einen Willkommenskuss. William klopfte sie auf die noch immer heiße Lederjacke.

Man hätte Mum für einen fernöstlichen Guru halten können, so wie sie ständig alternative Heilmittel anpries und ihr Zauberbuch der Hausmittel herumzeigte. Doch bislang hatte sie noch kein Wundermittel gegen Schlaganfälle entdeckt. Sie ertrug es nicht, jemanden leiden zu sehen. Baggins' epileptische Anfälle hatte sie mit homöopathischen Pülverchen zu heilen versucht, leider ohne den geringsten Erfolg. Immerhin hatten die Kräuter, die sie gegen Daisys Periodenschmerzen ausgegraben hatte, geholfen. Am Rand von Totnes zu leben, der Hauptstadt der alternativen Szene, der Stadt der spirituell Erleuchteten, stellte für jeden eine Versuchung dar, der sich auch nur entfernt für verschrobene Wunderkuren interessierte. Auf dem Plakat vor dem Naturheilkundeladen, das für Darmhydrotherapie warb, hieß es, England sei die am meisten unter Verstopfung leidende Nation der Welt.

Ihre kleine Stadt lag mitten im Herzen des englischen Bauernlands, umgeben von bergigen Straßen und Hecken, die jeden Frühling aufs Neue blühten. Oben auf den Hügeln standen Bauernhöfe und in den Senken Cottages. Eine üppige grüne Decke, in der nun langsam die Kaffee-, Schokoladen- und Malztöne des Winters zu überwiegen begannen, und ein Himmel so hellblau und golden wie Geschenkpapier.

Aus dem Aga, einem dieser Monster, wie sie heutzutage nicht mehr verkauft werden, wehte der Duft von Roastbeef durch das Haus. Bei Mum und Dad gab es sonntags immer einen Braten, auch wenn sie keinen Besuch bekamen. Das war Teil eines dreißig Jahren alten sonntäglichen Rituals. Fleisch für alle, außer für Jessie. Für sie brutzelte ein Nussbrätling in der Pfanne, auch wenn Mum noch immer nicht richtig mit der vegetarischen Küche klarkam. Meist kaufte sie für Jessie vegetarische Fertiggerichte.

Aus dem Wohnzimmer hörte man das leise Klirren von Eiswürfeln. Ein verführerischer Klang. Granny hatte sich bereits die Flasche geschnappt. Daisy sah, wie sie Mum einen Blick zuwarf. Denselben fragenden Blick, den sie bereits Hunderte von Malen gesehen hatte. Angst lag darin, aber dann war sie wieder ganz konzentriert auf ihr Glas und schenkte sich ordentlich Gin ein.

Rose lächelte beruhigend. »Hol deinen Vater, Schatz. Er soll doch in Venedig fit sein.«

3

An diesem Morgen legte Rose zu viel Rouge auf. Sie kam direkt aus dem Badezimmer und der Anblick ihres ungeschminkten Gesichts im Spiegel hatte sie schockiert. Dieses Gesicht hielt Michael in Händen, seine dunklen Augen voller Zuneigung, fuhr zärtlich mit dem Finger um ihren Mund und ihre Augen, was sie stets so kitzelte, dass sie lachen musste. Damals waren ihre Lippen noch fest, die Augen nicht von Fältchen umrahmt und ihre Wangen hatten einen natürlichen Schimmer.

Ob Belinda sich die Beine rasierte? Nur im Sommer, oder auch im Winter?

Hatte Belinda größere Brüste als sie? Wie wohl ihre Nippel aussahen? Braun oder rosa? Rose hatte vor kurzem eine Fernsehsendung über dieses Thema gesehen und war überrascht gewesen, wie unterschiedlich Frauenbrüste sein konnten.

Sie schluckte. Wie sollte sie diesen dicken Klumpen loswerden, dieses Unglück? Sie sah aus wie ein Gespenst. Mumifiziert. Man konnte ihr ansehen, dass sie etwas belastete, sie etwas bedrückte. Das durfte nicht sein. Niemand durfte auch nur ahnen, wie es in ihr aussah.

Wenn sie nur eine Freundin hätte, der sie vertrauen konnte. Sie dachte daran, wie sie als Kind hinausgelaufen war, voller Hoffnung, jemanden zum Spielen zu finden. Aber es ist nicht so einfach, loszulaufen und zu rufen, wenn man erwachsen ist, beinahe zu den älteren Leuten zählt.

Sie musste sich zusammenreißen, um das Mittagessen zuzubereiten und die Mädchen und ihre schwierige Mutter zu begrüßen. In den Frauenzeitschriften wurde das als »eine verborgene innere Stärke« bezeichnet, die Frauen angeblich in Notzeiten anzapfen.

Rose konnte diese innere Stärke jetzt gut gebrauchen.

»Danke, mein Schatz.« Dinah verzog dabei das Gesicht nicht vor Schmerz, sondern seltsam befriedigt über die schamlos übertriebene Schilderung der letzten Behandlung ihres arthritischen Knies. »Ja, bitte. Gin und Tonic. Köstlich.«

Rose spürte ihr aufgesetztes Lächeln dahinschmelzen, als sie sah, wie liebevoll Michael seine schlecht gelaunte Schwiegermutter küsste und wie er sich um sie bemühte. »Etwas weiter nach rechts? Ist es so besser?« Da war etwas Sündiges, das Roses Mutter umgab. Und das haftete auch der Boshaftigkeit an, die ihrer beider Verhältnis zu bestimmen schien.

Manchmal wünschte Rose, ihre Mutter wäre umgänglicher, man könne mit ihr über angenehme Dinge plaudern und müsste nicht immer wieder dieselben Schreckensgeschichten austauschen. Dieses immer wiederkehrende Gesprächsthema, das inzwischen zu einem Teil von ihr geworden war, war so anstrengend und bestimmte den ganzen Tag, dass Rose sich am Abend, wenn Dinah weg war und sie die Nachspeise zubereitete, das Gefühl hatte, eine Schüssel voll heiß brodelnder Wut vor sich zu haben.

Neben Rose stand eine Yuccapalme. Immer wenn sie daran vorbeiging, hielt Rose unwillkürlich den Atem an, um den spitzen Blätterenden auszuweichen. Rose hatte die Palme nie ausstehen können, aber sie goss sie pflichtbewusst und düngte sie gelegentlich, rückte sie im Sommer etwas in den Schatten und wischte ihre Blätter mit einem feuchten Tuch ab. Warum all diese Mühe, wenn sie das Ding gar nicht mochte? Und warum all das Aufheben um Dinah, mit der sie doch nur Probleme hatte?

Konnte sie ihre Mutter nicht verändern?

Sie nicht wenigstens ein bisschen beeinflussen?

Konnte Rose die Yuccapalme nicht einfach hinauswerfen und eine Pflanze mit runden Blättern an ihre Stelle stellen? Nein, sie war mit ihr genauso verwandt, wie sie es mit Dinah war. Allein durch die Tatsache, das sie seit Jahren in ihrem Haus lebte. Die Yuccapalme war von ihr abhängig.

Sie hatte es einmal mit einem Fleißigen Lieschen versucht. Als sie es kaufte, war es über und über mit roten Blüten bedeckt, aber es behagte ihm nicht bei ihr. Bald bekam es braune Blätter und kränkelte vor sich hin. Es warf die Blätter ab und sie musste sie aufkehren.

Die Yuccapalme ließ nie ihre Blätter fallen. Sie war keine unordentliche Pflanze. Sie wollte nur abgewischt werden. Vielleicht war das der Grund, warum sie sich mit Dinah abfand. In einen falschen Terracottatopf gepflanzt, würde sie ihr nicht das Herz brechen, falls sie nicht gedieh.

Roses Mutter konnte eine wahre Nervensäge sein, aber Michael mochte sie. Dinah hatte anfangs gemeint, Michael sei »zu berechnend«, aber im Lauf der Jahre hatte sie ihre Meinung geändert und inzwischen hatten die beiden ein sehr enges Verhältnis. Er hatte die Geduld, die Rose neuerdings oft fehlte, wenn es um ihre Mutter ging. Er war der Auffassung, dass die Schicksalsschläge, die sie beide während Roses Kindheit getroffen hatten, ihre Beziehung besonders geprägt hatten, doch das war die romantische Vorstellung eines Mannes, dessen Familie auseinandergebrochen war. Seine Eltern waren inzwischen beide tot und seine Schwestern lebten in Kalifornien.

»Wenn ich Schmerzen hätte, würde ich es richtig darauf anlegen, möglichst viel Mitgefühl zu bekommen.«

Bestimmt nicht. Er würde mit dieser leisen, wunderschönen Würde leiden, die alle anderen sich besser fühlen lässt. Michael verachtete Märtyrertum.

Er würde versuchen, den Schmerz zu überspielen, indem er sich besonders fröhlich gäbe und sich gekonnt über sich selbst lustig machte, wodurch jedermann das Gefühl hätte, Mitleid sei fehl am Platz. Dabei legte er eine so perfekte Vorstellung hin, dass selbst Rose ihm beinahe auf den Leim ginge.

Aber nur beinahe.

Sie kannte ihn zu gut.

Die letzten Tage hatte sie damit verbracht, nach Indizien zu suchen, die ihren schlimmen Verdacht bestätigen könnten. Sie achtete auf seinen Appetit, auf seine An- und Abfahrtszeiten, durchsuchte seine Jackentaschen, überprüfte seine alten Bankauszüge, ob sie dort etwas Verdächtiges fände, jeder Einkauf konnte ihn der Untreue überführen.

Blumen.

Pralinen.

Schmuck.

Ein erotisches Seidennegligee.

Doch wenn Michael sie betrog, dann bezahlte er für derlei Ausgaben bestimmt mit der Karte. Rose hörte nicht auf, sich selbst zu quälen. Sie durchwühlte seinen Schreibtisch, überprüfte seine Kreditkartenabrechnungen, von Visa, Diners und American Express. Doch als sie dann, am Samstagmorgen, nach dem üblichen Wochenendfrühstück im Bett mit Tee und Zeitung, hinunterging und Michaels Jackentasche durchwühlte, fand sie einen gefalteten, in einer kräftigen, kindlichen Schrift beschriebenen Umschlag.

Rose zuckte zusammen.

Sie hielt den Umschlag zwischen Zeigefinger und Daumen, als sei er mit einer ansteckenden Krankheit infiziert. Warum lag der Umschlag nicht bei der übrigen Post auf dem Tisch?

Leuten wie ihr und Michael passierte so etwas einfach

nicht. Solche hässlichen Fehltritte passten eher zu abgedrehten Paaren, die in Tobago heirateten, zu oberflächlichen Leuten, die nur Sex und Spaß im Kopf hatten.

Und sie wusste, dass er genauso dachte.

Rose warf einen Blick durch das Küchenfenster. Michael arbeitete draußen im Schuppen. Er trug seine alte Gartenhose. Sie sperrte sich auf der Gästetoilette ein. Zitternd saß sie da und zog den gefalteten Zettel hervor, der ihr Leben verändern sollte.

Ein Briefbogen mit Entchen drauf.

Wie geschmacklos.

Es war keine Adresse angegeben. Kein Datum. Nur eine kraftvolle, runde Handschrift. Sehr kraftvoll. Sehr klar.

> Tu mir das bitte nicht an, alles, nur das nicht. Wann beantwortest du endlich meine Briefe? Du hast mir gesagt, ich solle dir nicht schreiben, doch ich konnte nicht anders. Du weißt, wie es in mir aussieht, ich habe es dir oft genug beschrieben. Und ich weiß, dass es dir nicht anders geht. Das Einzige, was mich am Leben hält, ist die Gewissheit, dass wir zusammen sein werden. Es wird vielleicht etwas dauern, aber eines Tages wird es Wirklichkeit werden. Eine Liebe wie unsere kann niemals sterben oder verblassen. Das zu leugnen hieße, das Leben zu leugnen. Ich liebe dich, Michael, und ich werde dich immer lieben. Bitte, bitte ruf mich so bald wie möglich an.

Unterzeichnet war das Schreiben mit einem energischen »Belinda«.

Rose sank zu Boden und krümmte sich. Nein, nein, nein, nein. Fassungslos grub sie die Zähne in die Unterlippe, bis diese blutete. Sie umklammerte die Toilettenschüssel und beugte sich über den Rand, als wolle sie sich übergeben. Da war nichts, nichts außer tiefem Elend.

Nun war es nicht mehr nötig, nach Beweisen zu suchen.

Merkwürdig, dass Rose in diesem Moment das Gefühl hatte, sie sei die Sünderin. Sie war wieder ein Schulmädchen, das bei einer Prüfung schummelte und Angst hatte, der Lehrer könne es dabei ertappen und als Betrügerin entlarven – das Schlimmste, was einem passieren konnte. Sie richtete sich auf, atmete tief durch und eilte mit dunkelrotem Gesicht zurück in den Flur, wo sie den Brief in die Tasche zurücksteckte. Inzwischen konnte sie den Text auswendig. Er ratterte gnadenlos durch ihren Kopf, was immer sie tat.

Michael kam aus dem Garten herein. »Du bist schon wach?« Er zog die Stiefel aus und warf einen Blick auf seine Uhr. »Ich dachte, ich führe dich zum Essen aus. Schließlich musst du morgen für sechs Leute kochen.«

Wie aufmerksam.

Wie anständig.

Sie blieb, ihm den Rücken zugewandt, an der Spüle stehen, wagte es nicht, sich umzudrehen, aus Angst, er könne die Angst in ihrem Gesicht sehen. Mit mechanischen Bewegungen begann sie, den Geschirrspüler einzuräumen. »Das wäre schön.« Hatte sie das soeben gesagt? War das ihre Stimme? Sie konnte nicht glauben, dass sie derart belanglose Worte von sich geben konnte, während in ihr alles geschreddert wurde, wie die Gartenabfälle im Häcksler.

»Wo möchtest du hingehen?«

»Such du das Restaurant aus.«

Dieses alberne Gespräch fiel Rose wieder ein, als sie sich etwas zu trinken einschenkte und kurz mit Dinah allein war, weil Michael gerade den Rotwein holte.

In Roses Situation hätten viele Frauen ihre Ängste ihrer Mutter anvertraut. Hätten sich bei ihr Zuspruch und Trost geholt, Wärme und Streicheleinheiten. Doch diese Zeiten gehörten für Rose und Dinah schon lange der Vergangenheit an. Seit ihrem siebzigsten Geburtstag beanspruchte Dinah die Rolle des Kindes für sich und Rose hatte die des Beschützers für sich akzeptiert. Rose wusste, dass sie von Dinah nicht einen einzigen vernünftigen Rat erhalten würde, sondern diese den Skandal genießen, aufbauschen und auskosten würde und so alles nur verschlimmern würde.

Dinah hatte ihr ganzes Leben lang kein Blatt vor den Mund genommen, doch jetzt schien sie auch noch das bisschen Einfühlungsvermögen zu verlieren, das sie einmal besessen haben mochte. Statt mit zunehmendem Alter sanfter zu werden, wurde sie immer härter. Wie ihre Arterien. Am gravierendsten fiel dies auf, wenn sie es mit den Leuten zu tun hatte, die sie als sozial Untergebene betrachtete: Politessen, Kellner, Verkäuferinnen, Sozialarbeiter, Handwerker – jeden, der einen Overall trug und ihr in die Quere kam.

Michael verteidigte sie: »Sie wird alt, sie kann nichts dafür.«

Rose hielt dagegen: »Aha. Und warum sucht sie sich dann ganz bewusst Leute aus, um sie zu beleidigen? Ich möchte ja nur, dass sie sich bemüht, netter und zurückhaltender zu sein, mehr nicht.«

Die Charakterzüge ihrer Mutter hatten im Lauf der Zeit an Schärfe gewonnen, traten, wie ihre Wangenknochen, stärker hervor. Kleine Ärgernisse wurden plötzlich riesengroß. Ein paar schreckliche Monate, nachdem ihr Vater ertrunken war, hatte Rose erleben müssen, wie die ursprüngliche Tapferkeit ihrer Mutter in sich zusammenfiel und in einem Nervenzusammenbruch endete. Irgendwann hatte sich Dinah zwar davon erholt, aber seither schien die Ungerechtigkeit des Lebens ihr am meisten zu schaffen zu machen und diese neue Verbitterung zeigte sich in einer unverhohlenen Abneigung anderen Menschen gegenüber.

Daisy und Jessie hatten es als Erste bemerkt. Durch ihre Spötteleien über Dinah war es auch Rose bewusst geworden – dieser unstillbare Hunger nach Klatsch und Skandalen, nach dem sozialen Scheitern von Fremden und dem Tratsch über Stars und Sternchen. Was früher scherzhaft gemeint war, klang bloß noch böse.

Dinah war nicht die nette alte Dame, die sie immer hatte werden wollen, und es war nicht einfach, mit dieser Erkenntnis zu leben. Sie war bestimmt nicht die Person, der sich Rose gerne anvertraut hätte, selbst wenn sie dazu in der Lage gewesen wäre.

»Das Einzige, was mich am Leben hält, ist die Gewissheit, dass wir zusammen sein werden …« Belindas Worte gingen ihr nicht mehr aus dem Kopf, sie musste sie ständig wiederholen wie ein Mantra.

Offensichtlich hatte Michael ihr nicht geantwortet und Belinda musste in Aufruhr sein.

Wollte er die Beziehung beenden?

Belinda musste davon überzeugt sein, dass sie zusammenbleiben würden. Er hatte versucht, sie während der Woche von zu Hause aus anzurufen, dafür hatte Rose einen Beweis. Dabei hatte Michael den ganzen Tag über im Büro die Gelegenheit zu tun, was er wollte. Niemanden interessierte dort, was er tat, mit wem oder wie lange er telefonierte.

Kurz vor dem Mittagessen kam Jessie in zerrissenen Jeans und einem zu heiß gewaschenen alten Pullover – oder hatte sie ihn etwa so gekauft?

Sie hätte Rose ankündigen sollen, dass sie eine Freundin mitbrachte. Rose war absolut nicht in der Stimmung, sich auf neue Leute einzustellen. Ein Verrückter musste mit einer stumpfen Axt über Jessies Haare hergefallen sein. Nun standen sie büschelweise in alle Richtungen und auch die grünen Strähnen verbesserten ihren Teint nicht gerade. Ihre Freundin, die in einer Jogginghose und Turnschuhen steckte, wirkte kräftig und maskulin. Sie hatte den sehr femininen Namen Jasmine und ihr Gesicht war offen und freundlich.

»Ich war mir sicher, dass es dir nichts ausmacht, Mum, es bleibt ohnehin immer was übrig und die arme Jasmine ist am Verhungern.«

»Natürlich macht es mir nicht das Geringste aus.« Rose lächelte. »Es ist schön, dass Sie mitgekommen sind, Jasmine.« Sie gab ihr bewusst nicht die Hand, das hätte Jessie nur irritiert. Sie schien nun einmal Probleme mit guten Manieren zu haben. »Ist Jasmine auch Vegetarierin?«

Jessie warf ihre Jacke auf das Sofa, Rose hob sie auf und strich sie glatt. »Jasmine graust es vor gar nichts. Sie ist eine Fleischfresserin, die vor nichts zurückschreckt. Ihr schmecken sogar Blut- und Leberwürste.«

»Jessie ist magersüchtig«, brummte Dinah zwischen zwei Schlucken Gin.

Ja, Jessie war beunruhigend dünn. Doch wie oft sollte Rose ihrer Mutter noch erklären, dass Magersucht ein Phänomen dieser Zeit war und dass man dieses Thema nicht einfach so nebenbei abhandeln konnte.

Rose hatte ohnehin ganz andere Probleme. Fünf Minuten später kam Daisy mit William im Schlepptau an. Michael musste sich um die Getränke kümmern. Wo blieb er eigentlich so lange? Er war doch hoffentlich nicht noch immer mit dem Rasenmäher zu Gange? Sie hatte Daisy losgeschickt, um ihren Vater zu holen, und erst dann an sein Handy gedacht. Lag es in der Diele, wo er es normalerweise ließ, um es aufzuladen?

Rose lief durch die Diele in die Küche, um sich um das Gemüse zu kümmern. Ein Blick genügte und sie wusste, er musste es mitgenommen haben. Hatte er Belinda vom Schuppen aus angerufen, wo er sich unbeobachtet wähnte?

Rose stocherte in ihrem Essen. Das Gespräch am Tisch kam ihr vor, als seien mehrere Telefonleitungen fehlgeschaltet. Sie kannte diese Leute kaum, sie hörte, was sie sprachen, doch sie war keine von ihnen. Und dann diese außergewöhnliche Ankündigung Michaels. Einige Kollegen aus seiner Firma wollten im November ein Wochenende lang Flugstunden nehmen und er würde sich ihnen gerne anschließen. Ob auch Rose mitkommen wolle? Er nahm an, dass sie zwar kein Interesse daran hätte, fliegen zu lernen, aber sie könnte sich ja hinterher zu ihnen gesellen.

Seit wann interessierte sich Michael fürs Fliegen? Natürlich hatte sie nicht vor, sich bei diesem Abenteuertrip für große Jungs anzuschließen und ihre Zeit in einem schäbigen Fliegerklub totzuschlagen. Mit Sicherheit war keine andere Ehefrau dabei.

»Das hört sich super an«, meinte Jessie, während sie argwöhnisch den ausgetrockneten Nussbrätling musterte.

»Du würdest es hassen, Michael«, hörte Rose sich sagen.

»Woher willst du das denn wissen?«, warf Jessie gereizt ein. »Dad hat das Fliegen doch noch nie ausprobiert. Mir würde es gefallen. Ich würde gerne mitkommen.«

»Was, um Himmels willen, wollt ihr abends unternehmen?« Rose schaffte es nicht, das Thema ruhen zu lassen.

»Ach, keine Ahnung. Ich nehme an, sie gehen etwas trinken. Vielleicht Dart spielen.«

Rose konnte nicht glauben, dass diese Worte aus Michaels Mund kamen.

»Das wird dir gut tun«, meinte Jessie und lud sich Röstkartoffeln auf ihren Teller. Wie konnte ein Mädchen nur so viel essen und dabei so dünn bleiben? Doch Rose war genauso gewesen. Erst in letzter Zeit hatte sie angefangen, »in die Breite zu gehen«, wie Michael es nannte. »Dann habe ich wenigstens was zwischen den Fingern.« Er hielt das für ein Kompliment, doch Rose sträubten sich dabei die Haare.

»Wird ihm gut tun?«

»Ja, mal alleine wegzufahren.«

Rose legte Messer und Gabel beiseite und wandte sich aufgebracht Daisy zu. »Was willst du damit sagen? Er konnte immer alleine wegfahren, aber bisher hat er den Wunsch danach nie geäußert.«

Daisy sah sie überrascht an. Der hysterische Unterton in Roses Stimme war nicht zu überhören. »Warum regst du dich denn so auf, Mum? Beruhige dich.«

»Es ist sowieso nicht wichtig«, sagte Michael. »Ich habe ihnen noch nicht zugesagt.«

»Dad«, mischte sich nun Jessie ein, »es *ist* wichtig. Und wie wichtig das ist. Du fährst. Mum macht das nichts, stimmt's, Mum?«

»Natürlich macht es mir nichts«, sagte Rose.

»Du klingst nicht gerade glaubwürdig.«

William und Jasmine war das alles sehr peinlich, sehr unangenehm. Zunehmend wurde aus diesem Gespräch ein unterschwelliger Angriff gegen Rose. Und sie begriff auf einmal, dass ihre Töchter, falls Michael sie wegen dieses Flittchens verließe, ihr die Schuld geben würden, weil sie zu sehr geklammert hatte. Diese Ungerechtigkeit empfand sie als so unerträglich, dass sie den beiden am liebsten eine Ohrfeige verpasst hätte. Weder Daisy noch Jessie würden sie als die betrogene Ehefrau sehen, die nach dreißigjähriger Ehe für ein jüngeres Modell ins Abseits geschoben wurde.

Hatte Michael das Gespräch ganz bewusst auf dieses Thema gebracht? Weil er ihre Reaktion kannte und eine Rechtfertigung dafür brauchte, sie zu verlassen?

Er war doch nicht derart berechnend?

Er hasste sie doch nicht so abgrundtief? Das hätte sie doch merken müssen.

Sie kannte Michael in- und auswendig.

Rose ging im Geiste die Scheidungen in ihrem Freundes- und Bekanntenkreis durch. Selbst wenn sich die Betroffenen anfangs fest vorgenommen hatten, alles freundschaftlich über die Bühne zu bringen, waren sie doch am Schluss ausnahmslos verfeindet gewesen.

Zwischen den einzelnen Gängen half Daisy Rose in der Küche. Rose verbrannte sich an der Kuchenform – es gab Apfelkuchen als Nachtisch –, aber sie weinte nicht deshalb. Daisy hielt ihr die verbrannte Hand unter den Wasserhahn und ließ kaltes Wasser darüber laufen. »Bleib hier, ich hole inzwischen ein Pflaster«, erklärte sie.

»Um was ging es da vorhin überhaupt?«, fragte Rose.

»Wie bitte?« Daisy hatte es bereits vergessen.

»So zu tun, als wolle ich euren Vater davon abhalten, an diesem Flugwochenende teilzunehmen.«

»Haben wir das gesagt?« Daisy trocknete ihrer Mutter die Hand ab. Rose wäre es lieber gewesen, sie hätte es gelassen und sich auf das Gespräch konzentriert.

»Ja, ja, ihr habt beide auf mich diesen Eindruck gemacht.«

»Du nimmst das alles viel zu persönlich, Mum. Dad fährt sowieso nicht. Du weißt, dass er das nie tun würde.« Bei diesen Worten klebte sie ein Pflaster um Roses Finger. »Reg dich ab, Mum. Du bist schrecklich angespannt. Ich spüre das. Du kamst mir schon komisch vor, als wir ankamen. Ich dachte, das sei wegen Jessies Freundin.«

»Ich versteh nicht.«

»Jasmine. Sie ist nett. Ich mag sie.«

Rose hatte keinen Gedanken an Jasmine verschwendet. Warum sollte sie?

Sie sah Daisy dabei zu, wie sie die Vanillesoße umrührte. Es gab Mütter, die sich in ihrer Situation ihren Töchtern anvertrauen würden. Sie hatte zu beiden Töchtern ein gutes Verhältnis, zumindest glaubte sie das. Sie fragte: »Daisy, hast du das vorhin ernst gemeint, dass dein Vater mal eine Pause brauche?«

»Als wir kamen, warst du es doch, die sich um ihn Sorgen gemacht hat. Erinnerst du dich? Du hast gemeint, er müsse sich mehr schonen.« Daisy goss die dicke Soße in die bereitstehende Sauciere. »Du siehst aber auch ziemlich müde aus, Mum. Vielleicht seid ihr beide jetzt einfach urlaubsreif. Die Reise wird euch gut tun, euch beiden. Ein bisschen Erholung.«

Noch nie zuvor hatte Rose ein so starkes Bedürfnis gespürt, ihre Tochter zu umarmen und sie um Hilfe zu bitten. Aber sie wollte die Beziehung nicht umkehren. Schließlich war sie doch Daisys Mutter. Was zwischen ihr und Dinah geschehen war, dieser Rollentausch, das wollte sie auf keinen Fall wiederholen. Falls sich Michaels Liebelei als einmaliger Ausrutscher herausstellte, wäre es ein Fehler, die Mädchen einzuweihen und etwas so Wunderbares wie ihre Familie kaputtzumachen.

Als sie in das Esszimmer zurückkamen, war Michael mit William in ein Gespräch über die Fliegerei vertieft. Anscheinend hatte er sich in das Thema eingelesen. Er hatte immer fliegen lernen wollen und diese Wochenendidee war kein plötzlicher Einfall gewesen. Als William nachfragte, ging Michael in sein Arbeitszimmer und holte eine Hochglanzbroschüre. Die beiden steckten darüber die Köpfe zusammen.

Warum hatte er nie davon gesprochen, nie auch nur ein Wort davon Rose gegenüber fallen lassen? Warum hatte er ihr die Broschüre nicht gezeigt?

Das sollte also sein schmutziges Wochenende werden. Der zweiundzwanzigste November. War das das erste Wochenende oder eines von vielen im Lauf der letzten Jahre, als Rose seine Geschäftsreisen fraglos akzeptiert hatte, die unzähligen Zweitagesausflüge mit einer Übernachtung in einem Londoner Hotel, bei denen Rose ihn nicht begleiten konnte, bei denen er sie jedoch jedes Mal anrief, um sich zu erkundigen, wie es ihr ging? Hatte er sich deshalb diese ganze Fluggeschichte ausgedacht? Weil er wusste, dass Rose ohnehin nicht mitfahren würde?

Der Apfelkuchen schmeckte nach Pappkarton. Rose ging in die Küche, um Kaffee zu kochen.

»Frierst du, Schatz?«, fragte Rose Jessie, die sich auf dem Zweisitzersofa an ihre große neue Freundin kuschelte. »Sollen wir den Kamin anmachen?« Es war die richtige Jahreszeit für den Kamin – noch nicht kalt genug, um die Zentralheizung anzustellen.

»Nein, Mum, ich bin nur müde nach dem vielen Essen und dem Alkohol.«

Es war schön, Jessie so zufrieden zu sehen. Obwohl sie noch immer viel zu dünn war. Möglicherweise tat ihr diese neue Freundin gut, half ihr, etwas aus sich herauszugehen. Von Roses zwei Töchtern war Jessie immer die Schwierigere gewesen. Das hatte angefangen, als sie noch ein Baby war und ständig Koliken hatte. Andererseits würde Jessie auf der Skala für schwierige Kinder ganz unten rangieren. Als sie mit guten Noten die Schule verließ, wusste sie nicht, welche berufliche Laufbahn sie einschlagen sollte. Rose und Michael brachten sie dazu, eine Ausbildung als Lehrerin zu beginnen. »Schließlich musst du etwas tun, du kannst nicht einfach hier rumhängen«, hatte Michael ihr erklärt.

»Aber ich möchte mir die Welt ansehen, das wisst ihr doch. Ich brauche Zeit, um mir über alles klar zu werden. Ich will herausfinden, wo meine Talente liegen«, hatte sie geschnaubt. »Ich kenne niemanden, der sofort nach der Schule aufs College geht. Verdammt noch mal, ich möchte Lebenserfahrung sammeln.«

Michael hatte ihr auf seine ruhige Art klar gemacht, dass er davon nichts hielt. Und nach einem schwierigen ersten Jahr in St. Marks schien sie sich nun langsam dort einzugewöhnen. Doch wer sollte sie mit dieser verrückten Frisur und den abgerissenen Klamotten je als Lehrerin einstellen?

Rose fröstelte. Denn genau auf dieselbe ruhige, angenehme Weise würde Michael seinen Töchtern auseinander setzen, warum er sich von ihrer Mutter zu trennen gedenke. Und auf dieselbe liebevolle und bewundernde Weise, in der sie stets mit ihm umgingen, würden sie diese Erklärung annehmen.

Und sie würde außen vor bleiben.

4

Pretty Belinda.

Belinda McNab.

Zierlich, süß und lebhaft. Mit solch verstörend blauen

Augen, dass sie ständig gefragt wurde, ob sie Kontaktlinsen trage. Was Kleidung anging, hatte sie ihren eigenen Stil – ein Vorhang diente ihr als Kaftan und ein weicher Schal als Bolero. Belinda ging nicht, sie schwebte, selbst in klobigen Rainbow Doc Martens. Sie redete mit ihren Händen, die so kindlich wirkten, blitzende Ringe an jedem Finger. Und sie sang eher, als dass sie sprach.

Sie hatte zur selben Zeit in St. Marks angefangen wie Jessie. Sie wollte später mit kleinen Kindern arbeiten. Sie konnte so wunderbar Kinderlieder singen – Little Miss Muffet in Person.

Es war Daisy, die sich ihretwegen an Michael wandte. Und es war Jessie gewesen, die Daisy um Hilfe gebeten hatte. Jessie, die monatelang gekämpft hatte und nun mit diesem Mädchen nicht mehr fertig wurde.

Niemand wurde fertig mit ihr.

Sie war durchgeknallt.

Belindas Obsession hatte an Jessies erstem Tag am College angefangen. Aber erst zwei Monate später vertraute sie sich ihrer Schwester an.

»Sie ist jetzt garantiert da draußen«, flüsterte Jessie, als sie durch die Vordertür hereineilte, durch das Wohnzimmer rannte und den Vorhang zurückzog, um die regennasse Dunkelheit absuchen zu können. Sie sah so jung und verletzlich aus, wie sie da stand mit ihren zerzausten Haaren und der klatschnassen Jacke. »Sie ist mir hierher gefolgt. Da bin ich mir sicher.«

»Du bist paranoid.« Daisy war entsetzt über den aufgelösten Zustand, in dem sich ihre Schwester befand, und darüber, dass da draußen irgendeine Irre lauerte. »Schau dir doch an, wie es draußen schüttet. Da müsste man doch verrückt sein, um …«

William war sofort ins Schlafzimmer verbannt worden. Er war nicht unglücklich darüber gewesen, nachdem er einen Blick auf Jessies Gesicht geworfen hatte.

»Sie ist verrückt«, wisperte Jessie leise, als befürchtete sie, belauscht zu werden.

Daisy kämpfte mit einem Korken. Je schneller sie die Weinflasche öffnete, umso besser für sie, wenn schon nicht für ihre Schwester. »Aber sie ist nicht… gewalttätig… Du denkst doch nicht, dass sie dir etwas antun würde?«

Jessie schüttelte den nassen Kopf. Das Wasser spritzte von ihrer Dauerwelle, die nie wirklich gut aussah und bei deren Anblick Daisy ständig an Spanielohren denken musste. »Sie droht ständig mit allem Möglichen, aber bisher hat sie nichts in der Richtung unternommen.«

In dem ersten Semester in St. Marks hatten sich Belinda und Jessie sofort angefreundet. »Wir haben uns so gut verstanden. Es war wunderbar, gleich am ersten Tag eine Freundin zu finden. Du weißt ja, dass ich dort niemanden kannte. Ich wollte nicht dorthin, genauso wenig wie Belinda. Wir lachten über alle anderen. O Gott.« Jessie ließ den Kopf in die Hände sinken.

»Da«, Daisy schob ein großes Glas Chardonnay in ihre Richtung. Sie zog den Stuhl heran, um näher am Tisch zu sitzen. Das Wasser tropfte von Jessie auf den Tisch zwischen ihnen. Schließlich streifte sie ihre glänzende schwarze Jacke ab und ließ sie achtlos auf den Boden gleiten.

»Wir fragten sogar, ob wir nicht die Zimmer tauschen und zusammenziehen könnten.« Jessie seufzte, dann fröstelte sie bei der Erinnerung daran. Daisy wollte eine Decke holen, um ihre Schwester darin einzuwickeln. Doch sie wusste, Jessie würde sich über jede Unterbrechung ärgern, jetzt, da sie endlich bereit war, alles zu erzählen. »Gott sei

Dank war die Leitung damit nicht einverstanden. Aber Belinda war auf demselben Korridor untergebracht wie ich und wir steckten die ganze Zeit zusammen, du kennst das. Alle anderen grenzten wir aus. O Gott. Sie erschienen uns alle so erbärmlich. So ernsthaft, richtige Streber. Die Pausen verbrachten wir gemeinsam. Wir zeigten offen, dass wir niemanden sonst an unserem Tisch wollten. Und abends weigerten wir uns, bei ihren langweiligen, kindischen Spielen mitzumachen. Oder mit ihnen wegzugehen. Wir suchten uns ein anderes Pub als Stammkneipe, eins, das weiter weg war. Damit wir die anderen nicht trafen.«

Typisch, Jessie saß wieder mal in der Patsche. Der Pechvogel der Familie.

So ging es wochenlang weiter, bis die andere Sache anfing. Es war doch nichts dabei, ab und zu Händchen zu halten. Und Belindas erste Küsse waren platonisch. Als sie ihr schließlich näher kam, verdrängte Jessie das einfach.

Sie war einsam.

Sie hatte keine anderen Freunde.

Ihr fehlte ihre alte Schule.

Sie litt unter Heimweh.

Die anderen hatten schon lange zuvor ihre Schlüsse gezogen und behelligten das Pärchen nicht weiter. Nun waren die beiden, die zuvor die anderen ausgeschlossen hatten, selbst die Ausgeschlossenen. Dabei fand Jessie inzwischen, da sie ihre Mitstudenten besser kannte, einige unter ihnen durchaus sympathisch und wünschte sich, sie hätte diese zuerst kennen gelernt.

»Belinda war manisch-depressiv«, erklärte Jessie ihrer Schwester. »Meistens saßen wir zusammen in ihrem Zimmer, weil ihre Zimmergenossin total auf Kino abfuhr und häufig lange aus war. Wir hatten kein Licht eingeschaltet, nur eine Kerze und Musik und Kissen am Boden.« Jessie zupfte an ihren Fingern herum, um sie unvermittelt wegzustecken, als fühle sie sich durch sie gestört. »Ich mochte es schon immer gern, an den Füßen massiert zu werden. Also tat sie das öfters und ich ließ sie. Es schien nichts dabei zu sein damals. O Gott… es war einfach nett.«

Jessie unterbrach sich und schüttelte den Kopf. Stand auf und nahm ihr Weinglas mit ans Fenster. Sie zog noch einmal den Vorhang zurück.

Daisy ließ sie nicht aus den Augen. »Sie kann nicht hereinkommen, Jessie, selbst wenn sie da draußen ist. Komm zurück, setz dich und beruhige dich. Erzähl weiter.«

Jessie stellte ihr Weinglas ab und begann, sich den Nacken zu massieren. »Ich weiß nicht, ob ich das schaffe.«

Sie sah ihre Schwester an. Ihr Blick glitt zur Seite. »Ich weiß nicht, wie ich es dir sagen soll.«

Daisy beugte sich nach vorne. »Ich bin es, Jessie, erinnere dich. Du sprichst mit mir. Und mir ist es ganz egal, was passiert ist. Mir geht es nur um dich.«

Doch Jessie sagte kein Wort, saß nur da und atmete tief durch. »Das Problem ist… es ist ein solches Chaos. Ihre Berührungen wurden immer intimer. Es ging nicht von mir aus, sie war die treibende Kraft, aber ich ließ es zu. Und, Daisy, es gefiel mir.«

»Ist ja gut, ist gut.« Daisy griff nach den Händen ihrer Schwester und hielt sie fest.

Doch Jessie zog sie weg und wischte sich zornig die Augen. »Halt den Mund. Halt den Mund. Belinda fing an, mir zu erzählen, sie liebe mich. Und ich glaube, ich reagierte darauf. In der Situation ist es einfacher zu reagieren und schwieriger, sich ruhig zu verhalten. Ich kann es nicht erklären… sie hat so was Unwiderstehliches. Es war aufregend, gegen die Regeln zu verstoßen. Sie kann einen richtig hypnotisieren. Ich weiß es auch nicht. Zu dem Zeitpunkt waren wir wohl schon, denke ich, …intim? Ihre« – Jessie suchte nach dem richtigen Wort –, »ihre Leidenschaft war überwältigend. Mir ist inzwischen klar, mir hätte das Zwanghafte daran auffallen müssen, das Beängstigende. Ich hasse das Wort krank, aber genau so kam es mir allmählich vor. Belinda war so irrational und so eifersüchtig, ich hatte das Gefühl, sie frisst mich mit Haut und Haaren.«

Offensichtlich empfand Belinda bereits ein Lächeln als Betrug und wich nicht mehr von Jessies Seite. Sie hinterließ überall Zettel, in Jessies Handtasche, unter ihrem Kissen, zwischen den Seiten ihrer Bücher. In diesen kurzen, furchtbar kindischen Briefen teilte sie Jessie mit, wie sehr sie diese liebe und dass sie stürbe, wenn sie sie verlöre. Belinda begann von einer Zukunft zu träumen, in der sie und Jessie für immer zusammen waren. Sie erklärte, nie jemand anderen geliebt zu haben und nun, nachdem sie Jessie getroffen habe, nie mehr einen anderen lieben zu können.

»Sie war nicht mehr diskret. Es war entsetzlich, Daisy. Alle wussten, dass wir ein Paar sind. Pervers. Lesben. Sie machten sich lustig über uns, rissen Witze. Sie versuchte mich in der Öffentlichkeit zu küssen. Sie *wollte*, dass uns andere dabei sehen. Schickte mir Gedichte, kaufte mir Geschenke. Schau«, sie hob den Arm hoch, »diese Uhr. Und dabei konnte Belinda sich das überhaupt nicht leisten. Sie war genauso knapp bei Kasse wie ich.«

Während Woche um Woche verstrich und Weihnachten näher rückte, betete Jessie darum, die Beziehung möge etwas abkühlen, doch Belindas Verhalten wurde noch extremer. »Es ging eher um Macht als um Liebe.« Jessie versuchte, mit ihr zu reden. Sie erklärte ihr, ihre Beziehung sei unausgewogen, sie könne Belindas Leidenschaft nicht in gleichem Maße erwidern. Sie mache sich Sorgen, Belinda könne verletzt werden.

»Ich glaube, sie hat mir nicht mal zugehört. Für sie war ich kein eigenständiger Mensch mehr«, stöhnte Jessie. »Belinda ging anscheinend davon aus, wir würden Weihnachten gemeinsam verbringen, sie bei uns zu Hause oder ich bei ihr zu Hause. Aber ich sehnte mich nach einer Auszeit. Sie machte mir inzwischen richtiggehend Angst, ich wollte nur noch weg von ihr.«

Daisy zuckte unbeeindruckt die Achseln. »Letztes Weihnachten? Du hast kein Wort erwähnt. Niemand konnte dir anmerken, wie schlecht es dir ging.«

»Nein, das stimmt wohl.« Jessies Hände zitterten noch immer. »Aber ich verbrachte unheimlich viel Zeit in meinem Zimmer, am Telefon, und versuchte, Belinda zu beruhigen. Schließlich wollte ich keinesfalls, dass sie ihre Drohung wahrmacht und plötzlich hier auftaucht. Ihre Drohungen wurden immer drastischer. Sie sagte, sie wolle Mum und Dad schreiben, ich solle ihnen von uns erzählen und mich als Lesbe outen. Mein wahres Selbst herzeigen. Ich ging nicht besonders gut damit um, ich weiß. Ich tat so, als sei alles in bester Ordnung. Als das neue Semester begann, war ich meinem Ziel, diesem Wahnsinn ein Ende zu machen, keinen Schritt näher gekommen.«

»O Gott, du Ärmste.« Absolut nichts sagend, diese Bemerkung, aber etwas anderes fiel Daisy nicht ein.

Während der ersten Wochen des neuen Semesters verschlimmerte sich Belindas extremes Verhalten. Die Drohungen wurden ernst. Anfangs waren sie gegen sie selbst gerichtet: Sie wolle sich etwas antun, wenn Jessie sich nicht fügte; wolle Hand an sich legen, sich umbringen. Doch dann begannen sich ihre Drohungen gegen Jessie zu richten. Wenn Belinda sie nicht haben konnte, sollte sie niemand bekommen – die alten Klischees.

Belinda wollte Jessie umbringen, anschließend sich

selbst. Sie wollte sie verletzen, Jessie sollte wissen, welche Schmerzen Belinda ertragen musste. Sie wollte sie aufschlitzen, verbrennen. Sie könne tun, was sie wolle, niemals würde es ihr gelingen, Belindas Liebe zu entkommen.

Die gutmütige Jessie empfand Mitleid mit ihr. Belinda hatte ein so unglaublich trauriges Leben gehabt, eine so unglückliche Kindheit. Ihre ersten Lebensjahre hatte sie im Krankenhaus verbracht. Hatte nie eine richtige Beziehung zu ihrer Mutter aufgebaut. Und ihr Vater und ihre zwei Brüder hatten sie missbraucht. Ihr ganzes Leben lang war sie einsam gewesen. All das hatte sie Jessie erzählt. Und diese wünschte sich, ihr helfen zu können.

Aber Jessie konnte mit niemandem reden.

Das hatte sie sich selbst zuzuschreiben. Sie konnte niemandem von ihrer lesbischen Affäre erzählen. Sie wusste ja nicht einmal, ob sie überhaupt lesbisch war. Schließlich hatte sie schon einige Freunde gehabt, war keine Jungfrau mehr, als sie ans College kam.

Zum Teufel.

Vielleicht war sie bisexuell. Was dachte Daisy?

»Ich denke, in dem Zustand, in dem du bist, solltest du dir nicht den Kopf darüber zerbrechen, welches Wort am besten auf dich zutrifft«, sagte Daisy. »Und überhaupt, was hat das schon zu bedeuten? Wichtig ist, was du als Nächstes tust. Belinda ist offensichtlich vollkommen neben der Spur. Sie verfolgt dich. Sie macht dir das Leben zur Hölle. Du musst dich jemandem anvertrauen, Jessie. Jemand muss dir doch helfen können.«

»Wie soll ich das machen? Denk doch mal nach. Wer könnte mir schon helfen? Und warum sollten sie? Ich schäme mich so. Und ich habe mich selbst in diese Situation gebracht. Ich sollte St. Marks verlassen, einfach weggehen.«

»Das ist albern. Würde es etwas bringen, wenn ich mit Belinda rede? Wenn ich versuchte, ihr zu erklären, wie …«

»Nein. Nein. Sie würde dich nur auch noch hineinziehen. Sie ist unglaublich gut darin, Leute zu manipulieren.«

»Was ist mit Dad?«

»Machst du Witze? *Niemals*!«

Doch Jessie hätte eigentlich klar sein müssen, dass Daddy alles wieder in Ordnung bringen konnte.

Diese Nacht verbrachte Jessie in Daisys Wohnung. Am nächsten Morgen waren sie einer Lösung keinen Schritt näher gekommen. Jessie ging in demselben verstörten Zustand ans College zurück, wie sie gekommen war. Nur der Gedanke daran, dass Belinda eine kalte, ungemütliche Nacht draußen in der Nässe verbracht haben musste, heiterte sie ein wenig auf.

Daisy wandte sich an ihren Vater. Den geliebten, allmächtigen.

Einige Töchter wären allein vor der Vorstellung zurückgeschreckt. Doch weder Jessie noch Daisy fanden es merkwürdig, sich Michael anzuvertrauen. Trotz ihres Alters.

Man konnte sich absolut auf ihn verlassen und er war äußerst vernünftig. Er war kein normaler Dad, sondern eine Art englischer Atticus aus *Wer die Nachtigall stört*. Zum einen konnte ihn nichts schockieren und zum anderen war Homosexualität kein Tabuthema für ihn. Er würde das Problem einfühlsam lösen. Dabei wäre ihm Belindas Wohlergehen genauso ein Anliegen wie das Wohlergehen seiner Tochter. Seine Firma erledigte die Buchhaltung für das St. Marks Teacher Training College. Er kannte die Leute, hatte Kontakte. Und er war es gewohnt, mit Menschen umzugehen und sich mit Problemen auseinander zu setzen. Darin war er Experte.

Daisy erzählte die albtraumhafte Geschichte so, als ginge

es um eine Freundin von ihr. Bis Michael sie unterbrach: »Stellen wir doch eines klar: Wir sprechen hier von Jessie, stimmt's?«

Daisy errötete verblüfft. »Aber …?«

»Lass nur, erzähl weiter.«

Sie erzählte ihm die verworrene Story.

Das Thema wurde nie wieder erwähnt. Daisy und Jessie fragten sich oft, was er getan haben mochte, wie er es bewerkstelligt hatte. Offensichtlich war ein diffiziles Problem diskret gelöst worden und dabei wollte Dad es belassen.

Hatte er sich mit Belinda getroffen? Welche Geschichten über Jessie hatte sie ihm erzählt? Ihre Fantasie war grenzenlos. Hatte man sich freundschaftlich auf eine Lösung geeinigt oder waren Tränen geflossen und böse Worte gefallen?

Bevor Belinda St. Marks verließ, versteckte sie einen letzten Brief unter Jessies Kopfkissen. Michael oder sein Umgang mit der Angelegenheit wurden darin nicht erwähnt. »Liebe Jessie. Was immer mit mir nun geschieht, ich werde dich stets lieben. Du bist meine ganze Welt.« Und darunter schrieb sie diese abgedroschene Zeilen von Yeats:

> »Aber ich, der ich arm bin, habe nur meine Träume; ich habe meine Träume vor deinen Füßen ausgebreitet; wandere vorsichtig darauf, denn du wandelst auf meinen Träumen.«

Seither hatte Jessie nichts mehr von ihr gehört. Und kam langsam wieder zur Besinnung.

Daisy bezweifelte sehr, dass Dad Mum von der Sache erzählt hatte. Er beschützte sie vor allem und jedem, es war einfach entsetzlich. Sicher, sie hatten so gut wie keine Geheimnisse voreinander, doch Dad wusste, wie sehr sie sich um Jessie sorgte, und warum sollte er sie nun, da das Problem ja offenbar gelöst war, unnötig beunruhigen?

Ob Jessie noch immer verwirrt war, was ihre sexuelle Orientierung anging? Hatte sie deshalb letzten Sonntag diese neue Freundin, Jasmine, zum Mittagessen mit nach Hause gebracht? Dad schien es offensichtlich nicht zu stören und Mum hatte es anscheinend gar nicht bemerkt. Jetzt, da Daisy darüber nachdachte, fiel ihr auf, dass Mum den ganzen Tag über außerordentlich abwesend gewirkt hatte.

In der Küche hatte sie an einer Stelle überempfindlich reagiert und Daisy fragte sich, ob Jessie und Jasmine sie so aus der Fassung gebracht hatten. Dad wusste ja inzwischen Bescheid über Jessies Neigung, aber für Mum wäre es sicher ein Schock. Es ließ sich nur vermuten, was sie von Lesben hielt. Dad hatte damit keine Schwierigkeiten – er riss Witze über sie, doch wer tut das nicht –, also dachte sie wohl genauso. Nein, es lag nicht an Jessie und ihrer Freundin, dass Mum so neben sich gewesen war, es war der Gedanke, Dad könnte verreisen, und dass alle Dad in seinem Anliegen unterstützt hatten.

Die Veränderungen, die das Leben mit sich brachte, machten Mum zu schaffen. Das durften sie nicht vergessen. Sie mussten in Zukunft vorsichtiger mit ihr umgehen. Die Familie bedeutete ihr so viel. Daher fiel es ihr besonders schwer, sich mit dem Auszug ihrer Kinder abzufinden. Sie hoffte sicher bald auf Enkelkinder. Und Daisy war keineswegs abgeneigt – das hieß, falls es ihr gelänge, William dazu zu bewegen, ihr einen Heiratsantrag zu machen.

Ihre Kinder könnten sich glücklich schätzen, so liebevolle Großeltern zu haben.

Daisy lächelte.

Dad wäre stolz. Sie machte ihm so gerne eine Freude.

Manchmal fragte Daisy sich, ob Mum unter ihrem Leben als Hausfrau litt. Trotz ihres Geschichtsstudiums hatte sie nie irgendwelche Anstrengungen unternommen, Karriere zu machen. Wozu dann überhaupt das Studium?

Auf eine gewisse Weise führte sie das Leben eines Parasiten, ernährte sich von den Erfahrungen anderer. Sie verließen ihr Zuhause, Dad, Daisy und Jessie, und fütterten sie wie Seemöwen ihr Küken mit Bröselchen ihres Lebens. Und Mum wählte sich ihr Leben aus zweiter Hand. Von ihnen, aus Büchern, vom Fernsehen und Radio 4.

Noch zwei Jahre, dann wurde Mum fünfzig. Sie waren beinahe dreißig Jahre miteinander verheiratet. *Unglaublich.*

Mum hatte mit einundzwanzig geheiratet, und als Daisy geboren wurde, war sie dreiundzwanzig. Damals war es normal, nur Hausfrau und Mutter zu sein. Ob sie ihr Leben als Opfer empfand? Hatte sie vor ihrer Heirat berufliche Ambitionen gehabt? Falls dem so war, hatte sie diese ihnen gegenüber nie erwähnt. Ihr soziales Engagement schien ihr zu reichen, durch das sie in Kontakt mit anderen blieb. Wobei natürlich ein gewisser Sicherheitsabstand gewahrt blieb. Sie bestand darauf, selbst zu entscheiden, wem sie half. Ihre Wahl war auf die Alten und Blinden gefallen, doch sie bemühte sich immer, eine gesunde Distanz zu wahren zu diesen Schattenseiten des Lebens.

Was würde Mum tatsächlich empfinden, wenn sie von Jessies sexuellen Neigungen erführe? Wie sähe ihre ehrliche Reaktion aus, wenn eine von ihnen einen Farbigen nach Hause brächte? Oder Dad Alkoholiker würde? Oder sie herausfände, dass William ihre Tochter prügelte? Oder jemand aus ihrer Familie Aids hätte?

Doch Daisy und Jessie verdankten ihrer Mutter so viel. Eine glückliche, unbeschwerte Kindheit. Dass sie immer für sie da war, auf sie wartete, wenn sie von der Schule nach Hause kamen. Die Schüsseln mit leckerem Kuchenteig, die sie ausschlecken durften, die stets ordentlich gemachten Betten, Puppenkleider, all das Lachen und die Abenteuer. Igitt, das klang so pappsüß, hörte sich an, als seien sie richtig verwöhnt worden. Die meisten ihrer Freunde hatten sie beneidet und es so gut wie immer vorzogen, bei ihnen zu spielen.

Alles an Mum war frisch und wohlduftend. Sogar die Bücher, die Rose las, waren meistens historische Romane mit Happyend. Grausamer als *Flowers in the Attic* oder ein Thriller von Stephen King wurde es bei ihr nicht, denn schon diese Lektüre raubte ihr den Schlaf. Andererseits ließ sie ihre Töchter lesen, was sie wollten. Selbst damals, als Jessie ihre Horrorphase hatte und *American Psycho* nach Hause brachte und Daisy die Bücher mit schwarzem Umschlag neben der Ladenkasse kaufte, nur weil sie wissen wollte, wie sie sind, mischte sie sich nicht ein.

Hatte Rose denn gar keine dunkle Seite? Rose und ihr sicheres, privilegiertes Leben.

In Daisys Augen nicht.

5

Es heißt, wahre Liebe bedeutete loszulassen.

Das können Sie vergessen.

Rose konnte oder wollte noch immer nicht akzeptieren, dass Michael sich seinen Spaß woanders holte, und packte weiter für Venedig, putzte das Haus von oben bis unten, als ob sie nie mehr zurückkäme. Dazu gehörte das Abrücken von Möbeln, das Ausleeren der Gefriertruhe und Staubsaugen unter den Betten.

Aus irgendeinem Grund war sie fest davon überzeugt, das Haus würde während ihres Urlaubs ausgeraubt, und dann käme die Polizei und würde Staub und Dreck entdecken. Oder was wäre, wenn sie bei einem Autounfall ums Leben kämen und die Leute, die das Haus räumten, schöben das Sofa zur Seite?

Manchmal beherrschten sie solche Gedanken und trieben sie zu merkwürdigem Verhalten. Zum Beispiel als sie in Michaels Büro anrief und Belinda zu sprechen verlangte. Sie hatte sich die Worte für das Gespräch laut aufgesagt, während sie das Bad putzte. Die Dame am Empfang kannte ihre Stimme, sie musste sie also etwas verstellen. Deshalb hielt sie sich die Nase zu.

Mein Gott. Wenn jemand sie hätte sehen können. Es wurde zurückgefragt: »Belinda? Und der Nachname?« Worauf sie sofort auflegte, so schämte sie sich.

Gab es denn mehr als eine Belinda? So häufig war der Name doch gar nicht.

Sie war fest entschlossen, ihr seltsames Verhalten in den Griff zu kriegen. Das musste ein paranoider Teil ihres Gehirns sein, der vorher noch nie aktiv geworden war. Vielleicht lag es auch an ihrem Alter und den Büchern, die sie las. Das Zeug, das man sich im Fernsehen ansah, wo ständig jeder jeden betrügt. Sie hielt ihre Reaktion auf diesen Brief für krank, denn sie verhielt sich genauso wie eine Figur aus einer dieser stupiden Nachmittagsserien. Sie hätte es nicht für sich behalten, sondern Michael direkt darauf ansprechen sollen. Doch am Montag, als sie noch mal in seinen Taschen nachsah, war der Umschlag nicht mehr da. Er schien sich also doch genug Gedanken gemacht zu haben, um ihn verschwinden zu lassen.

Wie sehr sie sich auch anstrengte, Rose konnte sich nicht mehr erinnern, ob der Liebesbrief ausdrücklich an Michael gerichtet war. Sie hatte ihn so schnell gelesen, dass sie den Anfang überflogen hatte, den Rest jedoch kannte sie Wort für Wort auswendig. Vielleicht hatte Michael ihn im Büro weggeworfen. Er verabscheute es, wenn Abfall herumlag.

»Kennen wir jemand, der Belinda heißt?«, fragte sie ihre Freundin, Jane, bei der nächsten Gelegenheit. Es bestand die Möglichkeit, dass sie einen Namen einfach vergessen hatte. Die Mädchen witzelten ständig darüber, sie werde langsam senil, seit sie einmal die Briefe geistesabwesend in den Abfallbehälter unten an der Straße gesteckt hatte statt in den Briefkasten.

»Nein«, antwortete Jane. »Warum? Sollten wir?«

»Ach nee, das war nicht wichtig.« Damit wechselte Rose das Thema.

Wenn sie unterwegs war, einkaufen, im Geiste ihre Liste durchging, dann war er plötzlich wieder da, dieser nagende Zweifel, und ließ sie nicht los.

Die Nachricht auf dem Telefonbeantworter.

Michael hatte diese Nummer gewählt.

Das konnte Rose nicht einfach so wegwischen.

»Du würdest mich nie verlassen, oder?«

Michael drehte sich auf die andere Seite und schaltete sein Licht aus. Ihre Bemerkung war Teil eines uralten Rituals. Sie hatte ihm diese Frage im Lauf der Jahre so oft gestellt, dass sie inzwischen bedeutungslos geworden war. Weshalb sie diese nun ohne Bedenken verwenden konnte.

»Du weißt, ich würde dich nie verlassen«, seufzte er.

»Würdest du mich jetzt heiraten, wenn wir uns gerade erst kennen gelernt hätten?«

»Vom Fleck weg.«

»Ich liebe dich«, sagte Rose.

»Ich liebe dich auch«, sagte Michael.

Sie horchte, ob da ein Unterton mitschwang, konnte jedoch nichts dergleichen entdecken. Nur sein Atem wurde schwerer und regelmäßig, als er einschlief. Rose lag wach neben ihm und litt unter ihrem Verlust.

War sie zu besitzergreifend? War es das, was Michael von ihr wegtrieb? Sie hatte genügend psychologische Ratgeber gelesen, um sich ihrer Fehler bewusst zu sein. Und im Laufe der vielen Jahre, die sie nun zusammen waren, hatten Michael und sie – wie alle anderen wohl auch – über alles gesprochen und waren zu dem Schluss gekommen, dass sie alle Probleme bewältigen könnten.

Humor hatte geholfen und natürlich die Kinder. Wenn man Kinder hat, kann man einander nicht viel vormachen. Als die beiden noch klein waren, hatte sich Rose des Öfteren gefragt, für wen Daisy und Jessie sich wohl entschieden, falls Michael und sie sich trennen würden.

Sie machte sich etwas vor. Sie kannte die Antwort.

Michael war stets der Ruhige, Logische gewesen, während sie häufig launisch war. Wenn sie ihn darauf ansprach, lachte er nur und meinte, sie solle nicht so einen Unsinn reden. Ihre Töchter beteten sie an, das stimmte, sie fragte sich nur, warum sie, als ihre Mutter, bei ihnen nicht an erster Stelle stand.

Sie kaufte sich neue Kleidung für Venedig.

Merkwürdigerweise wählte sie Schwarz, eine Farbe, der sie noch nie etwas hatte abgewinnen können – einen schwarzen Rock und einen schwarzen Blazer. Sie sah attraktiv darin aus im Laden, in diesen speziell angefertigten Spiegeln, in denen man so schlank und gesund wirkt. Doch als sie zu Hause vor ihrem Spiegel im Schlafzimmer stand, schwand ihr Selbstvertrauen sofort dahin.

Belinda. Belinda.

Wer bist du?

Sie ging los, um etwas für ihr Äußeres zu tun.

»Gehen Sie heute Abend aus?«, fragte Sonia, während sie Roses Kopf über dem Spülbecken massierte. Rose wünschte sich, sie würde damit aufhören. Ihr tat bereits der Nacken weh.

Doch einmal wenigstens konnte sie eine Frage positiv beantworten. »Venedig. Morgen. Kann es kaum noch erwarten.«

»Sie Glückliche«, entgegnete Sonia tonlos.

Rose blickte auf in das makellose Gesicht des Mädchens, das so unbeeinträchtigt war von Zeit und Zigaretten, zu ihrem dichten Haar, das ebenso wild geschnitten war wie das von Jessie, und der kindlichen Figur. Unter dem Overall steckten Jugend und Energie. Man konnte den Männern nur schwer einen Vorwurf daraus machen, all dies zu begehren – angesichts der Tatsache, dass sie ja von der Natur dazu programmiert waren, ihren Samen auf den fruchtbarsten Grund fallen zu lassen, der verfügbar war. Überleben, darum ging es schließlich. Ob Michael, wenn er sie verließ, noch einmal Kinder haben würde?

Als sie zu Hause ankam, hatte Mrs. Hargreaves ihre Arbeit in der Küche gerade beendet.

»Alles fertig für den Urlaub, nehm ich an?«, sagte sie und hängte den Wischlappen über das Spülbecken. »Hübsche Frisur. Die machen das gut. Ich muss mir auch noch vor Weihnachten einen Termin für eine Dauerwelle geben lassen bei Audrey.«

Wahrscheinlich gefiel Roses Frisur ihrer Putzfrau tatsächlich. Mrs. Hargreaves war Mitte fünfzig und ihre Haare hatten, im Gegensatz zu Roses, weder Glanz noch einen erkennbaren Schnitt. Mrs. Hargreaves' Haar weckte eher Erinnerungen an Schamhaargekräusel, kurz geschnittenes, braunes Dauerwellengewusel, das deutlich zeigte, dass ihr egal war, wie sie aussah. Rose hätte sie zu gern gefragt, wann genau bei ihr diese Phase begonnen hatte.

War es eine bewusste Entscheidung gewesen oder hatte Mrs. Hargreaves sich ohnehin nie viele Gedanken um ihr Äußeres gemacht?

Mr. Hargreaves, der seine Frau häufig in seinem Van abholte, schien sich genauso wenig dafür zu interessieren, und der Gedanke, dass einer von ihnen vom Pfad ehelicher Treue abweichen könnte, würde so schnell niemandem in den Sinn kommen.

Was also war bei Rose schief gelaufen?

Sie legte die letzten Kleidungsstücke in ihren Koffer – sie hatten beschlossen, nur einen Koffer mitzunehmen, und bereits jetzt war er fast voll. Michael würde seine ganze Kraft brauchen, um ihn zu schließen. Da klingelte neben ihr das Telefon.

»Hallo?« Rose rang nach Luft.

»Ist da Mrs. Redfern?«

Die Frage kam so unvermittelt, es war wie ein Schock.

Rose antwortete vorsichtig: »Ja, mit wem spreche ich?«

»Sie kennen mich nicht, Mrs. Redfern, aber mein Name ist Belinda und ich würde gerne mit Ihnen reden.«

Rose ließ sich auf das Bett fallen. Was sollte das? Sie konnte es nicht fassen.

»Was meinen Sie? Ich weiß nicht, was Sie …«

»Mrs. Redfern, bitte glauben Sie mir, ich möchte Ihnen

keine Schwierigkeiten oder noch mehr Kummer machen, aber ich denke, Sie sollten es erfahren, und ich möchte Ihnen helfen, das alles zu verstehen. Es ist einfach so, dass Michael und ich…«

Wie sie diesen melodischen Akzent hasste! Rose schnappte nach Luft. »Es tut mir Leid, aber ich habe im Augenblick keine…«

»Bitte, Mrs. Redfern, das nimmt nur einen Bruchteil Ihrer kostbaren Zeit in Anspruch. Michael und ich, wir sind zusammen. Wir haben Pläne. Wir lieben uns. Er hätte Sie inzwischen längst verlassen, aber er ist einfach zu rücksichtsvoll. Er hat Sie gern und das wird sich nie ändern, doch nun ist es an der Zeit, sich zu entscheiden. Wir können nicht einfach so tun, als habe sich nichts verändert. Wir müssen alle an unsere Zukunft denken, haben Dinge auf dem Herzen, die wir loswerden möchten. Niemand möchte, dass dabei die anderen Betroffenen zu sehr verletzt werden…«

Den Rest bekam Rose nicht mehr mit. In ihren Ohren rauschte es unerträglich.

Am liebsten hätte sie einfach aufgelegt, aber das brachte sie nicht fertig. Sie wollte mehr erfahren und ertrug es zugleich nicht zuzuhören.

»Ich hoffe sehr, Sie sind mir nicht böse wegen dieses Anrufes. Aber ich finde, wir müssen unbedingt miteinander reden, Sie und ich. Schließlich lieben wir beide Michael und wollen sein Bestes. Und Sie müssen verstehen, dass es bei dieser Angelegenheit kein Opfer gibt, keine Gewinner und Verlierer, nur Menschen mit Gefühlen.«

Roses Gedanken schweiften erneut ab. Sie strich mit ihrer freien Hand die Bettdecke glatt, sie sollte hübsch und ordentlich aussehen. Die Baumwolle fühlte sich kühl an unter ihren Fingern.

»Und Ihre Kinder, natürlich. Sie stecken im Augenblick in

ziemlichen Schwierigkeiten, klammern, sind verwirrt und sehr, sehr unglücklich, ich weiß.«

Rose legte abrupt auf.

Hätte sie nicht gesessen, wäre sie sicher umgekippt, flach auf den Boden. Ihr Kopf drehte sich, es war zu viel, sie ließ ihn in ihre Hände sinken. So hatte sie sich das nicht vorgestellt, nicht dieses kranke Getue dieser Männer verschlingenden fremden Person. Und diese Impertinenz, die Kinder zu erwähnen. Was alles musste Michael dieser traurigen, theatralischen Tussi anvertraut haben?

Es kamen keine Tränen. Roses Augen blieben völlig trocken. So trocken, dass sie sich wie Sandpapier anfühlten. Sie riss sie weiter auf und entdeckte einen Knopf, der Mrs. Hargreaves heute Nachmittag beim Staubsaugen entgangen sein musste.

Rose streckte die Hand dankbar nach etwas Alltäglichem aus. Auf allen vieren kroch sie über den Teppich, wie ein alter Hund, dessen Zeit zu Ende geht. Sie hatte keine Kraft mehr, saß einfach da und starrte leer vor sich hin.

Was für eine Sorte Frau machte einen derartigen Anruf? Und würde sie jetzt, da sie einmal angerufen hatte, wieder anrufen? Wusste Michael, dass seine Belinda das vorhatte? Würde er heute ganz normal nach Hause kommen?

Und was war mit Rose? Was sollte sie jetzt tun?

Konnte sie weitermachen, als sei nichts geschehen? Oder musste sie ihren Mann darauf ansprechen? Sie täte es, wenn sie sich sicher wäre, stark genug für sein Geständnis zu sein, dass er sie betrogen habe und sie verlassen wolle. Selbst wenn das hieße, mit der Lüge zu leben, Rose konnte sich dem nicht stellen. Noch nicht.

Sie musste aufstehen, die Vorhänge zuziehen und sich vergewissern, dass die Türen verschlossen waren. Doch sie fühlte sich auf einmal vollkommen kraftlos, konnte nur noch dasitzen und zittern, genauso wie nach Jessies Geburt. Sie klapperte mit den Zähnen, ihre Glieder zuckten. »Das ist der Schock, Schätzchen«, hatte die Hebamme ihr erklärt. »Kommt häufig vor.«

Das Bündel unter dem Bett jagte ihr Angst ein, bis sie erkannte, was es war. Beruhige dich, beruhige dich. Es ist nur der Sack mit dem Brautkleid, es wird dir nichts antun. Nichts in diesem Haus wird dir etwas antun. Hier ist alles sicher und vertraut. Die Stimme am Telefon war nur eine Stimme, der Rest ist in Roses Kopf.

Doch die Stimme, sie war schrecklich, so schrecklich wie das, was sie sagte – rau, heiser, dumpf.

Der Brautkleidsack war vollkommen verstaubt. Wann hatte sie ihn das letzte Mal in der Hand gehabt? Rose zog das Bündel unter dem Bett hervor. Dafür, dass es so ein großes Paket war, war es überraschend leicht. Sie strich mit den Fingern durch den weißen Staub und zeichnete Muster hinein. Sie hätte das Kleid wohl reinigen lassen sollen, doch damals war ihr das nicht so wichtig gewesen. Sie hatte vorgehabt, es irgendwann mal machen zu lassen. Es musste immer noch nach ihrer Hochzeit riechen, nach dem Parfum, das sie getragen hatte, den Blumen ihres Hochzeitsstraußes, dem Moschusduft, der ihrer Erinnerung nach über dem ganzen heißen Tag lag, dem Champagner, dem Gelächter, dem Sonnenschein.

»Bitte, bitte.« Es verlangte sie danach, es an sich zu pressen.

Langsam befreite sie das Kleid aus der leichentuchartigen Hülle. Es kostete sie eine ungeheure Kraft, Meter um Meter die flauschige Einpackung zu entfernen. Sie war erschöpft, doch sie zwang sich weiterzumachen und war nicht enttäuscht. Die Erinnerungen stürzten auf sie ein in einer Wolke von vollkommenem Weiß.

Musik.
Küsse.
Lächeln.
Alle unter einem goldenen Zeltdach.

Die kleinen schwarzen Fläschchen und Ampullen waren über das ganze Kleid verstreut, wie Käfer, die sich mit ihren Krallen tief in den Seidenstoff gegraben hatten. Eingebettet im Schleier machten sie sich daran, über den starren Petticoat zu klettern. Sie saßen auf dem paillettenbesetzten Mieder und verbargen sich in den weit geschnittenen Ärmeln. Verteilten sich über den Schlafzimmerteppich und setzten sich zwischen den Quasten fest.

Flaschen über Flaschen voll Phenobarb. Drei Packungen Ampullen. Und Spritzen.

Baggins.

Wenn er jetzt nur hier wäre. Bei ihr. Wie er ihr fehlte.

Endlich kamen die Tränen, wuschen ihr die Augen und lösten ihre Angst auf. Nun wünschte sie sich, sie hätte den Hörer nicht aufgelegt und hätte die Fragen gestellt, auf die sie eine Antwort brauchte. Wie lange schon traf sich Michael mit Belinda? Wo trafen sie sich und wann? Hatten die beiden Pläne geschmiedet über eine gemeinsame Zukunft und wann wollte er sie verlassen? Hatte er vor, sofort zu gehen, oder wollte er noch ein letztes, elendes Jahr bei ihr bleiben, in dem jeder sich bemühte, nichts Falsches zu sagen und man ständig aneinander vorbeiredete?

Das waren ihre Fragen und sie halfen ihr, ruhiger zu werden. Sie zitterte nicht, als sie die Wahlwiederholungstaste drückte. Am anderen Ende war nur der Anrufbeantworter und dieselbe gutturale Stimme, nur eine Spur freundlicher getönt für die fremden Anrufer.

Doch die Frage, die sie am meisten interessierte, musste sie Michael stellen. Woher diese plötzliche Abneigung?

Rose sank noch einmal auf den Teppich, in ihren Fingern ein Fläschchen Tabletten. Wie viele müsste sie nehmen, um ihrem Leben ein Ende zu setzen, um dieser Hölle zu entkommen? Sie waren stark, das wusste sie. Sie hatte Jahre damit verbracht, ihre Wirkung auf ihren geliebten Baggins zu beobachten, bevor sie seine Behandlung änderte und ihm statt der Tabletten die K.O.-Spritzen setzte. Baggins, ein großer, schwerer Hund, brauchte riesige Mengen davon, dennoch war viel davon übrig geblieben.

Wozu weitermachen?

Ein Leben ohne Sinn.

Rose ertrug kein Weiterleben ohne Michael. Sie ertrug den Gedanken nicht, dass er am Leben war, dass es ihm gut ging und dass er dieses Leben an der Seite einer anderen genoss. Sich um eine andere Frau sorgte, eine andere Frau liebte, mit einer anderen lachte und aß.

Sie dachte an Mord, als sie verzweifelt am Boden kauerte. Mord an Belinda, nicht an ihm. Sie wusste, sie brächte es fertig, sofort, jetzt in diesem Augenblick, jede Waffe wäre ihr recht, egal, wie blutig und schmerzhaft es wäre. Sie würde damit niemals durchkommen. Sicher gab es genug Leute außer ihr, die von Michaels Doppelleben wussten. Und sie wäre die Erste, die sie verdächtigen würden.

Wer wusste noch davon?

Ach, wie weh das alles tat! Sie seufzte. Es den Freunden erzählen zu müssen. Ihr Mitleid. Was sie hinter ihrem Rücken reden würden. Wie sich Parteien bildeten. Sie wäre die, die allein ohne Partner zurückblieb. Wer wollte sie da noch einladen, traurig und allein? Sie hatte schon so oft miterleben müssen, wie es älteren, verlassenen Frauen erging.

Ihre Finger umklammerten das Pillenfläschchen fester. Sie spielte mit der eingepackten Spritze. Würde er sie nicht verlassen, wenn sie versuchte, sich umzubringen? Michael war zu lieb, um so grausam sein zu können. Wie oft schon hatte sie Michael mit seiner Weichherzigkeit an den Rand der Verzweiflung gebracht.

Aber traf das noch zu?

Allein die Tatsache, dass er sich mit Belinda traf, machte ihn zu einem Menschen, den sie nicht mehr kannte. Rose konnte ihn nicht mehr einschätzen.

Aber sie liebte ihn so.

Sie ließ sich treiben, verfing sich in ihren Gedanken. Stellte sich vor, wie sehr er sich bemühen würde, angesichts ihrer Verzweiflung vernünftig zu bleiben. Sie würde jammern und wüten und hässlich aussehen, das Gesicht verheult und die Augen rot verschwollen, während er ruhig neben ihr säße, sie wahrscheinlich im Arm hielte und ihr ermutigende Worte zuflüsterte.

Gnadenlos und geduldig.

»Es ist einfach passiert«, würde er sagen und darauf würde eine lange, umständliche Erklärung folgen. Sie konnte ihn bereits hören. »Ich wollte dir niemals wehtun.« All diese bedeutungslosen Platituden, mit denen man abgespeist wird, wenn die Wahrheit zu unangenehm wird.

Und die Welt erwartete Vernunft von ihr, nach einer angemessenen Zeit, erwartete von ihr, sich der Sache zu stellen, sich zusammenzureißen und ihr Leben weiterzuleben. Ja, ihre neu gewonnene Freiheit zu genießen und sich selbst neu zu finden. Wie Rose sich immer lustig gemacht hatte über die Frauen, die sich in den Illustrierten in dieser Weise äußerten. »Ich bin jetzt ein ganz neuer Mensch, mit einem großen Freundeskreis und einer aufregenden Karriere vor mir. Er hat mir einen Gefallen getan, als er mich verließ. Endlich habe ich entdeckt, wer ich bin.«

Nun denn, viel Vergnügen. Rose war anders.

Unvermittelt schoss ihr ein Gedanke durch den Kopf, zerriss den Tränenschleier. Schniefend lockerte sie die Faust, langsam, Finger um Finger. Jeder einzelne nass von den Tränen. Sie schraubte die Flasche auf und die weißen Tabletten bildeten ein Häufchen auf dem Teppich.

Eine kleine Pyramide des Todes.

Oder der Hilflosigkeit.

Oder des Schlafes.

Warum sie? Warum nicht Michael?

Sie dachte an den letzten Monat in Baggins' Leben, als er nur noch vor sich hindämmerte, sich halb blind und ohne Geruchssinn durch die Gegend schleppte. Er konnte noch einigermaßen fressen und gehen, allerdings nur sehr langsam. Er lebte, wirkte aber wie ein alter Hund aus der Nachbarschaft, der einen Schlaganfall erlitten hatte. Michael hatte zu dem Nachbar gesagt: »Sie sollten ihn einschläfern lassen, das ist nicht in Ordnung.«

Wie würde das Medikament auf einen Menschen wirken?

Und wohin sollte sie die Spritze setzen? In die Hand?

Sie hatte ihre Mittel und Wege gehabt, um Baggins die Pillen zuzuführen. Zum Beispiel konnte Baggins niemals einem Stück Käse widerstehen, unabhängig davon, wie schlecht es ihm ging. Und wenn sie ihm eine Spritze setzte, war er schon immer zu weggetreten, um es überhaupt zu registrieren. Einer Sache war sich Rose sicher: Wenn ihr bei der ersten Dosis kein Fehler unterlief, würde die zweite kein Problem mehr darstellen. Nach der ersten Dosis war das Opfer, ob Hund oder Mensch, wehrlos.

Sie musste lächeln. Als ihr Blick auf ihr Bild in dem hohen Spiegel fiel, richtete sie sich auf und starrte sich an. Ihre Schuhe waren auf den Teppich gefallen, die neue Frisur mit den blonden Strähnchen war zerzaust, das Mascara zerlief wie ein schlechtes Graffiti, und ihr Lippenstift war bis über ihr Kinn verschmiert. Sie sank zusammen, weil sie wie ein

Monster aussah. Ihre aufgerissenen Augen machten ihr Angst.

Sie glänzten so.

Waren so wütend.

Sie sah aus wie eine Verrückte, und vielleicht war sie genau das. Nach dreißig Jahren in den Wahnsinn getrieben von dem Mann, der ihr versprochen hatte, sie bis an ihr Lebensende zu lieben und zu beschützen.

6

Warum hier?

Warum jetzt?

Warum musste das Leben so grausam sein?

Sie wollte ihn sagen hören: »Hör mal, Rose…«

Sie wollte eine Erklärung hören.

Das war eine Maskerade.

Ab dem Moment, in dem sie von einem Anlegesteg am Flughafen in ein Wassertaxi stieg, fühlte Rose sich maskiert, mit Umhang und Federhut, abscheulich, wie eine Karnevalsprinzessin, gemein, grausam und kalt. Venedig selbst war atemberaubend schön. Wie es vor ihnen aus dem sonnenbeschienenen Nebel aufstieg, versprach es mehr, als sie je zu hoffen gewagt hatte. Die Stadt der Liebenden zog sie mit seinen in Pastell und Gold gehaltenen Fassaden in ihren Bann. Der geflügelte Löwe, der diesen berühmten Platz beherrschte, fesselte ihren Blick. Ein Symbol der Unterdrückung, das alle Zeiten überdauern durfte, einfach weil es so großartig war.

Es schien ihre Überzeugung zu bestätigen, dass in der

Zerstörung von etwas, das einmal wunderbar gewesen war, keine wahre Erlösung lag. Weitaus besser war es, das Gute an die Verhältnisse anzupassen, es zu betrachten und zu bewundern, aber es vor allem intakt und gut sichtbar zu halten. Und genau das hatte sie mit ihrem Mann vor.

Sie glitten langsam zu ihrem Hotel, das silberne Wasser des Kanals klatschte an ihre Gondel, unter Brücken durch, an eleganten Cafés vorbei, an hohen, blumenberankten Mauern entlang, und irgendwo in der Ferne probte ein Orchester.

Ein Blick auf Michaels ungläubiges Gesicht sagte ihr, dass er genauso ergriffen war wie sie.

Sie hatte das Gefühl, in eine Intrige einzutauchen, wie eine böse Königin, als sie der Portier unten am Landesteg begrüßte, der direkt in das Foyer ihres Hotels führte. Wie glücklich über all das wäre Rose gewesen, hätte es da nicht diese letzte Woche in ihrem Leben gegeben. Nun tat sie es ihm gleich, als er sich begeistert auf das Himmelbett fallen ließ. Sie lachten und freuten sich wie zwei große Kinder. Aus dem schmalen Kanal unter ihrem Fenster drang durch die schweren, geschlossenen Läden das Lied eines vorbeigleitenden Gondoliere – »O sole mio«.

»Ich kann einfach nicht glauben, dass wir hier sind«, sagte Michael.

»Ich auch nicht. Es ist wie ein Wunder.« Spielerisch warf sie ein Kissen nach ihm.

Ein Wunder, o ja.

Und was Rose anging, war es genau das. Es war ihr gelungen, heiter und aufgeräumt zu wirken, seit Michael gestern Abend nach Hause gekommen war. Wie sie das geschafft hatte, war ihr ein Rätsel. Außerdem schien Belinda ihm gegenüber kein Wort von ihrem gemeinen Anruf erwähnt zu haben.

Die ganze Zeit wartete sie darauf, dass er sein ernstes Gesicht aufsetzte und ihr erklärte, er könne nicht mit ihr nach Venedig fliegen, etwas sei ihm dazwischen gekommen. Oder dass er ihr einen Drink brächte und ihr, so sanft wie möglich, die Wahrheit beizubringen versuchte. Sie musterte ihn prüfend, lauerte auf den geringsten Hinweis, doch er verhielt sich vollkommen normal. Nie hätte sie ihn für so verschlagen, gefühllos, heimtückisch gehalten.

Als gelte es, keine Zeit zu verschwenden, packte sie hastig ihre drei knapp bemessenen Schubladen voll und den kleinen Hängeschrank. Rose bemühte sich verzweifelt, sich darauf zu konzentrieren und nicht an den schrecklichen Plan zu denken, der in ihrem Kopf heranreifte. Einen Plan, der ihr so bizarr erschien, dass sie ihn als Fantasie abtat. Eine Fantasie, die hervorragend an diesen märchenhaften Ort passte.

Die Fantasie half ihr gegen den Schmerz.

Pentobarbiton.

Aber noch nicht jetzt. O nein.

Sie tat, als sei sie tapfer und stark, so wie man es ihr ganzes Leben lang von ihr erwartet hatte. Als sie Arm in Arm aufbrachen, bester Laune und voller Energie, hatte sie das ganz merkwürdige Gefühl, sich in jemand anderes zu verwandeln. Es schien, als liefen sie meilenweit und jeder Schritt brächte sie näher. Die Schönheit, von der sie umgeben waren, und die romantische Atmosphäre waren ansteckend.

Doch Rose ging es mit jedem Schritt schlechter. Diese Stadt sollte man nicht ohne einen Geliebten bereisen.

Sie stellte sich vor, wie sie eines Tages mit einer Gruppe von Freundinnen hierher zurückkehrte und ihnen zeigte, wo sie überall mit Michael gewesen war. Sie wünschte sich, sie hätten ihre Flitterwochen hier verbracht statt auf den

Bermudas. Es war kalt dort gewesen und im Meer hatte es von portugiesischen Kriegsschiffen nur so gewimmelt, weshalb sie nicht hatten schwimmen gehen können.

Michael kaufte ihr eine blaue Rose bei einem Mann, der einen ganzen Strauß Rosen in allen Farben bei sich hatte. Sie fragte sich, warum er ausgerechnet eine blaue gewählt hatte, die traurigste Farbe der Welt. Verbarg sich dahinter eine Botschaft?

Die permanente Suche nach Anzeichen, die Michaels Betrug oder schlechtes Gewissen verrieten, erschöpfte sie.

Jessie hatte sie an diesem Vormittag angerufen, kurz vor ihrer Abreise.

»Passt auf euch auf«, sagte sie. Ahnte sie etwas?

»Werden wir schon, mach dir keine Sorgen«, hatte Rose ihr versichert. Jessie, ihre Jüngste, ihr ganzer Stolz und ihre ganze Freude. Wie Jessie wohl reagieren würde, wenn sie wüsste, was ihre Mutter dachte? Sie hatte sich bemüht, tapfer und stark zu sein für ihre Kinder, doch das war schwer, wenn man sie so schrecklich liebte. Sie hatte ihnen eine perfekte Kindheit bieten wollen, wollte, dass für sie immer die Lämmchen auf den Wiesen grasten.

»Warum hast du mir eigentlich nie von dieser Sehnsucht erzählt?«, fragte sie ihn, »das Fliegen zu lernen?«

Michael lachte. »Das war keine Sehnsucht, eher ein kleiner Traum.«

Michael war überrascht, als Rose darauf bestand, er solle ihr in einem der vielen hübschen Geschäfte eine dieser Masken kaufen, die sie im Schaufenster ausstellten. Am liebsten hätte sie alles mitgenommen – auch noch den Umhang mit Kapuze, einen Federhaarschmuck und das dazu passende goldene Kleid.

»Du wirst sie doch sowieso nie tragen, es ist die reinste Geldverschwendung. Ich dachte, du wolltest dir eine Handtasche kaufen.«

»Vielleicht trage ich sie ja.« Rose hielt sich die Maske vor die Augen. »Wenn wir zu einem Maskenfest eingeladen werden.« Das Teufelskostüm mit dem Totenkopf wäre für Michael perfekt gewesen, dachte sie und biss sich auf die Lippe. »Und ich hab doch noch eine ganze Woche, um eine Handtasche zu finden.«

Rose war wild entschlossen, das hier bis auf den letzten Tropfen Romantik auszukosten – ihr letzter gemeinsamer Urlaub.

An diesem Abend besuchten sie ein Restaurant am Kanal, unter der Rialtobrücke. Sie bestellten sich Antipasto di Frutta di Mare, tranken Wein und hielten Händchen. Die blaue Rose lag zwischen ihnen auf dem Tisch. Als Rose die Tränen in die Augen stiegen, brauchte sie diese nicht zu erklären. Michael glaubte, Bescheid zu wissen. Das Ambiente allein reichte, um jedem das Herz zum Überlaufen zu bringen.

Seiner Sparsamkeit hatte sie rasch ein Ende bereitet. Im Laufe der Jahre hatte sein knickriges Verhalten zwar etwas nachgelassen, doch in Autobahnraststätten, Hotelbars und schicken Boutiquen machte es sich meist wieder bemerkbar. »Das ist wohl ein schlechter Scherz«, sagte er dann mit strengem Blick auf das Preisschild, wobei ihm die Zusammenhänge ebenso klar waren wie ihr. Sie ersparte sich mühsame Erklärungen, in den Preisen seien eben auch das ganze Ambiente, die Kerzen und die Bedienung enthalten. Lächelnd meinte sie: »Fang gar nicht erst damit an. Natürlich sind die Preise hier verrückt. Aber das wusstest du doch vorher.«

Auf der Piazza San Marco bestellten sie sich zu ihrem Kaffee einen Likör, und als er stirnrunzelnd die Rechnung studierte, ignorierte sie ihn einfach und erklärte, sie hätte gern noch einen Kaffee. Allmählich entspannte sich Michael und gab Geld aus wie jeder andere Tourist auch. Sie blieben draußen sitzen bis lange nach Mitternacht und lauschten dem Orchester, hoch oben über ihnen im schwarzen Viereck des Himmels die silbern leuchtenden Sterne.

Sie hielt die blaue Rose in der Hand und drückte den Stiel, bis die Dornen sie schmerzten.

Auf ihrem Weg nach Hause blieben sie mitten auf dem Platz stehen und umarmten sich, nur eines unter unzähligen Pärchen jeden Alters und jeder Herkunft, die sich von der Musik und dem Ort hatten verzaubern lassen.

Allmählich fiel es ihr leichter, ihre Rolle zu spielen.

In dieser Nacht liebten sie sich – natürlich liebten sie sich – und als er sich umdrehte und einschlief, erfüllte der Gedanke, ohne Mann hier zu sein, Rose mit großer Angst. Ihr wurde kalt, an Schlaf war nicht zu denken. Okay, das war nicht gerade eine feministische Einstellung, sie wusste, sie sollte in der Lage sein, ihr Leben genauso allein zu genießen – vielleicht sogar noch besser, wie es ihr die Illustrierten weiszumachen versuchten. Doch so sehr sie sich auch bemühte, sie glaubte einfach nicht daran. Eine schwache, zerbrechliche Frau wie sie brauchte keinen Mann, sie brauchte einen Vertrauten, jemanden, der sie kannte wie Michael.

Gotik, Renaissance, Barock und Byzanz, kühne Fassaden, Girlanden, Bögen und Engel und groteske Masken, berühmte Gebäude und Gemälde. All das sahen sie und hatten noch immer nicht die Inseln besucht. Sie war sich sicher, über alle 400 Brücken gegangen zu sein. Der dritte Tag, und

Michael hatte noch immer nicht genug von Kultur. Voll Ehrfurcht hatte sie neben ihm in der Basilica di San Marco gestanden, bis sie Nackenschmerzen bekam von dem ewigen Nach-oben-Gucken. Drei Stunden lang hatten sie im Dogenpalast verbracht. Merkwürdigerweise hatten es ihr die Gefängnisse besonders angetan, vor allem die *Pozzi*, die finsteren Verliese mit ihren rostigen, schwarzen Eisengittern und der kalten, einschüchternden Aura der Gewalt. Die alten Wandkritzeleien waren noch immer zu erkennen. Sie fuhr die Schrift mit den Fingern nach und fröstelte. Die Grausamkeit des Menschen seinen Mitmenschen und Tieren gegenüber hatte Rose schon immer tief erschreckt, doch in diesem Augenblick fand sie es sinnvoll, jemanden sicher hinter Gittern zu halten, zu seinem eigenen Besten, wenn es nötig war.

Die dunkle Seite des Lebens.

Danach hielt sie nun Ausschau.

Die vergitterten Fenster und geschlossenen Fensterläden der Häuser hier nachts hatte sie bald bemerkt. So viele davon standen leer, Wochenendwohnungen für die Reichen, der Tod des richtigen Lebens. Es hatte nichts mit Vernunft zu tun, doch der Anblick der Lagune zu Zeiten der Flut, wenn das Wasser gegen die runden Torbögen schlug, der schwarzen, feuchten Schäden, die die Nässe anrichtete, der Bettler in den Straßen, machte ihr zu schaffen. Zugleich hatte sie sich damit abgefunden.

Sie hatte ihm gesagt, er solle seine bequemsten Schuhe einpacken, doch Michael stöhnte über die Blasen, die er sich gelaufen hatte. Normalerweise hätte Rose Mitleid empfunden, sie hätte sich um ihn gesorgt, er hätte ihr wirklich Leid getan und sie wäre traurig gewesen, weil er Schmerzen ertragen musste. Doch jetzt war alles anders. Sie hasste ihn beinahe. Nein, das stimmte nicht. Rose war nur schockiert darüber, dass sie beim Anblick seines schmerzverzerrten Mundes oder seines leichten Humpelns klammheimlich Schadenfreude spürte.

In was verwandelte sie sich da?

So schnell?

Sie verließ ihn an der Wasserbushaltestelle. Er wollte zurück zum Hotel und auf dem Weg dorthin in einer *farmacia* vorbeischauen. Er hatte sie nach dem Wörterbuch gefragt. »Zeig ihnen einfach deinen Fuß«, hatte sie ihm erklärt. »Außerdem sprechen ohnehin alle Englisch.« Möglicherweise würde sie das Wörterbuch selbst benötigen.

Er sagte: »Mach dir keine Sorgen. Mir geht es wieder gut, sobald ich ein Pflaster habe.«

Sie wollte in den Geschäften nach einer Handtasche suchen. Sie hatten ausgemacht, sich später im La Caravella zu treffen und Hummer zu essen.

Das Ospedale Civile hatte Rose auf einer ihrer vielen Fahrten mit dem Wasserbus entdeckt. Überwältigt von der Großartigkeit des Platzes, den mächtigen Arkaden, den Marmorverkleidungen und den zwei Löwen des heiligen Markus, die den gewaltigen Torbogen bewachten, blieb sie minutenlang vor dem Krankenhaus stehen. Die Fassade erinnerte sie an etwas, und dann fiel es ihr wieder ein: die Nachrichten, die sie gesehen hatte, als Michael Heseltine nach seinem Herzanfall hierher gebracht wurde. In der eleganten Eingangshalle wimmelte es von Menschen. Vor der Notaufnahme wartete eine lange Menschenschlange, vor allem aufgeregte Angehörige und herumrennende Kinder, die an Pizzastücken knabberten. Das Ganze machte einen noch chaotischeren Eindruck auf sie als die Situation in heimischen Krankenhäusern. Und das schien Rose ein gutes Omen.

Sie lungerte am Empfang herum. Im Gegensatz zur Hitze draußen war es hier angenehm kühl. Zwischendurch warf sie konzentrierte Blicke auf ihre Uhr, so wie sich das ihrer Vorstellung nach gehörte, wenn man wartete, und versuchte, sich unauffällig zu verhalten. Als sie schließlich das Formular vom Stapel stahl, klopfte ihr das Herz bis zum Hals. Doch niemand bemerkte etwas. Sie entdeckte einen Karton mit Briefumschlägen, halb geöffnet. Es kostete sie ihren ganzen Mut, sich einen davon mit unbewegter Miene zu schnappen und damit in Richtung der riesigen Doppeltüren davon zu spazieren.

Es würde sie nicht viel Zeit kosten, mit Hilfe von Michaels Computer einen Briefbogen mit einem glaubwürdigen Briefkopf aus dem Formular zu zaubern. Und der unbeschriftete Umschlag, der so herrlich dünn und exotisch aussah, gäbe allem die besondere Note, die sie brauchte.

Auf dem Weg zu dem vereinbarten Treffpunkt mit Michael sah sie, ihre Beute sicher verstaut in ihrer Handtasche, Venedig an sich vorbeirauschen. In ihr brodelte es. Eine französische Familie neben ihr plauderte angeregt miteinander und rempelte sie bei jedem Versuch, ein Foto zu machen, mit der Kamera an.

Es war nicht allzu heiß, doch sie schwitzte an den Händen. Sie zündete sich eine Zigarette an und zog verzweifelt daran. Sie hatte noch nie zuvor gestohlen. Ruckartig richtete sie sich auf, o doch, einmal hatte sie einem Tierarzt Medikamente gestohlen.

Sie lebte die erste Phase ihrer Fantasie aus. Wie ein Mensch mit einer Persönlichkeitsstörung, der dringend einer Behandlung bedarf. Vielleicht, so schoss es ihr durch den Kopf, hatte sie dies tun müssen, um sich von ihrer Wut zu befreien. Nun musste sie um Fassung ringen, doch Venedig würde sich nicht als große Hilfe erweisen bei dem Kampf, einen klaren Kopf für die Wirklichkeit zu behalten. Hier, in diesem Märchenland, wirkte alles unwirklich.

»Hast du eine gefunden?«

Er stand auf, um ihr in den Stuhl zu helfen. Das hatte er immer für sie getan, in diesem Augenblick aber schien es ihn zu etwas Besonderem zu machen. Er sah so gut aus in seinem neuen schwarzen Hemd, über das er sich lustig gemacht hatte, als sie es ihm gezeigt hatte. Sie wollte wohl einen Italiener aus ihm machen, einen Mafioso, hatte er gesagt, sich seine Sonnenbrille aufgesetzt und eine entsprechende Miene gezogen.

»Ob ich was gefunden habe?«

»Eine Handtasche.«

»Die waren alle so teuer.«

Wie verrückt musste das klingen! Schließlich hatte sie gleich zu Anfang, als er ihr erzählte, sie würden nach Venedig fahren, davon gesprochen, sich dort eine schicke Handtasche kaufen zu wollen.

»Zu ausgefallen«, fuhr Rose hastig fort. »Zu steif, hartes Leder mit Goldspangen. Du weißt, mir sind die großen beutelartigen lieber.«

Das in ihrer Brieftasche verborgene Krankenhausformular schien eine Hitze zu entwickeln, die durch das Leder hindurch zu spüren war.

Sie starrte ihn an, während er ihr Wein einschenkte, und sie konnte nicht fassen, was sie da soeben getan hatte. Wie oft hatten ihre Finger dieses vertraute, freundliche Gesicht gestreichelt. Sie kannte jede Stimmung, zu der diese sanften, braunen Augen fähig waren, selbst seine zusammengezogenen Augenbrauen – einer seiner Späße, mit denen er die Mädchen zum Lachen brachte und der darin bestand, ein Haar aus der Braue zum Mund zu ziehen wie Denis Healey. Widerlich, kreischten sie und krümmten sich vor Lachen.

»Wie geht's deiner Blase?«, fragte sie und bemühte sich, besorgt zu klingen.

»Gut.« Michael schien ihr ihre Anteilnahme zu glauben. »Ich muss nur etwas langsamer machen.«

Sie zog ihre Postkarten heraus und begann, sie zu schreiben, während sie auf ihr Essen warteten. Es war einfacher, als hier zu sitzen und mit ihm über Belanglosigkeiten zu plaudern. Sie hatte Karten gekauft für Freunde, er nicht, aber andererseits hatte er nie Karten geschrieben, nicht einmal an seine Schwestern in den Staaten. Den Kontakt hatte immer sie gehalten, nie einen Geburtstag oder ein Weihnachtsfest vergessen. Sie ließ ihn ein paar Zeilen an die Mädchen hinzufügen und Dinahs Karte schrieb er allein. Das würde sie sicher freuen.

»Nicht dass ich mir wünschte, Dinah wäre hier«, sagte er. »Sie kann ja kaum noch laufen. Venedig ist kaum der geeignete Ort für Gehbehinderte, zu den meisten Brücken führen Treppen hinauf.«

»Schade«, erwiderte Rose, »dass Mum das hier nie sehen wird. Aber wahrscheinlich würde sie sowieso nur meckern. Das Essen und das Gedränge würden ihr entsetzlich auf die Nerven gehen.«

»Vielleicht würde sie sich ändern, wenn sie das hier sähe«, meinte Michael. »Die Dekadenz würde ihr bestimmt gefallen.«

»In einer Stadt wie dieser sollte man einen Mann an seiner Seite haben«, warf Rose ein.

»Ich bin so froh, dass ich mit dir hier bin.«

»Ja?« Rose sah hoch und wartete. Das hier war seine Chance zu reden.

»Natürlich«, antwortete Michael und rieb sich die Hände, denn in diesem Moment wurde der Hummer serviert. »Mit wem sollte ich hier sein wollen, wenn nicht mit dir?« Er winkte einem Rosenverkäufer, der an ihrem Tisch vorbeilief, doch sie wehrte ab: »Lass, es ist die reinste Verschwendung.« Zu Hause im Hotel lag die blaue halb verwelkt im Waschbecken.

Damit war das Gespräch beendet. Und Rose war kein Stück weitergekommen.

An diesem Abend fuhren sie mit einer Gondel und entschieden sich für eine stille Fahrt und gegen die Begleitung eines Sängers. Davon bekamen sie nachts genug zu hören, das Singen ging bis in den frühen Morgen. Als sie sich in den roten Samtsitzen zurücklehnten, griff Michael nach ihrer Hand. Andere Liebespaare glitten an ihnen vorüber, das Wasser bewegte sich kaum, die Gondolieri waren sehr geschickt. Könnte sie doch nur einfach hier liegen und ihn fragen, und die Frage so stellen, dass sie zu dieser Szenerie passte.

»Wer ist Belinda?« Mehr bräuchte sie nicht zu sagen, um dieser Qual ein Ende zu bereiten. Wie ein Sprung von der Klippe. Doch sie brachte diese drei Worte nicht über die Lippen.

Genauso gut hätte sie sagen können: »Bring mich um.«

Rose wagte es nicht, sie auszusprechen. Sie hatte Angst vor seinen Lügen, der Verwirrung, in die sie ihn damit stürzte. Nach diesem Telefonanruf, dem Brief und nachdem sie die Wahlwiederholungstaste gedrückt hatte, konnte er es einfach nicht mehr abstreiten.

Also legte sie sich zurück neben ihn und nur die winzige rote Lampe erhellte ihren Weg unter den Brücken der Lagune hindurch. War sie das erste Opfer, das unter der berühmten Seufzerbrücke einem Schicksal entgegenfuhr, das ihr weitaus schrecklicher schien als der Tod? Man erzählte sich, Casanova sei durch ein Loch im Dach entkommen. Vielleicht würde das auch ihr gelingen?

Am nächsten Tag machte sie sich unter demselben Vorwand erneut allein auf den Weg. Sie suchte angeblich noch immer diese Handtasche und er wollte einen anderen Palazzo besichtigen, von dem ihm ein Arbeitskollege vorgeschwärmt hatte.

»Stört es dich?«, fragte sie ihn.

»Nicht im Geringsten.«

Sie mischte sich unter die Tauben und fühlte sich genauso grau wie sie.

Sie kaufte sich ein Eis und beobachtete das Treiben auf dem Markusplatz.

Eine Gruppe italienischer Studenten saß auf den Stufen, um den Campanile zu zeichnen, einen hohen Backsteinturm, den Rose entsetzlich fand. Sie zog den Filofax heraus, den ihr Michael vor drei Jahren gekauft hatte. Den Kalenderteil brauchte sie nicht – in ihrem Leben passierte nicht so viel und die Daten waren schnell veraltet –, stattdessen benutzte sie diese Seiten für Notizen.

Sie setzte sich neben einen Jungen mit dunklen Augen, den sie auf ungefähr achtzehn Jahre schätzte. Es schien ihn nicht zu stören, dass sie einen Blick über seine Schulter auf die Zeichnung in seinem Schoß warf. Sie nickte und lächelte, dann zündete sie sich eine Zigarette an und bot ihm auch eine an.

Er lächelte zurück. »Engländerin?«

Engländer wurden immer erkannt. Sie stachen einem bereits aus weiter Ferne ins Auge. Sie und Michael grüßten ihre Landsleute in jedem Restaurant mit einem deutlichen »Good evening«. Es war beschämend, jeder hier schien ein paar Worte Englisch zu sprechen – die Deutschen, die Holländer, die Franzosen und natürlich die Venezianer.

»Ja.« Und dann log Rose. »Ich bin Schriftstellerin und wollte Sie fragen, ob Sie mir helfen könnten?«

»Was für eine Art Bücher schreiben Sie?« Sein Englisch war sicher und korrekt.

»Liebesromane, hauptsächlich Arztromane.«

Er lachte und entgegnete etwas auf Italienisch.

»Ich möchte einen Brief auf Italienisch schreiben«, begann sie zu erklären und bemühte sich, möglichst langsam zu sprechen. »Es handelt sich um einen Brief an einen Arzt über einen Patienten, den er vor kurzem untersucht hat.«

Der dunkelhaarige Junge nickte.

»Wenn ich Ihnen diesen Brief auf Englisch vorlese, denken Sie, Sie könnten ihn für mich ins Italienische übersetzen?«

Sie wartete auf seine Antwort.

»*Prego.* Kein Problem.« Mit diesem Satz hätte sie eigentlich rechnen müssen. Er war wohl einer der am meisten gebrauchten Sätze in Venedig.

Rose konnte ihr Glück nicht fassen, gleich beim ersten Versuch Erfolg zu haben. Sie hatte sich schon darauf eingestellt, den Großteil des Tages auf diesem Platz verbringen zu müssen, um jemanden zu finden, der ihr den Brief übersetzen konnte.

Sie reichte ihm ihren Stift, den silbernen, den Michael ihr geschenkt hatte. Der Brief war kurz und sachlich. Der Junge brauchte nicht einmal zehn Minuten für die italienische Version.

Der Junge schien froh, ihr helfen zu können. Vielleicht war ihr ihre Verzweiflung anzusehen und er hatte Angst vor einer Szene. Er stellte keine Fragen, nur ihren Namen wollte er wissen, der Name, unter dem sie ihre Bücher veröffentlichte. Sie nannte ihm ihren eigenen Namen und er sagte, er wolle die Augen nach ihren Büchern offen halten. Sie meinte nur, sie bezweifle sehr, dass sie ins Italienische übersetzt würden.

Sie überließ ihn seinen Sandwichs und seinem Bild. Als sie einen Blick zurück über die Schulter warf, verscheuchte er gerade die Tauben, die es auf sein Brot und seinen Käse abgesehen hatten. Sie fragte sich, was ihn wohl mehr störte, die Vögel oder die Touristenscharen.

Rose setzte sich allein in ein Café und versuchte, wieder klar im Kopf zu werden. Gereizt drückte sie die sechste Zigarette aus, die sie an diesem Tag geraucht hatte. Dann bestellte sie sich einen großen Martini mit Eis. Ihr blieben noch drei Tage. Drei weitere Tage, um ihren restlichen Plan umzusetzen, dann gab es kein Zurück mehr.

Noch immer fiel es ihr schwer, sich mit diesem fremden Selbst abzufinden, das in den letzten Tagen in ihr Platz genommen hatte und ihre Gedanken und Handlungen kontrollierte. In ihrem tiefsten Inneren fühlte sie sich sicher, glaubte, dazu nicht fähig zu sein. Sie besaß weder die nötige Kraft noch die Härte, um einen solch monströsen Plan durchzuführen.

Sie schüttelte den Eiswürfel in ihrem Glas, beobachtete, wie er gegen das Glas stieß, ohne Hoffnung um sein Leben schwamm. Er war bereits halb geschmolzen, hatte sich aufgelöst in der klaren Flüssigkeit. Ohne eine Spur zu hinterlassen.

Eine Art Alien lag in ihr auf der Lauer, das sie besiegen musste. Sonst würde sie diesem kriechenden Wahnsinn anheim fallen, so viel stand fest.

Rose schüttete den Rest ihres Drinks hinunter und erhob sich langsam von ihrem Stuhl, prüfend, ob ihre Beine sie trugen. Dann machte sie sich auf den Weg zurück ins Hotel.

7

Ein typischer englischer Oktobertag. Es stürmte und regnete, ein Windstoß erfasste Daisy, als sie aus ihrem Auto stieg.

Das Haus stand zwar nicht abseits jeglicher Zivilisation – wenige hundert Meter entfernt auf beiden Seiten gab es Nachbargrundstücke –, doch war der hohe Holzzaun, der es umgab, morsch und an einigen Stellen von großen Bäumen, Ulmen, Eschen und Kastanien, eingedrückt.

Seymour House, ein weißes Kaffeemühlenhaus aus den Dreißigerjahren, musste einmal der letzte Schrei gewesen sein mit seiner steifen Geradlinigkeit, den Erkern und französischen Metallfenstern, durch die man von den Schlafzimmern im ersten Stock auf den schmiedeeisernen Balkon gelangte. Daisys Blick wanderte über die Fenster, das ewige Streitobjekt ihrer Eltern. Ihr Dad verabscheute Doppelverglasung und weigerte sich, sie gegen moderne Fenster auszutauschen. Mum sagte, sie seien undicht und stellten zudem geradezu eine Einladung für jeden Dieb dar. Daisy schaltete andere Lampen an, als ob irgendein Einbrecher sich durch einen solch plumpen Trick täuschen ließe.

Seymour House war innen geräumig und behaglich. Die großen, über drei Ebenen verteilten Räume mit ihren Parkettböden und farbenprächtigen Teppichen wirkten einladend. Hier hatten Daisy und Jessie eine herrliche Kindheit verbracht. Für Daisy wäre sie vielleicht noch eine Spur herrlicher gewesen, wenn dieser Fratz Jessie nie gekommen wäre.

Daisy hielt inne, überlegte einen kurzen Augenblick, ob sie nicht eines der alten Videobänder herausholen und sich ihre schönsten Tage ansehen sollte, als sie noch ein Baby war, Sonnenschein und Planschbecken, Kinderwagen und Rasseln, als Daddy sie hoch in die Luft warf. Sie sah so gern diesen Ausdruck in seinem Gesicht. Aber sie musste sich beeilen, für solche Sentimentalitäten war keine Zeit.

Der Garten war das reinste Kinderparadies. Ein altes Baumhaus – Michael hatte es gebaut. Darin noch immer die kleinen handbemalten Tassen und Untertassen, mit denen Daisy und Jessie als Kinder gespielt hatten. Bis Jessie in einem Wutanfall bei fast allen die Henkel abgebrochen hatte. In den Rhododendrenbüschen waren tiefe Höhlen, es gab einen Teich, in dem Molche lebten, eine verrostete Schaukel und eine Sandgrube, über die ein Stück von dem alten Zaun gefallen war. Überall noch waren die großen Löcher zu sehen, die Baggins gegraben hatte. Baggins' Grab mit dem Union Jack und dem Marmeladenglas befand sich an einem schattigen Plätzchen. Jetzt lag etwas buntes Herbstlaub in dem Glas.

Baggins' Begräbnis hatte das Ende einer Ära markiert. Und um die Gefühle gänzlich zum Überfließen zu bringen, hatte in jener Nacht auch noch der Vollmond am Himmel gestanden.

Daisy hatte versprochen, im Haus ein paar Mal nach dem Rechten zu sehen, während ihre Eltern in Venedig waren. Ihr Zimmer und das Jessies waren nicht verändert worden.

Die Nachbarn gehörten nicht zu der Sorte Leute, die hinter den Vorhängen hervorspähten. Sie waren Leute mittleren Alters, die arbeiteten, altmodische Werte hochhielten und Zurückhaltung übten. Mit einer Ausnahme, an Weihnachten luden die Flocktons ihre Nachbarn zu einem kleinen Umtrunk ein. Die meisten lebten seit über zwanzig Jahren in der Straße, ihre Kinder waren hier aufgewachsen und inzwischen weggezogen. Von den Besitzern der zehn eleganten Häuser waren zwei Paare bereits im Ruhestand, drei hatten Kinder im Teenageralter, die noch zu Hause lebten, und bei fünf Familien waren die Kinder bereits ausgeflogen.

Sie waren nicht der Typ Leute, die sich deshalb ein kleineres Haus suchten, sie konnten sich eine Putzfrau und ab und zu einen Gärtner leisten. Die meisten hatten Kinder, die selbst gut verdienten und nicht auf finanzielle Unterstützung angewiesen waren, abgesehen von dem Auto zum einundzwanzigsten Geburtstag, einem Vorschuss aufs Erbe bei größeren Anschaffungen und einem Konto für die Enkelkinder.

Die meisten wählten konservativ und hatten Range Rover in ihren Auffahrten stehen.

Daisy wärmte sich an dem alten Aga, in dem so viele Familienessen gebrutzelt worden waren. Nichts Aufregendes oder Experimentelles – denn Rose schwor, Michael sei am liebsten ein Stück Fleisch mit zwei Gemüsebeilagen. Genauso hielt sie es mit seiner Kleidung, sie kaufte ihm Klassisches, meist von Marks & Spencer.

Michael schien sich damit zufrieden zu geben. Er beschwerte sich nie und lobte jedes Gericht, das Rose auf den Tisch brachte.

Warum konnte Daisy niemanden wie ihn finden?

Als Jessie am Vortag angerufen hatte, hatte sich Daisy nicht viel dabei gedacht.

Sie hatte gelacht. »Eine richtige Erholung, wenn Mum mal weg ist. Ich muss mich nicht um den Anrufbeantworter kümmern, keine Endlosgespräche führen und mir nicht ständig Entschuldigungen ausdenken, warum ich sie nicht besuche.«

»Mum hat gestern Abend bei mir angerufen«, erzählte Jessie.

»Ach? Und warum?«

»Nur das Übliche. Wie geht's und ist im Haus alles in Ordnung und hier ist es wunderbar. Na ja, eigentlich rief Dad an, er wählte und meldete sich auch, Mum kam mit dem System nicht klar. Aber sie nahm ihm dann schnell den Hörer ab.«

»Typisch für sie.«

»Hauptsächlich rief sie an, um uns daran zu erinnern, dass wir Granny besuchen sollen, bevor sie zurückkommen. Wir haben versprochen, dass wir bei ihr vorbeischauen. Wann also passt es dir am besten?«

»Ach Mist, müssen wir denn unbedingt hin?« Daisy hatte in dieser Woche viel zu tun.

Jessie seufzte. »Meine Güte, ja, um des lieben Friedens willen.«

»Es wäre einfacher, wenn wir sie besuchen.«

»Ich ruf sie an«, meinte Jessie. »Wie wär's mit Freitag Abend? Wir könnten kurz vor dem Abendessen auftauchen, das wär's dann.«

Daisy fragte sie: »Ist bei dir alles in Ordnung, du klingst so merkwürdig.«

Es dauerte etwas, bis Jessie flüsterte: »Belinda ist zurück.«

Das verschlug Daisy sie Sprache. »O Gott, nein.«

»Sie hat mich nicht gesehen«, führte Jessie aus. »Aber ich bin mir sicher, sie war es. Außerhalb von Boots, sie war allein. Sie trug diesen alten goldenen Samtvorhang.«

»Aber sie ist nicht wieder am College aufgetaucht?«, wollte Daisy wissen.

»Nein. Das würde sie nie wagen. Aber was zum Teufel macht sie hier?«

»Keine Ahnung.«

Jessie war die Anspannung anzuhören. »Wo wohnt sie?

Soweit ich weiß, kennt sie hier in der Gegend niemanden. Sie kommt doch aus Cardiff.«

»Wie lange liegt das jetzt zurück?«

»Zum letzten Mal gesehen habe ich sie vor etwa sechs Monaten.«

»Ich denke«, meinte Daisy, »dass du dir deshalb nicht den Kopf zerbrechen solltest, Jessie. Es ist unwahrscheinlich, dass sie dir noch mal Schwierigkeiten macht. Sie hat doch eine Therapie gemacht.«

»Soviel ich weiß, ja.«

»Sie muss dir ja einen ganz schönen Schrecken eingejagt haben.«

Nach kurzem Zögern meinte Jessie: »Um ehrlich zu sein, wäre ich fast zusammengebrochen, als ich sie da plötzlich sah. Ich verschließe jetzt wieder meine Schlafzimmertür. Und ich sehe mich um, bevor ich in mein Auto steige. Das ist vielleicht albern, aber andererseits, denk daran, was sie alles gesagt hat.«

»Ja. Die war mehr als merkwürdig.« Daisy musste diese Frage stellen: »Weiß Jasmine davon?« Sie hätte gern weiter gefragt, sich nach dem Wesen dieser neuen Freundschaft erkundigt, doch sie wollte nicht indiskret sein. Es war Jessie unangenehm genug gewesen, so viel Privates preiszugeben – vor allem die sexuelle Seite –, sie würde ihre ältere Schwester womöglich hassen, wenn diese das Gespräch auf dieses Thema brächte. Vielleicht war Jessie wirklich lesbisch. William hatte gesagt, er halte es für unwahrscheinlich. Es sei wohl nur eine Phase. Doch die energische, maskuline Jasmine Smith mit ihrem weinroten Jogginganzug ließ Zweifel an Williams Theorie in Daisy aufkommen.

»Nein«, entgegnete Jessie schnell. »Und ich will auch nicht, dass sie etwas davon erfährt. Ich möchte es am liebsten selbst vergessen, geschweige denn weitererzählen.«

Am Freitag Abend holte Daisy Jessie vom College ab und gemeinsam fuhren sie hinüber zum Blue Waters.

Nicht dass Granny auf derartige Besuche angewiesen war. Sie kam gut allein zurecht, doch seit jenem Mückenstich, der unerwähnt geblieben war und zu einer kleinen Infektion geführt hatte, ließ Mum keine Woche ohne Besuch verstreichen.

Als sie ankamen, saß Granny in ihrem Lehnstuhl und sah sich *Watchdog* an, die Sendung für den kritischen Verbraucher. Sie weigerte sich, den Fernseher auszuschalten.

»Bleibt ihr zum Abendessen?«

Sie wusste, dass sie dazu keine Lust hatten, und das war ihre Art, sich zu rächen.

»Dann schiebt doch mal bitte meine Lasagne in den Ofen, damit sie fertig ist, wenn der Film zu Ende ist.«

Jessie griff nach der Postkarte auf dem Kaminsims und las sie. »Der Urlaub ist fantastisch.«

Granny, gereizt durch diese Unterbrechung, wandte den Blick nicht vom Fernseher und sagte kein Wort.

Seit Grandpa damals auf dem Rückweg von Portugal umgekommen war, war Granny nicht mehr verreist. Obwohl Rose und Michael sie oft genug dazu eingeladen hatten. »Urlaubsreisen waren noch nie mein Fall. Ich machte nur mit, weil ich dachte, ich müsse. Doch sobald wir die heimatlichen Gestade verließen, begannen John und ich zu streiten. In Portugal, da war es am schlimmsten. Den ganzen Weg zurück von Guarda nach Santander, die ganze lange Reise quer durch Spanien sprachen wir kein Wort miteinander. Rose war ganz außer sich, das dumme Kind. Es war geradezu lächerlich, wie sie sich aufregen konnte, wenn wir uns in die Haare kriegten. Was ohnehin nur auf Reisen geschah. Als wir gerade wieder angefangen hatten, miteinander zu reden, starb John.«

Lieber machte Dinah mit ihrer agilen alten Freundin Sarah Tagesausflüge.

Daisy fröstelte. Irgendwie fühlte sie sich bereits seit Tagen nicht wohl. Als sie niesen musste, meinte sie: »Ich glaube, ich bekomme die Grippe.«

Falls sie mit Anteilnahme gerechnet hatte, wurde sie enttäuscht. *Watchdog* war zu Ende, Granny schaltete den Fernsehapparat aus und schlug die Beine übereinander. »So reden sie alle daher heutzutage. Sprechen von Grippe, wenn sie eine simple Erkältung haben. Ich kenne niemanden, der eine wirkliche Grippe hatte, außer mir. Wenn man eine wirkliche Grippe hat, kann man sich nicht mehr bewegen.«

Daisy unternahm keinen Versuch, ihre Großmutter daran zu erinnern, dass Rose an dem Tag mit einer Grippe im Bett lag, als Jamie starb.

»Ich bin urlaubsreif«, sagte Daisy und starrte gedankenverloren auf die Postkarte.

»*Mich* haben sie nicht angerufen«, beschwerte sich Granny, als ihr Jessie von dem Telefonanruf der Eltern erzählte. Dass sie die letzte Person auf der Welt war, die man anrufen würde, wenn man sich gerade amüsierte, begriff Granny nicht. Mit ihrer schlechten Laune könnte sie einem jeden Spaß verderben. Dass so etwas wie Vergnügen existierte, schien sie vollkommen vergessen zu haben.

Dad vermutete, es liege an ihren Schmerzen. Wie schrecklich müsse es sein, mutmaßte er, Arthritis zu haben und Hühneraugen und keine Nacht ordentlich schlafen zu können. Aber Dad hatte für alles und jeden Verständnis und Entschuldigungen. Er suchte immer das Gute im Menschen und übersah bewusst das Schlechte. Das zeigte sich schon darin, wie er Jessie ihrer älteren Schwester vorzog.

Warum war Granny nicht in ein anderes Haus gezogen, nachdem ihr einziger Sohn am Ende ihres Ufergrundstücks ums Leben gekommen war? Es musste doch unerträglich für sie sein, ständig den grauenvollen Ort vor Augen zu haben, wo ihr kleiner Junge den Tod gefunden hatte und Brachvögel in ihren Nestern in dem Gebüsch raschelten und protestierten. Aus dem Wohnzimmerfenster und dem hohen Sessel, in dem Dinah saß, konnte man das Grundstück zum Ende des Gartens hin abfallen sehen.

Eine Holzbank war in einer Laube zwischen Hortensien aufgestellt worden, von der aus man genau auf die Stelle blickte, wo Jamies Rad über den Abgrund geflogen war. Granny sagte, dort hätten sie immer gesessen, sie und John, stundenlang, ohne ein Wort zu sagen, und hätten auf das Wasser gelauscht, wenn die Flut die Wellen übereinanderschob und es unten im Flussbett gluckste. Hätten um ihr Kind getrauert.

Mum sagte, daran könne sie sich nicht erinnern. War das Verdrängung oder die Wahrheit?

Jetzt ging Rose manchmal, an Sommerabenden, mit Granny und zwei großen Gläsern Sherry zu der Bank. Tauschten sie dann Erinnerungen aus? Oder lauschten sie und schwiegen dabei, waren so still, dass sie die Fische schwimmen und die kleinen Krebse krabbeln hörten?

Daisy konnte das nicht verstehen. Sie hätte sich ihnen niemals anschließen können. Dafür war die Geschichte einfach zu tragisch.

Überall in Grannys Haus standen Bilderrahmen mit Fotos von ihren Zwillingen. Gespenstisch. Waren sie denn nie einzeln fotografiert worden? Anscheinend nicht. Ob als Babys, Klein- oder Schulkinder – ihre Gesichter waren immer nebeneinander zu sehen. Und nach Jamies Tod, er war zehn Jahre alt geworden, hatten sie anscheinend mit dem Fotografieren aufgehört, denn es gab kein Foto von Rose allein, bis sie heiratete. Und da hatte sie natürlich wieder jemanden an ihrer Seite. Oder sie war mit ihren beiden Töchtern zu sehen.

»Und was macht dein Schatz William heute Abend?«

»Er arbeitet.«

»Der Junge ist ein Arbeitstier. Mit dem gibt es keine Zukunft für dich.«

Daisy seufzte. Granny wäre die Erste, die zu jammern anfinge, wenn William ständig rumhinge. Wäre er arbeitslos, würde sie durchdrehen. Entweder fand sie Gefallen an diesen Anspielungen, Daisy würde benutzt, oder es ging ihr nur darum herumzumotzen. Wie auch immer, sie wollte ständig wissen, wer wofür bezahlte, wobei sie einfließen ließ, William wisse schon, »was für ihn am besten sei« und »wie man seine Schäfchen ins Trockene bringe«. Es war zwecklos, ihr zu erklären, sie teilten sich die Unkosten, das Geld stelle kein besonderes Thema für sie dar und das alles gehe sie ohnehin nichts an.

Erführe Granny von Jessie und Belinda, würde sie sich auf das Thema stürzen wie eine Wilde.

Mum behauptete steif und fest, Granny sei erst in den letzten Jahren so verbittert geworden. Sie sei eine liebevolle Mutter gewesen, fest entschlossen, sich um ihrer Tochter willen von den tragischen Ereignissen ihres Lebens nicht unterkriegen zu lassen. Und das sei der Grund, warum Rose heute ihr gegenüber so nachsichtig sei. Viele mochten mit Granny ihre Probleme haben, doch Rose legte Wert darauf, dass ihre Töchter die Großmutter mit demselben Respekt behandelten wie sie selbst. Warum wären sie sonst hier?

Es war kein Vergnügen, ihr Gesellschaft zu leisten.

Granny bestand darauf, ihre Lasagne am Tisch zu essen. Auch wenn, wie sie sagte, ihr Knie wehtat, seit sie sich den

Knorpel hatte entfernen lassen. Auf dem Weg zum Tisch stützte sie sich auf Daisy und Jessie, was bedeutete, dass sie bleiben mussten, bis sie fertig gegessen hatte.

Der Tisch musste genau nach ihren Vorstellungen gedeckt werden und das Essen hübsch angerichtet sein.

Jessie und Daisy sahen sich viel sagend an. Granny war geschickt. Wenn sie nicht da gewesen wären, hätte sie sich sehr wohl das Essen auf dem kleinen Beistelltisch anrichten und glücklich in ihrem Sessel sitzend essen können.

Die beiden sahen ihr zu, wie sie bewusst langsam kaute. Sie musste von Anfang an gespürt haben, wie eilig sie es hatten, wieder wegzukommen: Jessie musste noch ein Essay schreiben und Daisy renovierte gerade ihre Wohnung.

»Es ist eine Menge übrig, wenn ihr etwas wollt«, sagte Granny.

Daisy ging aus dem Zimmer. Sie hasste sie, sie hasste sie wirklich. Sie ertrug Granny einfach nicht mehr.

Granny machte kein Hehl aus ihrer Verärgerung, als Jessies Handy läutete. Ihre Augenbrauen stießen zusammen und ihre Unterlippe hing beinahe bis zum Kinn. Jessie wollte gerade das Zimmer verlassen, während sie das Handy aus der Hosentasche fummelte, Granny hielt sie zurück: »Was ist denn? Hast du etwas zu verbergen?«

Jessie setzte sich demonstrativ wieder auf ihren Stuhl. Sie lief rot an, stand noch einmal kurz auf, um sich dann doch wieder zu setzen. Genau die Reaktionen, an denen Granny ihre Freude hatte.

Sie sprach leise, aber nicht leise genug. »O nein, das ist schrecklich.«

Dann herrschte wieder Schweigen, während Jessie am Tischtuch herumzupfte.

»Ich kann nicht. Du weißt, dass ich nicht kann.«

Sie versuchte es mit einem Lächeln. Es fiel kein Name. Granny ließ die Gabel auf ihrem Teller liegen und wartete.

»Morgen, oder so bald ich kann.«

Jessie rutschte auf ihrem Stuhl herum. Wo blieb bloß Daisy? Sie hätte Granny in ein Gespräch verwickeln und ablenken können.

»Es tut mir entsetzlich Leid, dass das passiert ist. Ich spreche später mit dir.« Mit diesen Worten beendete Jessie das Telefonat.

»Gibt es Probleme?«, fragte Granny und tupfte sich das Kinn ab.

»Nicht mehr als üblich.«

»Ein Junge, stimmt's?«

Jessie verzog die Mundwinkel. »Ich fürchte, ja.«

»Du hättest draußen telefonieren sollen, wenn es schon so intim ist. Hm. Ist ja für jeden nur peinlich.«

Jessie kochte vor Wut, als sie endlich im Auto saßen. »Verdammt noch mal, sie ist eine Hexe. Ich hasse ihre fiesen Spielchen. Ich hasse es, wie wir springen müssen, nur weil Mum es will – und nur deshalb tun wir es.«

»Reg dich ab«, Daisy lächelte. »Du hast sie glücklich gemacht.«

»Na, wunderbar. Ich habe meine Pflicht getan.«

»Wer war das eigentlich? Am Handy?«

»Es war Jasmine Smith. Brüllte mir ins Ohr. Ein Wunder, dass du sie nicht gehört hast.«

Daisy starrte geradeaus auf die Straße. »O nein, Jessie, erzähl mir nichts.«

»Nein!«, protestierte Jessie. »Nicht das, was du denkst. Jasmine ist nicht lesbisch. Sie ist nur eine gute Freundin. Aber eben hatte sie einen merkwürdigen Anruf. Belinda. Kannst du dir das vorstellen?«

»Warum sollte Belinda …?«

»Das würde ich auch gerne wissen. O Gott. Und sie klingt genauso gestört wie vorher …«

»Ich kann es nicht glauben …«

»Ich auch nicht. Aber es ist wahr. Sie hat Jasmine gewarnt wegen mir. Mich als Nutte hingestellt. Ich sei nicht ganz richtig im Kopf, eine Nymphomanin, und wolle Jasmine nur in mein Bett locken, wie ich es mit ihr getan hätte.«

Jessie konnte nicht mehr sprechen, ein Kloß steckte ihr im Hals. Und Daisy blickte sie fassungslos an.

Schließlich stammelte Jessie unter Tränen: »Sie ist wieder da, aber was hat sie vor? Wem erzählt sie diese Lügen noch alles, um sich an mir zu rächen? Gerade als ich dachte, es sei vorbei.«

»Du kannst doch bestimmt mit Jasmine drüber reden.«

Erregt stieß Jessie hervor: »Das weiß ich doch! Das mit Jasmine kommt in Ordnung, sobald ich ihr alles erklärt habe. Zumindest hoffe ich das. Nur was hat Belinda als Nächstes vor, davor graut mir! Mir ist es gerade gelungen, dass die Leute auf dem College mir nicht mehr mit Vorurteilen begegnen, sondern mich allmählich akzeptieren. Die ganzen Bemerkungen, diese Anspielungen. Du kannst dir das ja vorstellen. Und jetzt … Gott weiß, was diese verrückte Kuh im Schilde führt. Ich meine, woher wusste sie überhaupt von meiner Freundschaft mit Jasmine?«

»Jetzt mach dich nicht dümmer, als du bist. Sie wird euch zusammen gesehen haben.«

»Was? Du glaubst, sie beobachtet mich? Ohne dass ich etwas davon gemerkt habe? *Wieder?* Dass sie mir nachschnüffelt – und nichts Besseres zu tun hat –, bis sie herausfand, wo Jasmine wohnt, um sie gleich anzurufen?«

Daisy suchte nach den passenden Worten. »Je mehr sie dich aus dem Gleichgewicht bringt, umso mehr freut sie sich. Du darfst nicht überreagieren. Wir haben doch über solche Verfolgungsgeschichten im Fernsehen schon genug gesehen. Diese Typen gehen alle nach dem gleichen Muster vor. Gott, manche machen das über Jahre hinweg. Die Polizei ist relativ machtlos trotz der neuen Gesetze, die verstärkt die Opfer schützen sollen. Einige dieser Menschen sind so durchgeknallt, dass sie sogar zu einem Mord in der Lage sind.«

»Toll. Danke, Daisy. Ich weiß es wirklich zu schätzen, wie du versuchst, mich zu beruhigen. Aber ist Belinda wirklich so krank wie diese Typen oder will sie sich einfach nur rächen? ›Der Hölle Zorn kann nicht so schrecklich sein wie der Zorn einer verschmähten Frau.‹«

Der Zorn oder die Liebe einer verschmähten Frau?

Es musste einen psychologischen Unterschied geben, aber wo genau verlief die Trennlinie?

Sollte man die Sache der Polizei melden?

Jessie war dagegen. Die einzige vernünftige Lösung sei, wenn sie selbst zu Belinda gehe und mit ihr zu reden versuche. Worum genau ging es Belinda? Dieses Gefühl der Machtlosigkeit war unerträglich.

»Schwör mir, dass du niemandem was davon erzählst!«

»Natürlich nicht. Das ist doch klar.« Daisy versuchte, aufmunternd zu klingen. »Jessie, komm doch noch mit rein auf ein Glas. Du kannst gerne hier übernachten. Morgen ist Samstag.«

»Fahr mich heim.«

»Ich lass dich nur ungern allein.«

»Lass nur, ich bin okay.« Jessie verzog die Mundwinkel zu einem Lächeln, doch unter dem Licht der Straßenlaternen war ihr Gesicht eine aschfahle Maske, aus der dunkle Augen starrten. Daisy wartete, bis ihre Schwester durch die Tür des Studentenwohnheims verschwunden war.

Jessie machte einen zerbrechlichen, hilflosen Eindruck – mal was anderes.

Es war klar, was Jessie durch den Kopf ging: Entweder war das hier Belindas letzter verzweifelter Versuch oder der Anfang von etwas, das sehr, sehr schlimm werden konnte.

8

Falls sie es tat, falls Rose diesen diabolischen Plan tatsächlich in die Tat umsetzte, was zum Teufel würde das aus ihr machen?

Keine auch nur halbwegs vernünftige Frau dieser Welt würde auch nur einen Funken Verständnis aufbringen für Roses ungeheuerliches Vorhaben. Dass sie schwach war und voller Angst, dass sie ihr Opfer liebte und bereits jetzt Schweißausbrüche bekam bei der Vorstellung, diesem womöglich nicht wieder gutzumachende Verletzungen zuzufügen, würde dabei niemanden interessieren.

Sie hörte bereits den Richter sagen, falls es zu einer Anklage kommen sollte: »Rosalind Allison Tate« – die Verwendung ihres Mädchennamens erschien ihr irgendwie angebracht, das hatte wohl etwas mit der Schule zu tun – »nur selten während meiner jahrelangen Erfahrung stieß ich auf so eiskalt berechnete, selbstsüchtige Grausamkeit. Und das alles gegenüber einem Mann, der mir heute hier vor Gericht immer und immer wieder als anständiger und liebevoller Vater und Ehemann geschildert wurde. Sie sind eine böse, barbarische Frau, eine Gefahr für die Gesellschaft. Ich habe nicht vor, Ihnen gegenüber Gnade walten zu lassen, genauso wenig, wie Sie gegenüber Ihrem Ehemann Gnade walten ließen. Führt sie ab.«

Ihr Anwalt würde auf unzurechnungsfähig plädieren müssen.

Dennoch wunderte sich Rose insgeheim, warum nicht schon mehr Frauen es vor ihr versucht hatten. Zumindest hatte sie noch von keiner gehört.

Hätte sie Prügel und Gewalt erleiden müssen, wären ihr Frauengruppen zur Hilfe geeilt. Die Presse wäre ihr voller Mitgefühl begegnet und ihre Freunde würden ihr einen guten Charakter bezeugen.

Tatsächlich empfand Rose es weitaus schlimmer, verlassen zu werden, als Prügel einstecken zu müssen. Die Langzeitfolgen waren ihrer Meinung nach mit ein paar gebrochenen Rippen und blau geschlagenen Augen nicht zu vergleichen. Sicher, diese armen Frauen hatten ständig Angst und das war sicher schrecklich, aber was war das im Vergleich zu den Tränen und der Einsamkeit, die Rose für den Rest ihrer Tage begleiten würden als Folge von Michaels Verrat?

Nach dreißig Jahren.

Ein Leben.

Und dennoch konnte sie nicht aufhören, ihn zu lieben, obwohl sie ihm nie würde verzeihen können.

Sie bedrängte Michael, zu Hause anzurufen, weil es ein Teil ihres Plans war.

»Wir sind doch nur noch drei Tage hier, was soll das?«, brummte er.

»Ich weiß, es ist albern, aber irgendwie bin ich unruhig. Einmal kannst du ja nachgeben, sei doch nicht so. Ruf bei Jessie an, sie hat einen Anrufbeantworter. Dann können wir sicher sein, jemanden zu erreichen.«

Sie beobachtete ihn genau, saß neben ihm, während er an die hundert Zahlen einzutippen schien. Bald würde sie das allein machen müssen. Sie schrieb sich die Nummern auf.

»Nur für den Fall«, erklärte sie ihm.

Er lächelte. Diese mütterliche Art liebte er an ihr.

Natürlich gab es keinen Grund, sie anzurufen, und Jessie klang etwas überrascht. Michael fiel bald nichts mehr ein, was er sagen konnte, also übernahm Rose den Hörer und plauderte überzeugend, vom Urlaub und wie interessant Venedig sei – hatte Jessie im Haus vorbeigeschaut? Hatten sie Dinah schon besucht? Vergesst nicht, was beim letzten Mal passierte, als wir Granny zwei Wochen allein ließen. Der Insektenstich …

»Ich weiß, Mum, ich weiß.«

»Sie ist nicht mehr so selbstständig, wie ihr glaubt.«

»Wer ist das schon?«, stöhnte Jessie.

»Wir sind Meilen gelaufen. Uns tut alles weh«, vergaß Rose nicht hinzuzufügen. »Wir haben ein paar wunderbare Fotos gemacht.«

»Erspar sie uns, bitte, Mum«, kommentierte Jessie.

Die Liste mit den schrecklichen, morbiden Dingen, die Rose erledigen musste, wollte sie ihren Plan durchziehen, war endlos. Und das mit Michael an ihrer Seite.

Sie war andere Listen gewohnt, Einkaufslisten für Weihnachtsgeschenke oder den Supermarkt, Briefe, die geschrieben, und Rechnungen, die bezahlt werden mussten. Sie hakte einen Posten nach dem anderen in ihrem Kopf ab, während der gesunde Teil ihres Verstandes ihr versicherte, das sei alles nur ein Spiel und daran brauche sich nichts zu ändern. Es bestand keine Notwendigkeit, es Wirklichkeit werden zu lassen. Der Druck kam nur von ihr.

Sie berechnete die Dosis wieder und wieder. Es war entscheidend, hier keinen Fehler zu machen. Baggins hatte knappe 50 Kilo gewogen und zweimal täglich 120 mg Tabletten benötigt, um die Anfälle in Schach zu halten.

Das hatte nicht funktioniert.

Sie hatte angefangen, ihm Spritzen zu geben, nicht um die Anfälle zu verhindern, sondern um sie zu stoppen. Nach ihren Berechnungen brauchte ein hundert Kilo schwerer Mann 22 mg, um 36 Stunden lahm gelegt zu sein.

Mit hundert Kilo – das war mehr als doppelt so viel, als Baggins gewogen hatte – musste sie Michael täglich 400 mg Phenobarb, oral verabreichen, um ihn in einem Zustand der Hilflosigkeit zu halten. Da eine Tablette eine Dosis von 60 mg enthielt, hieß das, sie musste ihm jeden Morgen und jeden Abend vier Stück verabreichen. Das war zu viel. Sie würde ihm Spritzen geben müssen und die Tabletten nur in Notfällen verwenden.

Lieber hatte sie ein Stück Gemüse als überhaupt niemanden.

Das Krankenhausformular hatte sie sicher in ihrer Handtasche verwahrt, gleich neben dem italienischen Brief.

Aber sie hatte doch nicht ernsthaft vor, diese verrückte Farce jemals in die Tat umzusetzen?

Oder etwa doch?

Also bitte. Sie war achtundvierzig Jahre alt, Mutter zweier Kinder, eine Frau, die sich sozial engagierte, eine treue und liebevolle Ehefrau, eine pflichtbewusste und zu jeder Gefälligkeit bereite Tochter.

Bisher hatte sie noch nichts getan, was nicht rückgängig zu machen gewesen wäre, das durfte sie nicht vergessen. Sie versuchte sich nur so gut sie konnte gegen das in ihren Augen denkbar schrecklichste Szenario zu schützen: Michael verlässt sie wegen einer anderen.

Bei dem Gedanken daran krampfte sich alles in ihr zusammen.

Es zerriss sie und sie konnte und wollte es einfach nicht akzeptieren.

Man konnte ihr nicht vorwerfen, sie hätte nicht mit sich reden lassen. Wie oft hatte sie Michael eine Gelegenheit geboten, das Thema anzusprechen. Um wie viel einfacher wäre es gewesen, wenn er die Fakten auf den Tisch gelegt und sich zu seiner Untreue bekannt hätte. Rose hätte geweint und ihn angefleht, all die Tricks eingesetzt, die sie sich im Lauf von dreißig Jahren angeeignet hatte, um ihn zu beeinflussen. Sie wusste, was ihn am meisten berührte und was ihn abstieß. Sie hätten darüber reden können. Hätte sie die Möglichkeit bekommen zu verstehen, was vorgefallen war, dann hätte sie ihm verzeihen können.

Sie konnte sich ändern, wenn es das war, was er wollte. Sich liften oder die Lippen unterspritzen lassen. Sie konnte sich in einem Fitnessstudio schinden, wenn sie ihm zu schwabbelig geworden war. Oder eine Perücke tragen.

Und was war mit ihrem angeblich besitzergreifenden Verhalten, das ihr alle vorwarfen? Wenn er mehr Freiheit brauchte, hätte er ihr das sagen müssen. Sie hatte angenommen, es gefiele ihm, den Großteil seiner Freizeit mit ihr zu verbringen und es sich mit ihr zu Hause gemütlich zu machen. Sie würde ihm erklären, er könne jeden Abend ausgehen, er könne jedes Wochenende Flugstunden nehmen, wenn er nur mit seiner Affäre herausrückte und sie endlich darüber sprachen.

Sex?

Nun ja, Rose hatte ihr Liebesleben bislang für vollkommen normal gehalten. Aber möglicherweise wollte er andere Sachen ausprobieren – Männer in seinem Alter werden manchmal komisch. Vielleicht sollte sie ihn oral befriedigen, in den Zeitschriften war davon ständig die Rede. Oder er wollte gefesselt oder ausgepeitscht werden? Oder gewickelt werden wie ein Baby? Okay. Rose war zu allem bereit, wenn er nur bei ihr bliebe.

In dieser Nacht setzte sie zu einem vorsichtigen Versuch an, diese Theorie zu überprüfen.

»Was machst du denn da?«, fragte Michael, als sie im Bett nach unten glitt.

Ohne ein Wort zu sagen, liebkoste sie ihn, bis er sich aufbäumte und hart wurde. Er streichelte ihre Haare. Sie nahm seinen Penis in den Mund, es würgte sie. Er war einfach zu groß und drohte sie zu ersticken. Doch wild entschlossen zwang sie sich weiterzumachen – mit geschlossenen Augen und geballten Fäusten.

Als er kam, konnte sie nicht anders als laut zu würgen, aber sie überspielte es mit kurzem Gehüstel.

»Was war das denn?«, fragte er sie, als sie sich nach Luft ringend wieder neben ihn legte.

»Ich dachte, das gefällt dir. Und?«

»Bin jetzt ich dran?«, fragte er sie lächelnd.

Rose hatte die Vorstellung immer unerträglich gefunden, dass jemand seinen Mund da unten hatte. Ganz am Anfang hatte er das relativ häufig gemacht, aber weil es ihr so unangenehm war, hatte er schließlich damit aufgehört. Die männlichen Genitalien waren schon schlimm genug, doch sie konnte sich kaum etwas Ekelhafteres vorstellen, als die Möse einer Frau zu lecken – alles schleimig und glitschig und dieser Geruch! Michael behauptete, es mache ihm Spaß. Rose jedoch nicht, und deshalb bereitete sie dem ein Ende.

»Nein, mir geht es gut«, sagte Rose und strich ihm über die Stirn. Sein Haaransatz wurde höher, das fiel ihr zum ersten Mal auf. »Soll ich es öfters machen?«

»Warum fragst du?« Er lächelte sie an.

»Nur so.«

»Rose, es läuft doch gut mit uns beiden. Ich bin absolut glücklich mit unserem Sex. Du brauchst nicht Dinge zu tun, zu denen du keine Lust hast.«

»Aber ich habe Lust dazu und *ich tue es.*«

Sein Gesichtsausdruck sprach Bände. Er glaubte ihr kein Wort.

Wahrscheinlich war Belinda besser. Das lag am Alter, da war Rose sich sicher, außer man war der geborene Bohemien. Selbst in den berühmt-berüchtigten Sechzigerjahren redete man nicht offen über oralen Sex und er war schon gar kein Thema für die Gazetten. Heutzutage dagegen gehörte er dazu, wie Analverkehr und Vibratoren.

Rose lief ein Schauer über den Rücken. Sie dachte an Belindas Sekrete und Michaels Lippen, wenn er nach Hause kam und sie küsste. Ihr schoss durch den Kopf, was wohl auf Michaels Penis sein mochte, wenn sie sich anal miteinander vergnügten.

Andererseits klang er absolut aufrichtig, als er ihr sagte, er sei zufrieden.

Es war dasselbe, als sie das Thema Unabhängigkeit antippte.

»Wenn du mehr Freiheit brauchst oder Zeit für dich selbst, wie es jetzt heißt, würde mir das nicht im Geringsten etwas ausmachen«, erklärte Michael. »Aber ehrlich gesagt würdest du mir fehlen.« Er schaute sie an und suchte ihre Augen. »Ich hab dich gerne um mich. Bist du dir sicher, dass alles in Ordnung ist, Rose?«

»Was sollte denn sein?«

»Ich frag mich nur, das ist alles.«

»Es muss an Venedig liegen«, entgegnete Rose.

Das war nun der entscheidende Augenblick, nach dem es kein Zurück mehr gab.

Rose saß auf dem Bett, neben sich das Telefon. Ihre Hände zitterten, ihr Mund war trocken – zu trocken, um zu sprechen?

Michael war losgezogen, um Tischsets aus venezianischer Spitze für Dinah zu suchen. Rose hatte welche gesehen, doch als sie zurücklief zu dem Laden, hatte er bereits geschlossen. Sie hatte ihm den Laden und den Weg dorthin beschrieben, hatte ihm erklärt, ihr täten heute die Beine zu weh, um nur auch noch einen Schritt zu laufen.

Sie hatte die Nummer von Jessies Handy und die Vorwahlnummern auf ihren Knien ausgebreitet. Ein dumpfer Schmerz machte sich in ihren Knochen bemerkbar, als ein plötzlicher Zwang über sie kam. Ein heimtückischer, berechnender Puppenspieler hatte sich ihrer bemächtigt und zog nun an den Schnüren, um sein schreckliches Ziel zu erreichen. Die Frau auf dem Bett war nicht mehr die Rose Allison Redfern, die sie so gut kannte und verstand. Sie war eine Unbekannte, mit den Händen einer Unbekannten, langen, knochigen Händen, auf denen die Adern hervortraten.

Sie hielt den Atem an und klammerte sich am Hörer fest.

»Jessie? Jessie, bist du's?«

»Mum? Was ist denn los? Was ist passiert?«

Die Verbindung war so gut, ihre Tochter hätte im Zimmer nebenan sitzen können.

»Es ist entsetzlich, einfach entsetzlich«, schluchzte Rose, die sich von ihrer eigenen Schauspielkunst mitreißen ließ und anfing zu glauben, was sie nun gleich ihrer Tochter erzählen würde, sei wahr. Sie hatte die Szene so oft im Kopf durchgespielt, dass sie diese nun reeller als das wirkliche Leben empfand. »Dad brach heute Nachmittag zusammen und liegt jetzt im Krankenhaus. Sie sagen, es sei ein Schlaganfall.«

»Ach nein, Mum! Nein! Ich kann es nicht fassen! Wie geht es ihm?«

»Sie haben ihn stabilisiert, Gott sei Dank. Ich habe ihn jetzt allein gelassen, aber er hat mich nicht erkannt, stell dir das mal vor. Sie holten ihn mit dem Boot. Überall standen die Touristen und gafften. Ich bin mir sicher, dass irgend so-ein Widerling ein Foto schoss. Es war der Horror. Natürlich begleitete ich ihn.«

»Ich komme, so schnell ich kann.«

»Nein! Nein, Jessie, bitte nicht. Hör mir zu, Schatz. Wir werden ein paar Tage später nach Hause kommen als ursprünglich geplant. Auf keinen Fall schon morgen. Aber du kennst Dad, er möchte nicht, dass deshalb Umstände gemacht werden. Es ist wichtig, dass wir das herunterspielen. Um seinetwillen. Wir möchten ja nicht, dass er denkt, es sei schlimmer um ihn bestellt, als das tatsächlich der Fall ist.«

»Aber ich möchte bei dir sein, Mum. Und Daisy bestimmt auch.«

»Ich weiß, natürlich.« Rose lief der Schweiß den Rücken hinunter. »Aber er ist in guten Händen. Die Ärzte hier sind ausgezeichnet. Und die Schwestern auch. Es ist ja nicht so, als seien wir in Simbabwe. Das hier ist kein Entwicklungsland, ohne jede Möglichkeit zu helfen.«

Jessie stand noch immer unter Schock. »Wie ist es denn passiert, Mum? Was geschah genau?«

Rose ließ ihren Tränen freien Lauf. Es fühlte sich echt an. »Wir saßen draußen vor einem Café und tranken Tee. Er hatte gejammert, die Beine täten ihm weh, doch wir dachten beide, das käme von dem vielen Laufen.«

»Ich weiß noch, du hast gesagt …«

»Keiner von uns wäre auf die Idee gekommen, dass es etwas anderes sein könnte. Und jetzt mache ich mir natürlich Vorwürfe.«

»Komm schon, Mum. Komm, das ist doch Unsinn.«

»Ich weiß, Jessie, aber ich kann nicht anders. Ich fühle mich so hilflos.«

»Wo bist du jetzt gerade, Mum?«

»Ich bin im Hotel.« Nervös wischte sie sich eine Hand an der Hüfte ab. »Ich bin in unser Zimmer gegangen, um dich anzurufen. Ich werde sofort wieder zu Michael ins Krankenhaus gehen. Also ruft bitte nicht hier an und hinterlasst auch keine Nachrichten. Das würde mich nur noch mehr aufregen. Ich sage euch Bescheid, wenn es etwas Neues gibt, und rufe morgen wieder an. Ich kann aber noch nicht genau sagen, wann.«

»Mach dir wegen uns keine Sorgen, konzentriere dich einfach auf Dad. Ruf uns an, wenn du kannst, aber mach dir keine Sorgen, wenn es nicht klappt. Dafür haben wir volles Verständnis. Und du bist dir sicher, wir sollen nicht kommen und dir helfen?«

»Nein, Jessie. Nein, das ist keine gute Idee.«

»Können wir im Krankenhaus anrufen und uns erkundigen, wie es ihm geht? Warte kurz, wie heißt das Hospital gleich wieder?«

Rose hörte Jessie nach einem Stift suchen. »Sie sprechen sowieso kein Englisch, Jessie. Das wäre alles hoffnungslos kompliziert. Es ist viel besser, ihr wartet auf mich …«

»Okay, Mum. Okay. Wie du meinst. Aber was ist mit Dad? Kann er laufen? Kann er sprechen?«

Rose machte eine dramaturgische Pause. »Im … im Augenblick nicht. Leider. Es hat irgendetwas zu tun mit einer Schwäche der Blutgefäße im Gehirn.«

»Und er hatte einen Schlaganfall, einfach so?«

Rose sah alles vor ihrem geistigen Auge. Sie sah, wie Michael umfiel, der Tee auf den Boden tropfte, die Kellner in ihren weißen Jacken herbeieilten, um zu helfen, und die neugierigen Blicke der Umstehenden.

»Das sagten mir die Ärzte.«

»Hatte er denn schlimme Schmerzen?«

»Er war sofort bewusstlos, Jessie.« Rose konnte Michaels

rotes, apoplektisches Gesicht vor dem Hintergrund des Marmorbodens sehen, wie er nach Luft rang und seine Pupillen nicht auf die Lampe des Arztes reagierten.

»Mum, es tut mir Leid. Es ist nur, ich habe das Gefühl, ewig weit weg zu sein, und möchte gerne alles wissen. Aber er wird doch wieder gesund, oder? Dad wird doch wieder gesund?«

»Ganz bestimmt«, antwortete Rose. »Ganz bestimmt. Du sagst es Daisy, Schatz?«

»Was ist mit Granny?«

»Sag ihr besser noch nichts. Warten wir damit, bis wir nach Hause kommen.«

»Haben sie schon gesagt, wann das ungefähr sein wird?«

»Ich denke nicht, dass es allzu lang dauern wird«, schniefte Rose. »Aber ich gebe euch natürlich Bescheid.«

Jetzt gab es keinen Weg mehr zurück.

Weit unten vor dem Fenster glitt eine Gondel vorbei.

Zitternd zündete sich Rose eine Zigarette an und zog daran, auf den Kanal blickend. Entweder war der süßliche Abwassergeruch verschwunden oder sie hatte sich daran gewöhnt.

Was für ein entsetzlicher Schock für Jessie. Rose bedauerte die Notwendigkeit des Ganzen, aber letztlich wäre für die Mädchen die Scheidung ihrer Eltern und die Konfrontation mit der Untreue ihres Vaters noch weitaus schlimmer. Verflucht, Belinda musste in etwa in ihrem Alter sein.

Rose schützte nicht nur die Mädchen, vielleicht wäre ihr auch Michael eines Tages dankbar dafür. Seine Kollegen würden sich hinter seinem Rücken darüber lustig machen, dass ihr Chef sich von einem jungen Flittchen hatte verführen lassen, das halb so alt ist wie er. Sein Ruf wäre dahin. Nur für den Club der augenzwinkernden, sich in die Rippen stoßenden älteren Herren wäre er ein toller Hecht, der nichts hatte anbrennen lassen. Alle anderen, darunter die Mehrheit ihrer Freunde, würden traurig den Kopf schütteln über den Verlust dieses einst so geschätzten und respektierten Mannes.

Belinda schien so hartherzig zu sein, dass Rose das Gefühl hatte, ihn geradezu vor ihr gerettet zu haben. Ihre Liebe, ihre Lust wäre nie von Dauer gewesen. Er hätte als ein gebrochener Mann geendet, als Narr in den Augen der Welt.

Da dies ihr letzter Abend in Venedig war, schlug Michael vor, noch einmal in ihr Lieblingsrestaurant unter der Rialtobrücke zu gehen.

Er war in romantischer Stimmung, hielt ihre Hand in seiner, überhäufte sie mit Komplimenten, bestellte Champagner. Er sah gut aus, ein attraktiver, selbstbewusster Begleiter.

Cool.

Gebildet.

Ein Mann von Welt.

Wenn er nur geahnt hätte, wie Roses Herz sich allmählich verhärtete. All das zu verlieren war mehr, als sie ertragen konnte.

»Ich habe zu Hause angerufen«, gestand sie ihm, »während du unterwegs warst. Wollte ihnen nur sagen, wann wir zurückkommen.«

Sie musste es ihm schließlich sagen. Der Anruf würde auf der Hotelrechnung auftauchen.

»Aber woher kanntest du unsere Ankunftszeit?«, fragte Michael. »Ich hab die Tickets.«

»Ich dachte, es müsste um Mittag rum sein.«

»Da liegst du falsch, wir werden nicht vor Anbruch der Dunkelheit zu Hause sein.«

»Ach, es ist nicht wirklich wichtig. Es ist ja nicht so, dass sie uns abholen oder gleich besuchen kommen. Wir sehen sie noch früh genug.«

»Warum denken wir zur Abwechslung mal nicht an die beiden, sondern an uns, an dich und mich.«

Er hob sein Glas.

Seine dunklen Augen waren ernst und aufrichtig.

»Auf uns«, sagte Michael leise und versetzte ihr damit einen tiefen Stich des Zweifels. »Und auf unsere gemeinsame Zukunft.«

Rose lächelte.

9

Schluchzend und schniefend saß Jessie auf einer Bank in Rumours Weinbar, Jasmines sommersprossenübersäten Arm um ihre Schultern gelegt.

»Ich kann mir vorstellen, wie du dich fühlst. Ich weiß, ich weiß. Aber Männer in seinem Alter haben nun mal Schlaganfälle, das kommt häufig vor.« Jasmine in ihrem weißen Aertex T-Shirt – luftdurchlässig und pflegeleicht –, der Jogginghose und den Turnschuhen kannte sich aus. »Vor allem wenn es bereits vorher Anzeichen gegeben hatte und er Clopidogrel einnahm. Die meisten Menschen erholen sich wieder vollständig, selbst nach einem akuten Schlaganfall, wie dies einer war, so wie sich das anhört. Er braucht die richtige Therapie, Krankengymnastik und Ruhe. Vor allem Ruhe, das ist es, was dein Dad jetzt braucht. Eine andere Behandlung gibt es nicht, fürchte ich.«

»Er wird es hassen. Dad tut mir so Leid.« Jessie zog ein weiteres Papiertaschentuch aus der feuchten, zerfledderten

Packung. »Und Mum erst. Wie soll sie damit fertig werden? Ich finde, wir sollten hinfliegen, ganz egal, was sie sagt.«

»Warum glaubst du immer, deine Mutter würde es nicht alleine schaffen? Nach dem bisschen zu urteilen, das ich von ihr gesehen habe, hat sie eine Menge Power.«

»Sie hat schon so viel durchgemacht«, schluchzte Jessie. »Ihr Zwillingsbruder starb, als sie zehn war, und ihr Vater ertrank, als sie vierzehn war. Dann hatte ihre Mutter einen Nervenzusammenbruch. Man könnte meinen, das wäre genug! Gott lebt. Wie ich ihn hasse!«

»Es klingt vielleicht blöd, aber vielleicht hilft es ihr jetzt, dass sie schon so viel durchgestanden hat. Dadurch hat sie Reserven, die sie nun gut brauchen kann, Reserven, die sie schon einmal benötigte.«

»Quatsch«, sagte Jessie. Ihre Augen blieben an Jasmines Kruzifix hängen. »Mums einzige Möglichkeit zu überleben war, sich vom Leben abzukapseln und sich mit ihrer Familie zu umgeben. Aber jetzt, da Dad…«

»Jessie, hör auf damit! Du redest, als sei er schon tot.«

Jessie hob das tränenverschmierte Gesicht und blickte in Jasmines Gesicht, das so viel größer war. »Und was ist, wenn er stirbt?«

»Er stirbt nicht.«

Jasmine klang so sicher. So lieb. So nett. Jasmine entwickelte sich – wie Granny es nennen würde – zu einem sicheren Hafen oder einem Fels in der Brandung.

Jessie hatte sie kennen gelernt, als sie mit einer Gruppe von St. Marks eine Sonderschule am Ort besuchte. Kingsmead war eine Schule für leicht behinderte Kinder, wo Jasmine als Hilfsaufsicht für Kinder im Alter zwischen fünf und elf Jahren arbeitete. So massig und schwerfällig sie sonst wirkte, im Umgang mit den Kindern war sie flink und leichtfüßig.

Jessie wurde, gegen ihren ausdrücklichen Willen, dazu überredet, an einem Ballspiel mit einer Klasse kichernder Achtjähriger teilzunehmen. Ihre Behinderungen fielen kaum auf. Im Eifer des Gefechts gerieten ihre Hör- und Sehprobleme zur Nebensache. Völlig außer Atem und aufgelöst entdeckte Jessie, dass sie lachte, sie lachte, bis ihr die Tränen kamen. Sie hatte ganz vergessen, wie schön das war. Und anschließend, im Esszimmer – eine gewöhnliche Kantine tat es nicht in Kingsmead – leerten Jasmine und sie drei Flaschen Evian.

Nach der Sache mit Belinda hatte Jessie Angst, sich wieder auf einen Menschen einzulassen, vor allem auf eine so ausgesprochen maskuline Erscheinung wie Jasmine, die einen soldatischen Bürstenschnitt trug, keinen Gedanken an Achselhaare verschwendete und deren Garderobe aus dunkelblauen, weinroten und schwarzen Jogginganzügen und Turnschuhen bestand.

Zwar hasste Jessie sich dafür, auf ihr Image bedacht zu sein, doch sie konnte nicht anders und machte sich Gedanken um ihren Ruf. Während ihres ersten Jahres am College hatte dieser schweren Schaden gelitten und erst jetzt hatte sie begonnen, ihn loszuwerden. Sie hätte damit leben können, eine Lesbe zu sein, aber sie brauchte verdammt noch mal etwas Zeit, das herauszufinden.

Jasmine allerdings war ein richtiger Kumpel und ohne jeden Hintergedanken. Na ja, sie war ein geradezu fanatischer Cricketfan – noch dazu Damencricket. Außerdem ein Jesus-Freak. Sicher, sie war enthusiastisch, laut und man konnte leicht einen falschen Eindruck von ihr gewinnen, aber Jasmine hatte sich als vertrauenswürdig erwiesen.

Sie war drei Jahre älter als Jessie, genauso alt wie Daisy, obwohl sie jünger wirkte, und sie hatte ihre eigene Wohnung in der Stadt.

Diese wirkte spartanisch und ungemütlich, bestand hauptsächlich aus Regalen, Computerzubehör, Regiestühlen und einer unbequemen Schlafcouch. Die Adresse dieser Wohnung hatte Belinda ausfindig gemacht, hier hatte sie Jasmine angerufen, um sie vor ihrer neuen Freundin zu warnen. Jessie sei eine Psychopathin, eine rücksichtslose, entartete Lesbe. Und Michael Redfern der Teufel in Person.

Trotz ihres Schocks hatte Jasmine Ruhe bewahrt und Jessie auf ihrem Handy angerufen, als sie ihre Granny besuchte – nicht gerade der beste Ort für einen solchen Anruf, wenn Dinah die Ohren aufsperrte, während ihre glitschige Lasagne auf dem Teller kalt wurde.

Am nächsten Tag musste Jessie Jasmine die ganze schmutzige Geschichte erzählen, doch Jasmine interessierte nur eines – wie Jessie auf Belinda reagierte, sich vor ihrem eigenen Schatten fürchtete und sich einbildete, Schritte zu hören. Jessie hatte wieder begonnen, ihre Tür zuzusperren, gerade jetzt, wo sie sich zum ersten Mal seit langem wieder sicher gefühlt hatte. Einen ganzen Abend lang verbrachten die beiden damit zu besprechen, wie sie mit dieser neuen Situation umgehen sollten. Beide stimmten mit Daisys Meinung überein, Belinda würde sich hungrig auf jede Reaktion von Jessie stürzen.

Solange Belinda sich auf Jessie konzentrierte, und vielleicht Jasmine, glaubten sie, damit fertig werden zu können. Jessie gab Jasmine eine genaue Beschreibung für den Fall, dass sie auf der Straße angesprochen wurde. Belinda war klein und zierlich. Sie war auffallend hübsch, hatte langes, lockiges Haar und strahlend blaue Augen. Das letzte Mal, als sie Belinda gesehen hatte, hatte sie die Haare karottenrot gefärbt. »Aber sie wechselt alle zwei Wochen ihre Haarfarbe. Ihre Haare waren schon einmal lila und schwarz und rosa Strähnen hatte sie auch schon.« Jessie dachte einen

Moment lang nach. Belinda trug Decken, Stolen mit Fransen, Schals, Unmengen von Schmuck und Doc Martins. »Ach ja, und sie ist Waliserin.«

»Aber sie ist noch nie zuvor irgendwie gewalttätig geworden?«, wollte Jasmine wissen.

»Nein. Sie hat immer nur gedroht. Wäre sie gewalttätig geworden, hätte Dad sofort die Polizei eingeschaltet. Vielleicht hätte die was unternehmen können.«

Falls Belinda in ihrem Wahn gehofft hatte, mit ihrem gemeinen Telefonanruf diese Freundschaft zerstören zu können, müsste sie nun enttäuscht sein. In der darauf folgenden Woche verbrachten Jasmine und Jessie mehr Zeit zusammen als zuvor. Die ungewöhnliche Lage schweißte sie zusammen.

Und in diese angespannte Situation platzte die Hiobsbotschaft aus Venedig herein. Jessie hätte sich niemand Verlässlicheren wünschen können als Jasmine, um sich auszuweinen.

»Und wie soll ich es Daisy sagen?«, heulte Jessie. »Sie dreht durch. Dad ist ihr Ein und Alles.«

»Am besten, du bringst es so schnell wie möglich hinter dich«, meinte Jasmine, während sie Jessie zur Tür der dunklen, verqualmten Studentenkneipe führte. Noch immer Jasmines Arm um ihre Schultern, kehrte Jessie vornübergebeugt zurück in ihre Studentenbude.

Sie ließ sich auf das alte, durchgesessene Sofa in ihrem Zimmer plumpsen und beäugte ihr Handy wie ein unheimliches Insekt.

William ging ans Telefon. Jessie war erleichtert, seine Stimme zu hören. Sollte doch er Daisy die Nachricht überbringen … Außerdem dankte sie Gott, dass er hier war, um sie zu beruhigen.

Nachdem sie ihm die Situation kurz geschildert hatte, hörte sie, wie William behutsam auf Daisy einredete. Diese entriss ihm sofort den Telefonhörer, ihrer hohen Stimme nach zu urteilen, reagierte sie ziemlich hysterisch.

»Wir müssen sofort hinfahren.«

»Daisy! Mum sagte nein. Auf keinen Fall.«

»Wir können doch nicht hier sitzen und auf Nachrichten warten.«

»Es ist ja nicht für lange. Nur für ein paar Tage.«

»Woher zum Teufel will Mum das wissen?«

»Jemand muss es ihr gesagt haben. Ich nehme an, sie hatten in dem Krankenhaus schon öfter solche Fälle.«

Daisy suchte nach Worten. »Aber Dad war nicht krank. Wir sahen ihn letzten Sonntag. Es ging ihm gut. Himmel, er mähte den Rasen.«

Jessie zitterte, kämpfte mit den Tränen. »Was soll ich dazu sagen?«

»Ich kann es einfach nicht glauben, Jess, das ist alles. Ich möchte ihn sehen! Ich muss mit Mum sprechen. Gibt es keine Möglichkeit, sie zu erreichen?«

Jessie wiederholte, was Rose ihr gesagt hatte. Jasmine öffnete hinter ihr eine Dose Bier und bot ihr einen Schluck an. Jessie winkte ab.

»Aber wie kommen sie zurück? Können wir nicht im Reisebüro anrufen? Ich meine, wird er denn laufen können? Werden sie eine Trage brauchen?«

In Jessies wirre Gedanken mischte sich das Bild von Prinzessin Dianas letzter Heimkehr, wie ein paar Soldaten sie über den grauen Teer trugen, mit einer Flagge über ihrem Sarg.

»Hör zu, Daisy«, diese Rolle des Tröstens war ihr noch gar nicht vertraut, »gäbe es irgendetwas für uns zu tun, hätte Mum uns das gesagt. Du kennst Dad, sie haben bestimmt eine Auslandskrankenversicherung, und falls es etwas für die Reise zu organisieren gibt, werden sich die dafür verantwortlichen Leute dort schon drum kümmern. Wir sprechen von Venedig. Das liegt nicht in einem Entwicklungsland.«

Daisys Erregung war nachvollziehbar. Im Unterschied zu ihrer Schwester hatte sie noch keine Zeit gehabt, das Ganze zu verdauen.

»Wen könnten wir denn anrufen, um mehr über Schlaganfälle zu erfahren?«, stieß Daisy hervor.

»Hier, sprich mit Jasmine. Sie weiß mehr darüber als ich. Sie ist eine ausgebildete Krankenschwester.«

»Wahrscheinlich wisst ihr beide mehr als ich, schließlich hatte euer Dad bereits einen Schlaganfall.«

»Das war nicht so schlimm«, warf Jessie ein. »Nur ein kleiner.«

Die nächsten Minuten verbrachten sie damit, einer nüchternen Beschreibung zu lauschen. Jasmine erzählte ihnen alles über Schlaganfälle, was sie noch wusste. Allerdings hatte sie, wie sie eingestand, nur wenig Erfahrung mit der Pflege von Männern im mittleren Alter. Eine Psychiatrieschwester hatte mit so etwas normalerweise nichts zu tun. Ein Schlaganfall sei eine Gehirnblutung, erklärte sie, und mache sich zu Beginn manchmal mit Sehstörungen oder Kopfschmerzen bemerkbar.

»Oder Schmerzen in den Beinen?«, fragte Daisy.

»Schmerzen in den Beinen können auch vorkommen, ja.«

Es war irgendwie aufbauend zu hören, wie häufig Menschen einen Schlaganfall erlitten, ohne dass ihr Leben danach besonders beeinträchtigt war. Freilich, warnte Jasmine, mussten sie mit Sprachproblemen rechnen, Schwierigkeiten, das richtige Wort zu finden, einseitigen Gesichts- und Gliederlähmungen. Und manchmal sei die Denkfähigkeit beeinträchtigt, was jedoch selten von Dauer sei. »Soweit ich mich erinnern kann, erholen sich die meisten Patienten wieder innerhalb von sechs bis zwölf Monaten.«

»Mein Gott. *Mein Gott*«, stöhnte Jessie.

»Das hängt davon ab, wie schlimm es ihn erwischt hat«, versuchte Jasmine, sie und Daisy zu trösten.

»Wenn wir das nur wüssten«, warf Jessie ein und nahm ihr das Telefon ab. Am anderen Ende der Leitung hörte sie ihre Schwester schwer atmen.

»Hat Mum denn nichts Genaueres darüber gesagt?«

Jessie überlegte kurz. »Nein, nein, sie hat nichts in der Richtung gesagt. Und ich war zu schockiert, um sie zu fragen.«

»Wir könnten Neil anrufen, oder?« Neil Jarvis, der Hausarzt der Familie, und Rose kannten sich gut, weil Rose freiwillig Sozialarbeit leistete für einige seiner Patienten. Sie löste ihnen die Rezepte in der Apotheke ein und fuhr sie zur Behandlung, wenn es keine andere Transportmöglichkeit gab. »Er hätte bestimmt nichts dagegen, oder?«

Doch es brächte nicht viel, da waren sie sich einig. Wie sollte Neil eine Prognose geben können, wenn er den Patienten gar nicht gesehen hatte und über seinen Zustand nur spekulieren konnte? Sie würden warten müssen, bis Dad nach Hause kam und Neil ihn untersucht hatte. Widerstrebend beschlossen sie, nichts zu unternehmen und einander sofort zu benachrichtigen, falls es Neuigkeiten gäbe.

Dad konnte einem Leid tun.

Und Mum.

Und sie sich selbst.

»Ich bin jederzeit für dich da, was immer geschieht, das weißt du«, sagte Jasmine und lehnte sich zurück. Dabei hinterließ ihre Bierdose einen Ring auf der verschmierten Glasplatte des Couchtisches.

Erst jetzt, als die Welt sich langsam zu beruhigen begonnen hatte und Jessie auf ihrer alten, ramponierten Couch zusammensank und das Gesicht in den Händen barg, schnupperte Jasmine und fragte: »Was ist denn das?«

Jessie rümpfte die Nase. »Das ist Scheiße! Du musst etwas davon an deinen Schuhen haben.«

Jasmine sah nach. »Nein. Und du hast deine Schuhe auf dem Sofa.«

»Ach nein.« Vorsichtig setzte sich Jessie auf und untersuchte beide Sohlen.

»Wo zum Teufel kommt dieser Gestank her?«

Erschöpft sah Jessie ihrer Freundin zu, wie diese schnüffelnd durchs Zimmer ging. »Es ist irgendwo in der Ecke hier.«

»Es kann nicht Scheiße sein.«

»Und was riecht sonst so?«

»Verfaulte Karotten?«

Jasmine schüttelte den Kopf, ihr Blick blieb an etwas hängen, sie erstarrte, bückte sich und wandte sich entsetzt zu Jessie.

»Was ist es?«, fragte Jessie, beunruhigt von Jasmines Gesichtsausdruck.

»Jesus Christus. Komm am besten selber rüber und sieh dir das an.«

Was da vor ihnen lag, sah aus wie ein grotesker Hot Dog. Der Kot war in eine benutzte Damenbinde eingewickelt und auf einem Blatt Toilettenpapier ausgelegt. So wie man ein Gesteck arrangiert – ein Stück Holz, darauf ein Rotkehlchen und ein Stechpalmenzweig –, es in die Tischmitte rückt und bewundert.

Nachdem sie zehn endlose Sekunden starr dagestanden hatte, sank Jessie schluchzend in sich zusammen.

Jasmine war unfähig, sich zu bewegen. Sie schloss die Augen und stotterte: »G... gibt es noch jemand anders...?«

»Nein«, schniefte Jessie, »nur Belinda. Sie muss immer noch den Schlüssel haben.«

»Hat sie je zuvor etwas in der Richtung gemacht?«

Jessie konnte nur den Kopf schütteln. Der Magen drehte sich ihr um.

»Das hier ist eine ernste Sache, Jessie. Sie ist nicht nur eine Irre, bei der eine Schraube locker ist.« Sie fing an, nach einer Tüte zu suchen. »Irgendwo musst du doch eine haben. Irgendwas. Wir müssen das wegbringen.« Als müsse sie sich gleich übergeben, presste sie die Hand auf den Mund.

Jessie zog eine voll gestopfte Schublade auf, holte ein Knäuel Strumpfhosen heraus und reichte sie ihr.

»Ich kann es nicht anfassen«, sagte Jasmine, die kreidebleich geworden war.

Also bückte sich Jessie neben ihr in der Ecke am Fenster und hob das Ekel erregende Arrangement mit ein paar Kugelschreibern auf. Sie ließ sie zusammen mit den Kugelschreibern in die Tüte gleiten, welche Jasmine sogleich wortlos den Gang entlang zur gemeinsamen Mülltonne trug.

Jessie strich ihr nach allen Himmelsrichtungen wegstehendes Haar glatt.

Das war's. Sie hatte keine Wahl, als mit Belinda zu reden.

Der Collegeleitung davon zu berichten wäre absolute Zeitverschwendung. Schließlich hatten sich die Oberen des Hauses bereits mit Belinda beschäftigt und sie der Schule verwiesen, waren daher also nicht mehr verantwortlich für sie. Die Polizei würde es nicht ernst nehmen und außerdem war es Jessie zu peinlich, ihre Vergangenheit vor der Polizei auszubreiten. Es konnte ja der Zeitpunkt kommen, an dem ihr gar nichts anderes mehr übrig blieb, aber jetzt war es noch nicht so weit. Nein, das ging nur sie was an und Jessie musste damit ganz allein fertig werden.

Was war mit Belindas Eltern? Sie lebten in Cardiff und mussten ein Telefon haben. Allzu viele McNabs konnte es in dem Teil der Welt nicht geben. Wenn Jessie sie anrief, konnte sie fragen, ob sie wüssten, wo ihre Tochter sich aufhielt und wie es ihr psychisch ging. Ob sie eine Therapie gemacht hatte? Ob sie wüssten, wo sie lebte?

Jessie wollte wissen, worauf sie sich einstellen musste. Belindas Geisteszustand, der schon immer schwer einzuschätzen gewesen war, hatte sich offensichtlich gewaltig verschlechtert. Und falls sie dazu in der Lage war, wozu war sie dann noch fähig?

Die Vorstellung, dass Belinda in ihrer Wohnung gewesen war und ihre Sachen durchwühlt haben konnte, womöglich noch etwas versteckt hatte... Mit Jasmines Hilfe machte Jessie sauber, staubsaugte und wischte alles zum ersten Mal seit einem Monat durch.

Sie leerte den Abfall und den Korb mit der Schmutzwäsche, sah unter der Matratze nach, bezog das Bett neu und sah mit einem unangenehmen Gefühl in der Magengegend in jeder Ecke nach. Gewissenhaft wischte sie alles mit einem Desinfektionsmittel ab. Die bislang ungeöffnete Flasche hatte Mum bei ihrem letzten Besuch mitgebracht in der schwachen Hoffnung, Jessie würde vielleicht ein wenig putzen.

Eine solche entsetzliche Invasion wäre zu jedem Zeitpunkt schlimm gewesen, aber so kurz nach der Nachricht aus Venedig stürzte sie Jessie in tiefste Verzweiflung.

Das Bild ihres hilflosen Vaters überdeckte alles andere. Vorbei die Zeiten, da sie sich – wie früher – in letzter Not an ihn wenden konnten, wenn sie nicht mehr weiter wussten. Okay, vielleicht war es nicht richtig so. Sie waren beide erwachsen und nicht mehr Daddys kleine Prinzessinnen, aber sie hatten sich nun mal immer auf ihn verlassen können. Er war immer da, ein Sicherheitsnetz in der stürmischen See des Lebens. Würde er wieder gesund werden? Lieber Gott! Oder etwa für den Rest seines Lebens ein Pflegefall bleiben?

Und wenn Dad auf sie angewiesen war, würde Mum sich nicht mehr ausschließlich auf die Probleme ihrer Töchter konzentrieren können. Jessie betrachtete die Flasche mit dem Desinfektionsmittel mit ganz neuen Augen. Das hieße Schluss mit dem ewigen Herumgejammere wegen jeder Kleinigkeit. Außerdem war da noch Granny, die von Woche zu Woche schwieriger wurde.

Plötzlich fühlte sich Jessie ganz allein und hilflos. Das Leben konnte so schrecklich ungerecht sein.

Natürlich hatte sie gewusst, dass eines Tages in der fernen Zukunft Mum und Dad sterben würden. Und sie hatte akzeptiert, dass sie dann allein zurückbliebe. Aber bis dahin würde sie ja wohl eine eigene Familie haben. Warum musste das ausgerechnet jetzt passieren, wo Jessie sich ohnehin so bedroht fühlte? Doch sogleich überfluteten sie Schuldgefühle. Wie konnte sie nur so egoistisch sein, so selbstsüchtig und lieblos anderen gegenüber? Sie dachte nur an sich, statt an ihre Eltern, die in einem fremden Land die Hölle durchmachten.

Sie war müde und wollte nur noch schlafen, wünschte sich, Jasmine würde endlich gehen, wollte sie aber nicht verletzen. Jemanden wie Jasmine brauchte sie jetzt. Ihre Freundin hatte ihr geholfen, sauber zu machen, sie getröstet und ihr Mut zugesprochen und ihr beigestanden bei einem Telefongespräch.

Doch Jasmine, die sich rührend um Jessie kümmerte, war noch nicht fertig. Pragmatisch veranlagt, wie sie war, suchte sie einen sauberen Pyjama für ihre Freundin heraus, ließ ihr ein Bad ein und machte viele Worte wegen der schlampig befestigten Vorhänge.

Es war wie damals, als sie das Spielfeld bei dem Ballspiel in Kingsmead beaufsichtigte. Nur die Pfeife um ihren Hals fehlte.

Sie konnte es so deutlich sehen wie das Kruzifix, das sie ständig trug. Wann würde Jessie endlich genügend Menschenkenntnis besitzen?

Jasmine, im Grunde ihres Herzens freundlich und hilfsbereit, liebte es, gebraucht zu werden. Bei solchen Gelegenheiten lebte sie auf wie ein Blatt, das sich streckt, um den Sommerregen einzufangen. Der Kummer anderer Leute ließ Jasmine zu Hochform auflaufen.

Sie weigerte sich zu gehen, bis Jessie gebadet, gegessen und eine halbe Tasse Horlicks-Malzgetränk getrunken hatte. Und als sie schließlich ging, programmierte sie vorsichtshalber noch ihre Nummer in Jessies Handy ein.

Alles, was Jessie sagen konnte, war danke, danke, danke dafür, dass du so entsetzlich nett bist.

10

Lieber Jesus im Himmel, sie hatte ihn umgebracht.

Rose hatte die Dosis falsch berechnet.

Michael liegt neben ihr, in ihrem bequemen, großen Doppelbett zu Hause am Ende der Straße. Seine Haut gespannt, fahl und glänzend, die Pupillen erweitert, totenstill, kein Lebenszeichen mehr wahrnehmbar.

Erschöpft nach der quälenden Nacht, die sie verbracht hatte, läuft Rose zähneknirschend ins Bad. Macht ein Handtuch nass, zieht die Bettdecke weg und reibt ihm über den nackten Körper, wie sie es bei Bauern gesehen hat, die versuchten, leblose kleine Lämmchen ins Leben zurückzuholen.

Sie schlägt ihm ins Gesicht und brüllt seinen Namen.

Keuchend reißt sie ihm die Beine auseinander und drückt sein Herz, drückt es immer wieder, zählt dazwischen. Und schluchzt: »Jesus, bitte, o Jesus.«

Es war dunkel gewesen, als sie gestern Abend zu Hause ankamen. Beim Anblick des nicht erleuchteten Hauses war Rose ein Stein vom Herzen gefallen. Sie hatte Angst davor gehabt, die Mädchen könnten im Haus sein, um es für die Ankunft ihres Vaters vorzubereiten.

So weit, so gut.

Am Flughafen hatten sie für die letzte Stunde ihrer Reise ein Taxi genommen. Der Flug war kurz und pünktlich. Am Zoll gab es keine Probleme. Und sollte Michael Roses zunehmende Angespanntheit gespürt haben, ließ er es unerwähnt. Sie war häufig nervös, wenn sie zurück nach Hause kam. Beide hatten die Neigung dazu, denn sie waren gerne zu Hause.

Kaum war sie durch die Tür, hechtete sie zum Anrufbeantworter und schaltete ihn aus. Falls Daisy und Jessie Alarm geschlagen hatten, hätten bestimmt jede Menge Freunde und Kollegen Nachrichten hinterlassen. Und was war, wenn Belinda wieder angerufen hatte?

»Mist! Schau nur, was ich gemacht habe«, rief sie Michael zu, während sie sich bückte, um das Kabel aus der Buchse zu ziehen. Er kam nach ihr ins Haus, mit dem Koffer und der Tasche. »Ich hatte den Anrufbeantworter nicht eingestöpselt.«

»Wer soll denn schon angerufen haben«, beruhigte er sie.

Die Nachricht wollte sie sich später anhören.

Sie ging direkt ins Badezimmer und suchte zitternd im Schrank nach Dinahs eiserner Reserve an Schlaftabletten.

»Etwas zu trinken?«

Michael schüttelte den Kopf. Er wirkte erschöpft. »Ich hab genug im Flugzeug getrunken.«

»Ach, komm schon. Ich hab Lust auf einen Drink. Schließlich sind wir noch im Urlaub. Vernünftig müssen wir erst ab morgen sein.«

Michael wollte kein Spielverderber sein und stimmte zu.

Rose nahm die Tabletten in den Mund, zermalmte sie mit den Zähnen und fing den Brei mit der Zunge ein. Sie zuckte zusammen, so bitter war dieser. Dann spuckte sie ihn in seinen Drink und rührte drei große Eiswürfel hinein. Vorsichtig drapierte sie noch eine Zitronenscheibe an den Glasrand. Sie lugte ins Glas. Der Satz am Boden konnte auch vom Geschirrspüler stammen.

Sie hielt den Atem an, bis es wehtat.

»Wann möchtest du die Mädchen anrufen?«

»Heute Abend nicht mehr«, sagte sie und reichte ihm den übergroßen Gin. Sie brachte es nicht fertig, ihm in die Augen zu sehen, sondern huschte schnell zurück zu ihrem Stuhl, und ihre Stimme klang einen Ton heller als sonst. »Ich habe ja erst gestern mit Jessie gesprochen.«

»Was ist mit Dinah?«

»Ich ertrage sie im Augenblick nicht. Tun wir doch zur Abwechslung einfach so, als seien wir beide allein auf der Welt.«

Sie sahen die Post durch, das meiste war für ihn. Nichts Wichtiges, nur stapelweise Weihnachtskataloge in Zellophan, in die sich Rose unter normalen Umständen genüsslich zusammen mit unzähligen Tassen Kaffee und einer oder zwei heimlichen Zigaretten vertieft hätte. Andere zu beschenken war eine ihrer großen Freuden im Leben. Zudem hatte sie das Glück, über genug Geld zu verfügen, um zu kaufen, was ihr gefiel. Sie hatte die Kinder von klein auf mit Geschenken überschüttet. Dass das falsch war, hatte sie gewusst, aber sie hatte nicht anders gekonnt. Und trotz der Mahnungen, mehr auf ihr Geld zu achten, vor allem aus Dinahs Richtung, waren die beiden Mädchen gut geraten.

»Ich habe dich nicht so maßlos verwöhnt, als du ein Kind warst«, pflegte Dinah zu sagen und vergaß dabei ganz, dass sie Rose so gut wie jeden Wunsch erfüllt hatte. Schließlich war sie das einzige Kind gewesen. Das einzige überlebende.

Jetzt benahm sie sich wie ein Roboter, ließ kein Gefühl zu. Eine Blechfrau ohne Herz. Jede Emotion war verschwunden, es existierte nur noch die abgrundtiefe Verzweiflung, den Rest ihres Lebens ohne Michael verbringen zu müssen.

Rose bestand darauf, ein Essen zu kochen, um den letzten richtigen Abend ihres Urlaubs zu feiern. Michael würde am nächsten Tag wieder arbeiten müssen. Es war ein angenehmes Gefühl, wieder in der eigenen Küche zu stehen und auf dem vertrauten Aga etwas zu zaubern.

Heute Abend jedoch wollte sie etwas mehr wagen. Sie nahm einen Schellfisch aus der Gefriertruhe und bereitete ihn mit einer Weinsoße zu. Dieses Mal kaute sie zwei Zopiclon und klaubte sie aus ihrem Mund. Dann rührte sie sie mit einem Holzlöffel in die Hälfte der Soße. Sie hoffte, die Tabletten würden durch die Auflösung in Spucke nicht an Wirkung verlieren. Vorsichtig arrangierte sie den Fisch auf zwei Tellern und goss über Michaels Portion die mit den Pillen versetzte Soße. Um den Fisch herum häufte sie das Kartoffelpüree und schob die beiden Teller zum Überbacken zurück in den Aga.

Als Gemüse wählte sie grüne Bohnen aus der Gefriertruhe – die waren genauso bitter wie Michaels Medizin.

Als sie fertig war, glühten ihre Wangen – die rotbackige Hausfrau direkt aus dem Ofen frisch auf den Tisch. Mit Rüschenschürze und strahlenden Augen. Mrs. Wie-du-mir-so-ich-dir.

Sie schaltete die Kaffeemaschine ein. Espresso mochte Michael am liebsten, dick, schwarz und mit viel Zucker. Da ließ sich, mit braunem Zucker zermahlen, noch eine Tablette unterbringen.

»Es hat keinen Zweck, ich bin einfach zu müde.«

Kein Wunder, er hatte zwei gigantische Gin getrunken und fünf Zopiclon intus. Michael fielen schon die Augen zu.

Sie stand auf und schaltete die Nachrichten aus.

»Lass das«, stöhnte er, als sie kurz danach im Schlafzimmer umherflitzte und auspackte. »Du machst mich wahnsinnig. Wir brauchen doch jetzt nur die Kulturbeutel.«

Er lief nackt durch das Schlafzimmer, putzte sich die Zähne, ohne sich etwas überzuziehen. Nach dem Duschen pflegte er sich im Schlafzimmer abzutrocknen. Er fühlte sich so wohl in seinem Körper, ihn plagte nicht die kleinste Unsicherheit. Rose beobachtete ihn aus den Augenwinkeln, während sie automatisch die Schmutzwäsche in den Korb füllte. Mit seinen zweiundfünfzig Jahren würde Michael keine Sekunde zögern, bevor er sich vor einer Geliebten auszöge. Rose dagegen zweifelte nicht daran, dass ein Blick auf ihren nackten Körper genügen würde, um jegliches Begehren zunichte zu machen. Bestenfalls würde sie Gelächter über sich ergehen lassen müssen und schlimmstenfalls Ekel.

Nicht dass ihr keine Komplimente gemacht worden wären in letzter Zeit, doch wenn man nicht darauf wartet, überhört man sie.

Michael hingegen muss Ausschau gehalten haben, um Belinda zu bemerken.

Kalte Wut packte sie, als sie seine Hemden aus dem Koffer nahm. Hemden, die sie ausgesucht, gewaschen und gebügelt hatte.

Bevor sie neben ihm ins Bett krabbelte, schnarchte er bereits. Er lag, wie es seine Art war, mit weit geöffnetem Mund auf dem Rücken. Sie saß in ihrem langen Rüschennachthemd neben ihm und versuchte, in dem schwachen Licht ihres Nachttischlämpchens zu lesen.

Rose war genauso wenig in der Lage, einen Satz aus ihrem Buch aufzunehmen, wie sie fliegen konnte. Dennoch blätterte sie gedankenverloren die Seiten um. Der Nachmittag, an dem Belinda anrief, kam ihr in den Sinn. Als Belinda sie mit ihren Worten auf alle viere zwang wie einen alten, geprügelten Hund, als sie zitterte und vor Schmerzen halb tot war.

»Wir können nicht alle so weitermachen, als habe sich nichts verändert…«

Verdammt richtig. Ich kann es nicht und ich werde es nicht.

Schließlich schaltete sie das Licht aus und zwang sich, eine Stunde still zu liegen. Sie brannte innerlich, schwitzte, bis die frisch gewaschene Baumwolle an ihrem Körper klebte.

Sie hätte noch immer einen Rückzieher machen können, wenn sie bereit gewesen wäre zu behaupten, sie sei geistig verwirrt gewesen. Dieser Geisteszustand sei plötzlich und heftig über sie hereingebrochen und habe sie dazu gezwungen, ihre eigenen Töchter zu Tode zu erschrecken…

Diese Option bestand nun nicht mehr.

Ihre Augen hatten sich längst an die im Zimmer herrschende Dunkelheit gewöhnt, als sie so leise wie möglich aufstand und auf Zehenspitzen zur Tür schlich, in der Hand die Medikamente und die Spritze, die sie aus der Nachttischschublade gezogen hatte. Michael hatte sich, abgesehen von einem gelegentlichen Ächzen und merkwürdigen tiefen Seufzern, nicht bewegt. Er schlief so tief wie nur möglich.

In der Küche machte sie sich eine Tasse Tee, setzte sich an den Tisch und trank sie. Obwohl die Zentralheizung abgestellt war, war Rose so heiß, als habe sie Fieber.

Sie ging zu dem Hängeschrank über der Spüle, in dem sie Dinge aufbewahrte, die sie selten brauchte. Schon oft hatte Michael sie gefragt, warum zum Teufel sie das Zeug darin nicht wegwarf. Wann würde sie je diese kitschigen Weihnachtsuntersetzer, halb abgebrannten Geburtstagskerzen, Tortenschmuck, an dem noch Glasurreste klebten, Zahnstocher, eine eingerissene Spritztüte und hunderttausend anderes Gerümpel benutzen? Irgendwo darunter war Baggins' alter Medikamentenspender.

Der Tierarzt hatte ihn ihr gegeben, als Baggins' Epilepsie diagnostiziert worden war. Zusammen mit der ersten Flasche Pillen. Rose stiegen Tränen in die Augen.

Der Spender musste ungefähr fünf Jahre alt sein. Es war eine Art Spritze mit einem Schlauch an einem Ende, mit dem man einem Tier, das naturgemäß nicht still hielt, Tabletten verabreichen konnte. Doch Baggins war so gierig gewesen, dass sie sie nie gebraucht hatte. Ein Stück Schinken oder ein Brocken Käse genügten und Baggins' Appetit war geweckt.

Wäre Baggins noch am Leben, dann wäre vielleicht alles anders gekommen. Baggins' Anwesenheit hatte etwas Erdverbundenes. Er war immer so schmutzig, das hielt einen auf dem Boden. Er hatte so wenig vom Leben erwartet, nur einen vollen Bauch und ein warmes Lager und Spaziergänge an Orte, an denen es schön dreckig war. Dafür hatte er einen mit seiner ganzen Liebe beschenkt, Untreue war undenkbar. Sicher, er hatte sich Fremden genähert und war an ihnen hochgesprungen. Aber sein Herz hatte Rose und Michael gehört. Ein Blick aus seinen strahlenden Augen hatte das jedem klar gemacht.

Wäre Baggins hier, würde er ihren Schmerz bereitwillig mit ihr teilen, so wie sie seinen mit ihm geteilt hatte. Er würde, wenn es nötig wäre, die ganze Nacht mit ihr wach bleiben.

Doch Baggins war tot und sie blieb mit ihrer Qual allein. Die *Aura epileptica*. Das Geräusch, das lautlos war. Dieser entscheidende Moment, der eine Umkehr unmöglich machte. Sie blickte auf die Küchenuhr, vier Uhr, die Stunde, in der nichts dem teuflischen Plan Einhalt gebot, der vom Schicksal so bestimmt war.

Sie schüttelte die Tabletten auf den Tisch und holte die Knoblauchpresse.

Dann zerdrückte sie die Tabletten, bis sie so fein wie Salzkörner waren. Bittere Salzkörner auf ihrer Fingerspitze. Sie füllte den verhängnisvollen Staub behutsam in das breite Ende der Spritze und schloss den Plastikdeckel. Vorsichtig drückte sie den Kolben und beobachtete, wie weißer Puder herausstaubte.

Bloß nichts verschwenden.

Mit zitternden Fingern strich sie ihn zurück in die Spritze.

Sodann zog sie in der anderen Spritze die Mischung aus der Ampulle, die sie in ihren Morgenmantel gesteckt hatte, auf. Sie hob die Spritze gegen das Licht und drückte die Luft heraus, die eine Embolie verursachen konnte. Ihr Blick fiel auf ihr Spiegelbild. Lady Macbeth, jedoch mit weißem, trockenem Staub an den Händen. Ihr Gesichtsausdruck wild entschlossen, ihre Haut glänzend von Oil of Olaz und ihre Lippen blutleer.

Langsam kletterte sie die Stufen hinauf und stieg ins Bett zu ihrem Mann. So wie sie es seit dreißig Jahren tat. Die Tablettenmischung legte sie zurück in die Schublade, als Reserve. Die Spritze müsste eigentlich genügen …

In diesem Bett waren ihre Kinder geboren worden.

In diesem Bett, so hatte Rose sich vorgestellt, würde sie eines Tages im Kreis ihrer Lieben sterben.

Doch in dieser Nacht legte Rose sich nicht hin. Sie kauerte auf dem Bett, den Mund an die Knie gepresst, wie sie es als kleines Kind getan hatte. Wenn sie das Salz von der Haut leckte oder die juckende Narbe. Sie kaute an einer Haarsträhne und dachte nach.

Sie hatte gerne so dagesessen, vor allem nach Jamies Tod, als vom unteren Stockwerk herauf das Schluchzen ihres Vaters drang. Das Schluchzen eines Mannes, abgehackt und rau, als werde er am ganzen Körper gefoltert. So anders als das leise Weinen ihrer Mutter, das viel natürlicher floss, wie Blut, wie Wasser.

Doch als Dinah ihren Nervenzusammenbruch hatte, heulte sie wie ein Mann. Gab hässliche Töne von sich, die gar nichts Sanftes an sich hatten. Bestialisch. Wie die Saurier in Jurassic Park.

Sie saß da, die Augen auf Michael geheftet. Er strahlte solches Selbstvertrauen aus, sogar im Schlaf. Wie konnte er sich so sicher sein, dass nicht eine fette, dunkle Spinne sich von der Decke herunterließ und es sich zwischen seinen Zähnen gemütlich machte? Er schlief auf dem Rücken, immer, während Rose sich zusammenrollte wie ein Embryo, sich schützte.

Auf ihren Oberschenkeln kauernd, ein Kissen untergelegt, hielt Rose die Spritze hoch, sie klopfte mit dem Finger dagegen. Ein Tropfen trat aus und sie wusste, alles war, wie es sein sollte.

Sie kniete sich neben Michael und zog eine Hand unter der Decke hervor. Sie suchte sich eine gut sichtbare problemlose Vene. Seine Hand sollte möglichst taub sein. Bestenfalls würde der Einstich ihm wehtun und schlimmstenfalls …?

Was wäre, wenn ihn irgendetwas in der Nähe seines schlafendes Gesichts irritierte? Was wäre, wenn er in diesem Moment die Augen aufschlüge und seine Frau sähe, kurz davor, ihm eine Spritze zu setzen? Was wäre, wenn sie die Vene nicht träfe? Und was, wenn er aufspränge und eine Erklärung verlangen würde.

Optimistisch sein, das war die Antwort. Dieses Mal waren ihre Hände absolut ruhig. Sein Atem roch nach Pfefferminzzahnpasta. Sie brachte die Nadel an die gewünschte Stelle und beklopfte mit der anderen Hand die Vene, bis sie zwischen den Haaren auf seinem Handrücken hervortrat, blau, beinahe schwarz. Seine Hand, diese zärtliche, geliebte Hand. Sie sehnte sich danach, sie an ihre Wange zu halten …

Die Nadel war spitz, Rose war schnell. In ein paar Millisekunden wäre alles vorbei.

Nun legte sie die Hand um ihr Handgelenk, um es zu stabilisieren, und drückte ab. Die Spritze entleerte sich rasch und sie zog sie wieder heraus.

Ihr Herz begann zu rasen, als Michael stotterte und prustete und versuchte, sich aufzurichten. Er hustete und fluchte lautstark und schüttelte die Hand, während er nach dem Lichtschalter tastete.

»Gott! Gott! Scheiß, was soll …«

»Michael? Michael, was ist los?«

Er saß am Bettrand und starrte seine Hand an. »Scheiße. So eine verfluchte Mücke. Jesus, das tut weh.«

»Ich kann nichts sehen.«

»Warum bist du nicht im Bett?« Er sprach undeutlich.

»Ich wollte gerade auf die Toilette gehen«, antwortete Rose. Er kippte die Hälfte des Wassers hinunter, das sie ihm gebracht hatte. Keuchend stieß er hervor: »Ich kann mir einfach nicht erklären, was mich gerade gestochen hat.« Er nahm noch ein paar kleinere Schlucke und schüttelte die Hand. »Es könnte eine Wespe gewesen sein, so ein Biest.«

»Eine von diesen stechenden Fliegen?«, meinte Rose.

»Im Winter?« Er untersuchte die Stelle eingehend, hielt sie unter das Licht.

Sie zuckte die Achseln.

Er war nicht überzeugt. »Könnte sein, vielleicht.«

Rose gab ihm ein Hustenbonbon. »Lutsch das.«

Sie konnte hören, wie er es in seinem Mund hin- und herschob, konnte das süße Kirscharoma riechen. Dann sank er mit einem weiteren »Scheiße« auf sein Kissen zurück, und Rose schaltete das Licht aus.

»Stand by your man.«

Die ganze Nacht hatte sie ein Auge auf ihn, wie ein Wachsoldat.

Und als der Morgen dämmerte, das Zimmer in ein diffuses Grau tauchte, beugte sie sich über ihn und fuhr ihm zärtlich über die Stirn. »Ich liebe dich, Michael. Ich liebe dich.« Er lag noch immer auf dem Rücken, doch seine Augen waren weit aufgerissen und seine Haut fühlte sich so kalt an wie der Marmorboden in ihrem Schlafzimmer in Venedig.

Michael ist tot und sie hat ihn umgebracht.

In wilder Verzweiflung rubbelt sie ihn mit einem Handtuch ab.

Mit aller Kraft versuchte Rose, ihn mit Mund-zu-Mund-Beatmung ins Leben zurückzuholen, als sei er der aufblasbare Delfin eines Kindes, der zwar nicht mehr zu flicken ist, aber gerade so dicht ist, dass er nicht untergeht.

Ein leises Stöhnen ist die erste Belohnung, ihre Wut, der sie lautstark Ausdruck gegeben hatte, weicht der Erleichterung. »Michael, kannst du mich hören? Michael! Wach auf. Wach auf.«

Was hat sie erwartet? Nun, mit Sicherheit nicht, dass Michael ins Koma fällt.

Der Agakessel ist heiß. Sie füllt drei Wärmflaschen mit heißem Wasser und deckt ihn damit zu, wobei sie begütigend auf ihn einredet wie ein vor sich hin plapperndes Kleinkind.

Langsam wie der heraufziehende Morgen ändert sich seine Gesichtsfarbe. Sie nimmt nicht die Tönung eines gesunden Mannes an, sondern ein fahles Gelb. Vergiftet durch die Unmengen von Barbituraten. Seine Haut sieht aus wie die eines Suppenhuhns, kurz bevor es vollständig aufgetaut ist. In seinen Augen steht keine Frage, da gibt es nichts, was Rose beantworten müsste.

Sie ergreift eine seiner Hände. Sie fühlt sich schlapp an und sinkt zurück auf die Matratze, sobald Rose sie loslässt.

Seine Nacktheit erträgt sie jetzt nicht mehr. Sie wirkt zu unschuldig, zu verletzlich. Da ist ein Pyjama, ganz neu, noch gar nicht ausgepackt. Sie reißt ihn aus der Zellophanhülle. Wie schwer und steif er ist. Keuchend schafft sie es, ihm den Pyjama überzustreifen. Dabei flüstert sie ihm zu: »Michael, Michael. Alles wird gut. Ich verlasse dich nicht. Ich bin hier. Zusammen können wir es durchstehen.«

Dieselben Worte hatte sie Baggins zugeflüstert, damals, in einem anderen Leben.

Ob er sie sehen konnte? Ihre Stimme hören konnte? Dieser Kadaver, dieses tote Stück Fleisch, das da gelähmt lag.

Gibt es hinter diesen Augen Gedanken? Oder hat sein Gehirn aufgehört zu arbeiten? Sich in einen schwarzen, vom Regen schwammig gewordenen Pilz verwandelt?

Unmöglich, solch entsetzliche Fragen in diesen ersten fünf Minuten zu beantworten. Die Zeit würde die Antworten bringen. Doch das geht nicht. Rose hat nämlich keine Zeit. Entweder im Verlauf dieses Tages oder des darauf folgenden muss sie Kontakt aufnehmen und die Welt draußen hereinlassen. Mehr Zeit bleibt ihr nicht. Selbst der Begriffsstutzigste würde misstrauisch, wenn er Michael in dieser Totenstarre sähe. Kein Arzt hätte ihn in diesem Zustand aus einer Klinik entlassen, geschweige denn Hunderte von Meilen reisen lassen.

Kann er schlucken? Kann er blinzeln? Hat sie eine zu hohe Dosis genommen und ihm irreparable Schäden zugefügt?

Sie wird ihm einen süßen, schwachen Tee kochen. Den wird sie ihm mit dem Löffel einflößen. Dann wird sie abwarten, was geschieht. Die Reservetabletten wird er auf alle Fälle in nächster Zeit nicht brauchen.

Auf dem Weg in die Küche bleibt Rose kurz vor dem Telefon stehen. Den Stecker will sie nicht einstöpseln, dazu ist es zu früh. Doch sie drückt die Wiedergabetaste.

»Rose?«, hört sie die besorgte Stimme ihrer Freundin Jilly. »Ich habe gerade Daisy in der Bücherei getroffen und von ihr die schreckliche Nachricht erfahren. Ich weiß, ihr seid vielleicht noch gar nicht zurück, aber ich wollte dir sagen, ich bin jederzeit für dich da, wenn du Hilfe brauchst. Ich warte auf deinen Anruf. Ich habe gehört, dass der Floating-Tank in solchen Fällen wahre Wunder wirken kann. Er arbeitet auf den verschiedensten Ebenen, körperlich, emotional und geistig. Ruf an.«

Verzweifelt schaltet Rose den Anrufbeantworter aus.

Gott hilf mir. Lieber Gott, bitte hilf mir.

Die ganze Welt steht da draußen und wartet.

11

Der Duft von Sex … nicht von Persil, frisch gebügelter Bettwäsche, Unterwäsche und Kissen.

Michael Hudson Redfern befindet sich in der verlorenen Welt von Atlantis, tief, tief unter dem Meer.

»Michael, rudere ans Land …«

Und dann tut sich ein Abgrund auf in seiner Seele, ein Klavierkonzert von Rachmaninow erklingt, am nächtlichen Firmament funkeln die Sterne und verwundert stellt er fest – es gibt ein Leben nach dem Tod, einen Himmel. Dieser unvermittelte Schock hebt ihn einen oder mehrere Zentimeter aus seinem Bett, diesem Sumpf, dieser sich ständig drehenden Waschmaschine in seinem Kopf.

Denken – egal woran – erfordert die ganze mentale Kraft, die man bräuchte, um eine Meile zu laufen. Doch der abgrundtiefe Schrecken, diese Herausforderung nicht anzunehmen, verbietet jede Feigheit.

Das Stimmengewirr um ihn klingt, als befände er sich in einem offen dahinrasenden Cabrio, tonlose Fetzen im Fahrtwind. Dazu passend die sich bewegenden Schatten, verborgen hinter sturmgepeitschten Zweigen. So sehr er sich bemüht, er schafft es nicht, auch nur ein Glied zu bewegen, geschweige denn einen Finger. Michael hat keine Ahnung, wie er das anstellen sollte.

Hinter dem weichen Etwas, das gemächlich über seine Stirn rinnt, steckt die ungeheure Kraft einer düsengetriebenen Gefühlsmaschine. Übelkeit flutet in Wellen über ihn hinweg. Da ist das Bedürfnis, sich aufzurichten, um sich übergeben zu können, doch seinem Körper fehlt die nötige Kraft. Der Schlaf lockt mit Vergessen, aber der Horror, dann ausgelöscht zu werden, zwingt seine Augen, offen zu bleiben.

»Onward christian Soldiers…«

Diese Liedfetzen, die mit monotoner Regelmäßigkeit Besitz ergreifen von seinen Gedanken, irritieren ihn derart, dass er laut aufgeschrien hätte, wäre er dazu in der Lage gewesen. Doch sollen sie nur kommen, sollen sie ihn nur weiter attackieren – je wütender er wird, desto sicherer ist er, noch am Leben zu sein.

Der Gedanke, er könne krank geworden sein, braucht so unendlich lange, um Gestalt anzunehmen, dass Michael, als er ihn endlich vor sich sieht, zu müde ist, um ihn weiter zu verfolgen.

In diesem Dämmerzustand sieht er seine Töchter vor sich, Daisy und Jessie. Ein heißer Sommertag. Sie tollen unter dem Gartenschlauch. Währenddessen schaukelt Rose, seine Frau, in der Hängematte und er lässt Baggins apportieren.

Doch darunter dieses Unwohlsein, nicht alles ist so, wie es scheint. Er und Rose haben sich gestritten, ob sie Daisy erlauben sollen, an der einwöchigen Klassenfahrt nach Frankreich teilzunehmen.

Daisy wollte unbedingt mitfahren. Warum sollte sie als Einzige in der Klasse auf eine so großartige Erfahrung verzichten? Das war nicht fair. Mummy war gemein und sie hasste Daddy, weil er wie so oft zu ihr hielt.

Rose behauptete, dass Daisy es nicht mehr aushalten

würde vor Heimweh, noch bevor sie den Ärmelkanal überqueren würde, dass sie es unerträglich fände, bei fremden Menschen zu wohnen, die kaum Englisch sprächen, und dass es darüber hinaus wunderbar wäre, wenn sie und Jessie zu Hause bleiben und zusammen mit ihr dieses für Anfang Juni ungewöhnlich schöne Wetter genießen würden.

»Selbst wenn Daisy es schrecklich fände, wäre es doch eine gute Erfahrung«, bemerkte Michael ruhig. »Sie würde ihr Zuhause wieder mehr schätzen und wir wollen sie doch nicht zum Außenseiter machen.«

»Mein Instinkt sagt mir, dass ich Recht habe«, beharrte Rose. »Wir müssen nicht allen Vorschlägen der Schule zustimmen, nur weil das momentan in Mode ist. Sicher, das sind Experten, aber ich kenne meine Töchter besser als sie.«

Bei der Erziehung ihrer Kinder demonstrierten Michael und Rose Einigkeit, bei wichtigen Entscheidungen ließen sie sich nicht gegeneinander ausspielen. War einer nicht einverstanden, hielt er sich zurück und unterstützte den anderen, bis ein geeigneter Zeitpunkt gekommen war, darüber zu sprechen. Und das funktionierte ausgezeichnet. Die Kinder wussten, dass Diskutieren und Meckern die reinste Zeitverschwendung war.

Doch in diesem Fall verbarg sich hinter Roses Argumenten ihre Angst, die Familie könne auseinander driften. Auch wenn es nur für eine Woche wäre. Andererseits war Daisy erst zwölf, und so verrückt es sein mochte, Rose hatte entsetzliche Angst, sie zu verlieren. In Anbetracht solcher Gefühle konnte man darüber schlecht mit ihr streiten, vor allem wenn man bedachte, was Rose bereits erlebt hatte. Michaels Kindheit war ruhig verlaufen, ohne größere Traumata oder Verluste, und einfühlsam, wie er war, konnte er Roses Ängste verstehen.

Er gab nach, wie so oft. Doch Daisy hatte ihm das nie vergeben und bis heute waren diese verbotenen Ferien für sie ein Thema – auch wenn sie jetzt darüber Witze machte.

Es schien seltsam, doch Jessie, das eigentliche Problemkind, konnte andererseits sehr unkompliziert sein. Sie scheute sich nie davor, ihre Gefühle zu zeigen, während Daisy alles sehr schwer und persönlich nahm und ihre Gedanken gern für sich behielt.

Michael fühlt sich wie ein Fötus, der im Fruchtwasser treibt. Doch durch diese Strudel hindurch dringt ein neuer, tieferer Ton an sein Ohr. Schmerzhaft drängt sich ein Gedanke an die Oberfläche: Das muss die Stimme eines Mannes sein. Er ahnt, dass er reagieren sollte. Die Modulation verrät ihm, dass jemand ihm Fragen stellt. Er strengt sich an und versucht zu sprechen, aber das vibrierende Dröhnen in seinen Ohren schwillt zu einer unerträglichen Lautstärke an, er muss aufhören.

Der Mann berührt seinen Körper. Wieder dieses Gefühl, ein Flugzeug starte in seinem Kopf oder ein Zug fahre aus dem Bahnhof.

Er klopft auf seine Knie, streicht über seine Fußsohle. Gott sei Dank kann er das alles fühlen. Auch wenn er zu wenig Gefühl hat für die einzelnen Teile seines Körpers, um sie bewegen zu können, kann er doch die Berührung eines anderen wahrnehmen. Auf einer niedrigen Ebene ist ein Kontakt zu dieser anderen, fremden Welt möglich, zu der er, wie ihm klar ist, einst gehörte.

Trotz seiner immensen Anstrengungen besiegt ihn schließlich der Schlaf.

Schon früh tröstete sich Michael damit, Roses geradezu krankhafte Obsession mit Familie ließe sich mit seiner Hilfe und durch ihre positiven Erfahrungen mit ihm überwinden.

Hier sind sie nun, ohne die Mädchen, auf Oliver Slatterys

Silvesterparty. Eine der wenigen Partys, die sie je besuchten, da sie Partys nun mal nicht besonders schätzen. Es muss vor zehn Jahren gewesen sein. Rose sieht gut aus mit ihren achtunddreißig Jahren, die Lachfalten um ihre Augen sind attraktiv, ihr eng anliegendes Kleid bringt ihre sexy Figur zur Geltung. Ihr lächelnder Mund schimmert verführerisch und ihre Stimme klingt – anders als die manch anderer Frauen – tief und leise. Sie scheint sich wohl zu fühlen, wie sie da mit ihrem Glas in der Hand steht und den Gesprächen lauscht.

Von Michael und den Mädchen gedrängt, hat sie vor etwa sechs Wochen mit dem Rauchen aufgehört und bisher scheint sie ihr Versprechen zu halten.

Flora, Olivers Frau, ist schon ziemlich betrunken. Zwar kann sie noch einigermaßen gerade gehen, doch der glasige Blick verrät sie, als sie schmollend und schnaubend auf Michael zuwalzt. »Ich hab dich noch gar nicht tanzen sehen.«

Michael lächelt in sich hinein. Flora wird sich in Grund und Boden schämen, wenn ihr ihre Worte am nächsten Morgen wieder einfallen. Und er weiß aus Erfahrung, dass es schwierig ist, auf der eigenen Party einigermaßen nüchtern zu bleiben. Erstens beginnt man zu früh zu trinken und aus Angst, die Party könnte ein Reinfall werden, trinkt man schnell mal ein Gläschen zu viel.

Flora nimmt ihn bei der Hand und zieht ihn weg von der Gruppe von Freunden in dem dämmrig beleuchteten Wintergarten. »Halt mal«, lacht er und schafft es gerade noch, sein Glas ohne allzu großen Schaden an Robin weiterzugeben. Wie ein Stofftier schleift sie ihn hinter sich her durchs Wohnzimmer und in das so gut wie vollkommen verdunkelte Esszimmer, das als Tanzfläche dienen sollte.

»Lady in Red.«

Ihr Kopf liegt auf seiner Schulter.

Sie ist klein und rundlich.

Alle Bemühungen zu tanzen scheitern. Flora ist dazu nicht mehr im Stande und außerdem ist ohnehin nicht genügend Platz. Stattdessen treten sie wie Idioten auf der Stelle und bewegen sich zur Musik. Floras betrunkener Arm fliegt hoch und ihre Hand spielt mit seinen Haaren. Sie drückt sich so sehr an ihn, dass er ihre festen Brüste spürt und ihre weichen Oberschenkel, ihren Bauch und ihr Verlangen.

Als sie versucht, ihn zu küssen, lacht Michael – sie wird sich zu Tode schämen deswegen – und dreht den Kopf weg, sodass sie ihn nicht erreicht.

»Du bist so süß«, flüstert sie und weint zur Musik.

Auf dem Heimweg im Auto spricht Rose kein Wort. Verdammt noch mal, er weiß genau, was sie denkt. Einerseits möchte er sie für ihre absurde Version der Ereignisse bestrafen, dafür, alles so hinzustellen, wie es am besten zu ihrer Paranoia passt. Sie weiß sehr wohl, was passiert ist, so wie die anderen auch. Der armen Flora einen Korb zu geben hätte bedeutet, sie bloßzustellen. Das wäre grausam gewesen und prüde dazu. Andererseits jedoch versteht Michael auch die Gründe für Roses Verunsicherung, ist bereit, sie auch diesmal zu besänftigen.

»Komm schon, Rose, was ist denn los mit dir?«

Noch immer weigert sie sich, ein Wort zu sagen.

»Ich weiß, du hast dich vorhin geärgert, aber du benimmst dich wirklich kindisch.«

Sie verkrampft sich, sagt aber immer noch nichts.

»Wenn ich vorhätte, etwas mit der Frau eines Fremden anzufangen, würde ich mir doch dazu nicht sein Esszimmer samt Publikum aussuchen.«

Michaels Stimme hört sich gereizt an. Er ist müde, will nach Hause und durch den heftigen Regen wird die Heimfahrt zu einer Tortur.

»Ich möchte einfach wissen, warum sie sich ausgerechnet dich herausgepickt hat!«, stößt Rose schließlich hervor.

»Weil ich gerade in der Nähe war. Nur deshalb, verdammt noch mal.«

»Du hättest nicht so weit zu gehen brauchen.«

»Rose, ich stand nur da, wie eine Schaufensterpuppe. Du hast mich gesehen.«

»Da kannst du drauf wetten, dass ich dich gesehen habe. *Du hast es genossen*«, fauchte sie.

»Wenn du das glaubst, werde ich dich sowieso mit keinem Argument der Welt vom Gegenteil überzeugen können. Ich habe nie anderen Frauen hinterhergesehen. Du klingst, als hieltest du mich für ein sexbesessenes Monster, das sich nachts draußen in den Parks herumtreibt.«

»Ich würde dich umbringen, hast du verstanden?«, verspricht sie ihm.

»Das wäre nur gerecht.«

»Ich warne dich, Michael. Ich könnte es nicht ertragen.«

»Rose, ich genauso wenig«, entgegnet er ihr im Brustton der Überzeugung.

Und es ist Rose, diese Rose, die jetzt neben ihm sitzt und etwas an seinen Mund hält. Michael weiß, dass er ihn öffnen sollte.

Er spürt ihre Finger, sie hören sich an wie Kettensägen, wie sie an seinen Lippen herumfuhrwerken. Und dann dieser Schock – etwas Warmes auf der Zunge, etwas Nasses in der Kehle. Es kostet ihn enorme Kraft zu schlucken. Ein hallendes Geräusch, als befände er sich in einer riesigen Höhle, und dann ein Druck, als wolle die untere Hälfte seines Körpers durch seinen Mund entkommen.

Zwar fehlt Michael jedes Gefühl für Zeit und Ort, doch dass das hier lauwarmer Tee ist, weiß er. Rose, seine Frau, flößt ihm mit Hilfe eines Löffels bitter schmeckenden Tee ein. Sein Kopf ist höher gebettet. Auf einem persilweißen Kissen. Er muss sich darauf konzentrieren, richtig zu schlucken. Die Aussicht, etwas könne in seine Luftröhre geraten und welche Anstrengung es ihn kosten würde, das wieder herauszuhusten, hilft ihm, seine wirren Gedanken zu sammeln.

Er versteht nicht, was sie sagt. Aber die Sprachmelodie ist freundlich und tröstend. Die männliche Stimme vorher hatte genauso geklungen.

Wie lange war das her? Monate? Wochen? Oder nur ein paar Minuten?

Es kommt ihm vor, als sei er gerade mit Rose an seiner Seite an den Traualtar geschritten, noch ohne Ahnung, welch traumatische Erfahrungen und Verluste sich in ihrer Vergangenheit verbargen. Dinah hatte es ihm erzählt, aber erst nachdem sie von ihrer Hochzeitsreise zurückgekehrt waren, auf der noch immer kein Wort über den gewaltsamen Tod von Roses Zwillingsbruder und den Tod ihres Vaters, John, auf hoher See gefallen war.

»Aber warum hätte ich darum Aufhebens machen sollen?«, hatte sie ihn gefragt, als er ihr erzählte, dass er davon erfahren habe. »Michael, das alles ist ewig lang her. In deinem Leben gibt es sicher auch das eine oder andere, das du mir nicht erzählt hast, Dinge, die inzwischen keine Rolle mehr spielen.«

Keine Rolle mehr spielen? Ihre Reaktion damals war ihm merkwürdig vorgekommen. Vor allem, als er allmählich erkannte, welch bleibenden Schaden diese Ereignisse bei ihr hinterlassen hatten.

Dinah erzählte ihm die ganze Geschichte an einem Abend kurz nach der Hochzeit. Rose war gerade unterwegs, um fish and chips zu besorgen. Sie hatten nicht viel Zeit, doch da sie nun mal darauf zu sprechen gekommen waren, wollte Dinah ihm nichts vorenthalten. »Rose hat sich nie richtig mit Jamies Tod auseinander gesetzt, bis heute nicht. Und den ganzen Kummer tief in sich hineingefressen und vergraben. Natürlich haben John und ich versucht, ihr zu helfen, so gut wir konnten, aber wenn man ein Kind verliert, ist man so sehr mit seinem eigenen Schmerz beschäftigt, dass man nur wenig Mitgefühl für jemand anderen aufbringen kann. Damals dachten wir, man müsse einfach nur versuchen, darüber hinwegzukommen.« Michael lauschte aufmerksam. »Rose kann nicht gut mit Verlusten umgehen, oder der bloßen Vorstellung, jemanden verlieren zu können. Sie hatte immer Probleme mit Freundschaften. Du weißt ja, wie das in der Schule läuft, man hat ständig neue beste Freundinnen, enge Freundschaften zerbrechen urplötzlich, jemand, den man sicher auf seiner Seite glaubte, entpuppt sich plötzlich als übler Intrigant.«

»Kein Wunder«, meinte Michael. »Scheint mir eine ganz natürliche Reaktion zu sein.« Aber eines konnte er nur schwer akzeptieren. »Warum bloß hat sie mir nie ein Wort davon erzählt? Warum musste ich es von dir erfahren?«

»Weil Rose überzeugt davon ist, diese Verletzungen hinter sich gelassen zu haben, glaubt, dass sie in ihrem Leben keine Rolle mehr spielen. In ihren Augen ist das, was passiert ist, heute bedeutungslos.«

»Angelogen hat sie mich eigentlich nicht«, grübelte Michael. »Und wenn ich sie direkt gefragt hätte, hätte sie es mir sicherlich erzählt. Immer wenn ich sie nach Jamie fragte, erklärte sie, er sei nicht mehr da. Sie ging nicht näher darauf ein, daher vermutete ich, sie hätten sich zerstritten und sie wolle nicht danach gefragt werden.«

Zwar wusste Michael, dass Roses Vater starb, als sie vierzehn war, doch er hatte angenommen, er sei an Krebs gestorben, was Rose nie richtig gestellt hatte. Dass ihr Vater auf hoher See verschwand und seine Leiche nie gefunden wurde und dass das passiert war, als Rose in dem schwierigen Alter von vierzehn Jahren war, ließ ihr besitzergreifendes Verhalten auf einmal in einem ganz anderen Licht erscheinen.

»Ach natürlich«, warf Dinah ein, »damit wirst du schon das eine oder andere Problem gehabt haben.«

»Sie ist ohne jeden Grund eifersüchtig«, sagte er. »Anfangs fand ich das schmeichelhaft. Dann tat sie mir Leid, sie macht sich das Leben so unnötig schwer.«

»Sie glaubt, du wirst ihr weggenommen, genauso wie ihr der Bruder weggenommen wurde und der Vater. Verlust, das ist Roses Zimmer 101.«

»Das ist mir jetzt klar geworden. Und es passt zusammen, es ergibt einen Sinn.«

Dinah gab ihm den Rat: »Sprich mit Rose. Rede ihr gut zu. Sei verständnisvoll.«

Und das tat er. Selbstverständlich tat er das. Er versuchte sein Bestes. Aber sie sah ihn so überrascht an, fand seine Anteilnahme so verwunderlich, dass sie sich fast darüber lustig machte. Es machte ihr nicht das Geringste aus, über Jamie zu reden. Sie war traurig, aber sie hatte sich damit abgefunden und schien es zu akzeptieren. Mit ihrem Vater war es dasselbe. Natürlich fehlte er ihr, doch das Leben ging weiter. Die Einsamkeit ihrer Mutter schien ihr am meisten Kummer zu bereiten.

Jeder, der es nicht besser wusste, musste zu der Ansicht gelangen, dass Rose diese Schicksalsschläge verarbeitet hatte.

Beginnt Michaels Fantasie ein grausames Spiel mit ihm zu spielen oder ist das Gefühl echt, durch zentnerschweres Wasser in die Höhe zu steigen?

Er ist sich sicher, den kleinen Finger zu bewegen.

»Das ist der Daumen, der schüttelt die Pflaumen, der bringt sie nach Haus …«

Verfluchter Mist.

Sein Mund ist staubtrocken.

Er fängt an, sein Gesicht zu spüren. Nicht als dicke Gipsmaske, sondern als einen Teil von sich, einen Teil, über den er ein kleines Stück Kontrolle hat. Seine Augen starren noch immer leer vor sich hin, doch er kann bereits die Wände des Zimmers als solche wahrnehmen und erkennen, dass die Deckenlampe lachsrosa ist. Wie die Badeanzüge der dicken Damen auf Postkarten von Küstenorten. Die Farben in diesem Zimmer mochte er nie wirklich, hatte sich aber, wie in allen Fragen der Inneneinrichtung des Hauses, Roses Urteil gebeugt.

Er fantasiert, das Kribbeln in seinen Armen und Händen seien Phantomschmerzen nach einer Amputation. Es heißt, das Jucken sei schlimmer als die Schmerzen. Er kann seine Beine überhaupt nicht spüren. Vielleicht sind sie tatsächlich nicht mehr da.

Was, um Himmels willen, ist mit ihm los? Hatte er einen Unfall? Hat er monatelang im Koma gelegen, am Tropf gehangen? Wird dieser Zustand von Dauer sein? Praktisch vollkommen gelähmt und ohne Kommunikationsmöglichkeit? Für den Rest seines Lebens? Bis zum Tag, an dem er stirbt? Am Leben gehalten durch Medikamente, von Krankenschwestern im Bett gewaschen?

Lebendig begraben.

O Gott, nein. Er beginnt zu hyperventilieren und jeder keuchende Atemzug kommt ihm vor wie sein letzter.

Der Schrei nimmt in der Magengrube seinen Ausgang und steigt hoch, zerfetzt jeden einzelnen Nerv in seinem Körper, als dieses Grauen zur schrecklichen Gewissheit wird. Doch kein Ton ist zu hören.

Das ist für Michael das schlimmste Szenario und Rose weiß das. Vor Jahren bereits trafen sie eine Vereinbarung; keine Kanülen, keine Schläuche, kein Tropf und keine Wiederbelebung, falls einer von ihnen je auf den Status eines Gemüses reduziert werden sollte. Ein Kissen aufs Gesicht gedrückt oder eine Plastiktüte über den Kopf war der letzte Gnadendienst, den sie einander versprochen hatten.

Aber wo bleibt sie denn und warum hat sie ihn verraten? O Gott, bitte steh mir bei. Wie kann er sich ihr gegenüber verständlich machen?

Der Bettrand wird niedergedrückt, jemand sitzt neben ihm. Er versucht Roses Namen auszusprechen, aber in seinem schweren, schmerzenden Kopf dröhnt das Wort sinnlos und hohl.

Wieder zwingen ihm laute Finger den Mund auf und Michael wartet angespannt auf eine weitere Ladung Tee. Doch dieses Mal ist es weitaus schlimmer. Die bittere Mischung ist dick und klebrig und bleibt ihm in der Kehle hängen. Bei dem Versuch, seine Aufregung mitzuteilen, wird er sich seiner aufgerissenen Augen, der hervorquellenden Augäpfel bewusst. Roses Bild wird klarer, aber die Panik, die von ihm Besitz ergriffen hat, sendet Nachrichten an ein hilfloses Gehirn.

Sie ist riesig neben ihm, er ist ein Säugling, abhängig von diesem Koloss von Mutter. Mit ihren Fingern massiert sie seinen Hals und endlich spürt er, dass der Knoten verschwindet. Er bekommt wieder etwas Luft. Sie sagt etwas, doch das Dröhnen ist zu laut, als dass Michael es verstehen könnte.

Der Geschmack im Mund kommt ihm vertraut vor, aber Michael ist unfähig, ihn einzuordnen. Das ist die Medizin des kranken Mannes. Dieses gemeine Gift dient dazu, ihn gegen seinen Willen am Leben zu halten. Wie oft muss er das über sich ergehen lassen? Einmal, zweimal, dreimal täglich? Er muss diese Medikamente bereits öfters erhalten haben, doch er hat sein Gedächtnis gerade erst wiedergewonnen, zusammen mit seiner Selbstwahrnehmung! Vielleicht geht es ihm langsam besser! Ja, natürlich. Wie langsam sein Gehirn arbeitet. Wenn sein Zustand ohne Hoffnung auf Besserung wäre, würde Rose sich weigern, ihn am Leben zu erhalten.

Sein Vertrauen zu ihr ist absolut. Es besteht also Hoffnung und es liegt nun an Michael, seine Rolle zu spielen. Gerade noch ging es ihm gut, doch nun scheint ihm wieder alles zu entgleiten, scheint er zurückzusinken in den Sumpf, aus dem es womöglich keine Wiederkehr gibt.

»Oh land of my fathers…«

Es wird dunkel im Zimmer. Der Lampenschirm färbt sich braun und verschwindet schließlich ganz.

Michael bleibt nur noch ein kleiner Lichtspot an der Wand, an den er sich mit aller Macht zu klammern versucht, bis auch dieser verschwunden ist.

Und der Koloss kehrt in die Dunkelheit zurück.

12

Noch niemand weiß, dass sie schon zu Hause sind.

Sie muss ihre positiven Anteile aktivieren. Rose holt die Weihnachts-CD hervor und hört »Stille Nacht«, »Jingle Bells«. Wäre sie ein kulturbegeisterter Mensch, würde sie sich stattdessen wohl große Musik anhören, doch für Rose sind diese Lieder gerade das Richtige, sie lassen die Unbeschwertheit ihrer Kindheit aufleben, der Kindheit vor Jamies Tod.

Was sie hier tut, ist teuflisch, doch ganz tief in ihr verbirgt sich etwas Gutes, davon ist sie überzeugt. Sie bricht erleichtert in Tränen aus, als sie dieses Gute findet. Klein und sicher hat es sich in ihr wie ein Fötus zusammengerollt, lebt und atmet, wird irgendwann hervorbrechen.

Vierundzwanzig Stunden bleiben Rose noch, um die Sache über die Bühne zu bringen. Ihre flüchtige Bekanntschaft mit der Welt der Medizin ist vorteilhaft für sie, ihre Vertrautheit mit Rezepten, ihre Arbeit bei Essen auf Rädern und die Tatsache, dass sie seit zwei Jahren Patienten in die Praxen chauffiert.

Ein Gutmensch. Schon fast zu gut.

Wie oft schon war Rose bei Patienten zu Hause gewesen, die an den Folgen von Gehirnschlägen, Herzanfällen, Arthritis, MS und Demenz et cetera litten. Vielleicht war das ihre Art, sich dem Unerträglichen zu stellen – so wie sie als Kind vorgegeben hatte, blind oder taub zu sein.

Sie half ihnen, die Rezepte in der Apotheke einzulösen, sprach ihren Angehörigen Trost zu.

Rose kannte sich gut genug aus, um in ihrem selbst verfassten Krankenhausschreiben, das sie in der herrlichen Atmosphäre der Piazza San Marco hatte übersetzen lassen, zu behaupten, bei Michael sei sofort nach seiner Einlieferung im Krankenhaus ein Computertomogramm gemacht worden, aus dem hervorgegangen sei, Michael habe einen Schlaganfall erlitten. Damit wäre jeglicher Zweifel an der Diagnose ausgeräumt.

Ospedale Civile,
Castello.

Betrifft: Michael Redfern.

Sehr geehrter Dr. Jarvis,
Ihr oben genannter Patient wurde am Donnerstag bewusstlos eingeliefert. Seine Ehefrau gab als Vor-

geschichte Bluthochdruck, Diabetes Typ 2 und einen kleinen Schlaganfall an. Die momentane Medikation besteht aus täglich 50 mg Atenolol, 500 mg Metformin und 75 mg Clopidogrel.
Bei der Untersuchung war der Patient nicht ansprechbar.
Absolute muskuläre Schwäche.
Die Reflexe waren schwach.
RR 160/100.
Ein CT bestätigte die Diagnose eines Schlaganfalls. Der Patient wurde auf ausdrücklichen Wunsch seiner Ehefrau entgegen dem ärztlichen Rat entlassen. Für den Heimtransport des Patienten wurden private Vorkehrungen mit der Luftfahrtgesellschaft getroffen. Meiner Meinung nach ist der Zustand ernst, eine spezifische Behandlung wird nicht empfohlen.

Mit freundlichen Grüßen,
die Unterschrift lautete Giovanni Franceschi.

Beunruhigt stellte Rose fest, dass seine aktuellen Symptome – der umherbaumelnde Kopf, der Speichel, der ihm aus dem Mund rann, der glasige Blick und die vielen Schlafphasen – soweit Rose das beurteilen konnte –, jedoch eher nach Demenz aussahen.

Konnten das die Folgen eines schweren Schlaganfalls sein? Oder war es möglich, dass Michael, ohne es zu merken, mehrere kleine Schlaganfälle erlitten hatte, die er als Verdauungsbeschwerden abgetan hatte? Oder hatte es etwas mit diesen unglaublich heftigen Ischiasschmerzen zu tun…? Manchmal war er fast ohnmächtig vor Schmerzen geworden. Demenz infolge einer Schlaganfallserie?

Ja, das war es. Elizabeth Stokes fiel ihr ein – ein trauriger Fall, eine pensionierte Lehrerin, erst sechsundfünfzig, die im Verlauf von zwei Jahren mehrere kleinere Schlaganfälle gehabt hätte. Jetzt lebte sie im Pflegeheim, genauso hilflos wie Michael.

Neil Jarvis, ihr Hausarzt, kennt Rose gut und vertraut ihr. Es ist unwahrscheinlich, dass er sie mit Fragen über Michaels Behandlung in Venedig überhäuft. Und schon gar nicht, nachdem er den Brief gelesen hat.

Während sie über ihren Plan nachsinnt und Michael besänftigt, läutet ununterbrochen das Telefon – Leute, die ihre Unterstützung anbieten und gute Besserung wünschen. Rose ist überrascht, wie viele Freunde sie haben. Sobald sie ihre Ankunft bekannt gibt, wird sich das Haus in den Piccadilly Circus verwandeln.

Diesen ganzen langen Tag verbringt sie schweigend an Michaels Bett. Sie starrt in sein wächsernes Gesicht und betet, dass er überlebt. Er scheint sie nicht zu erkennen.

Er kann sie unmöglich hören. Doch zwölf Stunden nachdem sie ihm das Medikament verabreicht hatte, bemerkte sie eine leichte Verbesserung seines Zustands. Ein deutliches Blubbern, als steige eine unter Wasser gedrückte Flasche langsam an die Oberfläche. Sie ließ ihn nicht aus den Augen und wartete ab. Sie musste herausfinden, wie lange es dauerte, bis seine Fähigkeiten zurückkehrten.

Schließlich konnte sie es nicht mehr riskieren, noch länger zu warten, so sehr sie es sich auch wünschte. Sie betäubte ihn mit den Reservepillen.

Und dann klingelte völlig unerwartet das Telefon.

»Michael, du weißt, wer dran ist. Wo bist du? Ruf mich an.«

Unverkennbar die Stimme Belindas. Stille, kochende Wut tritt an die Stelle von Roses nagender Angst.

Herr im Himmel.

Da ist sie und vergeht fast vor Angst um ihn, will ihm ja nicht wehtun, und dort ist dieses unverschämte Luder und versucht, sich mit ihm zu verabreden.

Wie können Liebe und Hass nur so eng nebeneinander existieren?

Wütend und von weniger Zweifeln geplagt als zuvor sitzt Rose in Michaels Arbeitszimmer und schaltet Computer und Scanner ein. Sie weiß, wie man kopiert. Sie arbeitet mit diesen Geräten häufig genug, wenn sie Plakate oder Handzettel für ihre gemeinnützigen Tätigkeiten ausdruckt. Sie legt das Krankenhausformular auf den Scanner und kopiert den Kopf. Ospedale Civile. Castello. Als Namen des Arztes, Giovanni Franceschi, verwendet sie den Namen des Studenten. Praktischerweise hatte der junge Künstler auf dem Platz seinen Namen unter seine Übersetzung gesetzt.

Sie pusselt an ihrem Werk herum, bis sie das Gefühl hat, es ordentlich hingebracht zu haben oder zumindest so ordentlich, dass sie zufrieden ist. Niemand wird diesen Brief näher untersuchen. Daisy kann ihn in die Bücherei mitnehmen und übersetzen lassen. Andererseits müsste Dr. Jarvis bis dahin Michael selbst untersucht und sich seine eigene Meinung gebildet haben.

Obwohl Michael direkt neben ihr liegt, hat Rose sich noch nie so allein gefühlt. Was gäbe sie dafür, sich jemandem anvertrauen zu können, einem Menschen, der verstünde, was sie zu so extremen Handlungen getrieben hat, der ihr versichert, dass sie das Richtige tut. Das Richtige sowohl für Michael als auch für die Familie.

Unter anderen, glücklicheren Umständen wäre Michael dieser Mensch. Ihre Liebe war so stark, dass sie immer gedacht hatte, sie seien unzertrennlich.

Sie holt sich frisch aufgebrühten Tee und setzt sich wieder neben ihn. Einen Augenblick später holt sie einen Aschenbecher und die Zigaretten, die sie im Brotkasten versteckt, und zündet sich zum ersten Mal seit zehn Jahren vor ihm eine Zigarette an.

»Was mir am meisten Sorgen macht, ist die Zukunft«, sagt sie und tröstet sich mit einem tiefen Zug Nikotin. Sie zwingt sich, unverkrampft zu wirken. Sie könnte ebenso gut über die Wettervorhersage reden. »Das kann nicht unendlich so weitergehen. Irgendwann, und ich weiß nicht genau wann, müssen wir uns unterhalten. Du wirst mir sagen müssen, was zwischen dir und Belinda lief. Und ich werde dir glauben müssen, wenn du sagst, es ist vorbei.«

Michael atmet geräuschvoll ein und aus. Seine Augen sind fest geschlossen. Sie küsst ihn auf die Wange, die sich kalt anfühlt unter ihren Lippen.

Meist wussten sie, was der andere dachte, ohne dass sie darüber sprachen. Kann es sein, dass er irgendwo in seinem Unterbewusstsein versteht, was sie sagt und warum sie ihm dies antun muss?

»In ein paar Wochen ist vielleicht alles vorbei«, denkt Rose laut. »Vielleicht hören die Telefonanrufe allmählich auf, wenn Belinda begreift, dass du nicht mehr interessiert bist.«

Sie steht auf und vergewissert sich, die Zigarette fest zwischen den Lippen, dass er warm zugedeckt ist.

»Wir könnten mit Händedrücken anfangen, uns zu verständigen. Ein Druck bedeutet ja, zwei nein. Das ist möglicherweise die Antwort. Sobald wir die erste Hürde genommen haben, können wir damit experimentieren. Sobald ich die Dosierung richtig hinbekomme und du herumlaufen kannst. Ich will dir nicht wehtun, Michael. Du weißt, ich würde dir nie Schmerzen zufügen, dafür liebe ich dich zu sehr.«

Keinerlei Reaktion. Rose hatte auch keine erwartet. Es tat einfach gut, sich ihm anzuvertrauen und ihm ihre Probleme zu erzählen.

Doch dieses anhaltende Schweigen hat etwas Missbilligendes. Roses Stimme wird lauter: »Du hättest vielleicht das Gleiche getan, wenn du mich bei einem so üblen Betrug erwischt hättest. Jetzt plustere dich bloß nicht so auf, du weißt, ich hasse das. Du mit deinem Heiligenschein.«

Sie sieht ihn verärgert an. Auf einen Körper, der nicht an die Droge gewöhnt war, müsste diese Dosis wie der Bolzenschuss des Metzgers wirken. Aus ihrer langen Erfahrung mit Baggins weiß sie jedoch, dass die Dosis erhöht werden muss, da sich der Körper an die Droge gewöhnt.

Ungeduldig fährt sie Michael an: »Wie ist sie, deine Belinda? Ist sie nett? Liebt sie dich? Bringt sie dich zum Lachen? Ach Michael!«

Es ist gut, dass niemand sie sehen oder hören kann, wie sie neben einem leblosen Stück Fleisch sitzt und sich die Augen aus dem Kopf weint. Doch es ist eine solch ungemeine Erleichterung, seinen Gefühlen freien Lauf zu lassen. Als würde nach langem endlich eine Kette um ihren Kopf gelockert.

Und dann kommt die Wut, sie bricht mit einer derartigen Wucht über sie herein, dass sie regelrecht erstickt. »Wie oft hast du sie gefickt, Michael? Und war sie gut im Bett? Ich wette, das war sie. Hat sie Sachen gemacht, die ich nicht mache? Habt ihr euch schmutzige Worte ins Ohr geflüstert? Habt ihr miteinander Spielchen gespielt, euch als Arzt und Krankenschwester verkleidet? Dann sieh mich mal gut an, du Schwein, dieses Spiel kann ich auch mit dir spielen.«

Noch nie in ihrem Leben hatte Rose in diesem Ton mit jemandem gesprochen. Und das Michael gegenüber. Es ist unglaublich. Verrückt, dass sie das überhaupt fertig gebracht hat. Diese Spätfilme verderben einen, kichert sie in sich hinein.

All diese Fragen. Sie sehnt sich so verzweifelt nach Antworten, doch dazu ist der Mann im Bett nicht in der Lage. »Wie wolltest du es mir beibringen, du Schwein? Aber du hast ja so viele Geheimnisse vor mir, stimmt's? Lieber Gott, Michael, wie konntet du mir das antun? Wie konntest du nur so grausam sein?«

Wütend drückt sie die Zigarette aus. Sie hofft, dass der Rauch ihm zusetzt. Gleich wird sie die nächste anzünden. »Am liebsten würde ich sie in deinem Gesicht ausdrücken.« Und sie bläst ihm den Rauch direkt in die Nase. Das sollte es ihm heraustreiben, was immer er vor ihr verbarg.

»Komm heraus, komm heraus, wo immer du steckst.«

Als Rose aufwacht, ist es vollkommen dunkel.

Der starre Körper neben ihr schläft weiter.

Sie schaltet das Licht ein und wirft einen Blick auf die Uhr. Acht Uhr dreißig. Normalerweise würden sie jetzt zusammensitzen und sich im Fernsehen einen Tier- oder einen Spielfilm ansehen – eine Verfilmung von Ruth Rendell oder die Polizeiserie *The Bill*, das gefällt Rose. Sie hat nichts dagegen, wenn Michael sich ein Fußballspiel ansieht. Was sie nicht ausstehen kann, ist Cricket. Oder er würde versuchen, ein Kreuzworträtsel zu lösen, und die Fragen laut vorlesen, wenn er ihre Hilfe brauchte. Sie würde dann das Lexikon hervorholen und seine Rechtschreibung überprüfen. Vielleicht hörten sie sich auch eine CD an und machten eine Flasche Wein auf und sie schmökerte in einem Buch, während er im Sessel neben ihr döste.

Solche Zeiten der Zweisamkeit würden wiederkommen. Davon ist Rose felsenfest überzeugt. Es war nur eine Frage der Zeit. Wenigstens ist er noch immer da, wo er hingehört. Wenigstens kann sie sich um ihn kümmern.

Als Rose die Gelegenheit für ein heißes Bad nutzt, grübelt sie über das Phänomen nach, dass sich kleinere Probleme sofort in Luft auflösen, sobald ein großes auftaucht. Daisys Art, ziellos einfach in den Tag hinein zu leben, die Rose früher sehr betrübte, lässt sie nun absolut kalt. Die Tatsache, dass William nicht der Typ Mann ist, der heiraten und eine Familie gründen will, und die traurige Gewissheit, dass Daisy genau das von ihm erwartet, berühren Rose nicht mehr. Dieses dumme Kind sucht nach einem Mann, den es wohl gar nicht gibt. Nach jemandem wie Michael.

Michaels Typ steht aber nicht mehr zur Verfügung. Er ist ausgestorben wie ein Dinosaurier. Wie oft heulte sich Daisy die Augen aus dem Leib wegen einer Beziehung, die in die Brüche gegangen war. Und jedes Mal war sie, ihrer Erzählung nach, im Stich gelassen und betrogen worden. Nie traf sie die Schuld, immer nur ihren Partner.

»Du erwartest zu viel«, erklärte ihr Rose immer wieder.

Und jetzt ist sie mit William zusammen. Der sicher nett ist, höflich und gut erzogen, aber das Leben viel zu sehr liebt, um sich schon jetzt fest zu binden und eine Familie zu gründen. Nie hat er mit seinem Traum hinter dem Berg gehalten, er wolle die Welt bereisen. Und während Daisy sich vielleicht einredet, dass sie ihn auf seinen Reisen begleiten möchte, weiß Rose, dass ihre Tochter sich eines Besseren besinnen würde, noch bevor sie den Ärmelkanal überquert hätte.

Daisy liebte Komfort, und William würde am liebsten in abgerissenen Klamotten, Sandalen und einem alten Strohhut herumlaufen.

Rose seufzt tief und rührt im Badeschaum. Sie braucht sich keine Gedanken machen wegen der Lampen oder dass jemand draußen klingelt. Während ihrer Abwesenheit war stets in einigen Räumen das Licht eingeschaltet und Daisy hat, wenn sie vorbeikam, um nach dem Rechten zu sehen, einige Lampen aus- und andere angemacht. Die Autos stehen noch in der Garage und die Heizung war nie ganz abgestellt, damit das Haus nicht auskühlte.

In weiser Voraussicht hatte Rose die Milch und die Zeitungen wie üblich bis nach dem Wochenende abbestellt. Es war einfacher für Mr. Grant, der nicht besonders gut organisiert war, damit am Montag anzufangen.

Falls nicht gerade jemand einen Schlüssel hat und plötzlich hereinspaziert, wird niemand erfahren, dass sie bereits zu Hause sind.

Und Jessie, was ist mit ihr los? Jessie ist normal für ihr Alter und bildhübsch, trotz dieses scheußlichen Haarschnitts und ihres entsetzlichen Kleidergeschmacks. Sicher, sie hatte eine problematische Phase, aber das hatte sich gelegt. Mittlerweile hat sie mit ihrer Ausbildung angefangen und würde einmal eine hervorragende Lehrerin werden.

Nein, Rose hat jetzt andere Dinge im Kopf als das Schicksal ihrer zwei geliebten Töchter. Mit der Zeit werden sie selbst mit ihren Problemen klarkommen, auch ohne ihre Hilfe. Michael verwöhnt sie zu sehr, das ist der springende Punkt. Weniger in finanzieller Hinsicht – da war eher sie großzügig –, sondern indem er sie noch immer als seine kleinen Prinzessinnen behandelte. Neunzehn und dreiundzwanzig und noch immer emotional abhängig von ihm. Es war an der Zeit für sie, auf eigenen Füßen zu stehen und sich nicht ständig auf seine Unterstützung zu verlassen.

Vielleicht gab ihnen seine Krankheit die Kraft, von der sie bisher nicht ahnten, dass sie sie besaßen. Sie liebten ihn zu sehr, das war ihr Problem.

Rose hatte lernen müssen, ohne Daddy zurechtzukommen. Und es hatte ihr nicht geschadet. Es war an der Zeit, dass sie ihre Mutter schätzen lernten, so wie Rose es als Teenager hatte lernen müssen. Sie war der Liebling ihres Vaters gewesen, sein Augenstern. Und dann, eines Nachts, war er verschwunden. Und sie blieb zurück mit einer Mutter, die verrückt war vor Kummer.

Rose war aufgeschlitzt und der Kern in ihrem Innersten in zwei Teile zerhackt worden.

Die eine Hälfte der liebenswerten Rose war eine Fremde, ein wildes, verrücktes, verdorbenes Wesen, bereit zu töten, um ihren Mann zu behalten. Aber die andere Hälfte, die gute, ist noch immer da. Diese Hälfte muss mit dem angerichteten Schaden zurechtkommen, die Sprünge kitten und zusehen, dass alles weiterläuft. Was immer die kaputte Hälfte anrichtet, die gute Hälfte muss es wieder wettmachen.

Sie muss Michael im Auge behalten. Keinesfalls durfte er reden, aber er sollte sich mehr bewegen, vor allem musste er besser schlucken können. Außerdem wäre es ihr lieber, wenn seine Augen offen blieben.

Wie furchtbar musste er sich fühlen. Und wie erleichtert wird er sein, wenn er erfährt, dass er eines Tages, sobald Rose von seiner Treue überzeugt ist, gesund weiterleben wird.

Diesmal gesteht sie ihm zwei Stunden mehr zu, bevor sie ihm seine Medikamente verabreicht. Schließlich besteht keine Gefahr, dass diese leere Hülle von einem Mann sie überwältigt. Nervös beobachtet sie seine minimalen Fortschritte, wie seine Augen anfangen, Gegenstände zu fixieren, und diesen Ausdruck absoluter Überraschung annehmen. Wie seine Finger sich zu bewegen beginnen, als hätten sie wieder einen eigenen Willen. Wie eine Ader über seinem

Auge schneller zu pochen beginnt. Und wie seine Zunge über seine trockenen, aufgesprungenen Lippen fährt.

Noch immer lässt sich nicht mit Sicherheit sagen, ob er sie erkennt.

Wenn sie diesen Zustand halten könnte, dann, so glaubt Rose, könnte ihr Plan gelingen.

»Geht es dir besser?«

Er kann nicht antworten.

Es gibt keinen anderen Weg. Sie muss ihr Herz verschließen. »Es tut mir Leid. Wenn du nur wüsstest, wie schwer es mir fällt, dir dies anzutun, aber ich muss dir noch etwas mehr von der Medizin geben. Ich weiß, es ist unangenehm für dich, aber es geht nicht anders. So ist es besser für uns alle.«

Der ganze Vorgang ist so entsetzlich. Rose sieht nicht hin, als die Nadel in die Haut dringt. Sie legt seine Hand zurecht, achtet darauf, dass ihre eigenen Hände ruhig sind, und schaut ihm direkt in die Augen.

Liebkoste er mit dieser Hand, seiner rechten, Belinda? Streichelte er damit ihre Brüste? Fuhr er damit ihre Augen entlang? Ihre Vagina? Sah, dass sie feucht war? Bereit für sein Eindringen?

Heute Abend will sie eine niedrigere Dosis wagen. 20 mg.

Er sollte dankbar sein, dass sie sich so um ihn sorgt. Das hier ist sein Fehler, nicht ihrer.

Nachdem sie die Spritze gedrückt hat, massiert sie die Einstichstelle, um sicherzugehen, dass kein blauer Fleck entsteht. Noch immer starrt er ihr direkt in die Augen, mit einem Ausdruck höchsten Erstaunens.

»Frag doch. Dann wirst du dich wundern«, murmelt Rose vor sich hin. Doch dann ruft sie: »Bitte hasse mich nicht. Bitte hab mich lieb.« Und dann: »Belinda, *Belinda.*« Sie zischt es durch die Zähne. »So willst du ihn bestimmt nicht haben.« Sein Penis sieht kindlich aus und hilflos, so wie er.

»Morgen fangen wir mit etwas Suppe an«, erklärt sie ihm, noch immer etwas atemlos nach dieser Anstrengung, und deckt ihn wieder zu. Michael soll es bequem haben.

»Hühner- oder Pilzsuppe? Ich würde dich ja wählen lassen, aber das geht ja leider nicht.« Und ihr Lachen hört sich an, als weine jemand.

Rose braucht selbst ihren Schlaf, um den darauf folgenden Tag mit all seinen Herausforderungen bewältigen zu können. Am liebsten hätte sie in dieser Nacht im Gästezimmer geschlafen. Michaels Körper neben sich zu haben ist ihr unangenehm. Seine unnatürliche Bewegungslosigkeit und sein Schweigen sind weitaus schlimmer als das lauteste Schnarchen oder das stärkste Zähneknirschen. Doch sie wagt es nicht, ihn allein zu lassen.

Rose, der Religion nicht viel bedeutet, spürt den Drang, sich neben das Bett zu knien und ein altes Kindergebet zu sprechen. Sie sagt es für Michael auf, sie will nicht, dass er stirbt.

Sie leiert es herunter wie damals, sodass es bedeutungslos wird.

Guten Abend, gut' Nacht,
mit Rosen bedacht,
mit Näglein besteckt,
schlupf unter die Deck.
Morgen früh, wenn Gott will,
wirst du wieder geweckt.
Morgen früh, wenn Gott will,
wirst du wieder geweckt.

13

Daisy hatte William darum gebeten, sie bei diesem ersten Besuch zu begleiten, vor dem sie solche Angst hatte.

Mum hatte sie um zehn Uhr vormittags in der Bücherei angerufen, um ihr mitzuteilen, dass sie nun zu Hause seien. Sie versuchte nicht, ihre Tochter zu schonen: Bereitet euch auf einen Schock vor; brecht nicht vor ihm zusammen; er sieht sehr schlecht aus; ist ans Bett gefesselt; er kann sich nicht bewegen; er ist nicht der Dad, den ihr kennt.

Verängstigt, doch zugleich entschlossen, sich als erwachsen und als Stütze zu erweisen, rief Daisy William an. Da er am vorangegangenen Abend gearbeitet hatte, war er sicher zu Hause.

Seine Reaktion fiel nicht so aus, wie sie sich das gewünscht hatte. »Meinst du nicht, es wäre besser, vor allem für deine Mum, wenn du und Jessie allein kommen würdet?«

»Was willst du damit sagen?«

»Daisy, denk doch mal nach. Sie wird sehr aufgeregt sein, ihr alle seid durcheinander. Und in solchen Zeiten hat man nicht gerne einen Fremden dabei.«

»Aber du bist doch kein Fremder.«

»Du weißt, wie ich das meine. Das ist eine Familienangelegenheit.«

»Aber William, *ich brauche dich dabei.*«

Doch er gab nicht nach.

Offensichtlich quälten Jasmine derlei Bedenken nicht. Von dem Moment an, als Jessie und Jasmine das Haus betraten, übernahm Jasmine stillschweigend das Kommando. Sie kochte Tee, kümmerte sich um die Wäsche, ja, bestand geradezu darauf – »Dafür hat deine Mum im Augenblick wirklich keinen Kopf« –, zog Vorhänge zurück, räumte die Küche auf, stellte das Geschirr in den Geschirrspüler und schaltete ihn ein.

Und das alles geschah ohne viel Aufhebens, sodass Daisy und Jessie sich voll ihrem bettlägerigen Vater widmen konnten.

Niemand hatte sie auf den Anblick ihres kranken Dads vorbereiten können. Er schien mehr tot als lebendig zu sein.

Als Daisy seine Hand in die ihre nahm, zuckte sie beinahe zurück, so kalt und schlaff fühlte sie sich an.

Sie versuchte, mit ihm zu reden, beide versuchten sie es, während Mum daneben stand und zusah, sich auf die Unterlippe biss, die Arme verkrampft vor der Brust verschränkt.

»Hi Dad, ich bin's, Daisy. Wie geht's dir?« Ihr versagte die Stimme und Mum runzelte die Stirn. Bevor sie an sich halten konnte, war es schon passiert: »Aber da ist nichts. Er ist nur eine leere Hülle …«

Jessie übernahm, mit hysterisch hoher Stimme: »Was hast du jetzt wieder angestellt, Dad?« Als wäre er ein ungezogenes Kind, das vom Schlitten gefallen war und ein Pflaster brauchte.

»Kann er uns hören?«, wandte Daisy sich an Mum.

»Davon müssen wir ausgehen. Versucht so normal wie möglich zu reden.«

Ein erleichtertes Aufatmen ging durch den Raum, als endlich der Arzt kam und jemand mit Erfahrung sich um Michael kümmerte.

Er redete zunächst zehn Minuten allein mit Mum, ließ sich berichten, wie alles passierte und was sie in den letzten Tagen mitgemacht hatte. Er schien beeindruckt von der Effizienz der Kollegen in Venedig zu sein. Sie hatten den Patienten innerhalb einer halben Stunde nach dem Anfall in das Krankenhaus eingeliefert und sobald er dort angekommen war, hatte man ihn untersucht, sogar ein Computertomogramm hatte man gemacht.

»Es bestand kein Zweifel an der Diagnose«, erklärte Mum. »Sie schienen sich absolut sicher zu sein.«

Mit zitternden Händen zog sie einen Brief hervor. »Von dem behandelnden Arzt«, berichtete sie Neil. »Da steht alles drin. Ich fürchte, es ist Italienisch, aber vielleicht könnte Daisy ihn übersetzen lassen?«

Die Möglichkeit, sich nützlich zu machen, war eine solche Erleichterung, ein Lichtstrahl in der Finsternis. »Kein Problem, Mum. Wann immer du willst.«

»Nicht dass es einen großen Unterschied machen dürfte«, seufzte Jarvis.

Sie standen um Dads Bett wie Studenten bei der Visite, die an den Lippen des großen Professors hängen. Sie sahen aufmerksam zu, wie der Arzt Dads Brust abhorchte, ganz der Profi, keine Reaktion zeigte, als er Dad den Blutdruck maß – und Dads Reflexe mit dem Metallhämmerchen überprüfte. »Es besteht eine gute Chance auf eine teilweise Gesundung, und eine kleine Chance auf eine vollständige Gesundung. Rose, das ist einfach eine Frage der Zeit.«

Der Arzt untersuchte ihn so lange, dass Daisy am liebsten losgebrüllt hätte: »Lassen Sie ihn um Himmels willen in Ruhe.« Die Beine ihres Vaters zuckten schwach – ein Beweis, dass er am Leben war.

Es war schrecklich. Mum trat zwischendurch vor, um Dad den Speichel vom Mund zu wischen. Ihr Gesicht war vom Schmerz gezeichnet. Man sah ihr an, wie ungeduldig sie auf eine Erklärung des Arztes wartete, dass alles in Ordnung sei, es sich um nichts Ernstes handle, er in ein paar Tagen wieder auf den Beinen sei, ein paar Aspirin und regelmäßig Fieber messen ausreichen würden.

Weder Daisy noch Jessie hatten je zuvor einen Schwerkranken gesehen. Warum hatte es ausgerechnet ihn getroffen? Es gab so viele schlechte Menschen, die so etwas wirklich verdient hätten. Gauner, Pädophile, Vergewaltiger. Das Leben war einfach ungerecht.

»Um ehrlich zu sein, eines verstehe ich nicht«, sagte Neil Jarvis, der Hausarzt. »Wie zum Teufel konnten die Ärzte zulassen, dass jemand in Michaels Zustand das Krankenhaus verlässt, geschweige denn im Flugzeug eine so weite Strecke zurücklegt.«

Rose antwortete flüsternd: »Das war meine Schuld, Neil. Mein Fehler. Ich bestand darauf. Ich setzte mich gegen ihre Warnungen durch. Weil ich dachte«, sie zerknüllte das Geschirrtuch, »es wäre Michaels Wunsch. Er wollte nichts mehr, als zu Hause zu sein. Das fremde Land erschreckte ihn zutiefst, niemand, der Englisch sprach, außer einer Krankenschwester.«

»Aber die Strapazen der Reise, Rose. Die hätten ihn das Leben kosten können.«

Daisy ertrug den Anblick ihres Vaters kaum. Falls Dad in seinem Leben je Böses getan hatte, damit büßte er jetzt dafür.

»Das ist mir inzwischen auch klar. Und es tut mir entsetzlich Leid. Aber die Luftfahrtgesellschaft war ausgezeichnet. Er lag während der gesamten Reise auf einer Bahre, ein Arzt war bei ihm und in Exeter warteten bereits Sanitäter, um ihn nach Hause zu fahren und mir dabei zu helfen, ihn ins Bett zu bringen.«

»Ich bin froh, dass du ihn nach Hause gebracht hast, Mum«, pflichtete ihr Jessie bei. »Er wird sicher viel schneller gesund, wenn er hier bei uns ist.«

»Ich hoffe, du hast Recht, Jessie«, meinte Neil mit ernster Miene. »Michael geht es gar nicht gut. Er braucht sehr viel Pflege und mir wäre es lieber, er ginge ins Krankenhaus, wo wir weitere Untersuchungen machen könnten…«

»Neil«, unterbrach ihn Rose, »bitte hör mir zu. Michael hat einen Horror vor Krankenhäusern. Wenn er reden könnte, würde er dir erklären, dass er tausendmal lieber…«

»Machen wir es doch so, wie Mum meint«, rief Daisy aufgebracht dazwischen. »Bitte, Neil, versuchen wir es doch. Können wir ihn nicht einfach für eine Weile hier lassen?«

Jessie fügte hinzu: »Mum weiß, was für Dad am besten ist. Versuchen wir es doch zuerst mal mit liebevoller Fürsorge, bevor wir diese Ärmelhochkrempler ranlassen, die ihm vielleicht mehr schaden als nutzen.«

Der Arzt ließ sich auf einen Drink einladen. Zu niemandes Überraschung schüttete Mum ihren hinunter, als hätte sie seit Tagen keine Flüssigkeit zu sich genommen. »Ich weiß, das ist kein Trost in diesem Augenblick«, erklärte Neil Mum, die immer wieder in Tränen ausbrach, »aber von allen Menschen, die ich kenne, wirst du damit am besten fertig. Du stehst mit beiden Beinen auf dem Boden, bist vernünftig und kompetent, deine Töchter stehen hinter dir und ihr beide, du und Michael, habt eine Menge Freunde. Jetzt ist die Zeit für sie, sich als solche zu erweisen. Versuche nicht, alles allein zu bewältigen. Nimm die Hilfe an, die dir angeboten wird. Michael braucht vor allem Zeit, um wieder gesund zu werden. Bleib nicht zu Hause hocken, geh raus, beschäftige dich mit anderen Dingen. Was immer geschieht, lass dich nicht völlig vereinnahmen.«

Mum nickte. »Ich werde es versuchen, Neil.«

Sie wirkte so jung, so leicht zu überzeugen.

»Ich weiß.«

Er griff nach seiner Jacke, die er über einen Stuhl gehängt hatte, und ging. Die Krankenschwester sollte später am Nachmittag kommen, um nach Michael zu sehen und zu erledigen, was erledigt werden musste. »Doch in diesen Fällen«, meinte Neil im Gehen, »kann man nur den Blutdruck messen, den Rest muss man der Zeit überlassen.«

»Ihr müsst essen«, erklärt Jasmine, die einige Tiefkühlpasteten aufgewärmt hat. »Vor allem Sie, Mrs. Redfern.«

»Nenn mich Rose«, entgegnet Mum. »Bitte.«

»Du weißt doch, ich esse kein Fleisch«, wehrt Jessie ab, die ebenso wenig Hunger verspürt wie Daisy.

»Mach dir keine Sorgen, für dich gibt es natürlich eine vegetarische Pastete.«

»Davon habe ich immer einen Vorrat in der Gefriertruhe«, wirft Rose ein. »Nicht dass ich scharf auf vegetarisches Zeug wäre…« Ihre Stimme versiegt, sie ist unfähig, sich auf derlei Belangloses zu konzentrieren. Automatisch zündet sie sich eine Zigarette an, als rauche sie seit Jahren.

»Ach Mum, jetzt sag bloß nicht… Mum, das solltest du jetzt nicht tun.«

»Lasst sie nur tun, wonach ihr jetzt ist«, widerspricht Jasmine ruhig. »Sie hat schon einmal aufgehört, sie kann es wieder schaffen.«

William freut sich sicher, wenn er hört, dass Mum sich geoutet hat.

Außerdem, wie kommt es, dass Jasmine sich einfach so freinehmen kann?

»Ein freier Vormittag«, erklärt sie. »Ein glücklicher Zufall. Als Jessie anrief, war sie so am Boden zerstört, dass ich einfach kommen musste. Falls es euch unangenehm ist, dass ich hier bin, sagt ihr mir das doch, oder?«

Es stört niemanden. Jasmine ist die Sorte beste Freundin, von der jeder träumt. Sind sie ein Liebespaar? Jessie sagt Nein und das Gegenteil lässt sich schwer feststellen. Die zwei mögen sich augenscheinlich, andererseits neigen Mädchen dazu, sich zu küssen und zu umarmen.

Welche Probleme Jessie auch quälen mögen, Dad ist nicht mehr da, um ihr zu helfen. Dasselbe gilt für Daisy. Und diese Erkenntnis trifft sie wie ein Schlag.

Es sind die kleinen Dinge ebenso wie die großen.

Unter Kühlerhauben und Spülbecken ist William gleichermaßen hilflos. Er hat keine Ahnung, wie man mit einer Säge umgeht, ein Zimmer tapeziert oder einen Teppich verlegt. Und was noch schlimmer ist, es scheint ihn nicht einmal zu interessieren. *Do it yourself* ist für ihn kein notwendiger Bestandteil des männlichen Daseins. Er kann Dad entspannt dabei zusehen, wie dieser einen Schwimmerhahn justiert oder Dichtungsscheiben auswechselt. Er lässt sich gerade noch dazu überreden, Möbel zu schleppen, aber wenn es darum geht, auf eine Leiter zu steigen, wehrt er mit erhobenen Händen ab.

Daisy stört das ungemein. »Hat denn dein Dad nie so was gemacht?«, löchert sie ihn.

»Nein, niemals. Das machte immer Mum. Dad war meistens weg, arbeiten.«

Es ist eigenartig, wie verschieden Familien doch sind.

Aber wer erledigt jetzt diese Reparaturen, die immer mal anfallen? Daisy ist entsetzt über sich selbst, dass sie in diesem Augenblick solche selbstsüchtigen Gedanken hegt.

Die arme Mum. Es muss sein, als lebe man mit einer Leiche. Wie sie ihn wohl sauber hält? Ob Dad ins Bett macht? Ob sie ihm Windeln anlegt? Will Daisy das alles tatsächlich wissen?

Das hier ist ihr Vater, ihr angebeteter, allwissender Vater.

»Da werde ich wohl nicht drum rumkommen«, beantwortet Mum Daisys zögerlich gestellte Frage. »Bisher hat er sich nur nass gemacht, ich habe vorsorglich eine Gummimatte untergelegt. Sonst war nichts, allerdings hat er auch nichts gegessen. In Venedig hing er am Tropf, beim Flug ebenso, heute Abend möchte ich es mit einer Suppe versuchen.«

»Am besten von Complan«, schlägt Jasmine vor.

»Gute Idee«, stimmt Mum zu.

Sie stochern in ihren Pasteten.

Jasmine räumt die Teller weg und kocht Tee.

Dr. Jarvis hat mit Mum vielleicht beruflich zu tun, aber er kennt sie bei weitem nicht so gut, wie er glaubt, wenn er meint, sie solle ausgehen und sich amüsieren.

Wenn sie um sechs Uhr nicht zu Hause ist und sich auf einen gemütlichen Abend vorbereiten kann, wird sie immer ganz unruhig, kaum vorstellbar, dass sie ohne Dad ausgeht. Außerdem ist Mum nicht gerade der gesellige Typ, es käme ihr nicht in den Sinn, einfach auszugehen, um ein Gläschen zu trinken und zu plaudern. Für solche Dinge hatte sie immer Dad.

Als die Telefonanrufe eingehen – einige nimmt sie entgegen, andere nicht –, ist es interessant, darüber zu spekulieren, an welche ihrer Freunde Mum sich in dieser Zeit der Not wohl wenden wird.

Alle drücken ihr Mitgefühl aus, manche bieten darüber hinaus auch ihre Hilfe an. »Gibt es irgendetwas, was ich tun kann, Rose?«, lautet die häufig wiederholte Frage.

Di Fellows geht ins Detail. »Einkaufen? Mein Eintopf ist gut und mein Hefekuchen gelingt meist.«

Wie Mum liest auch Di den Blinden vor. Daher kennen sich die beiden. Sie organisiert das wöchentliche Rundschreiben und lacht ebenso schnell, wie sie weint. Sie wirkt wie ein Relikt aus den Sechzigern und trägt weite Samtkittel und handgemachte Schuhe aus der örtlichen Frauenkooperative. Nach zwei Scheidungen lebt sie nun mit einem schwierigen Mann zusammen. Ihre Beziehungen sind stets problematisch und Daisy weiß, warum. Di ist zu gutmütig und zu hilfsbereit. Ständig denkt sie positiv und tut Gutes. Und selbst Daisy, die Di kaum kennt, juckt es in den Fingern, in dieses breite Gutmenschlächeln zu schlagen.

Di brächte Mum an den Rand des Wahnsinns, wenn sie ihre Hilfe annähme.

Dann ist da noch Jilly Essery, eine Laienrichterin. Eine Gesundheitsfanatikerin mit einer Unmenge geplatzter Äderchen im Gesicht. Eine Folge des Wetters, denn Jilly liebt Zwanzigmeilenspaziergänge. Manchmal treffen sie sich zum Einkaufen oder auf einen Kaffee. Jilly arbeitet bei Essen auf Rädern mit, kümmert sich dort hauptsächlich um die Organisation von Spenden durch Festivitäten und Frühstückseinladungen. Und obwohl sie vielleicht ab und zu länger miteinander telefonieren, sich über Jillys missratenen Sohn unterhalten, ist auch diese Freundschaft nicht wirklich eng.

Das wären also Mums engste Freunde. Die anderen spielen keine Rolle, sind bloße Randfiguren.

Ein Anruf, den Mum beantworten muss, stammt von Jack Bennet aus Michaels Firma.

Am liebsten hielte Daisy sich die Ohren zu, sie will das alles nicht noch einmal hören. Das Bild ist inzwischen lebendig genug, es braucht nicht noch mehr Farbe.

»Ein netter Mann«, sagt Mum, nachdem sie aufgelegt hat. »Er sorgt sich so und will unbedingt helfen. Ich solle mir keine Sorgen machen. Sie haben alles im Griff. Michaels Projekte können problemlos von anderen übernommen werden. Ist das nicht unglaublich, Daisy, wie verständnisvoll die Leute sind?«

Daisy muss ihr zustimmen, denkt dabei an Jasmines Engagement, das so uneigennützig und selbstverständlich wirkt.

»Du brauchst es nur sagen, wenn du mal ausgehen willst«, bietet sie Rose an und ihr breites Gesicht strahlt dabei vor Güte. »Ich kann dann vorbeikommen und mich um alles kümmern. Ich lebe allein, für mich macht es daher keinen Unterschied, wo ich Fernsehen gucke. Es ist sogar eher eine nette Abwechslung, mal woanders zu sein.«

Daisy muss zugeben, dass es für Jasmine einfacher ist zu helfen, als es für sie wäre. William ist nicht darauf erpicht, seine Abende im Seymour House zu verbringen, weder um bei Dad babyzusitten, noch um Mum Gesellschaft zu leisten. Was bleibt Daisy dann übrig? William geht lieber aus, wenn er seinen freien Abend hat, in den Blue Angel Club oder um seine Kumpel in Alfie's Bar zu treffen. Oder in ein Konzert, wenn er bei Kasse ist. Und Daisy hat das Gefühl, sie sollte bei ihm sein. Er ist ein so leichtes Opfer. Und bei seiner Arglosigkeit würde er es nicht einmal merken, wenn es eine auf ihn abgesehen hat.

Gott, William würde vor Langeweile eingehen, wenn er Abend für Abend mit Daisy und Mum vor dem Fernseher verbringen müsste.

Aber Jessie hätte dieses Angebot machen können. Sicher, sie hat ein großes Lernpensum zu erledigen, aber was spricht dagegen, die Arbeit hierher mitzunehmen? Dad braucht ja nicht viel Aufmerksamkeit. Leider.

»Und ich kann an den Wochenenden kommen«, das ist Jessies Beitrag.

»Du weißt, wo du mich findest, wenn du mich brauchst«, sieht Daisy sich schließlich gezwungen zu sagen.

Heute wird sie ein klärendes Gespräch mit William führen. Verdammt, es ist Zeit, dass er sich zu einer Aussage durchringt. Wird sie nun auf ihn zählen können oder nicht?

Daisy würde im umgekehrten Fall alles für ihn tun. Nur zu gern würde sie sich um Dad kümmern. Sie braucht ihn und liebt ihn wahnsinnig. Sein Anblick, wie er so schwach und krank im Bett liegt, ist das Schlimmste, was sie bisher erlebt hat. Fast mehr, als sie ertragen kann. Er hat kein Recht, so krank zu sein. Schon einmal als Kind hatte Daisy sich so gefühlt, als Jessie sich zwischen sie und Dad drängte und Dad alles Interesse an ihr, seiner Erstgeborenen, zu verlieren schien.

Granny ist am Telefon. »Ach nein, Rose, kein Schlaganfall! Aber eigentlich hätten wir ja damit rechnen müssen.«

Mum ist geduldig wie immer. Nachsichtig lächelnd entgegnet sie: »Es soll ja vorkommen, dass Leute sich wieder erholen.«

»Ich weiß, mein Schatz, ich weiß. Aber um welchen Preis?«

Was sollte Rose darauf antworten?

»Dr. Jarvis meint, die Zeit würde es weisen.«

Granny schnaubt: »Ach der.«

Sie fürchtet, vernachlässigt zu werden, jetzt, da jemand noch stärker der Fürsorge bedarf als sie. Aber im Gegensatz zu Daisy und Jessie spricht sie das in ihrer direkten Art offen an: »Da werde ich dann wohl selbst sehen müssen, wo ich bleibe.«

Mums Hand verkrampft sich. »Fang nicht damit an, Mutter.«

»Was kann ich denn schon erwarten, jetzt, da Michael praktisch ein Krüppel ist?«

»Er hat es ja nicht absichtlich getan.«

»Hm.« Sie tut tatsächlich so, als sei das der Fall!

»Du wirst öfters zu uns rüberkommen müssen«, versucht Mum es ihr sanft beizubringen. »Du kannst ja noch fahren.«

»Ach, und wie lange noch?«

Hat sie denn nicht vor, sich nach Dad zu erkundigen, ihrem Schwiegersohn, der sie immer so gut behandelt hat? Anscheinend nicht.

Daisy rollt wütend die Augen. Wieso legt Mum den Hörer nicht einfach auf, statt sich solchen Müll anzuhören? Granny ist eine fiese alte Kuh und das sollte ihr mal jemand sagen.

»Typisch«, meint Mum, als sie sich endlich erschöpft in den Sessel sinken lässt. »Habe nichts anderes erwartet. Wenigstens weiß sie jetzt Bescheid. Ich bin nur froh, dass ich diesen Anruf hinter mir habe.«

Mum mit Dad allein zu lassen tut weh, so sehr man auch beteuert, am nächsten Tag vorbeizukommen, am Abend noch einmal anzurufen, den Brief übersetzen zu lassen und zum Arzt zu bringen etc.

Mum wiederholt gebetsmühlenartig: »Macht euch keine Sorgen, ich komme schon klar. Die Krankenschwester schaut heute Nachmittag vorbei und Neil kommt morgen.« Sie klingt so tapfer.

»Versprecht mir eines«, bittet Mum ihre Töchter. »Kommt nicht einfach so vorbei. Ruft mich vorher an, damit ich mich darauf einstellen kann. Ich möchte nicht dabei ertappt werden, wie ich Michael die Windeln anlege oder die Laken wechsle oder ihn wasche.« Sie weicht ihren Blicken aus. »Ich denke nicht, dass ihm das recht wäre.«

Die beiden Mädchen und Jasmine versprechen es ihr. Das hätten sie ohnehin niemals getan. Sie rufen immer an, bevor sie vorbeikommen, um sicherzugehen, dass jemand da ist.

Aber das ist jetzt natürlich anders: In diesem Haus ist jetzt immer jemand da. Man sollte ein Zeichen an die Tür malen, ein rotes Mal, die Farbe des Schmerzes.

14

Die Angst vor dem Unerträglichen hüllt seinen Körper in einen Kokon aus Schweiß. Rose, wo bist du? Um Himmels willen, hilf mir!

Noch wehrt er sich gegen jeden Anflug eines klaren Gedankens in diesem Nebel. Noch ist da nur Schmerz und nichts, was die Mächte des Schicksals herausfordern könnte. Zwischen den Momenten der Medikamenteneinnahme, die Michael als solche zu erkennen beginnt, ist sein Verstand weniger verwirrt, Erinnerungen an Venedig kommen zurück, an die Heimreise, den netten Abend, den er und Rose zu Hause verbrachten, bevor er zu dem hier wurde. Was hatte ihn da nur befallen, was konnte einen Menschen so reduzieren? War es ein Herzanfall? Ein Hirnschlag? Ein Virus?

Aber wenn er so schwer krank ist, warum ist er dann zu Hause und nicht im Krankenhaus? Dieser Gedanke lässt ihn hoffen. Woran immer er leidet, es kann nicht allzu ernst sein, sonst wäre er nicht zu Hause. Es muss eine Chance auf vollständige Genesung bestehen, wäre er vom Gegenteil überzeugt, würde er verrückt.

Auch lässt ihn die Art und Weise, wie er bereits seinen Kopf bewegen kann, kurz und ruckartig, hoffen. Nicht nur seinen Kopf kann er bewegen, unter äußerster Anstrengung schafft er es sogar, seinen Arm zu heben und den Ellbogen leicht zu beugen.

Die Grunzlaute, die er dabei von sich zu hören glaubt, machen ihn wahnsinnig. Stunde um Stunde verbringt er damit zu üben, denn sich mitzuteilen ist seine einzige Rettung aus der Isolation. Das Geräusch, wenn man es denn so nennen kann, enthält weder Nachricht noch Sinn, nicht einmal für ihn selbst.

Wie kommt Rose damit zurecht? Sogar wenn sie versuchen würde, zu ihm durchzudringen, erreichte sie nichts als ein erstickter Widerhall.

Wie er litt, wie er sich selbst Leid tat, ihr ging es sicherlich nicht anders. Wie sie sich wohl fühlen musste? Was sie durchmachte, wie sie sich zurückgewiesen fühlen musste, wenn ihr eigener Ehemann sie nicht sehen konnte, sie nicht erkannte?

Daisy und Jessie werden beim Anblick ihres Vaters zu Tode erschrecken. Ein solch gesunder und zu jedem Spaß aufgelegter Mann bewegungslos und bleich wie ein Toter ausgebreitet in diesem Bett. Doch wenn dies schon jemandem hatte zustoßen müssen, dann war Michael froh, dass es ihm zugestoßen war. Hunderte von Malen im Leben seiner Töchter, wenn sie Zahnweh hatten, von Fieber oder Schmerzen geplagt wurden, an einem gebrochenen Armgelenk oder Herzen litten und was Menschen sonst noch widerfährt, hatte Michael sich gewünscht, dieses Missgeschick hätte ihn getroffen. Und selbst wenn dieser schlimmste aller Albträume – bis an sein Lebensende als Gemüse dahinvegetieren zu müssen – wahr werden sollte, wollte er Gott dafür danken, dass dies sein Los war und nicht das eines seiner Kinder.

Rose hatte ihm oft vorgeworfen, sie zu sehr zu verwöhnen, ja, sogar ihnen dabei im Wege zu stehen, erwachsen zu werden, weil er ständig bereit, nein: erpicht darauf war, ihnen zu helfen. Dabei wusste Rose bei weitem nicht alles.

Mehrmals war er in letzter Zeit in die Bresche gesprungen, und nicht nur finanziell. Doch er hatte es für besser gehalten, darüber kein Wort zu verlieren. Vor allem nicht über diese letzte Misere, in die Jessie geraten war.

Rose hätte das nicht ertragen können, auch wenn sie voll auf Jessies Seite gestanden hätte. Vielleicht hätte sie gewollt, dass Jessie eine Therapie macht oder St. Marks verlässt. Oder sie hätte sich auf nicht gerade einfühlsame Weise an Belindas Eltern gewandt.

Es hatte sich zweifelsohne um eine heikle Angelegenheit gehandelt, die man mit größter Umsicht angehen musste. Offensichtlich brauchte Belinda dringend Hilfe. Ihre Vorgeschichte sprach Bände. Glücklicherweise kannte Michael durch seine Arbeit Sheila Gordon, die Direktorin von St. Marks. Er wandte sich vertraulich an sie, da er sie für eine kluge und bedachte Frau hielt.

Nach dem, was er von Jessie wusste, war ihm klar, wie sie in diese Situation hineingeschlittert war. Jessie war nicht ganz unschuldig an ihrer Lage. Aus ihrer Einsamkeit und ihrer Frustration heraus – sie hatte nie nach St. Marks gewollt, das hatte sie von Anfang an deutlich gesagt – war sie eine Freundschaft eingegangen, die von Anfang an zum Scheitern verurteilt gewesen war. Die beiden Mädchen hatten nichts gemeinsam, und so sehr Jessie es abstritt, es musste bereits zu Beginn klare Hinweise gegeben haben, dass etwas mit Belinda nicht stimmte, dass sie eine Außenseiterin und Unruhestifterin war. Und hinterhältig obendrein. Zusammen hatten sie, jede aus ihren eigenen Beweggründen heraus, eine Festung gebaut gegen die Welt draußen, hatten sich eingeigelt und abgesondert von den anderen. Was fast zwangsläufig in eine Psychose führen muss.

Jessie war ja nicht dumm, daher hätte sie misstrauisch werden müssen, als Belinda ihre ersten Annäherungsversuche machte. Sie hätte das als Alarmsignal erkennen müssen und sich nicht darauf einlassen dürfen. Aber weil sie sich so langweilte, ein solcher Sturkopf war und sich ins soziale Abseits manövriert hatte, hatte sie die Augen vor dem verschlossen, was für jeden anderen offensichtlich gewesen war.

Für einen so ausgeglichenen Menschen wie Jessie war das unverzeihlich. Das hatte Michael ihr unmissverständlich klar gemacht.

»Du hast sie benutzt«, hatte er seiner Tochter erklärt. »Und damit konnte Belinda nicht umgehen.«

Jessie tat so, als verstehe sie nicht, was er meinte. »Dad, du stellst dich auf ihre Seite! Es war nicht so. Belinda ist gerissen, böse, ein richtiges Miststück. Warte nur, bis du sie kennen lernst.«

»Belinda ist gestört«, hatte Michael ruhig festgestellt. »Und du weißt, dass ich damit nicht ihre sexuellen Vorlieben meine, fange also gar nicht erst an, mir vorzuwerfen, ich hätte in der Hinsicht Vorurteile. Was ihr beiden miteinander getrieben habt, ist eure Angelegenheit, darum geht es hier nicht. Was mir Sorgen macht, ist Belindas Verhalten seitdem. Das Mädchen braucht Hilfe. So kann es nicht weitergehen. Sie ruiniert nicht nur dein Leben, Jessie, sie wirft auch ihr eigenes Leben weg.«

»Sie verfolgt mich, Dad.«

»Ich weiß.«

»Ich hab dir die Briefe doch gezeigt.«

»Ja.«

»Sie schnipselt ständig an sich rum und droht damit, sich umzubringen oder mir wehzutun, damit niemand anderer mich bekommt.«

»Ich verstehe.«

»Ständig suche ich etwas und ich weiß genau, dass sie in meinem Zimmer war und Dinge mitgenommen hat. Ein Nein akzeptiert sie nicht. Im Unterricht blamiert sie mich ständig, setzt sich neben mich und nimmt meine Hand, flüstert mir etwas ins Ohr, immer auf diese Tour.«

»Und es ist Zeit, dem ein Ende zu setzen«, erklärte Michael, »bevor es endgültig eskaliert.«

Sheila Gordon war einverstanden, Belinda in ihr Büro zu rufen, um gemeinsam mit Michael mit ihr zu reden.

Er hatte sich ein Bild von Belinda gemacht, das Bild des psychisch gestörten Kindes, das seiner Tochter Schwierigkeiten machte. Doch die Belinda, die das Büro betrat, war zierlich, dunkel und außergewöhnlich hübsch, bis auf die lila Strähnen im Haar. Ihre blauen Augen hatten etwas Hypnotisierendes, zogen einen geradezu in ihren Bann. Sie war in farbenprächtige Schals gehüllt, zu denen sie klobige Doc Martens trug. Aus welchem Grund auch immer – Michael hatte Akne erwartet, eine ungesunde Gesichtsfarbe und schlechte Umgangsformen.

Nichts davon traf zu. Sie war offen und freundlich und ihr melodischer walisischer Akzent war angenehm. Sie hörte zu, was er und die Direktorin vorbrachten, und zeigte keinerlei Gefühle außer höflichem Interesse.

»Alles gelogen«, erklärte sie leichthin. »Ihre Tochter lügt wie gedruckt.«

»Nichts von dem, was ich gesagt habe, ist also tatsächlich passiert?«, fragte Sheila Gordon sie.

»Nein. Jessie hat sich das alles nur eingebildet. Sie ist krank, wussten Sie das denn nicht?«

»Warum erzählen Sie uns nicht Ihre Sicht der Dinge?«, forderte Michael sie voller Geduld auf.

Belinda stellte alles auf den Kopf. Die sexuellen Annäherungen seien von Jessie ausgegangen. Sie tue Belinda Leid. Sie habe stundenlang mit ihr geredet, versucht, ihr zu helfen, aber Jessie habe nicht zugehört. Belinda selbst hatte sich bereits gefragt, wie sie sich in dieser Situation weiter verhalten sollte, die, wie sie eingestand, außer Kontrolle zu geraten begann.

»Nachts kommt sie in mein Zimmer und steht einfach da, neben meinem Bett, und starrt mich an. Ich muss so tun, als schlafe ich. Aber ich habe eine Wahnsinnsangst, was sie alles anstellen könnte. Einmal hatte sie ein Messer in der Hand.«

Michael breitete die Briefe vor ihr aus, die sie Jessie geschrieben hatte.

»Das ist nicht meine Handschrift«, beharrte Belinda.

An dieser Stelle übernahm Sheila Gordon. »O doch, Belinda, das ist Ihre Handschrift«, wandte sie ein und zog ein handgeschriebenes Essay hervor. »Und heute Morgen nahm ich mir die Freiheit heraus, in Ihr Zimmer zu gehen und mich ein bisschen umzusehen. Ich fand einige Dinge, von denen Jessie behauptete, sie seien ihr im Verlauf der letzten Wochen abhanden gekommen.«

Wie ein Zauberer, der Tauben aus einem Hut hervorzieht, legte Sheila eine teure Haarbürste von Mason & Pearson auf den Tisch, eine Sandale, einen alten, verdrückten Uncle Bulgaria, eine halb leere Flasche CK One und eine voll gestopfte Handtasche. »Das muss sie dort versteckt haben«, kreischte Belinda. Ihre Augen leuchteten auf wie Eiswürfel. »Sie ist krank. Ich habe es Ihnen doch gesagt, sie ist ein Miststück. Sie gehört eingesperrt, ins Irrenhaus.«

Das Denken fällt Michael schwer, laugt ihn aus. Trotzdem weiß er, dass er nicht aufgeben darf. Der Nebel in seinem Kopf lichtet sich. Aus Erfahrung weiß er, dass die Zeit für die nächste Dosis gekommen ist.

»Seien wir doch realistisch«, mahnte Sheila Gordon zur Vernunft. »Und bewahren wir Haltung.«

»Verpisst euch, ihr Ärsche«, brüllte Belinda. Sheila und Michael sahen gleichermaßen verblüfft, wie ihr das Blut in die Wangen schoss und sich dieses hübsche Gesicht in Bruchteilen einer Sekunde in eine hässliche Fratze verwandelte.

Mit ihrer geballten Faust zerschmetterte Belinda McNab einen gläsernen Briefbeschwerer auf Sheilas Schreibtisch. Was einmal ein eindrucksvoller Adler gewesen war, zerbrach in kleine glatte Eissplitter, jeder einzelne so schneidend scharf wie Belindas Wut.

Während Sheila zurückwich, trat Michael vor und schlug dem Mädchen ins Gesicht. Seine Hand hinterließ einen weißen Abdruck auf ihrer Wange. Sie schnappte mit weit aufgerissenen Augen nach Luft, bevor sie heulend zusammenbrach.

»Niemand glaubt mir, das war schon immer so«, stieß sie hervor und Michael blickte zur Seite. Ihre Nase lief und ihre Stimme war belegt. Den Rest des Gesprächs wollte er Sheila überlassen, die in diesen Dingen erfahrener war. Fragend zog er eine Augenbraue hoch und Sheila nickte – nicht allzu überzeugt, fiel ihm auf.

Michael wartete vor der Tür, bis er sicher zu sein glaubte, dass die Situation unter Kontrolle war.

Später erfuhr er von der Entscheidung der Schulleitung. Belinda McNab solle der Schule verwiesen werden. Sheila sprach mit den Eltern des Mädchens, die, wie erwartet, sehr besorgt waren.

Offensichtlich war, wie Michael es sich gedacht hatte, die Geschichte von ihrer unglücklichen Kindheit, dem Missbrauch und ihrer Einsamkeit, die Belinda Jessie erzählt hatte, nichts weiter als eine Lügengeschichte. Belinda war ein Einzelkind und von Anfang an schwierig. In der Schule war sie gewalttätig geworden, weshalb man sie an einen Kinderpsychiater verwiesen hatte. Für Michael das Schlimmste, was einem Kind passieren konnte. Sie hatte unzählige Vermerke wegen unerlaubter Abwesenheit und kleinen Diebstählen und war als Unruhestifterin bekannt. Da ihr IQ jedoch sehr hoch war, hatte sie ihre Examen mit Auszeichnung bestanden.

Ihre verzweifelten Eltern wussten nicht mehr weiter. Vier Wochen später schrieben sie an Sheila, dankten ihr für ihre Hilfe und ihr Engagement und teilten ihr mit, Belinda sei in Bullwood eingewiesen worden, einem auf schwere Verhaltensstörungen spezialisierten Krankenhaus.

»Wir hoffen und beten«, schrieb Belindas Mutter, »dass Belinda endlich die Hilfe erhält, die sie zweifelsohne so nötig braucht.«

Diskret wie immer behielt Michael die Details für sich. Jessie brauchte nicht mehr darüber zu wissen, als dass ihr Problem gelöst war. Dabei blieb es und das Thema war für ihn abgeschlossen.

Er war froh gewesen, dass er ihr hatte helfen können, aber es war besser, wenn Rose nichts davon erfuhr.

Es fühlt sich an, als werde es Abend.

Hoffentlich wird es morgen noch ein bisschen besser. Heute hat er es beinahe geschafft zu stehen, vielleicht gelingen ihm morgen ein paar Schritte.

Michael sträubt sich nicht gegen die Suppe, die ihm löffelweise verabreicht wird. Obwohl Hunger ein Bedürfnis ist, das der Vergangenheit angehört. Er weiß, er muss essen, um zu Kräften zu kommen. Sanfte Hände füttern ihn langsam. Tomatensuppe. Hatte er nicht gerade erst am Tag zuvor erfreut festgestellt, dass sein Geruchssinn zurückzukehren begann?

Vielleicht lernt er allmählich, gegen diese entsetzliche Angst anzukämpfen.

Jesus im Himmel, steh mir bei.

Das Stöhnen im Äther stammt offensichtlich doch nicht

von ihm, jemand da draußen spricht. Wer? Und wie viele sind es? Verzweifelt versucht Michael, noch einmal seinen rechten Arm zu beugen, um sich bemerkbar zu machen – sie sollen bleiben und ihn nicht so liegen lassen –, doch die Medikamente verhindern diese winzige Geste.

Wieder ist er wie ein Dummy ans Bett gefesselt, schwer und riesig wie ein Klotz. Auch die so mühsam geübten Kopfbewegungen misslingen nun und seine Augen weigern sich, offen zu bleiben.

Das Gewicht hier auf dem Bett ist jemand anders. Wieder rühren bedeutungslose Worte die Atmosphäre auf. Sie hören nicht auf, bilden eine Kette wie monotoner Sprechgesang oder Kinderreime. Jemand versucht verzweifelt, zu ihm durchzudringen. Lieber Herr Jesus, wissen sie denn nicht, dass er antworten würde, wenn er könnte?

Er hört ein Geräusch, als ob eine Schublade bewegt werde. Hoffnung lässt sein schläfriges Herz schneller schlagen.

Er spürt, wie seine schweren Lider hochgezogen werden. Schemenhafte Schatten bewegen sich vor seinen Augen. Gleichzeitig riecht er Aceton. Roses Nagellackentferner?

Und dann blendendes weißes Feuer. Seine Augen werden aufgezwungen.

Was für große Augen du hast.

Damit ich dich besser sehen kann.

Die ultimative Folter – Tröpfchen für Tröpfchen, wie Augentropfen aus Zyanid. Das reinste Säurebad.

Aber wer ist es? Wer?

Sein Gehirn windet sich vor Schmerz. Unerträglich für jeden Menschen bei Bewusstsein. Ein Abgrund tut sich auf, für kurze Zeit entflieht Michael dieser Barbarei.

15

Du musst dir Mühe geben. Mühe? Mühe? Rose wird schon schlecht, wenn sie nur das Wort hört.

»Mühe geben«, kann sie sich auf vielerlei Weise: Sie kann sich ausruhen; auf ihre Gesundheit achten; aufhören zu rauchen, bevor es zu spät ist; sich mit ihren Freunden treffen; sich ihren Humor bewahren und zusehen, dass sie zwischendurch von zu Hause wegkommt.

Wie sehr sie diese Ratschläge hasst. Roses ganzes Leben ist ein einziges endloses Sich-Mühe-Geben. In einem fort gibt sie sich Mühe, die Täuschung aufrecht zu erhalten und die dafür nötige Willenskraft aufzubringen.

Seit sie ihre Heimkehr bekannt gegeben hat, stehen die Besucher, wie befürchtet, geradezu Schlange, als handele es sich beim Seymour House um ein Etablissement im Rotlichtbezirk. Die Leute kommen mit Trauben und Blumen und erwarten, hereingebeten zu werden. Und sobald sie drinnen sind und ihre Tasse Kaffee bekommen haben, sehen sie es als ihre Pflicht an, detailliert ihre Meinung über die Rolle des betreuenden Ehepartners zum Besten zu geben.

Diese Banner »PARTY HEUT NACHT« – sie könnte eines entwerfen: »BITTE HEREINKOMMEN, NOCH ZEHN MINUTEN BIS ZUR FREAKSHOW«.

Mein Werk.

Sie bringt sie ins Schlafzimmer, damit sie einen Blick auf Michael werfen können, und ihre Stimmen werden leise »in seiner Gegenwart«, als seien sie in der Kirche.

Der Gekreuzigte.

Der Geopferte.

Sein Anblick übertrifft all ihre Erwartungen. Die bemitleidenswerte Hülle des Mannes, der er einst war. Trotz der niedrigeren Dosis sitzt er in seinem Sessel neben dem Kamin, ohne von dem entsetzten Publikum Notiz zu nehmen.

Mrs. Hargreaves' Reaktion hatte sie überrascht. Diese putzwütige Frau, die sämtlichen Keimen den Krieg erklärt hatte und der kein Scheuermittel scharf genug war, um die Oberflächen sauber zu kriegen, rückte am ersten Tag nach Roses offiziell verkündeter Rückkehr in ihrer Elvis-Presley-Schürze an und erklärte: »Es tut mir Leid, Mrs. Redfern, aber ich kann sein Zimmer nicht putzen.«

»Sein Zimmer?«

Mrs. Hargreaves sog an ihrem Zahn, eine ihrer vielen nervösen Angewohnheiten, zu denen es auch gehörte, durchs Haus zu laufen und alle Toilettendeckel zuzudonnern, aus Angst, eine Schlange könne herauskriechen. »Na gut, dann halt Ihr Zimmer. Mr. Redferns Zimmer«, erklärte sie. »Nicht, wenn er da so drin liegt.«

»Sie ertragen seinen Anblick nicht, Mrs. Hargreaves?« Natürlich, Rose hätte daran denken müssen.

»Es würde mir nichts ausmachen, wenn der Ärmste sprechen könnte«, fuhr Mrs. Hargreaves fort. »Aber dieses Schweigen, das macht mir Angst. Dieses Zimmer schimmert so rosa. Da muss ich ständig an eine Friedhofskapelle denken und damit werde ich nicht fertig.«

Seither hatte er Gott sei Dank angefangen zu laufen, falls man dieses langsame Schlurfen denn Laufen nennen kann. Und Mrs. Hargreaves bringt regelmäßig seltsame Kräutermixturen mit: Weißdornbeeren, Lindenblüten und, zuletzt, Schafgarbe und Mistel zu gleichen Teilen, dreimal am Tag einzunehmen.

Rose gab schließlich dem Druck nach, »sich Mühe zu geben und mal wegzugehen«.

Die Einladung war da, Ersatzbetreuer hielten sich bereit und es war an der Zeit, ihre finanzielle Situation zu klären.

Sie konnte sich nicht über ihre Gastgeber beschweren, Jack und Barbara Bennet, noch gab es etwas auszusetzen an der Lokalität – Arden Hall, einem ausgezeichneten Landgasthof fünf Meilen von ihrem Zuhause entfernt. Die beiden gaben sich verständnisvoll, »falls du plötzlich nach Hause musst«.

Jack, Michaels Partner bei Redfern and Bennet, konzessionierter Buchhalter, glaubte, ein Abend in einem vornehmen Restaurant wäre für Rose besser als ein gemeinsamer Abend bei ihnen zu Hause. »Das bringt dich vielleicht auf andere Gedanken«, meinte er aufmunternd.

Durfte sie einfach gehen und Michael allein lassen? Alles Mögliche konnte passieren.

Es lag erst vier Tage zurück, dass die erste Droge durch seine Adern geflossen war und Rose experimentierte noch immer mit verschiedenen Dosierungen. Offensichtlich erfolgreich, denn Neil Jarvis meinte, Michaels Symptome seien die eines Patienten, der infolge mehrerer unauffälliger kleinerer Schlaganfälle, auf die ein größerer, akuter folgte, an Demenz leide. Dass Michael sein Essen schlucken und sich wieder bewegen könne, wenn auch langsam und wie ein Zombie, schien auf erste Fortschritte hinzudeuten.

»Wie geht es unserem Patienten heute?«, zwitschert Schwester Susan fröhlich zu Beginn jedes Besuchs. »Alles picobello?«

Rose achtet peinlichst darauf, dass die Schwester möglichst wenig zu tun hat. Wenn die junge Frau kommt, hat sie ihm bereits die Windeln gewechselt, ihn gewaschen, gekämmt und ihm die Zähne geputzt. Für die Krankenschwester bleibt nur noch die Spritze mit dem blutdrucksenkenden Mittel.

»Wir fangen bald mit der Krankengymnastik an«, erklärt sie und nippt an ihrem Tee. »Wenn er etwas kräftiger ist. Sehen Sie nur zu, dass er sich bewegt und genug stimuliert wird.«

»Ich kann mich wirklich glücklich schätzen, so viele freiwillige Helfer zu haben«, erwiderte Rose.

»Da haben Sie Recht«, antwortete die Schwester. »Patienten können nämlich ganz schön schwierig werden, wenn sie so wacklig auf den Beinen sind.«

Es gelang ihr nicht, ihren vielen Unterstützern verständlich zu machen, warum es nicht gut sei, Michael in diesem frühen Stadium allein zu lassen. So sehr sie sich auch bemühte.

»Er kann nur mit mir kommunizieren«, log sie. »Wir hatten immer dieses Zeichen und momentan ist es sehr wichtig für ihn zu wissen, dass er mich erreichen kann.«

Die Antworten darauf waren einfach. Sie wäre nur drei Stunden fort. Michael würde die meiste, wenn nicht die ganze Zeit schlafen. Jessie und Jasmine würden sie augenblicklich anrufen, wenn sich etwas täte, was, wie jeder wusste, unwahrscheinlich war. Doch das stärkste Argument war, dass Rose nicht tagaus, tagein so isoliert leben konnte. Sie brauchte ab und zu Abwechslung.

»Du wirst sonst noch wahnsinnig«, sagte Dinah, die glaubte, alles über Wahnsinn zu wissen, bei ihrem ersten Krankenbesuch.

»Wenn ich es nicht schon bin«, entgegnete Rose.

Dinah beugte sich über das Bett wie ein Aasgeier.

»Sieht nicht gut aus, hm?«, bemerkte sie.

»Nein, Mutter, wirklich nicht.«

»Dieser Mann gehört in ein Pflegeheim.«

»Es gibt keinen Grund, ihn ins Heim zu geben«, entgegnete Rose, indem sie die Argumente des Arztes wiedergab. »Wenn er in ein Heim müsste, wäre er dort.«

»Aber es wäre besser für Michael, wenn sich Fachleute um ihn kümmern würden.«

»Michael geht es hier am besten.«

»Woher willst du das wissen?«

»Wir haben unsere Möglichkeiten, miteinander zu kommunizieren.«

»Aber der Mann kann sich doch kaum bewegen«, widersprach Dinah.

»Er ist nicht immer in so schlechter Verfassung«, erklärte Rose. »Er benutzt seine gute Hand, die rechte, die von Tag zu Tag kräftiger wird. Doch abgesehen davon sind wir seit beinahe dreißig Jahren zusammen, da erkennt man die Zeichen des anderen, das hat was mit Gefühlen zu tun. Ich kann es dir nicht erklären, aber ich weiß, wovon ich rede.«

»Ich freue mich, das zu hören«, meinte Dinah. »Aber ich denke dennoch, dieser Mann bräuchte mehr fachlich kompetente Betreuung oder irgendeine anerkannte Therapie. Zunächst dachte ich Craniosacraltherapie, bis ich las, dass sich das Tempo der Behandlung nach der sichtbaren Intelligenz des Patienten richtet. Kommt also von daher nicht in Frage, fürchte ich.«

Als sie wieder im Wohnzimmer saßen und Dinah umgeben von diversen Kissen in ihrem Lieblingssessel thronte, breitete Rose die Broschüren und Artikel vor ihr auf dem Sofatisch aus. »Ich habe so viele Informationen über die Betreuung von Schlaganfallopfern, dass es mir schon aus den Ohren rauskommt. Der Arzt ruft täglich an, die Schwester sieht jeden Nachmittag vorbei. Ich habe zwei Selbsthilfebücher über das Thema gelesen und ganze Stapel von diesen alternativen Broschüren, verfasst von den spirituell Erleuchteten – Liebe dich selbst und dein Leben wird gut. Ich bekomme jede Unterstützung, die ich brauche. Welchen Vorteil hätte es, den armen Michael wegzubringen und in ein unbequemes Bett zu stecken, mit Keimen und schmutzigem Wasser, wo unterbezahlte Fremde sich lieblos um ihn kümmern?«

»Du musst wissen, was du tust.«

Doch als es um Roses freien Abend ging, gegen den sie sich so sträubte, reagierte Dinah energischer.

»Du siehst ausgelaugt und kaputt aus«, erklärte sie ihrer Tochter. »Wie wird Michael reagieren, wenn es ihm endlich besser geht und er feststellen muss, dass seine Frau sich in eine abgetakelte alte Hexe verwandelt hat?«

Nicht ohne Berechnung hatte Dinah den Finger auf eine wunde Stelle gelegt.

»Nun sei nicht stur, gib dir etwas Mühe«, setzte sie nach. »Zieh dir was Schönes an und probier's mit ein paar Drinks und einem Lächeln. Da draußen ist das Leben, weißt du, nicht alles beginnt und endet in diesem Haus.«

Als Jasmine ihre Hilfe bei der Betreuung anbot, wollte sich Jessie ihr sofort anschließen.

»Das musst du nicht«, meinte Jasmine beinahe aggressiv. »Ich schaff das schon allein und du hast einen Haufen Arbeit zu erledigen.«

Doch Jessie ließ sich nicht abwimmeln. »Mum zu helfen ist doch viel wichtiger. Ich bringe mein Essay mit und du kannst ihn mir korrigieren.«

Und so war es beschlossene Sache, dass Rose mit Jack und Barbara in ein feudales Restaurant zum Abendessen geht und Michael im Kreise seiner liebevollen Pflegerinnen zurückbleibt.

Der Hauptgang war gerade serviert, als Rose erfuhr, dass sie sich wegen ihrer finanziellen Situation keine Sorgen zu machen brauche. Michael hatte sich gut abgesichert für schlechte Zeiten und Jack kümmerte sich darum. Ein Problem weniger für Rose.

Abgesehen davon war man übereingekommen, dass Michaels volles Gehalt vorerst weiterlaufen sollte. »Was immer geschieht, du stehst nicht im Regen«, versicherte Jack ihr. »Und ich bin vierundzwanzig Stunden am Tag für dich da, falls Probleme auftauchen sollten. Was auch immer, Rose.« In seiner Stimme schwang Wärme.

Rose stimmte Barbara zu, als sie sagte, alles müsse doch nur um so schlimmer sein, da ihre Ehe, ihre Beziehung so innig gewesen sei. »So viele Leute beneideten euch darum«, erzählte ihr Barbara, während Jack ihr Rotwein nachschenkte. »Eine Ehe wie eure gibt es so schnell nicht wieder.«

»Wir hatten einfach Glück.« Rose nippte nachdenklich an ihrem Glas. »Wir fanden einander, ohne dass wir uns darum bemüht hatten. Das ist selten.«

Vielleicht war es doch keine so schlechte Idee gewesen, einen Abend außer Haus zu verbringen. Sinne machten sich wieder bemerkbar, die sie für tot gehalten hatte – die Blumendekoration war bezaubernd; sie war überrascht, wie hungrig sie war und wie sehr ihr das Ambiente gefiel; wie wohl sie sich in der Gesellschaft der Bennets fühlte – er war charmant und sprühte vor Humor, sie war attraktiv und interessant; wie sie das Geplauder über das Appartement an der Algarve genoss, das sich die beiden vor kurzem gekauft hatten; wie es sie beschwingt hatte, sich fein zu machen und die Haare zu frisieren. Und auch ihr Bild in dem goldenen Spiegel gefiel ihr, als sie die kerzenbeleuchtete Treppe herunterkam.

Wie hätten sich die Bennets wohl verhalten, wenn Michael sie sitzen gelassen hätte? Keinesfalls so, das war sicher. Sie hätten sich wahrscheinlich auf seine Seite gestellt, schließlich war Jack sein Kollege und Barbara war keine enge Freundin von ihr. Diese Sympathie und diese Unterstützung hätte sie dann nicht erwarten dürfen, stattdessen Mitleid und die Einschätzung, dass zu einer funktionierenden Ehe zwei gehören – und zu einer kaputten auch. Es gäbe Spekulationen darüber, was für eine Ehefrau Rose sein musste, dass Michael überhaupt auf die Idee kam fremdzugehen. Vielleicht hatte sie nicht mehr mit ihm geschlafen oder ständig herumgenörgelt oder sein Geld mit beiden Händen zum Fenster hinausgeworfen oder sie war einfach zu alt und unattraktiv geworden.

Als Barbara auf die Toilette ging, lag zu Roses Überraschung plötzlich Jacks Hand auf der ihren. Sie sah auf und ihre Blicke trafen sich. Die seinen sagten ganz Unerwartetes. Rose errötete, hielt diesen Blicken jedoch stand.

»Du brauchst die Einsamkeit nicht zu fürchten, Rose«, erklärte Jack.

Sie kämpfte dagegen an loszuprusten.

»Du weißt sicher, dass Barbara und ich getrennte Wege gehen?«

»Nein, Jack, davon hat Michael mir nie etwas erzählt.«

»Ach, Michael«, Jack zuckte die Achseln, »er wusste nichts davon. Und mir ist klar, dass momentan der denkbar ungeeignetste Augenblick ist, um dieses Thema anzusprechen. Aber Rose, du bist eine so bezaubernde Frau.« Seine Augen wanderten über ihren Körper, bevor er wieder ihren Blick suchte. »Und du hast darüber hinaus eine so positive Ausstrahlung, die habe ich immer an dir bewundert. Ich fand dich immer attraktiv, Rose. Ich denke, du und ich, wir haben viel gemeinsam.«

Rose rang um Fassung. Sie hatte in Jack immer nur den Geschäftspartner ihres Mannes gesehen. Andererseits hatte sie wohl nie das Bedürfnis verspürt, sich nach anderen Männern umzusehen. Affären waren ihre Sache nicht und sie hatte geglaubt, bei Michael sei das genauso.

Aufmerksam betrachtete sie Jacks Gesicht, die graublauen Augen, sein etwas zu langes Haar, das er sich vermutlich färbte, den erwartungsvoll lächelnden Mund und sie dachte: igitt.

Sie konnte es nicht.

Und sie wollte es nicht.

Dieser Mann war nichts im Verglich mit Michael, eine leere Hose, ein falscher Charmeur, dessen hohle Arroganz und Selbstsicherheit ihr die Haare zu Berge stehen ließen.

Manchmal hatten Michael und sie das Spiel gespielt: Mit wem könntest du dir ein Verhältnis vorstellen? Mit wem in diesem Zimmer würdest du in die Kiste steigen, wenn du müsstest? Eine so abstruse Vorstellung, dass sie jedes Mal in lautes Lachen ausgebrochen waren und sich fragten, aus welchem Grund sich die Frau dort in der Ecke nur für diesen furchtbaren Mann hatte entscheiden können. Es ging nicht darum, fies oder gemein zu sein, sie wollten einander nur zeigen, wie glücklich und zufrieden sie mit der Wahl waren, die sie getroffen hatten.

Wie sähe Jack wohl nackt aus? Wäre er im Bett langsam und rücksichtsvoll? Oder ginge er wie ein Presslufthammer zu Werke?

»Ich fühle mich geschmeichelt, ist ja klar«, erklärte sie Jack so überzeugend, wie sie konnte. »Aber du hast Recht, der Zeitpunkt ist für mich denkbar ungünstig.« Vorsichtig zog sie ihre Hand weg. »Ich fühle mich völlig ausgebrannt. Es tut mir Leid, wenn ihr beide Probleme habt, man merkt euch das nicht an.«

Das wurde offensichtlich, als Barbara zurückkam und sich Jacks Gesichtsausdruck schlagartig änderte und er ihr den Stuhl zurechtrückte.

»Alles in Ordnung, Schatz? Möchtest du noch Wein? Oder einen Digestivo? Wie ist es mit dir, Rose?«

Der perfekte Ehemann. O ja, damit kannte sich Rose aus.

»Das hier hatte etwas von einer öffentlichen Veranstaltung«, erklärte Jessie, als Bennets Rose zurückbrachten und es ablehnten, auf eine Tasse Kaffee hereinzukommen.

»Daisy und William kamen auf einen Drink vorbei, June Drummond brachte dir einen Madeirakuchen und Monica eine Broschüre über Akupunktur.«

»Wie geht's Michael?«

»Er hat keinen Ton von sich gegeben.«

»Ihr habt nach ihm gesehen?«

Jessie lachte auf. »Ob wir nach ihm gesehen haben? Frag Jasmine. Sie lief alle zehn Minuten zu ihm. Hattest du einen netten Abend? Hat es dir Spaß gemacht?«

»Ja«, Rose zog den Mantel aus. »Dabei bin ich ohne jede Erwartung hingegangen.«

»Nachdem du es jetzt einmal getan hast«, sagte Jasmine, »weißt du nun, dass du jederzeit weggehen kannst, wenn dir danach ist.«

Ein seltsames Mädchen ist diese Jasmine. Warum läuft sie in diesen abscheulichen, sackartigen Jogginganzügen herum? Andererseits ist sie ausgesprochen freundlich und gutherzig, so hilfsbereit. Eine angenehme Person. Sie scheint auch einen guten Einfluss auf Jessie auszuüben, die trotz des Traumas mit Michael ruhiger und ausgeglichener wirkt.

Als sie ins Schlafzimmer kommt, spürt Rose eine ganz ungewohnte Unruhe bei Michael.

Sie legt ihm die Hand auf die Stirn und misst ihm den Puls.

Sein Atem geht unregelmäßig – wahrscheinlich träumt er – und er wirkt angespannt, obwohl man ihm nichts ansieht.

Sind seine Augenlider geschwollen oder bildet sie sich das ein? Und was ist das für ein Geruch? Ein Lösungsmittel? Wahrscheinlich ist es nur ihr Haarspray.

Sie wird ihn sich morgen, bevor der Arzt kommt, noch mal genauer ansehen. Schließlich wünscht sie sich Michael in Topform. Sie wird ihm die Treppe hinunterhelfen und vielleicht kann er auch kurz in den Garten hinaus. An diesem Abend fehlte er ihr schrecklich. Es war das erste Mal, dass sie ohne ihn ein feines Restaurant besuchte.

Falls diese Charade noch länger dauern sollte und sie die Dosierung richtig hinbekäme, könnte sie ihn zu gegebener Zeit mit in das Theater nehmen. Es gibt besondere Plätze für Behinderte. Kurze Spaziergänge wären sicherlich möglich und Besuche von Ausstellungen und Galerien, sobald er zurechnungsfähig wurde. Das würde ihm sicher gefallen.

Sie würde seine Schnabeltasse mitnehmen und ein Lätzchen. Und die Inkontinenzeinlagen, damit es in der Hinsicht keine Probleme gab.

Vielleicht wäre sogar eine Urlaubsreise möglich, irgendwohin, wo es warm war, wo die Sonne die Blässe aus seinem Gesicht vertrieb. Sie könnten sich zusammen neben dem Pool sonnen, unter Sonnenschirmen aus Stroh. Mit Schwimmflügeln könnten sie ihn womöglich sogar ins Wasser legen. Luftfahrtgesellschaften kümmerten sich um solche Leute, vermutlich fänden sie sogar eine Reisegruppe mit Behinderten, der sie sich anschließen konnten und die sämtliche Vorrichtungen, die man brauchte, mit sich führte.

Aber Moment mal. Warum plötzlich solch langfristige Planungen?

Michaels hilflose Abhängigkeit sollte doch nur eine vorübergehende Maßnahme sein, bis er sie davon überzeugen konnte, dass seine Liebelei mit Belinda vorbei ist. Denkt sie jetzt ernstlich daran, ihren geliebten Ehemann – falls sich dies arrangieren ließe – als notwendiges Accessoire, das zusammen mit dem Gepäck verladen wird, mit durchs Leben zu schleifen? Nein! Was für ein teuflischer Unsinn!

Die Kinder täuschen sich, wenn sie Rose vorwerfen, sie wolle zu viel Kontrolle. Ihr liegt einfach so ungeheuer viel an ihnen, sie liebt sie, daher dieses Bedürfnis, die Fäden in der Hand zu haben. Nicht verwunderlich angesichts der Tragödien in ihrer Kindheit, dieser Geschehnisse, denen sie vollkommen ohnmächtig gegenüberstand, unfähig, sie zu verhindern, und die ihr ganzes Leben so sehr beeinflussten.

Totale Kontrolle über Michael, damit er nie mehr fremdgehen kann?

Genauso wie sie sich damals, in jenen dunklen Kindheitstagen, danach gesehnt hatte, Jamie zu kontrollieren und mehr Macht über ihren Vater zu haben, damit sie den Streitigkeiten und Spannungen ein Ende setzen konnte und das Leben wieder schön war, so wie es sein sollte? Damit sie alle dazu bringen konnte, sie, Rose, am liebsten zu haben?

Ist es das, was sie insgeheim denkt? Worum es ihr wirklich geht? Was sie sich immer wünschte? War das der dunkle Antrieb, die eigentliche Inspiration für Roses Tat? Nein, nein, nein. Rose weist diese ungebetenen Gedanken von sich. Je schneller sie den Michael, den sie kennt und liebt, wieder gesund an ihrer Seite hat, umso besser.

Aber halt, wenn dieser Augenblick gekommen ist, wird Michael seine eigenen Überlegungen anstellen. Er wird wohl oder übel erfahren müssen, was Rose getan hat. Und sie ist nicht mehr so wie früher davon überzeugt, er würde von Scham- und Schuldgefühlen überwältigt Sympathie für ihr Handeln aufbringen.

In dieser Nacht schläft Rose schlecht, Albträume quälen sie. Sie wacht früh auf und holt, nachdem sie sich Tee gekocht hat, die Post. Es ist eine dieser normalen weißen Postkarten, wie sie sie immer für Preisausschreiben benutzte – vorne die Adresse, hinten die fünfzehn Lösungsworte –, sie hat sie gelesen, bevor sie die Handschrift erkennt.

Doch statt des witzigen Slogans aus fünfzehn Worten, die erklären, warum dieses Produkt das Beste ist, stehen auf dieser Karte nur drei, in großer, kindlicher Druckschrift:

»Ich weiß Bescheid. B.«

16

Blass und zappelig läuft Jessie Redfern durch die rostbraunen Blätter die breite Wohnstraße hinunter zur Wohnung ihrer Schwester. Die ganze Welt scheint in ihren Kopf zu drängen, drückt gegen ihre Stirn wie eine zu enge Gummibadekappe. Am Straßenrand, wo die spindeldürren, an Pfähle gebundenen Platanen stehen, die die schon seit langem abgestorbenen Ulmen ersetzen, hört sie ein Rascheln – ein Hund, vielleicht ein Fuchs? An der Kreuzung vorne herrscht der übliche dichte Sechs-Uhr-Verkehr und Jessie hasst es, neben den Autos herzulaufen. Man weiß schließlich nie, wer drin sitzt und was geredet wird.

Andere Leute sind auf dem Weg nach Hause, mit Aktentaschen und Regenschirmen bewaffnet. In ihren Gesichtern sieht man Langeweile oder Stress, aber keines zeigt Anzeichen von Angst wie das ihre. Normalerweise fährt sie natürlich mit ihrem Mini, aber als sie an diesem Abend auf den Studentenparkplatz kam, waren zwei Reifen platt und Jasmine bockte tapfer das Auto auf, montierte die zwei Reifen ab und versprach, bis zum nächsten Tag zwei neue zu besorgen und zu montieren.

Warum sie beide zugleich platt waren, wusste Jessie nicht. Das würde Jasmine am nächsten Tag in der Werkstatt erfahren.

Als Jessie früher einmal ihre Schwester besuchte, hatte Belinda sich draußen zwischen den Sträuchern versteckt.

An diesem Abend hat ihre Schwester sie angerufen und sie dringend gebeten vorbeizukommen. Ohne Gründe zu nennen. Nun zuckt Jessie bei jedem Geräusch zusammen und sucht mit den Augen ständig die Umgebung ab, als erwarte sie jeden Augenblick einen Angriff aus dem Nichts.

Ihr Handy ist eingeschaltet und sie tut, als telefoniere sie gerade.

Daisys große Wohnung nimmt die Hälfte des obersten Stockwerks ein und besteht im Grunde aus zwei geräumigen Zimmern, die durch einen Bogen voneinander getrennt sind. Vom Schlafzimmer gelangt man ins Bad und vom Wohnzimmer in die Küche. Die Wohnung ist behaglich eingerichtet mit großen, abgewetzten Sofas und Sesseln, vielen Teppichen und zimmerhohen Buchregalen. Wenn die Lampen an sind, wirken die hohen Altbauzimmer normalerweise warm und einladend. Doch als Jessie an diesem Abend die Wohnung betritt, empfängt sie eine arktische Kälte, bevor sie sich setzen kann. Die Spannung ist mit Händen zu greifen.

William steht am Fenster, so steif wie ein Wachmann bei der Parade. Er und Daisy haben sich gestritten. Daisy sagt kein Wort, aber sie scheint ihren Auftritt geplant zu haben, denn als sie den Mantel hochhebt, hat diese Geste genau den dramatischen Effekt, den sie wohl damit erzielen wollte.

»Ich hab ihn nur zweimal getragen«, erklärt sie. Der kalte Tonfall durchschneidet die Stille. »Es war ein Vorabweihnachtsgeschenk für mich selbst. William wollte mir an Weihnachten die Hälfte des Geldes geben.«

Der lange blaugraue Mantel mit dem Pelzbesatz an Kragen und Ärmeln muss Daisy ein Vermögen gekostet haben. Es ist ein wunderschöner Mantel, wie man ihn sich nur einmal im Leben kauft und ewig trägt, bis man viele Jahre später einen Ersatz findet. Die hässlichen Risse vom Saum bis zur Taille, die Fetzen, die herunterbaumeln wie die Finger eines Toten – wie kann man etwas so Schönes derart schänden?

Jessie kann es nicht fassen. »Und du glaubst, das war …?«

»Er hing in der Angestelltengarderobe«, fährt Daisy mit ausdrucksloser Stimme fort. »Die Angestelltengarderobe in der Bücherei sollte abgeschlossen sein.« Sie zuckte die Achseln. »Was sie natürlich nicht ist. Es nervt, ständig den Schlüssel suchen zu müssen, wenn man in Eile ist. Und bis jetzt gab's auch nie ein Problem. Aber Murphy's Gesetz, heute Morgen war die Garderobe offen. Mittags wollte ich meinen Mantel holen und fand das hier.« Sie schüttelt den Mantel, als wolle sie ihn dafür bestrafen, sich nicht gegen diese Zerstörung gewehrt zu haben.

»Du musst das unbedingt der Polizei melden«, wirft William ein. Seine Stimme klingt kehlig.

Das ist zu viel für Daisy, sie bricht zusammen. »Wie kann ich zur Polizei gehen und ihnen von Belinda erzählen, wenn Mum so am Boden ist und Dad auch nicht helfen kann? Stellt euch vor, wie Mum reagieren würde, wenn sie erführe, dass da draußen eine Irre rumläuft.«

»Darum geht es nicht«, entgegnet William. »Sieh dir mal den Mantel an. Was für eine Geisteshaltung steckt hinter einer solchen Tat? Du hast keine Alternative. Diese Frau ist nicht ganz richtig im Kopf.«

»Wäre Belinda dazu in der Lage?«, wendet sich Daisy an

ihre Schwester und legt ihr den Mantel auf den Schoß, als wolle sie ausdrücken, das alles sei Jessies Schuld.

Jessie schüttelt den Kopf. »Ehrlich gesagt, ich weiß es nicht. Wahrscheinlich brächte sie es fertig. Sie ist zurück, so viel wissen wir. Sie muss herausgefunden haben, wo du arbeitest.«

»Aha. Harte Recherche.«

»William, lass das. Du musst jetzt nicht auch noch sarkastisch werden«, fährt Daisy ihn an.

Jessie streicht mit den Fingern über die Risse im Stoff. Sie sind ganz glatt und exakt, das muss eine große, scharfe Klinge gewesen sein. Ein Schermesser? Eine Schneiderschere?

»Und niemand hat was gesehen?«, fragt sie Daisy niedergeschlagen.

»Nein. Und ich gebe gerne zu, dass ich mir vor Angst fast in die Hose mache. Ich muss morgen wieder da rein. Welche Tricks hat diese Irre denn noch auf Lager?«

Williams Reaktion fällt anders aus, als Daisy sich das wünscht. Sie möchte in die Arme genommen und getröstet werden, stattdessen kocht er vor Wut. Seiner Meinung nach muss Daisy unbedingt zur Polizei gehen. »Warum will jeder in eurer verdammten Familie eure Mutter ständig vor dem wirklichen Leben beschützen?«

»Wenn du das bis jetzt noch nicht verstanden hast, kann ich dir auch nicht helfen«, faucht ihn Daisy an.

William, der noch immer am Fenster steht, fängt an zu brüllen: »Wenn einer von euch etwas passiert. Was denkt ihr, macht Rose dann? Euch danken, dass ihr sie beschützt habt? Was ist so schlimm, wenn sie erfährt, dass Jessie lesbisch ist? So wie's aussieht, muss sie sich mit dem Gedanken anfreunden, ihr Leben mit einem sabbernden Idioten zu verbringen.«

»Warum hältst du nicht einfach den Mund, William?«

Er ignoriert diesen Einwurf. »Die sexuelle Orientierung ihrer jüngsten Tochter wird Rose momentan wohl nicht sonderlich tangieren. Menschenskinder, gebt ihr doch wenigstens eine Chance und sagt es ihr, bevor es zu spät ist.«

»Zu spät?«

»Scheiße noch mal, ja! Wer weiß, was Belinda als Nächstes ausheckt!«

Daisy senkt den Kopf. »Du glaubst, wir brauchen Polizeischutz, und bist nicht mal bereit, mich zur Arbeit zu bringen und wieder abzuholen.«

»Richtig, dazu bin ich nicht bereit. Nicht solange du dich verhältst wie eine Heldin aus einem Abenteuerbuch für Schulmädchen. Lieber Gott, du ebnest Belinda geradezu die Wege.«

»Mir kommt es vor, als ob du dir in die Hose pisst aus Angst, sie könnte auf dich losgehen.«

»Ach komm, werd erwachsen.« Aufgebracht verlässt William seinen Platz am Fenster und zieht sich seinen Mantel über. »Ich geh jetzt.«

Daisy konnte einem Leid tun, wie sie ihm hinterherlief. »Und wohin gehst du?«

Er greift nach einem Schal. »Weg von hier.« Doch wenigstens ergänzt er: »Bis später.«

»Gott, wie ich mir wünsche, dass Dad gesund wäre«, bricht Daisy in Tränen aus.

Als Jasmine kommt, bringt sie nicht nur chinesisches Essen mit, sondern schafft es mit ihrer pragmatischen Art auch, die Wogen zu glätten.

Daisy scheint das, was sie Williams mangelnde Unterstützung nennt, mehr zu schaffen zu machen als die Zerstörung ihres Mantels. Aber sie versucht nicht, ihre Angst vor Belinda zu verbergen, weshalb Jasmine ihr anbietet, sie abends von der Bücherei abzuholen und sie morgens hinzubringen.

»Du lässt dein Auto hier stehen. Wir nehmen meines. Bis du dich besser fühlst.«

Das wirkt etwas übereifrig, selbst für einen solchen Christenmenschen, der fanatisch an Gott den Herrn glaubt und mit seinen großen Füßen in den weißen Nikes zu fröhlichen Kirchenliedern den Rhythmus klopft. Halleluja. Munter in die Hände geklatscht und den Nachbarn zur Rechten auf die Wange geküsst. Countrydance und Gutmenschgetue. Neulich wollte sie Jessie dazu bringen, sie in die Kirche zu begleiten. Jasmine hatte ihr eigenes Leben – einen Ganztagsjob, Crickettraining Ablösung für Rose und das alles zusätzlich zu ihren vielen kirchlichen Aktivitäten. Schließlich war nicht mal Jessie, die immerhin Daisys Schwester war, auf die Idee gekommen, sie zur Arbeit hin- und wieder zurückzubringen. Und war nicht eigentlich Jessie am gefährdetsten in diesem Szenario?

Jasmine hat auf alles eine Antwort parat. »Du brauchst nur über den Hof zu gehen und bist in den Klassenzimmern. Dort bist du ständig von Leuten umgeben. Worauf du auch unbedingt Wert legen solltest. In der Bücherei gibt es keinen Parkplatz. Daisy ist auf den öffentlichen Parkplatz angewiesen, der zwei Straßen weiter weg ist.«

»Vielleicht hat William Recht«, stöhnt Daisy. »Vielleicht sollten wir zur Polizei gehen.«

Doch William ist ein Idiot – lustig, aber ein Idiot –, immerhin einen Tick interessanter als die meisten anderen Typen, mit denen Daisy zusammen war. Jessie kann sich gar nicht mehr erinnern, wie oft Daisy sich schon verliebte. William will keine feste Beziehung, und wenn Daisy nicht aufhört, ihn damit zu bedrängen, wird er sich einfach verabschieden. Er hat Dad nur einmal besucht und schon das war ihm zu viel. Er floh so schnell wie möglich in den Schuppen und drehte sich eine Zigarette. William sieht gut aus, ist charmant und lässig, aber kein Mädchen war so dumm, nicht auf den ersten Blick zu merken, dass er nicht für eine dauerhafte Beziehung geeignet war. Außer Daisy natürlich.

Und jetzt wollte sie schon entgegen ihrem Gefühl das tun, was er für richtig hielt.

»Bevor ihr zu den Behörden geht«, sagte Jasmine und teilte den Reis in drei Portionen, »finde ich, ihr solltet versuchen, Belinda selbst zu finden.«

Genau das hatte Jessie vorgehabt, bevor Dad seinen Schlaganfall erlitten hatte. Danach aber war ihr die Anstrengung zu groß erschienen. Ihre ganze Aufmerksamkeit hatte nur noch Mum und Dad gegolten.

»Könntet ihr euch nicht im College nach Belindas alter Adresse erkundigen? In irgendeiner Akte müsste die doch noch zu finden sein.«

Jessie wendet ein: »Aber da wohnt sie ja wohl nicht mehr, oder? Sie muss irgendwo hier in der Nähe leben, in dieser Gegend um Plymouth. So viel steht fest.«

»Was haltet ihr davon, mit ihren Eltern zu sprechen?«, meint Jasmine, während sie die gebratenen Garnelen verteilt. »Die wissen womöglich, wo sie steckt.«

Daisy stimmt Jasmine zu. Das sei vernünftiger, als gleich zur Polizei zu laufen. »Und dann könnten wir sie zur Rede stellen oder die Polizei bitten, ihr diskret Bescheid zu sagen, statt ein Riesentamtam zu machen, das Mum vielleicht mitbekäme.«

»Aber wenn William Recht hat?«, fragt Jessie, krank vor Angst. Ihre Affäre mit Belinda war leidenschaftlich, weitaus leidenschaftlicher, als sie es je hatte zugeben können, nicht einmal Daisy gegenüber. Damals hatte sie sogar für kurze Zeit geglaubt, es sei Liebe. »Beschützen wir sie zu sehr? Sollte Mum nicht wissen, was los ist? Dieses Techtelmechtel muss ihr doch in ihrer jetzigen Situation total banal erscheinen. Das sollte sie doch mit links wegstecken.«

Anscheinend hat Jessie vergessen, welche Folgen ihr Outing mit sich bringen könnte. Jasmine gibt zu bedenken: »Falls es irgendeinen Beweis dafür gibt, dass Belinda es war, die mir diesen Brief schickte, diese Kothaufen in deinem Zimmer deponierte, Daisys Mantel auf dem Gewissen hat und deine Reifen aufschlitzte, kann das für eine Anzeige reichen. Einfach weil sie annehmen, es könnte noch weitergehen, eskalieren. Gerichtsverhandlung, Zeugen und all das. Der ganze alte Kram würde wieder aufgewärmt. Für die Medien ein gefundenes Fressen. Kämst du damit zurecht, Jessie?«

Bei dem Gedanken daran verbirgt Jessie das Gesicht in den Händen. »O Gott, nein. Nicht, wenn es einen anderen Weg gibt.«

Nervös machte sich Jessie am nächsten Morgen auf den Weg ins Verwaltungsgebäude des Colleges. Sie hatte geglaubt, mit diesem Teil ihres Lebens abgeschlossen zu haben. Seitdem war sie von gleichgeschlechtlichen Begierden verschont geblieben, was durchaus bedeuten konnte, dass sie doch nicht lesbisch war. Allerdings hatten sie Belindas Zärtlichkeiten damals auf eine Art und Weise erregt, die sie weder vor anderen noch vor sich selbst eingestehen konnte. Vor allem nicht vor sich selbst. In vielerlei Hinsicht hatte sie Belinda ermutigt, bevor ihr klar wurde, dass diese sich zunehmend zwanghaft und merkwürdig benahm. Inzwischen kann Jessie Belindas Rachegelüste sogar in gewisser Weise nachempfinden, die sie entwickelte, als sich der Mensch so plötzlich gegen sie wandte, der ihr noch einen Moment zuvor den Himmel auf Erden versprochen hatte.

Dad hatte Recht mit seinen Vorwürfen.

Sie spürt, wie ihr die Röte in die Wangen steigt, als sie eine Sekretärin nach der gesuchten Information fragt. Ob sie sich noch an eine merkwürdige Korrespondenz zu Beginn des Jahres erinnert? Vielleicht mit Belindas Eltern? Oder mit Dad? Oder an eine Besprechung wegen einer heiklen Angelegenheit, in die Jessie irgendwie verwickelt war?

»Ich bin eine Freundin von ihr.« Sie denkt, einen Grund für ihre Bitte geben zu müssen. »Und ich habe ihre Adresse verloren.«

»Einen Moment.« Die Sekretärin verschwindet im Nebenraum, in dem ein Computer neben dem anderen steht.

Jessie wartet gute zehn Minuten. Sie wirft immer wieder einen Blick auf die Uhr über der Tür, die immer langsamer geht, je mehr Zeit verstreicht. Sie versäumt ihre erste Unterrichtsstunde. Das bedeutet, sie wird sich von jemandem die Unterlagen ausleihen müssen, falls es nicht genug Kopien gibt.

Die Frau kommt zurück. Hinter ihrer schicken Brille hat sie die Augenbrauen hochgezogen. »Das ist merkwürdig«, erklärt sie, als kenne Jessie die Antwort. »Ich habe alles mehrfach überprüft, aber ich habe seltsamerweise nirgends etwas über eine Belinda McNab gefunden. Sind Sie sich sicher, dass man den Namen so schreibt?«

»Absolut sicher.«

»Und sie war in Ihrem Jahrgang?«

»Bis zum letzten Frühling, ja.«

»Warum verließ sie das College? Wissen Sie darüber Bescheid?«

Jessie überlegt fieberhaft. »Sie war krank.«

»Ich verstehe trotzdem nicht«, meint die Frau und kraust überrascht die Stirn, »aus welchem Grund jemand die Akte entfernen sollte. Ich werde der Sache nachgehen müssen.«

Jessie reibt sich die schweißnassen Hände. »Das macht nichts. Ist nicht so wichtig. Wahrscheinlich bekomme ich die Adresse auch woanders.« Und sie greift nach ihrer Tasche, um zu gehen.

»Das ist nicht der Punkt«, erklärt die Sekretärin und schiebt beunruhigt ihre Brille hoch. »Das Problem ist, dass die Akte verschwunden ist.«

Vielleicht hätte Jessie direkt zur Direktorin gehen sollen.

»Es gibt sechs McNabs in Cardiff, es kann also nicht allzu schwierig werden«, erzählt ihr Daisy später, als sie von der Bücherei zu Hause ist, wo sie die Telefonbücher durchging.

»Was ist mit William?«

»Noch immer bockig.«

»Und du?«

»Noch immer nervös. Ich hasse dieses hinterlistige Miststück von Belinda und ihre Attacken.«

»Dir wäre es wohl lieber, sie würde sich auf mich konzentrieren?«

»Das meine ich nicht.«

Klar doch, genau das meinst du, denkt Jessie.

Vielleicht geht es Daisy nach dieser Neuigkeit besser. »Meine Reifen kann ich abschreiben. Die Werkstatt erklärte Jasmine, in beiden hätten zehn Zentimeter lange Nägel gesteckt. Dieselbe Sorte Nägel. Es war Absicht.«

Daisy überlegt ein paar Sekunden. »Aber du kannst nicht absolut sicher sein, dass Belinda hinter diesem Anschlag steckt. Oder hinter dem auf meinen Mantel. Nichts davon ist sicher. Das kann alles Zufall sein und wir verurteilen sie vorschnell.«

»Mach dir doch nichts vor«, schnaubt Jessie. »Was ist mit dem widerlichen Haufen? Die Scheiße in meinem Zimmer?«

»War nur ein Gedanke.«

Jasmine kommt, um Jessies Hand zu halten, als sie sich an diesem Abend, den Zettel mit den sechs Namen und Nummern vor sich, an die Aufgabe macht.

Sie sitzen beide auf dem durchgelegenen Bett in ihrem Zimmer, als Jessie zaghaft nach dem Telefon greift. »Und jetzt erzähl mir bloß nicht, dass Gott auf meiner Seite steht, das hilft uns nicht die Bohne«, fährt sie ihre durch nichts zu erschütternde Freundin an und hat sogleich ein schlechtes Gewissen. Sie ist oft ungerecht zu Jasmine, doch diese kann Beleidigungen abschütteln, als habe sie diese gar nicht gehört, und ihre unbeirrbare Güte kann einem wirklich auf die Nerven gehen.

Wie ein Friedhofsengel provoziert sie einen geradezu, sie gemein zu behandeln.

Manchmal verspürt Jessie das unwiderstehliche Verlangen, Jasmine durchzuschütteln, sie dazu zu bringen, lauthals loszufluchen oder ihr das Geständnis abzuringen, dass sie irgendwelche perversen Bedürfnisse hat.

Jetzt sitzt Jasmine neben Jessie und isst ihren Eierkressepfannkuchen. Kresse hängt an ihrem weißen Aertex-T-Shirt und auf dem Tisch wartet eine Dose Bier.

»Entschuldigen Sie die Störung«, erklärt Jessie höflich, »aber ich suche nach einer alten Freundin, Belinda McNab. Bin ich hier richtig?«

Nein.

Nein.

Nein.

Doch der vierte Versuch ist von Erfolg gekrönt. Jessie richtet sich angespannt auf und nickt Jasmine zu. Sie erkennt den Akzent. Nervös stellt sie ihre Frage, aber die Pause am Ende klingt unheilvoll.

»Wer ist dran?«

»Ich bin eine alte Freundin von Belinda.«

»Wie, sagten Sie, heißen Sie?«

»Das habe ich noch gar nicht gesagt. Aber ich heiße Jessie Redfern. Belinda war mit mir in St. Marks …«

Eine Stimme, die sich vor Aggression fast überschlägt, wiederholt ihren Namen.

»Sind Sie Mrs. McNab?«, fragt Jessie.

»Ich weiß nicht, wie Sie es wagen können.«

»*Wie bitte?*« Jessie reißt ungläubig die Augen auf.

»Hier anzurufen und dann so unschuldig zu fragen, nach allem, was Sie getan haben. Sie und Ihr verdammter Vater. Unser Leben ruiniert, mit anderen Leuten Ihr Spiel getrieben …«

»Moment«, unterbricht Jessie zaghaft. »Es tut mir wirklich, wirklich Leid, dass Sie das so sehen …«

»Wagen Sie es nicht, mir so zu kommen, mein Fräulein. *Wagen Sie es nicht.*«

»Aber ich wollte doch nur wissen, wo sie im Augenblick ist. Ich wollte nicht …«

»Wissen Sie eigentlich, was Sie sind?«

Jessie schüttelt den Kopf und schließt die Augen.

»Sie sind böse. Von Grund auf verdorben und böse. Und Gott wird Ihnen nie vergeben, das, was Sie getan haben.«

»Aber was habe ich denn getan?« Sie fleht sie an. Noch nie zuvor schlug ihr solch blanker Hass entgegen. Jasmine blickt erschrocken auf.

»Sie und Ihr teuflischer Vater. Falls Sie es je wieder wagen, mich oder meinen Mann anzurufen, Jessie Redfern, werden Sie in Ihrem Leben keine ruhige Minute mehr haben.«

Jessie hält noch immer den Telefonhörer umklammert, als die Leitung längst tot ist. Sie ist wie erstarrt.

17

»Ich weiß Bescheid. B.«

An diesem Morgen schleppte sich Rose, nachdem sie die Postkarte erhalten hatte, in die Küche, wo sie diese wie eine alte Kreditkarte, die nicht in falsche Hände fallen sollte, in Stücke schnitt und in den Abfalleimer warf.

Was hatte das zu bedeuten? Lieber Gott, was wusste Belinda?

Rose hat nur ein Geheimnis, ein so abgrundtief böses Geheimnis, dass es, käme es ans Licht, alle zerstören würde, die sie liebte.

Sie zwang sich zur Ruhe, indem sie tief ein- und ausatmete und sich hinsetzte, statt ständig auf und ab zu laufen. Die erste Zigarette konnte sie kaum anzünden, so sehr zitterten ihr die Hände. Sie sagt sich, dass diese Verrückte diesen vernichtenden Treffer landete, ohne die geringste Ahnung von dessen Durchschlagskraft zu haben. Niemanden, nicht einmal einen Heiligen, würde eine solch unheimliche Warnung kalt lassen.

Schwarze Magie. Die Macht der Andeutung. Das Opfer brauchte nur an den Zauber zu glauben, schon führte es den eigenen Untergang herbei.

Es war absolut unmöglich, dass jemand erraten haben konnte, was Rose getan hatte. Sie hatte nicht nur ihre eigene Familie getäuscht, sondern auch die Ärzte. Michael konnte zu niemandem Kontakt aufnehmen. Er war der letzte Mensch auf Erden, der sie in seinem Zustand durchschauen konnte. Also konnte Belinda unmöglich Bescheid wissen.

Bezog sie sich damit vielleicht auf etwas anderes? Etwas,

das Rose übersehen hatte? Falls dem so war, wie schade. Wie frustriert musste Belinda darüber sein, dass Michael unerreichbar für sie war. Vielleicht würde sie in ihrer Verzweiflung vorbeikommen und das Haus betreten wollen. Die Frau war derart unverschämt, dass ihr das durchaus zuzutrauen war. Und wie sollte Rose sich dann verhalten? Die Antwort war einfach: Rose würde sie geradewegs zu ihrem Liebhaber bringen und ihr eine Windel in die Hand drücken. Wenn sie ihn liebte, sollte sie es beweisen.

Nein. Die liebeskranke Belinda probierte es einfach. Aber wie lange würde sie durchhalten? Hatte sie von Michaels Krankheit erfahren? Wenn sie bei Redfern and Bennet arbeitete, hatte sie bestimmt davon gehört. Doch Rose war sich nicht sicher, dass sie dort arbeitete. Michael konnte sie überall kennen gelernt haben, auch auf der Straße.

War Belinda Abschaum? War sie krank?

Aber warum sollte Michael auf diesen Typ Frau stehen? Das passte überhaupt nicht zu ihm. Andererseits hört man öfter, dass Männer in einem gewissen Alter gewisse masochistische Neigungen entwickeln, man brauchte sich nur all die Parlamentarier und Richter anzusehen, die ganz scharf darauf waren, zu Prostituierten zu gehen. Das Risiko, wie ein Spieler alles auf eine Karte zu setzen – Frau, Familie, Karriere und Ruf –, und erwischt zu werden, erhöhte nur den Reiz, vermutete Rose.

Zu allem Überfluss hatte die Krankenschwester auch noch irgendein Problem mit Michaels Augen entdeckt.

Bei ihrem Besuch an diesem Tag machte sie Rose darauf aufmerksam. »Schauen Sie nur. Seine Augenlider sind fürchterlich geschwollen. Und wenn man sie hochzieht, kann man sehen, wie rot und entzündet sie sind. Der Ärmste muss die schrecklichsten Qualen ausstehen. Haben Sie eine Idee, woher das kommen könnte?«

Nein, das hatte Rose nicht.

»Das wird sich der Arzt ansehen müssen«, meinte Schwester Susan besorgt und reinigte Michaels Augen geschickt mit einem Wattebausch. »Ich habe keine Ahnung, woher das kommt. Sie berühren doch nicht etwa seine Augen, Rose? Geben ihm keine Tropfen oder etwas in der Richtung?«

Rose schüttelte den Kopf. Sie verstand das genauso wenig wie die Schwester.

Bevor diese ging, zogen die beiden Michael an und halfen ihm die Treppe hinunter. Und dazu noch die Stufen zwischen den Räumen. Doch unten waren nur noch Holzböden und große, geräumige Zimmer. Rose setzte ihn immer so hin, dass er sehen konnte, was sie gerade tat. Es musste entsetzlich langweilig sein, den ganzen Tag lang an einen Fleck gefesselt zu sein.

Sie führte ihren Mann zum Sessel. So. Auch wenn er in sich zusammengesunken dasaß wie ein Sack Kartoffeln, wirkte er so fast normal.

Gegen Abend und wie immer überlastet von der Arbeit und in Eile untersuchte Neil Jarvis Michaels Augen. »Ist er allergisch auf irgendwelche Putzmittel oder Kosmetikartikel? Raumspray? Haarfestiger? Hast du ihm die Haare mit einem anderen Shampoo gewaschen? Oder eine andere Seife verwendet?«

Nein, aber vielleicht vertrug er ja die 22 mg Pentobarbiton nicht, die sie ihm zwei Mal am Tag verabreichte. »Vermutlich stelle ich mich zu dumm an und brachte aus Versehen Seife in seine Augen. Und weil seine Tränendrüsen nicht arbeiten, entzündeten die Augen sich. Könnte das sein?«

Neil Jarvis legte die Stirn in Falten. Weil er diese Ansicht nicht teilte? Oder weil er sich ärgerte, dass sie als Laie es wagte, eine medizinische Erklärung vorzutragen?

»Wie auch immer, Rose«, sagte er schließlich und steckte die silberne Taschenlampe mit einem Klicken zurück in seinen Arztkoffer. »Abgesehen von diesem kleinen Schönheitsfehler kannst du dir zu den Fortschritten gratulieren, die Michael macht. Sein Blutdruck ist normal und sein Puls zufrieden stellend. Was die mentalen Fortschritte angeht, das braucht länger, wie ich dir bereits erläutert habe.«

»Wie lang denn noch?«, fragte Rose.

»Das lässt sich schwer voraussagen.« Der Arzt warf einen Blick auf seine Armbanduhr. Er lag bereits vierzig Minuten hinter seinem Zeitplan zurück. »Ich lasse Michael in deinen fähigen Händen«, erklärte er zu ihrer Erleichterung und griff nach seinem Mantel. »Es ist schön, muss ich sagen, ihn wieder auf den Beinen zu sehen. Obwohl ich mir nicht sicher bin, wie viel er von seiner Umgebung tatsächlich mitbekommt.« Er verschrieb Augentropfen, die ihm dreimal täglich verabreicht werden sollten. »Hoffen wir, dass diese Entzündung bald besser wird. Johnsons, das hilft. Greife, wenn immer du kannst, zu Babyprodukten. Nichts mit Duftstoffen, und achte auf seine Augen.«

»Was für ein Segen«, rief Mrs. Hargreaves und sprang zurück, als Rose hereinkam. Sie musste mit dem Ohr an der Küchentür geklebt haben. »Dass der arme Mr. Redfern zu Hause bleiben und sich erholen kann. Etwas anderes käme sowieso nicht in Frage. Ich weiß, was in diesen Krankenhäusern und Pflegeheimen vor sich geht« – Mrs. Hargreaves' Tochter arbeitete als Hilfsschwester und kam ständig mit haarsträubenden Schauergeschichten nach Hause –, »da kann man ja wirklich nicht hingehen, wenn einem gar nichts fehlt. Am Ende holt er sich auch noch eine gebrochene Hüfte.«

Mrs. Hargreaves, die sich sehr für Spiritualismus interessierte und regelmäßig bei ihrer Freundin Rita Seancen beiwohnte, bei denen sie mit eigenen Augen schon des Öfteren nicht erklärbare Dinge gesehen hatte, hatte keinerlei Probleme sich vorzustellen, dass Rose ihre Gedanken auf Michael übertragen könne. »Wenn die mit den Toten reden können, dann haben Sie mit ihm ja schon den halben Weg zurückgelegt«, flüsterte sie aufgeregt. Sie hatte sich noch nicht ganz gefangen, nachdem sie auf frischer Tat beim Lauschen ertappt worden war. »Diese superschlauen Ärzte erwarten von uns, dass wir vor ihnen auf die Knie fallen und sie anbeten. Na, darauf können sie bei mir lange warten. Warum versuchen Sie's nicht mal mit Homöopathie? Wenn die für die Royals gut genug ist, dann kann's uns auch nicht schaden, das ist meine Meinung. Und an Geistheilung, da ist auch was dran. Haben Sie eigentlich schon mit dem Vikar gesprochen?«

Über Mrs. Hargreaves' Redeschwall vergaß Rose ganz, sie daran zu erinnern zu überprüfen, ob die französischen Fenster geschlossen waren. Michael hatte sich stets strikt geweigert, diese alten, schlecht schließenden Metallrahmen der Türen durch Schiebetüren ersetzen zu lassen. »Die haben Charakter«, hatte er beharrt. In jedem Schlafzimmer befand sich ein solches französisches Fenster, durch das man auf den Balkon treten konnte, der wie ein Betonband um das ganze Haus lief. Die Tür in Jessies Zimmer war letzte Nacht offen geblieben und wer außer Mrs. Hargreaves käme dafür in Frage? Wer hatte schon in der oberen Etage zu tun?

Mrs. Hargreaves hatte die Angewohnheit, auf dem Balkon die Staubwedel und Tücher auszuschütteln. Sie würde sich einfach angewöhnen müssen, danach die Türen zu schließen. Rose fand nämlich, dass es ein Kinderspiel für jeden Einbrecher war, sich mit seinem Sack über die Feuerleiter auf den Balkon zu schwingen und das Haus auszuräumen. Am liebsten hätte Rose sämtliche Schlüssel abgezogen, wäre da nicht ihre Angst vor einem Brand gewesen.

Dass Michael neben ihr sitzt, eine karierte Decke über den Knien und ein Lätzchen um den Hals, ist allein Rose zu verdanken.

Sicher, er bewegt sich nicht, bis auf ein gelegentliches Zucken, Schnauben oder Ächzen, aber es reicht schon, dass er einfach dasitzt. Seine Anwesenheit genügt, um das Feuer im Kamin anzuzünden, die Vorhänge vorzuziehen und es sich gemütlich zu machen. Jasmine hat versprochen, abends kurz vorbeizukommen und Rose zu helfen, ihn hinaufzubringen und bettfertig zu machen. Sollte sich an diesem Zustand nichts ändern, würde sie irgendwann einen Treppenlift installieren lassen müssen.

Rose plaudert weiter, so wie sie es früher mit Baggins tat, wenn niemand außer ihm im Haus war.

»Bleiben wir auf und schauen uns *Crimewatch* an, ein bisschen Verbrecher jagen?«

Nein doch, das kommt auf Jasmine an, wann sie kommt, um zu helfen.

»Ich leg mal Holz nach. Es ist noch genug draußen im Schuppen.«

Michaels verzerrte Gesichtszüge erregen plötzlich Roses Aufmerksamkeit. Er versucht doch nicht etwa zu sprechen? Sie sieht auf die Tür. Es ist über zwölf Stunden her, seit er die letzte Dosis Barbiturate erhalten hat. Was soll sie machen?

Wenn er flach auf dem Rücken liegt, kann sie ihm die Spritze am besten geben. In seiner momentanen Position könnte es schwierig werden. Jasmine hatte keine genaue Uhrzeit genannt. Sie hatte nur gesagt, sie komme, sobald die

Kirchenversammlung vorbei sei. Dagegen konnte Rose schlecht etwas einwenden. Jasmine ist so unglaublich nett, so unwiderstehlich hilfsbereit. Doch falls jemand dafür in Frage kam, vom anderen Ufer zu sein, dann Jasmine mit ihrer Liebe zum Cricket. Ob sie und Jessie …? Die Vorstellung ist zu entsetzlich, Rose schämt sich, an so etwas auch nur zu denken.

Als Kind war Jessie äußerst feminin. Sie liebte ihre Puppen und Kuscheltiere, zog lieber hübsche Kleidchen als Jeans an und war versessen darauf, Ballett zu tanzen und Prinzessin zu spielen. Inzwischen glich sie einem schlaksigen Jungen, was an ihrer Frisur und den übergroßen Klamotten lag, aber die meisten Mädchen in ihrem Alter gehen durch eine solche Phase.

Jessie und Daisy hatten sich als Kinder so nahe gestanden und stehen sich immer noch nahe. Rose freut das sehr. Denn sie werden nie allein sein auf der Welt, solange sie einander haben. Derlei angenehmen Gedanken hängt Rose nach, während sie ins Feuer blickt.

Hätten sie und Jamie sich so nahe gestanden, wenn er nicht gestorben wäre? Sie waren unzertrennlich gewesen und Dinah und John hatten dafür Verständnis gezeigt und darauf bestanden, dass sie in dieselbe Klasse kamen, als sie eingeschult wurden. Sie schliefen im selben Zimmer bis zu dem Tag, an dem er starb, obwohl das bei einem Geschwisterpaar von zehn Jahren nicht mehr für richtig gehalten wurde. Sie hatten sogar ihre eigene Sprache, die sie als Kleinkinder entwickelt und später ausgebaut hatten.

Rose liebte es, den Indianer zu spielen, wenn Jamie der Cowboy war. Sie durchlitten gemeinsam Masern und Mumps, weigerten sich, Blumenkohl zu essen. Karotten und Erbsen dagegen ließen sie durchgehen. Wenn Jamie heulte, weinte auch Rose und umgekehrt. Als Jamie seine Stützräder abmontiert bekam, ließ Rose ihre ebenfalls entfernen. Er konnte auf einem Rad fahren, also konnte sie es auch. Sie bestand sogar auf dem gleichen Haarschnitt, den er trug – einem geraden Pagenschnitt, zu lang für einen Jungen, wie ihr Vater meinte. Sie trugen Unisexklamotten, Jeans und T-Shirts. Einige Leute behaupteten, sie könnten nicht sagen, wer Rose und wer Jamie sei.

Wenn Rose so auf ihre Vergangenheit zurücksieht, tauchen Felder und Wiesen und Meer und Sonne vor ihr auf.

Und dann erschien Nicky Wainwright auf der Bildfläche. Jamie brachte ihm ihre Geheimsprache bei, und jetzt spielte Nicky den Indianerhäuptling, während für Rose nur noch die Rolle der Squaw übrig blieb. Sein Rad hatte eine Querstange – wie Jamies Rad. Ihres hatte so einen mädchenhaften Korb am Lenker. Sie fühlte sich wie Ann von den Fünf Freunden.

Sie kam unten am Fluss an und ihr Ruderboot war verschwunden. Draußen lachten und winkten Jamie und Nicky, während die Wellen gegen den Bug schlugen und die beiden ohne sie um die Halbinsel ruderten. Sie besuchte einen ihrer Geheimplätze, weit hinten zwischen den Rhododendronbüschen und fand Nickys Initialen in ihren Platz geritzt. Sie schlich sich ins Glashaus und entdeckte, dass diese leckeren, winzigen Tomaten bereits gepflückt waren. Und keine für sie übrig gelassen worden waren.

Während dieses Sommers verschwand Jamie manchmal ganze Vormittage lang und spielte bei Nicky, baute mit ihm Häuser, machte Ausflüge und spielte Lego.

Rose blieb zu Hause und las in ihrem Zimmer. *Die schwarze Sieben. Der Berg der Abenteuer* und *Fünf Freunde auf Schmugglerjagd.*

»Du magst Nicky Wainwright lieber als mich.«

»Er ist ein Junge und du bist ein Mädchen«, nuschelte Jamie dann unter seiner Decke hervor.

»Ihr habt euch heute Nachmittag vor mir versteckt. Ich hab euch gesehen. Gib's zu.«

»Nicky hat mich dazu überredet. Er findet, du nervst.«

»Warum nerve ich?«

»Ach, einfach so.«

»Ich hasse dich, Jamie Tate.«

»Schlaf endlich, Rose. Lass mich in Ruhe.«

Mum fuhr mit ihnen zum Jahrmarkt, eine der ganz großen Attraktionen, und im Autoscooter saßen Jamie und Nicky zusammen in einem Wagen und knallten ständig gegen Roses Auto.

»Ich weiß Bescheid, B.«

Worüber weiß Belinda Bescheid?

Es ist bereits halb zehn vorbei. Wann kommt Jasmine?

Soll Rose Michael die Spritze setzen oder soll sie warten, bis er im Bett liegt?

»Was meinst du?«, fragt sie ihn in der sicheren Gewissheit, keine Antwort zu bekommen.

Plötzlich ändert sich seine Gesichtsfarbe, er läuft blau an, als werde jede Vene in seinem Gesicht zusätzlich mit Blut versorgt. Er scheint sich unglaublich anzustrengen.

Rose springt auf. Bitte kein Herzanfall!

O nein, nicht jetzt. Verlass mich nicht, nicht nach alldem.

Aber er hört nicht auf zu kämpfen, es ist schwer, ihm dabei zuzusehen, wie er sich anstrengt.

»Es ist in Ordnung, Michael, ich bin hier. Ich bin bei dir. Was ist los? Hast du Schmerzen?«

Michael fletscht die Zähne, verzerrt den Mund. Seine funktionierende Hand verkrampft sich auf der Karodecke.

»N... n... n...«

Er lallt wie ein Baby. Wie ein taubes Kind, das sprechen lernt.

»N… n… n…«

In seinen Augen dämmert Erkennen, zum ersten Mal, seit Beginn der Krankheit.

Rose weicht zurück, sie hat Angst vor ihrem Spiegelbild.

Früher hatte sie die Angewohnheit, seine Sätze für ihn zu Ende zu sprechen, eine Angewohnheit, die sie sich abgewöhnt hat, weil sie ihn so irritierte. Doch jetzt kann sie ihm nicht helfen. Falls Michael wirklich sprechen möchte, muss er selbst damit zu Rande kommen.

Wo bleibt nur diese Jasmine? Rose hat Angst, noch länger zu warten. Die Abhängigkeit von anderen kostet ihren Preis. Am liebsten würde sie Michaels Pflege ganz allein übernehmen.

Michaels Augen, die noch immer geschwollen sind, treten hervor, als sein Mund ein unvollkommenes I zu formen versucht. Obwohl sie es nicht hören will, beugt Rose sich nach vorne, während sie zugleich angestrengt lauscht, ob kein Auto vorfährt.

»Ni… ni… nicht…«

Die Anstrengung war zu groß für ihren Patienten, er sinkt erschöpft in sich zusammen.

Bestünde auch nur der geringste Zweifel an dem hervorgepressten Geräusch, dann würde sie ihm sofort nachgeben. Aber auf dieses Wort, das Michael mit so großer Mühe ausgesucht haben musste, hatte er so viel Mühe und Kraft verwendet wie ein großer Dichter.

»Nicht.«

Was sollte sie nicht? Er dachte sicher, Rose würde verstehen, was er meinte. Sicher wollte er nicht so verschwenderisch mit seiner Energie umgehen, um dann missverstanden zu werden.

Sie mustert ihn eindringlich. Er saß da wie ein Dummy, schlaff und unschuldig, als schlafe er.

Und wie viele anklagende Wörter würde er in den kommenden Tagen hervorquälen? Natürlich war es möglich, dass er sich damit auf den unangenehmen Geschmack der Reservetabletten bezog. Oder dass er ihr in seiner Verwirrung sagen wollte, sie solle kein Holz nachlegen. Es konnte durchaus etwas so Nebensächliches sein.

Wer weiß das schon?

Belinda weiß es.

Aber weiß Michael Bescheid?

18

Nicht
alleine
lassen
Doch da Michael es nicht schaffte, mehr als das erste Wort auszusprechen, gelang es ihm nicht, Rose mitzuteilen, dass hier irgendetwas nicht stimmte.

Eine Woche ist vergangen und sein Verstand beginnt bereits besser zu funktionieren. Es ist weitaus angenehmer, aufrecht zu sitzen und bei etwas zusehen zu können, selbst wenn er nur flackernde Schatten und vage Umrisse wahrnimmt. Er befürchtet, sein Augenlicht wird nie mehr das alte sein nach diesen brennenden Schmerzen. Sein Allgemeinzustand bessert sich offenbar allmählich und deshalb kann er sich noch mit etwas anderem beschäftigen als mit seinem Leiden.

Am meisten Sorgen bereiten Michael neben den ständig wechselnden, doch stets gleich entsetzlichen Bewegungsproblemen seine Seh- und Hörschwierigkeiten. Er bemerkt es, wenn der Fernsehapparat eingeschaltet ist; er fühlt das Feuer, wenn er in dessen Nähe kommt; er hört, wenn Leute reden, und erkennt sogar, ob es sich dabei um einen Mann oder eine Frau handelt, aber er kann nicht unterscheiden, was die Geräusche bedeuten. Genauso wenig gelingt es ihm, sich aus dieser erstickenden Wattewolke zu befreien, die ihn von wirklichen Fortschritten abhält. Einen Augenblick lang hat er das Gefühl, die Welt da draußen nimmt eine feste Gestalt an, und im nächsten Augenblick befindet er sich wieder im Reich der Zombies.

Sein größter Wunsch ist, endlich Roses Hand drücken zu können. Dafür übt er ständig. Doch seit diesem Brennen in seinen Augen, das er nicht vergessen kann, verirren sich seine Gedanken immer wieder. Natürlich war es möglich, dass seine Krankheit Täuschungen hervorrief, dass der Reizmangel die Aktivität seines Gehirns erheblich beeinträchtigt. Er hat von Nebenwirkungen starker Medikamente gehört, die eine Paranoia erzeugen können. Doch so sehr er sich bemüht, er wird den schrecklichen Verdacht nicht los, dass ihm jemand nachts absichtlich Säure in die Augen träufelte.

Wer außer Rose befindet sich im Haus? Wer hilft ihr bei seiner Pflege? Sie kann nicht alles allein bewältigen. Jemand muss ihr helfen, ihn nach unten zu führen und ihn jeden Abend wieder ins Bett zu bringen.

Hat sie jemanden von einer Pflegedienstagentur angestellt – die Versicherung müsste die Kosten abdecken. Oder beschäftigt sie ein ganzes Team von Pflegern? Kann es sein, dass einer der Pfleger geistesgestört ist? So etwas ist bereits vorgekommen. Zum Beispiel gab es den Fall von Beverly Hallitt, einer Krankenschwester mit dem Münchhausensyndrom. Gut. Sein Verstand muss besser arbeiten, damit er sich an solche Details erinnern kann.

Doch wie soll er verhindern, solange er weder sehen noch hören oder Rose warnen kann, dass ihm erneut so etwas Schreckliches oder noch Schrecklicheres zustößt? Tag und Nacht zermartert sich Michael sein Hirn, um herauszufinden, wem er in seinem Leben Derartiges zugefügt haben könnte, das einen solchen Hass rechtfertigte.

Ein Klient? Falls es ein Klient ist, hat er ihn längst vergessen. Eine frühere Freundin? Wie weit müsste er da zurückgehen? Ein Angestellter? Jemand, den er entlassen hat und der deshalb verbittert ist? Da fällt ihm nur einer ein, dieser Hobbs, der gehen musste, weil er sich weigerte, seine Arbeit zu erledigen. Und Hobbs war derart lethargisch, dass die Vorstellung, er könne die Energie aufbringen, sich zehn Jahre später zu rächen, einfach absurd ist.

Diese Gedankenspielereien werden von langen Schlafperioden abgelöst, denen er sich nicht widersetzen kann. In der einen Minute hängt Michael seinen Überlegungen nach, in der nächsten ist er vollkommen weggetreten. Jedes Mal muss er sich anstrengen, um die Stelle zu finden, an der er aus seinen Gedanken gerissen wurde. Er bemüht sich um einen zusammenhängenden Gedankenfaden, muss lernen, gegen die Trägheit seines Gehirns anzugehen.

Aber zu welchem Zweck? Wie soll er, falls es ihm durch irgendein Wunder gelänge, diesen Angriff auf seine Augen zu klären, sich dagegen zur Wehr setzen?

Seine Bemühungen, so lange wie möglich wach und auf der Hut zu sein, sind vergeblich. Immer wieder übermannt ihn ein durch die Medikamente erzeugter tiefer Schlaf. Wenn doch nur Rose neben ihm in ihrem Bett schliefe, dann könnte er sich entspannen und auf seine Erholung konzentrieren. Da sind noch andere Gründe, warum er sich wünscht, seine Frau teile das Bett mit ihm. Ihr Duft und ihre Weichheit, die beruhigenden, sanften Schlafbewegungen.

Wenn sie nachts das Licht anmacht, weil sie nicht schlafen kann und noch etwas liest, das Gefühl, nicht allein zu sein in diesem alles verschlingenden Nichts.

Andererseits ist es nicht verwunderlich, dass Rose ihre Ruhe und ihren Frieden braucht, etwas Erholung von ihm und seinen ständigen Bedürfnissen. Wie ironisch, Michaels Ziel war es stets gewesen, sie, wo er nur konnte, vor den Unwägbarkeiten des Lebens zu beschützen. Und nun musste sie seinetwegen die Hölle auf Erden erdulden, wahrscheinlich mit einem Lächeln und sogar einer Art Freude, etwas für ihn tun zu können. Aber wie lange noch?

Michael hegt nicht den geringsten Zweifel an ihrer Liebe. Doch wenn sich sein Zustand nicht bessert, werden sie ihn dann in ein Heim geben? Hat er sechs Monate, ein Jahr, bevor sie die arme Rose überzeugt haben, dass sie unmöglich allein mit dieser Belastung fertig werden kann, dass sie ihn in ein Pflegeheim geben sollte? Und könnte er ihr einen Vorwurf machen, wenn sie sich ein Leben fern vom Krankenzimmer wünschte, ein Leben ohne Rückenschmerzen, schlaflose Nächte, Krankenwaschungen und Windeln?

Ja, er würde ihr sogar dazu raten, hätte er eine Mitsprachemöglichkeit. Rose verdient etwas Besseres, als den Rest ihres Lebens für ein Gemüse zu sorgen, so sehr sie es auch lieben mochte. Dann jedoch tauchten wieder Bilder von diesen finsteren Orten auf: er selbst in einem Eckbett, voll geschmiert mit Exkrementen, verachtet von den Betreuern, vergessen von den Ärzten, die Zähne verfault von dem Krankenhausfraß und der klebrigen Medizin und dazu das Gebrüll der anderen verblödeten Insassen, die nachts verzweifelt nach Gott rufen.

Jesus! Hilf mir, Rose. Hilf mir! Du hast es versprochen. Weißt du es noch?

Hatte Michael, bewusst oder unbewusst, irgendetwas mit

geisteskranken Kriminellen zu tun gehabt? Geisteskrank ist wohl ein zu starker Ausdruck für die bedauernswerte Belinda McNab. Allerdings hatte es ein paar Merkwürdigkeiten gegeben, nachdem sie gezwungen worden war, St. Marks zu verlassen.

Den Briefen und manischen Anrufen nach zu schließen, die bei ihm im Büro eingingen, hatte sie die ganze Leidenschaft und Obsession, die sie für seine jüngste Tochter empfunden hatte, auf ihn übertragen. Übertragung, das war der Fachausdruck dafür.

Das kommt zwischen Therapeut und Patient manchmal vor. Schwache Menschen wenden sich an die Starken und bedrängen sie mit Liebesschwüren und -versprechen, opfern sich im Austausch gegen Fürsorge und Schutz selbst.

Irgendetwas Ähnliches muss stattgefunden haben. Damals hatte es ihn beunruhigt und er hatte nicht gewusst, wie er damit umgehen sollte. Diese ständigen Telefonanrufe, dieses verzweifelte Nachstellen. Dieses ewige Ergründen des eigenen Selbst.

Er hätte Rose gerne von Belinda erzählt, aber dann hätte er über Jessie reden müssen, und das, fand er, war keine Lösung.

Sein Gewissen war rein. Er hatte nichts getan, um das Mädchen zu ermutigen. Er hatte sie ein einziges Mal getroffen, damals bei dieser Gegenüberstellung in Sheila Gordons Büro.

Ihre Eltern hatten sie mit zurück nach Cardiff genommen und sie hatte angefangen, ihn im Büro anzurufen. Weil er nun einmal involviert gewesen war, hatte er geglaubt, sie nicht abwimmeln zu können. Doch sie schien sein Verhalten falsch verstanden zu haben. Die Telefonanrufe dauerten häufig länger als eine Stunde und mehrten sich, bis sie schließlich bis zu fünf Mal am Tag anrief. Er kam kaum noch zum Arbeiten. Doch da sie so verzweifelt reagierte, wenn er ihre Gespräche beenden wollte, fühlte er sich für sie verantwortlich.

Allmählich wurde Belinda persönlicher. Sie pflegte ihre Anrufe mit »Ich liebe dich, Michael« zu beenden und begann, ihm vorzuschlagen, doch mit ihr wegzufahren, nur sie beide. Dann könne sie sich endlich sicher fühlen.

So unangenehm ihm das war, Michael brachte es nicht übers Herz, sich einem so verzweifelten Mädchen gegenüber grausam zu verhalten. So wie sie Jessie während ihrer Affäre mit Selbstmord gedroht hatte, begann sie nun, ihn zu erpressen: »Aber warum liebst du mich nicht, Michael? Was muss ich tun?«

Was war das für eine Klinik, aus der sie so lange telefonieren durfte? Diese ewigen monotonen Selbstanalysen, diese ständigen Liebesbeteuerungen. War da niemand, der ihr half oder darauf achtete, wie sie ihren Tag verbrachte? Nur zu gern hätte er mit einem Therapeuten gesprochen, um sich von dieser unerträglichen Last zu befreien.

Es stellte sich heraus, sie telefonierte von einem Handy aus und hatte den Betreuern erklärt, sie rufe ihre Familie an.

Er erwog, ihre Eltern zu kontaktieren. Sheilas Meinung nach waren das vernünftige Leute. Doch dann hätte Belinda sich vielleicht verraten gefühlt, was genau in ihr pessimistisches Weltbild gepasst hätte. Hielte sie ihn dann für einen Verräter, der sie »verarscht hat wie die anderen Wichser«?

Die Briefe waren genauso lang und hysterisch wie die Telefonanrufe. Arme Jessie. Was sie durchgemacht haben musste.

Michael wurde zunehmend unwohl bei Belindas Behauptung, ihre Beziehung sei keineswegs einseitig. Kurz bevor er und Rose nach Venedig aufbrachen, hatte er einen alten Brief von ihr gefunden, den er nachlässigerweise in seine Jackentasche gesteckt hatte. Das Mädchen lebte in einer Fantasiewelt. Und sie war unglaublich hartnäckig.

Wie dumm er sich verhalten hatte. Zu spät wurde ihm klar, dass er von Anfang an jeden Kontakt aus der Vorstellung heraus, er könne helfen, hätte unterbinden sollen. Er hätte sofort auflegen sollen, als sie ihn das erste Mal anrief. Jesus im Himmel. All diese Stunden, die er damit verbracht hatte, ihr gut zuzureden, bis sich das Zimmer um ihn zu drehen und die Arbeit auf seinem Schreibtisch aufzutürmen begann.

Schließlich rang er sich widerwillig dazu durch, noch einmal Sheila Gordon aufzusuchen und um Rat zu bitten. Er sah sie in seiner Funktion als Buchhalter des Colleges relativ häufig. Außerdem wollte er sich absichern, falls die Situation sich verschlimmern würde. Belinda hatte ihn, ob absichtlich oder nicht, zu einer perfekten Zielscheibe für Anschuldigungen gemacht – vor allem in sexueller Hinsicht – und die Vorstellung, was sie sich noch alles ausdenken konnte, war Angst einflößend. Sein Ruf wäre für immer beschädigt und dieses Risiko wollte er auf keinen Fall eingehen.

Doch zu Michaels Erleichterung hörten, bevor er handeln konnte, sowohl die Anrufe als auch die Briefe unvermittelt auf. Vielleicht hatte Belinda ein neues Opfer gefunden.

Die Gründe interessierten Michael wenig. Er war mehr als glücklich, wieder seine Ruhe zu haben.

Bestand die entfernte Möglichkeit, dass Belinda aus der Klinik entlassen war, sie von seinem Zustand erfahren hatte und es sich in den Kopf setzte, nachts hierher zu kommen und ihre Rachegelüste an ihm zu befriedigen?

Wenn Michael könnte, wie er wollte, würde er sich zu Tode lachen. Seine Paranoia lässt ihn auf die verrücktesten Gedanken kommen.

Er registriert, wann er allein ist, wieder in seinem Bett liegt und seine Medikamente bekommen hat. Im Moment jedoch ist er nicht allein.

Jemand spricht in sein Ohr, er kann den heißen Atem spüren, so nah. Zu nah? Ist es Rose, die sich vergewissern will, dass es Michael an nichts fehlt?

Seine Gedanken haben Michael heute ähnlich beunruhigt, als habe er kurz vor dem Einschlafen einen Roman von Stephen King gelesen. Michael ist sich nicht einmal sicher, ob er schläft oder wach ist.

Er kann weder Gesichter noch Stimmen erkennen, wie soll er dann erkennen können, ob sich jemand hereinschleicht?

Die eine Seite seines Bettes senkt sich, die Bettfedern auf seiner Seite heben sich. Seine Nerven sind alarmiert, aber er kann sich nicht bewegen, kann sich nicht wehren.

Nicht wieder die Augen. Lieber Gott, bitte nicht die Augen.

Da, der beißende Geruch, als ob eine Zigarette mit einem Zündholz und nicht mit einem Feuerzeug angezündet würde. Vielleicht ist es Rose. Er weiß, dass sie heimlich raucht. Aber warum zündet sie sich die Zigarette hier an, wo sie doch sonst rücksichtsvoll ist?

Fünf Minuten vergehen – keine Bewegung, nichts, aber Michael weiß, dass jemand im Raum ist. Ließe sich doch nur die geistige Anstrengung auf den Körper übertragen, er spränge aus dem Bett und wäre weg, flüchtete blindlings vor diesem unbekannten Grauen.

Aber das ist Michael verwehrt. Er liegt hilflos da, wartet und fleht, es möge sich nur um einen Traum handeln.

Was für große Ohren du hast.

Damit ich dich besser hören kann.

Als der Verbrennungsschmerz in seinem Ohr am stärksten ist, als er bereits das verbrannte zarte Fleisch riechen kann, bleibt sein Flehen noch immer unerhört. Er wird und wird nicht bewusstlos.

Der Druck auf die Wunde ist so stark, dass er fürchtet, sein Trommelfell könne durchbohrt werden. Der Unbekannte drückt so fest, dass das glühende Ende der Zigarette sogleich ausgehen muss.

Doch es ist keine Zigarette.

Der Geruch von Gas mischt sich in den Gestank tief in seinem Kopf – Frankreich, der alte Herd, der Anzünder mit der echten Flamme, so praktisch, wenn man etwas Starkes brauchte, um die Gasflamme am Herd oder einen widerspenstigen Holzstapel im Kamin zu entzünden. Ihrer war rot, passend zur Fliegenklatsche. Lieber Gott, lieber Gott.

Der Morgen graut, die Zweifel sind verflogen. Er ist nicht paranoid, er erträgt nur die Schmerzen nicht mehr. Kann die Hand nicht heben, um die schmerzende Stelle zu bedecken.

Diese Konzentration auf seine Augen und Ohren – soll er so gehindert werden, die Person zu sehen oder hören, die mit solch finsteren Beweggründen sein Zimmer betritt? Ist die Verbrennung absichtlich so tief in seinem Ohr verborgen, damit Rose sie am nächsten Tag nicht sehen kann? Jemandem fielen seine Augen auf, denn er erinnert sich, dass sie mit einer Lösung gewaschen wurden und jetzt regelmäßig kühle Augentropfen hineingeträufelt werden. Obwohl Michaels Augen noch immer schmerzen, verblasst dieser Schmerz zur Bedeutungslosigkeit gegen den glühend heißen Balken, den ein Feind in seinen Kopf rammte.

Seine vorherigen Anstrengungen, diesen Feind ausfindig zu machen, erscheinen ihm nun so lächerlich. Niemand auf dieser Erde könnte so grausam sein. Das muss die Tat eines

Fremden sein, eines Psychopathen, der als Helfer verkleidet in dieses Haus kommt, doch nur aus dem einen Grund: die Hilflosen zu peinigen.

Wie viele andere Häuser und Wohnungen sucht er auf, um seine perversen Bedürfnisse zu befriedigen? Wie viele andere Opfer leiden unter diesen abartigen Überfällen?

Michael gibt sich keine Mühe mehr, diese morbiden Gedanken zu unterdrücken. Das hier geschieht. Das ist real. Das ist nicht die Ausgeburt seiner kranken Fantasie. Und wenn er keine Möglichkeit findet, dies zu verhindern, wird es wieder geschehen.

»N… n… nicht.«

»N… n… nicht.«

»all… all… allein.«

Ein Fettspritzer, ein kurzer Rempler mit dem heißen Bügeleisen oder ein versehentlicher Griff an die heiße Pfanne, das waren die leichten Verbrennungen, mit denen es Michael in der Vergangenheit zu tun gehabt hatte. Und was für ein Aufhebens er darum gemacht hatte. Sie waren sich immer einig gewesen, er und Rose, wie schrecklich schwere Verbrennungen sein mussten. Hexen, Verräter, junge Fanatiker mit politischen Botschaften, Rassisten, die sich einen Spaß daraus machen, einen Schwarzen anzuzünden. All diese Leute, die Opfer der Flammen wurden. Diese armen Seelen.

Warum merken sie es nicht? Spüren sie nicht, wie heiß es ist? Sind auf dem Kissen keine verräterischen Flecken?

Michael hat seine Spritze bekommen, ist gewaschen, gewickelt, gefüttert und auf wackligen Beinen unterwegs nach unten. Diese Folterkammer hinter sich zu lassen, in der es noch immer nach verbranntem Fleisch stinkt, ist im Augenblick Erleichterung genug. So lange er sich mit Rose auf der Treppe befindet, kann ihm sein wahnsinniger Peiniger nichts anhaben.

»N… n… n… n…«

Jemand tupft ihm mit einem Tuch den Mund ab.

Hirnlos, verblödet, schwachsinnig, idiotisch und all die anderen Ausdrücke, die man heutzutage aus Gründen der political correctnes nicht benutzen darf. Aber wie ernst würde das Gebrabbel eines Menschen seines Zustandes genommen, falls er je die Kraft zum Sprechen aufbrächte?

Würde man ihm zuhören? Oder sähen sie, wie die meisten Leute, lieber weg und würden ihn ignorieren? Vielleicht sollte er es mit dem Wort »Hilfe« versuchen. Aber darum werden sie sich doch wohl schon bemühen?

19

Die blätterlosen Bäume tragen schon ihr violettes Winterkleid. Ein wolkenverhangener Himmel kündigt einen nebeligen November an und der Fluss am Ende des Gartens in Bantham wälzt sich dunkel und träge dahin. Die Blumenbeete wirken lieblos arrangiert, überall abgestorbene Stängel; und durch das welke Laub ist das Gras rutschig geworden, wenn man über den Rasen humpelt und das Knie bei jeder Bewegung schmerzt. Sie muss unbedingt mal mit Dick, dem Gärtner, reden. Der Mann fängt schon wieder an zu bummeln, lungert den Großteil der Stunden, die sie ihn zahlt, im Schuppen herum und trinkt Tee mit Kondensmilch.

Wie John seinen Garten liebte. All die Stunden, die er hier draußen verbrachte. Um diese Jahreszeit brannte immer irgendwo ein wohl duftendes Feuer.

Doch drinnen, im Warmen, läuft Dinah Tate recht geschickt in ihrem zu großen Haus umher.

Eine Putzfrau möchte sie nicht im Haus haben – sie traut Fremden nicht. Gibt man ihnen den kleinen Finger, nehmen sie gleich die ganze Hand. Sie machen sich überall breit und mischen sich ein, als gehörten sie zur Familie – Mrs. Hargreaves war ein hervorragendes Beispiel –, weshalb sie eine Firma namens Mrs. Mops beauftragt hat. Einmal wöchentlich putzen zwei Leute das ganze Haus von oben bis unten. Sie arbeiten effektiv und schnell, bringen ihren eigenen Imbiss mit und essen draußen in ihrem Wagen.

Dinah ist sorgfältig frisiert, ihr Gesicht ist dezent geschminkt und auf ihrem üppigen Dekolleté liegt eine Goldkette. Am Kragen ihrer weißen, hübsch bestickten Bluse steckt eine große Leopardenbrosche. Sie gratuliert sich selbst zu ihrer goldrichtigen Einschätzung von Daisys letztem »Typen« – wie sie diesen Ausdruck aus der Umgangssprache verabscheut. Ein Tunichtgut, sie wusste es von Anfang an. Nicht, dass Daisy es je zugeben würde. Sie wird sich an ihn klammern, bis es zu spät ist, bis sie ihn aus dem Haus treibt, so wie sie es immer tat.

Daisy sollte sich wirklich mehr um ihre arme, gestresste Mutter kümmern, statt sich ständig in Ausreden zu flüchten und alles dieser netten, aber etwas trampligen Freundin von Jessie zu überlassen. Die Mädchen mussten doch merken, dass jetzt nicht der geeignete Zeitpunkt war, um über Roses Bestreben zu stöhnen, ihre Familie ständig um sich zu scharen. Jetzt war die Zeit, die Ärmel hochzukrempeln und das alles zu vergessen.

Was für ein Glück Rose mit Michael hatte. Einen so einfühlsamen und verständigen Mann zum Ehemann zu haben, der ihre Stimmungsschwankungen ausglich und dem es gelang, bei seinen Töchtern Verständnis dafür zu wecken.

Dinah muss lachen. Es sind die Gene, das war's.

Während Daisy und Jessie standfest behaupten, niemals

eine so einengende Beziehung wie ihre Eltern haben zu wollen, während sie auf Unabhängigkeit von ihren diversen Partnern bestehen, setzt die arme Daisy heimlich alles daran, dass William alle Freizeitaktivitäten aufgibt und wird wie ihr Vater.

Doch das wird nicht klappen. Er hat nichts mit Michael gemein. Und je mehr Daisy ihn drängt, sich um ihren Vater zu kümmern, desto mehr wird er sich dagegen sträuben.

Am vorangegangenen Sonntag, als Dinah vorbeikam, um zu sehen, wie es Michael ging, war William ausgesprochen mürrisch, obwohl er einen Großteil des Bratens vertilgt hatte. In letzter Zeit wirkt Daisy unglücklich, und das liegt nicht nur am Schlaganfall ihres Vaters. Ihre Beziehung stand von Anfang an unter keinem guten Stern.

Und was Jasmine angeht, was für eine nette Person. Und was für ein Himmelsgeschenk für Rose in dieser angespannten Situation. Jasmine scheint nichts zu viel zu sein und wegen ihrer ungewöhnlichen Arbeitszeiten kann sie tagsüber im Seymour House vorbeikommen. Sie schaut sogar in ihrer Mittagspause vorbei, um Rose zu helfen. So etwas wie ein Privatleben kann diese Frau nicht haben. Allerdings fliegen die Männer auch nicht gerade auf Mädchen wie sie und daher arbeiten diese dann häufig für wohltätige Organisationen, um ihre Energie loszuwerden. Den Sommer verbrachte sie bestimmt auf dem Cricketfeld. Und natürlich engagierte sie sich in der Kirche. Wahrscheinlich ist sie bloß einsam.

Dinah könnte so jemanden gut gebrauchen, der den ganzen Tag nach ihrer Pfeife tanzte und nur zu glücklich war, ihr behilflich sein zu können. Aber sie denkt nur ungern darüber nach, warum Rose so schwer zufrieden zu stellen ist.

Wie hervorragend Rose mit dieser Situation zurechtkommt. Wie geduldig sie mit Michael umgeht. Michael sieht nicht gut aus – fahle Gesichtsfarbe, praktisch gelähmt. Rose besteht darauf, er mache Fortschritte, doch Dinah ist nicht überzeugt. Und diesen Arzt, den Rose da hat, hält sie nicht für den besten.

Jessie und Daisy unterstützen hartnäckig die Entscheidung ihrer Mutter, ihn zu Hause zu behalten und nicht in ein Pflegeheim zu stecken, um sich die Arbeit zu erleichtern und die professionelle Pflege in Anspruch zu nehmen, für die Michael einbezahlt hatte und für die seine Versicherung nun aufkäme. Wenn man jahrelang für die Privilegien eines Privatpatienten bezahlt, ist es doch eine Verschwendung, diese dann nicht in Anspruch zu nehmen.

Dinah setzte alles daran, ihre Tochter von ihrem Standpunkt zu überzeugen, während sie die Soße rührte. William hatte sich einen ganzen See davon auf seinen Teller gegossen. »Ich finde, du verhältst dich sehr dumm, Rose.«

»Ich wusste, dass du das sagen würdest, Mutter.«

»Weil du weißt, dass ich Recht habe.«

Rose versuchte gar nicht erst, darauf einzugehen. »Kann ich bitte den Meerrettich haben, Schatz.«

»Es gibt wunderbare Pflegeheime in dieser Gegend.«

»Zu Hause ist es immer am besten«, unterbrach Jessie sie.

»Es geht nicht nur um Michaels Wohl«, entgegnete Dinah. »Rose könnte auch etwas Ruhe gebrauchen.«

»Unsinn, Mutter«, widersprach Rose.

»Ihr braucht alle eine Auszeit«, erklärte Dinah.

»Du liebe Güte, Granny, niemand will hier eine Auszeit«, beharrte Daisy, und William warf ihr einen Blick zu.

»Und habt ihr euch überlegt«, Dinah ließ nicht locker

und untersuchte ihr Besteck nach Flecken, »was passieren wird, wenn er keine Fortschritte macht? Seid ihr alle bereit, für den Rest eures Lebens so weiterzumachen?«

»Ach Mutter, jetzt hör auf damit«, bat Rose sie. »Natürlich haben wir uns darüber noch keine Gedanken gemacht. Daran denken wir gar nicht. Michael wird wieder gesund, und zwar hier, zu Hause, im Kreise der Menschen, die ihn lieben.«

»Beten soll ja schon geholfen haben, Mrs. Tate«, warf Jasmine zur allgemeinen Irritation ein.

»Ich bin nicht gläubig«, erwiderte Dinah gereizt, bewunderte jedoch den Mut des Mädchens, einfach so das Gespräch auf Gott zu bringen. Könnte genauso gut anfangen, über Sexualpraktiken zu reden. »Gott hat nicht gerade viel für meine Gesundheit getan, stimmt's? Und meine Lieben hat er auch nicht beschützt.«

Niemand wollte das vertiefen und daher ließ man das Thema fallen.

Wieder zu Hause, sitzt Dinah in ihrem Ohrensessel und blickt hinaus in den Garten. Die Dämmerung zieht herauf.

Wohl weil sie Zwillinge waren, hatten sich Jamie und Rose so außergewöhnlich nahe gestanden. Was zwischen ihnen war, grenzte schon beinahe an Telepathie und war für Außenstehende geradezu unheimlich. Manchmal schien es Dinah, als lebten sie durch den jeweils anderen.

Als Nicky Wainwright ins Spiel kam, hatte Rose keine eigenen Freunde. Vor Nicky war das für keinen der beiden Zwillinge wichtig gewesen, was sie brauchten, hatten sie beim anderen gefunden.

Dinah fiel es schwer, Rose leiden zu sehen, als Jamies Freund ihren Platz an seiner Seite einnahm. Sie versuchte, ihrem Sohn die Folgen seines Verhaltens zu erklären: »Ich weiß, dass du mit Nicky zusammen sein willst, aber versuch doch bitte, Rose nicht so außen vor zu lassen. Denk dran, wie sie sich dabei fühlt, wenn du ständig vor ihr davonläufst und Sachen vor ihr versteckst. Das ist grausam und ganz und gar unnötig. Du bist doch sonst nicht so, Jamie.«

»Es ist Nicky, er zwingt mich dazu«, lautete seine Entschuldigung.

Dinah war enttäuscht von ihm. »Ich hielt dich für groß und alt genug, um mit solchen Kindereien umgehen zu können.«

»Ich brauche Nicky als Freund in der Schule. Ich will nicht immer bei den Mädchen rumhängen.«

Rose hatte nicht die Grippe, als Jamie sich zu Tode stürzte. Die Wahrheit war, dass Dinah sie nicht hatte finden können, und als sie sie endlich fand, hatte sie sich unter der Hängematte versteckt. Ihr Gesicht war dreckverschmiert und die Augen weit aufgerissen vor Angst.

Sie wusste nicht, was das Kind mitbekommen hatte. Daher tröstete Dinah sie so gut sie konnte und steckte sie schnell ins Bett. Anschließend ging sie nach unten, um sich dem Horror zu stellen.

Inzwischen war die Polizei gekommen und Jamie weggebracht worden. Man hatte ihn aus dem Fahrrad herausschneiden müssen. Mit Nicky hatten sie bereits gesprochen, doch der Junge befand sich in einem Schockzustand und konnte sich an kaum etwas erinnern.

Dinah begann sich plötzlich zu fragen, ob der Unfall möglicherweise das schreckliche Ergebnis eines Streichs gewesen war. Ob Rose womöglich darin verwickelt war, vielleicht verhört und zu Aussagen gezwungen werden könnte, die sie nicht so meinte oder nicht verstand.

Das Bedürfnis, ihr Kind zu beschützen, brachte sie dazu, sich einer Lüge zu bedienen. Ohne eine Sekunde darüber nachzudenken, ließ sie die Bemerkung fallen, Rose liege krank im Bett, sie habe die Grippe, wisse nichts von dem Vorfall und solle bitte in Ruhe gelassen werden, da sie schlafe. John hatte sogleich verstanden und unterstützte die Geschichte.

Und erst nachdem einige Zeit verstrichen war, war Dinah allmählich wieder in der Lage, sich die Ereignisse jenes Nachmittags ins Gedächtnis zu rufen, den Anblick von Rose, die sich verängstigt unter dem Laub versteckt hatte, als wisse sie, dass sie soeben etwas Schreckliches angestellt hatte.

An diesem Tag war Rose mit ihrem Rad bereits an dem Steilufer gewesen, daran konnte Dinah sich erinnern. Ein Schubs hätte genügt oder ein Sprung im falschen Winkel – ein neues, noch wagemutigeres Kunststück, das vorgeschlagen wurde –, um Jamie in den Tod stürzen zu lassen.

Aber warum Jamie? Warum nicht Nicky?

Weil Jamie Rose verlassen hatte.

Nicky konnte sich weiterhin nicht genau an den Hergang erinnern. Vielleicht war das ein Glück für alle Beteiligten.

Falls John von denselben düsteren Zweifeln gequält wurde, erwähnte er zumindest gegenüber Dinah nie ein Wort. Und sie verschloss diesen geheimen Kummer tief in ihrem Herzen.

Als schäme sie sich oder fühle sich deformiert, weigerte sich Rose standhaft den Rest ihrer Kindheit, sich fotografieren zu lassen. »Nicht ohne ihn. Das kann ich nicht.«

Vielleicht glaubte Rose diese alte Geschichte primitiver Völker, dass man ein Stück seiner Seele verliere, wenn man sich fotografieren lasse. Vielleicht meinte sie, es sei bereits zu viel verloren gegangen.

Seit fast vierzig Jahren lebt Dinah mit dem schrecklichen Verdacht, Rose, ihre eigene Tochter, habe ihren zehn Jahre alten Zwillingsbruder getötet. Und dreißig dieser vierzig Jahre quälte sie Tag für Tag und Nacht für Nacht die entsetzliche Frage – und hatte sie auch John auf dem Gewissen?

Nachdem John ertrunken war, trieben sie ihre Zweifel fast in den Wahnsinn. Sie ertrug Roses Anblick nicht mehr, weigerte sich, mit ihr zu sprechen oder sie in die Schule zu bringen. Für sie zu kochen oder zu waschen.

Die Ärzte versuchten alles, was in ihrer Macht stand – Elektroschocks, Psychopharmaka, Therapie –, doch wie sollte Dinah einen so schrecklichen Verdacht laut aussprechen? Sie würden Rose wegbringen, falls sie einen Beweis dafür fanden, und was bliebe ihr dann noch?

Wäre Dinah sich sicher gewesen, dass es mehr als ein böser Verdacht war, dann hätte sie ihre Tochter denunziert. Doch sie wusste nicht, was sie denken sollte. Sie kennt die Wahrheit bis heute nicht.

Rose gegenüber hielt sie ihren Verdacht geheim, lieber hätte sie sich die Zunge abgebissen, als auch nur ein Wort davon erwähnt. Aber Rose hat sich wohl ihren Teil gedacht. Mit vierzehn Jahren von einer Mutter verlassen, die sie nicht ausstehen konnte, hielt Rose dennoch zu ihr. Pflichtbewusst und gewissenhaft ertrug sie ihre Launen, kam von der Schule nach Hause und kochte ihr Tee, um sogleich in ihrem Schlafzimmer zu verschwinden. Jede lebte für sich in diesem Haus und hütete ihr Geheimnis, bis Dinah sich schließlich damit abfand, dass ihr Verdacht möglicherweise unbegründet war und nur ein Symptom der entsetzlichen Trauer.

Das brauchte Zeit, viele Monate. Doch Rose war ihre Tochter, das einzige ihr verbliebene Kind. Und es hieß ja nicht umsonst: Im Zweifel für den Angeklagten. Dieses Recht musste sie ihr einräumen, wollte sie nicht für immer in diesem finsteren Loch schmoren.

Sie versuchte, es wieder gutzumachen, das musste sie.

Wenn ihre Verdächtigungen unbegründet waren, welch bleibenden Schaden hatte sie dann Rose zugefügt? Schließlich hatte diese wie sie selbst zwei tragische Verluste zu verkraften, und das in jungen Jahren.

Es war August, eine heiße, schwüle Nacht, als die zweite Tragödie ihren Lauf nahm.

In der Kabine mit den vier Kojen war die Luft stickig. Draußen an Deck war es weitaus angenehmer, weshalb sie erst spät schlafen gingen.

Sie hatten ein ganzes Menü gegessen und etwas getrunken, aber nicht zu viel – John war nicht einmal beschwipst. Nach der langen, schweigsamen Fahrt an diesem Tag freuten sie sich, heim nach England zu kommen. Dinah schwor, nie wieder mit John in Urlaub zu fahren. Es ging immer gleich aus: Sobald sie die britische Küste hinter sich ließen, begannen sie zu streiten. Sie waren einfach nicht urlaubsverträglich.

Beim Essen hatten sie sich wieder versöhnt und Dinah war glücklich, müde und entspannt. Rose schmollte noch, sie ärgerte sich über die Kälte, mit der sie einander behandelt hatten, und fürchtete wie üblich, das Wort »Scheidung« könne fallen.

So oft sie auch versuchten, sie deshalb zu beruhigen, sie schien sie gar nicht zu hören. Zu überzeugt war sie, dass etwas Schreckliches geschehen würde, sobald sie nicht einer Meinung waren. »Du brauchst keine Angst zu haben wegen Daddy und mir«, erklärte Dinah ihr wieder und wieder, »unsere kleinen Reibereien sind nichts Ernstes. Wir versöhnen uns immer hinterher. Wenn du älter bist, verstehst du das. Die meisten Erwachsenen haben solche Phasen und das hat nichts zu bedeuten. Jetzt hör auf, dir deshalb Sorgen zu machen, Rose. Sei nicht so albern.«

Dinah wurde kurz wach in der Nacht und hatte das vage Gefühl, Roses Koje sei leer. Sie musste auf die Toilette gegangen sein. Wäre sie seekrank gewesen, hätte sie ihre Eltern aufgeweckt. Dinah schlummerte weiter, vom Stampfen der Maschinen in den Schlaf gesungen.

Am Morgen fehlte dann John. Anfangs hatte sie nur gedacht, er sei an Deck gegangen oder habe sich für ein frühes Frühstück entschieden. Die Panik kam erst später.

Sie weckte Rose und sie zogen sich an und packten. Danach gingen sie an Deck, um John zu suchen, sie suchten die Salons und die Esssäle ab, die Passagen, die Läden und die Bars. Und noch immer war Dinah nicht beunruhigt, sie ärgerte sich nur über John, der einfach verschwunden war, ohne einen Treffpunkt zu vereinbaren. Das Gedränge am Landesteg würde sicher fürchterlich, die Suche nach dem Auto. Und ihr graute vor dem Gepäck.

Rose und Dinah fanden das Auto in den Tiefen des Schiffs. Keine Spur von John. Das war merkwürdig. Verfluchter Kerl. Wo steckte er nur?

Dinah fand ihre Autoschlüssel. »Wir müssen runterfahren und auf dem Parkplatz auf ihn warten. Wir können hier nicht stehen bleiben und die Autos hinter uns aufhalten.«

Die Angst begann leise wie ein Ameisenbiss und wurde erdrückend wie der Würgegriff eines Python. Zermalmte sie, warf sie umher, machte sie blind und taub.

Rose hörte nicht auf zu heulen.

Die Rückfahrt des Schiffes verzögerte sich, da Experten es vom Bug bis zum Heck durchsuchten.

Wieder wurde die Polizei eingeschaltet und sorgte dafür, dass sie sicher nach Hause kamen.

Abgrundtiefe Verzweiflung.

Hoffnungslosigkeit.

Unendlicher Kummer Tag und Nacht.

Nach zu vielen Tränen schließlich tränenlose Augen.

Und dann dieser Gedanke, wie ein Kitzeln in der Kehle, das sich zu einem gewaltigen Erstickungsanfall entwickelt. Warum war Rose aufgestanden in jener Nacht? War John aufgewacht und hatte ihr Fehlen bemerkt? War er auf das Deck hinaufgegangen, um sie zu suchen? Warum hatte er seine Frau schlafen lassen? Und hatten die beiden da draußen im Dunklen miteinander gesprochen, über die Reling gebeugt, eng nebeneinander, vertrauensvoll, Vater und Tochter?

Hatte Rose in ihrer irrigen Annahme, John wolle sie verlassen, hatte sie nach diesen Streitereien und dem kalten Anschweigen geglaubt, es sei so weit?

Ja, sie hatte es selbst zugegeben.

Es war besser, es selbst zu tun, als dass andere es einem antaten. Und wie viel Kraft brauchte man, um einen arglosen Mann, der mit seiner Tochter herumalberte und sich über die Reling beugte, aus dem Gleichgewicht zu bringen und in das mondbeschienene Kielwasser des Schiffes zu stoßen?

Nun tauchten sie wieder auf, die Befürchtungen, Rose könne etwas zu tun gehabt haben mit Jamies Tod. Stiegen an die Oberfläche und zogen sie hinab wie ein riesiger Wal, der die Weiten des Meeres durchpflügt.

Sie hatte nicht einem plötzlichen Impuls nachgebend die Hand in eine Schublade voller Ideen gesteckt und ein hanebüchenes Exemplar herausgezogen. Nein, diese Gedankengänge basierten auf ihrer intimen Kenntnis ihrer Tochter, dieser Nähe zwischen Mutter und Kind, die schon vor der Geburt beginnt und in der Pubertät zu Grabe getragen wird.

Nach Johns Tod hatte Dinah weder die Kraft noch den Willen, ihr Unbehagen gegenüber Rose zu bekämpfen. Vielleicht beschwor sie diese Gefühle auch nur herauf, benutzte diese Wut, um den Schmerz zu betäuben. Zu dieser Ansammlung negativer Gefühle gehörte Angst, die sehr reale Angst davor, was geschehen könne, wenn sie Rose nicht länger ertrüge und sich gezwungen sah, sie selbst zu verlassen?

Wie würde Rose das aufnehmen? Würde Dinahs Auto von der Straße abkommen? Oder fiele sie aus dem Fenster ihres Schlafzimmers?

Lieber Gott, waren diese verrückten Gedankengänge nur die Ausgeburt einer gequälten Seele? Oder war etwas Wahres daran?

Sie verlor sich in ihrem Schmerz und ihrer Verwirrung.

Und was war mit ihrer Tochter? Was geschah mit ihr?

Trotz der tapferen Bemühungen Michaels war es Rose nie gelungen, ihre irrationalen Verlassenheitsängste abzulegen. Das zeigte sich von dem Augenblick ihrer Verlobung an bis heute in ihrem Bedürfnis, ihre Familie um sich scharen zu wollen.

Vielleicht sind Dinahs Grübeleien einer beginnenden Demenz zuzuschreiben, aber Dinah wird den Verdacht nicht los, dass ihre Tochter merkt, wie ihre Mutter sich immer stärker von ihr distanziert.

Befürchtet Rose etwa, Dinah spreche nach all den Jahren aus, was sie beunruhigt? Redet mit den Kindern über die Vergangenheit? Bezieht Michael in ihre Gedankenspiele ein? Sieht sich veranlasst, zur Polizei zu gehen, bevor es zu spät ist?

So sehr sie Dinahs Verhalten auch stören mag, im Großen und Ganzen ist Rose tolerant und liebevoll. Empfindet sie Mitleid mit ihrer Mutter? Oder ist es ihr schlechtes Gewissen? Ihr Versuch, es wieder gutzumachen? Oder will sie nach all den Jahren noch immer ihre Unschuld beweisen?

Dinah stellte sich immer gerne vor, dass sie im Alter

weise und fürsorglich würde. Das hatte sie sich gewünscht. Doch mit zunehmendem Alter begriff sie, dass nichts davon eintreten konnte, solange sie sich mit diesen Zweifeln herumschlug, die sich inzwischen zu bösartigen Geschwüren in ihrem Kopf ausgewachsen hatten. Sobald sie mit Rose zusammen ist, benimmt sie sich noch schlechter als sonst; sie sucht ständig Streit mit ihr und stichelt herum.

Vielleicht bricht Rose eines Tages zusammen, und die abgestandene, übel riechende Wahrheit kommt ans Licht.

Dinah Tate kann nicht wissen, dass die wenigen Stunden, die ihr in diesem Leben noch bleiben, nicht ausreichen, das schreckliche Geheimnis zu lüften.

20

Viertel vor zehn Uhr abends und Dinah schaltet den Fernsehapparat aus, um zur Küche zu humpeln und sich dort ihre abendliche Tasse Horlicks-Malzgetränk zuzubereiten.

Zehn vor zehn und das Licht flackert.

Das Licht geht aus.

Es ist stockdunkel.

Fünf Sekunden nach zehn vor zehn und sie flucht: »Verdammter Mist, nicht schon wieder!« Das ist einer der Nachteile, wenn man ein Haus auf dem Land hat.

Ihr Knie, das vor kurzem gespritzt wurde, wackelt noch immer, als sie zu der Schublade in die Küche humpelt, wo sie ihre Taschenlampe aufbewahrt. »Verdammt, wo bist du? Her mit dir.« Sie klemmt sie unter einen Arm und macht sich auf den Weg in die Diele zu dem Wandschrank unter der Treppe. Sie hebt den großen Eichenriegel und schlüpft in den nachtschwarzen Kokon. Nach all dem Ärger darüber, dass die Sicherung nicht funktioniert, nachdem sich wieder und wieder Handwerker um das Ding gekümmert hatten, und nach der Anstrengung ringt sie nach Luft und richtet den Strahl der Taschenlampe auf die Schalter und Anzeigen, die eine Spur über Augenhöhe angebracht sind.

Wie unpraktisch. So eine altmodische, unzuverlässige Anordnung.

Kurz flammt Wut in ihr auf. Das alles ist allein Michaels Schuld. Wie oft schon hat sie ihn darum gebeten, dieses archaische System durch ein modernes zu ersetzen? Wenn eine Glühlampe im Treppenhaus kaputtgeht, bricht die Stromversorgung im ganzen Haus zusammen. Wäre er nicht ein Gemüse, würde sie ihn jetzt anrufen und ihn kommen lassen. Geschähe ihm recht. Hier steht sie, eine hilflose alte Frau, die im Dunkeln herumtappen und den Elektriker spielen muss. Sie könnte stolpern, hinfallen, alles Mögliche könnte geschehen. Was ihren Angehörigen so was von egal ist.

Fünf vor zehn und die Tür hinter ihr fällt zu, der Eichenriegel wird vorgeschoben und Granny Tate ist eine Gefangene, die vor Wut kocht.

Zwecklos, jetzt um Hilfe zu rufen.

Zehn Uhr und fünf Kerzen sind angezündet und strategisch in Küche und Gang verteilt, als wären sie hier, um ihren Weg zu beleuchten.

Fünf nach zehn und die orange Kerze unter dem schweren Vorhang in der Diele fällt von der Untertasse auf den Boden, als tue sie dies aus eigenem Entschluss.

Wie leichtsinnig diese alten Leutchen doch sein können. Warum mit Kerzen hantieren, wenn man eine Taschenlampe mit einer absolut funktionierenden Batterie zur Hand hat? Aber sobald jemand die siebzig überschritten hat, lässt sich nicht mehr sagen, was in seinem senilen Gehirn vor sich geht.

Um zehn nach zehn stehen die bestickten Vorhänge, die hier hängen, seit die Tates vor fünfzig Jahren einzogen, in Flammen. Die Ablage in der Diele, auf der ein Stapel alter Zeitungen liegt, folgt als Nächstes, bevor das Feuer hinüberzüngelt zum Pferdehaarsofa und den Mänteln. Der Lack auf dem Treppengeländer wirft Blasen, bevor das Holz Feuer fängt und es durch den Teppich und über das alte Linoleum kriechend nach oben in die Schlafzimmer trägt. Die Tür unter der Treppe wird von Rauchwolken eingehüllt, von Hitze, der Eichenriegel verbrennt zu Kohle, bis am Schluss nichts mehr von ihm übrig bleibt.

Um zwanzig nach zehn ist jedes Leben, das in dem winzigen Kämmerchen in der Falle gesteckt haben könnte, zu Kohlenstoff reduziert.

Die Fenster im Haus werden schwarz und bersten krachend aus den Rahmen. Die Dachsparren halten eine halbe Stunde durch, bevor sie sich den Flammen ergeben.

Durch einen Tränenschleier müssen Daisy und Jessie Redfern mit ansehen, wie das Haus ihrer Großmutter unter der Wucht der Wasserkaskaden zusammenbricht, die aus vier Feuerwehrwagen auf es gerichtet werden.

Niemand darf es im Augenblick wegen der Einsturzgefahr betreten. Und niemand weiß, wodurch dieses Höllen-inferno ausgelöst wurde. Ein Dutzend Schaulustige aus den umliegenden Cottages stehen mit von der Mischung aus Kälte und Hitze angespannten Gesichtern um das lodernde Feuer.

»Wie ging es der alten Dame, als Sie zuletzt mit ihr sprachen?«, fragt der Feuerwehrhauptmann, der nach dem Alarm als Erster in seinem Wagen an der Brandstelle auftauchte.

Jessie kann den Blick nicht losreißen von Omas wunderschönem Haus, das langsam in sich zusammenstürzt. »Wer? Granny? Ihr ging es gut.«

»So wie immer«, fügt Daisy, zitternd vor Schreck, hinzu.

»Welche Überlebenschancen hat sie?«, fragt Jessie. Das muss ein Albtraum sein. Diesen Telefonanruf ihrer Mutter muss sie sich eingebildet haben. »Ich kann Michael nicht allein lassen. Bitte fahr du, Jessie!«

Aber Mum hatte nicht verstanden, wie ungeheuerlich die Katastrophe war. Genauso wenig wie Jessie, bevor sie hier ankam und sah, wie der Himmel leuchtete, als gehe soeben die Sonne auf.

Der Feuerwehrhauptmann schüttelt den Kopf. »Ich möchte Ihnen keine falschen Hoffnungen machen. Nicht zu diesem Zeitpunkt. Wir werden es erst sicher sagen können, wenn wir hineingehen.«

»Könnte es eine Feuerwerksrakete gewesen sein?« Schließlich schoss man in dieser Nacht überall die Guy-Fawkes-Raketen ab.

»Und was für ein Feuerwerk«, meint der Mann von der Feuerwehr.

William ist im Rugbyclub und hilft ihnen bei der Anzeige. Er ist unerreichbar. Weil in Kingsmead Ferien sind, ist Jasmine eine Woche auf die Farm ihrer Eltern in Cheshire gefahren.

»Wenn Granny etwas zugestoßen ist«, fängt Daisy an.

»Ich kann mir nicht vorstellen, dass Mummy noch mehr Leid ertragen kann«, beendet Jessie den Satz für sie.

»Ich glaube, die alte Dame war etwas wacklig auf den Beinen. Habe ich Recht?«, fragt der Feuerwehrmann.

»Ja, aber sie kommt gut zurecht«, antwortet Daisy, »vor allem, wenn sie allein ist.«

Gigantische Holzbalken, die seit 200 Jahren das Haus getragen haben, biegen und drehen sich, bevor sie in der Nacht explodieren, begleitet von unzähligen kleinen Explosionen, als ob jemand im Haus eine Familienpackung Feuerwerkskörper nach und nach anzündet. Ein ohrenbetäubender Krach entsteht, wenn die Balken herunterdonnern und tonnenweise Mauerwerk mit sich reißen. Die eine Hälfte des Hauses ist bereits eingestürzt, das Gebäude ist aufgeschlitzt wie ein vor langem auf Grund gelaufenes Schiff, das nur noch von den nackten Sparren gehalten wird.

Niemand da drinnen hat überlebt.

Granny ist tot.

Zu Asche verbrannt.

Das werden sie Mum beibringen müssen.

Ein derartiges Unglück kam nie zum richtigen Zeitpunkt. Doch jetzt, zu allem anderen, schien es, als habe das Schicksal sich gegen sie verschworen. Welchen Fehler musste Granny gemacht haben, um diese Tragödie auszulösen? Und warum ausgerechnet jetzt? Jessie empfindet vor allem eins: Wut. Geht es Daisy genauso?

Sie hatten Dinah beide nicht besonders gemocht. Sie war nie eine besonders liebenswerte Frau gewesen, doch in letzter Zeit war sie von Monat zu Monat unerträglicher geworden. Hätten sie keine Rücksicht auf Mum nehmen müssen, wären sie ihrer Großmutter aus dem Weg gegangen, so bitter war sie und so gehässig waren ihre Bemerkungen. Selbst Dad verschonte sie nicht mit ihren düsteren Warnungen und hexenartigen Prophezeiungen. Doch diese Sichtweise Jessies war nicht gerecht. Es hatte glücklichere Zeiten gegeben, auch wenn diese schon lange zurücklagen. Sie war schon immer eine merkwürdige, anstrengende Person gewesen, ganz und gar nicht wie die Großmütter, von denen man in den Büchern las.

Ihr ganzes Leben lang hatten Daisy und Jessie Nachsicht

mit ihr üben müssen, weil sie so viel durchgemacht hatte. Dinahs eigene Mutter war in der Zwangsjacke abgeholt worden, als sie erst fünfzig Jahre alt war.

»Jessie? Wo gehst du hin?«

»Ich halt es hier nicht mehr aus. Ich geh an das Ende des Gartens und setz mich zehn Minuten hin.«

»Gott, es ist eiskalt.« Das Feuer lässt allmählich nach und Daisys Zähne klappern, als sie ihre Schwester begleitet.

Auf dem Platz zwischen den Hortensien, von dem aus man den Fluss überblickt, bringt Daisy das Undenkbare zur Sprache, den einen Gedanken, den Jessie die ganze Zeit versucht hatte zu verdrängen.

»Du glaubst doch nicht etwa, dass Belinda …?«

»Nein! Nein, niemals.«

»Sie könnte herausgefunden haben, wo Granny wohnt.«

»Aber wenn Belinda mir wehtun will, warum sollte sie dann Granny etwas antun?«

»Sie denkt wohl, du hängst an ihr.«

»Sie kennt mich gut genug, um zu wissen, wie lachhaft das ist.«

Daisy kauert sich fröstelnd zusammen. »Sag nicht so was, Jessie. Nicht jetzt.«

Jessie sieht ihre Schwester an. »Wird sie dir fehlen? Sei ehrlich.«

Daisy schweigt.

»Vielleicht ist es besser, auf diese Weise zu sterben, ganz plötzlich, wenn man alt ist. Ohne jede Warnung, statt in einem schrecklichen Heim sabbernd und in die Hose machend vor sich hin zu vegetieren.«

»So wie Dad, meinst du?«, fragt Daisy ruhig.

»Du glaubst doch nicht wirklich, dass das passiert? Doch nicht ihm?«

»Ich weiß es nicht, Jessie«, zuckt Daisy die Schultern.

Jessie bleibt die Nacht über bei Rose im Seymour House – oder was noch von der Nacht übrig ist, als sie dort ankommen und die furchtbare Nachricht überbringen.

Als die Feuerwehrleute die Leiche herausbringen, kann sie nicht mehr identifiziert werden. Das bleibt der Forensik überlassen.

»Was hätte Ihre Großmutter in dem Kämmerchen unter der Treppe denn suchen können?«, fragt sie der Feuerwehrhauptmann, bevor er ihnen eine gute Nacht wünscht.

»Wahrscheinlich wieder mal den Sicherungskasten«, antwortet Jessie wie aus der Pistole geschossen. »Granny hat sich ständig darüber beklagt, dass die Sicherungen heraussprangen. Wissen Sie schon, wodurch das Feuer ausgebrochen ist?«

»Das werden wir noch lange nicht wissen, fürchte ich. Am Brandort herrscht das blanke Chaos.«

»Habt ihr sie gesehen?«, schluchzt Mum und greift nach Dads lebloser Hand.

»Nein, und ich kann mir nicht vorstellen, dass sie das zugelassen hätten«, erklärt Jessie so schonend wie möglich.

»Warum sind sie nicht früher ins Haus gegangen?«

»Du hättest es sehen müssen, Mum. Es war unmöglich, auch nur in die Nähe zu kommen.«

»Und das Haus ist weg? *Alles weg?*«

»Es ist nicht mehr wieder zu erkennen.«

In diesem Augenblick brauchte Mum Dads Unterstützung, aber er sitzt nur sabbernd und mit dem Kopf wackelnd wie ein Greis neben ihr.

Mum sinkt der Kopf auf die Brust. »Arme Mutter. Arme, arme Mutter. Dass sie so sterben muss, nach allem …«

»Sie hat nicht viel davon gemerkt«, bemerkt Jessie. So wie man über die Passagiere bei einem Flugzeugabsturz redet, um es den Angehörigen leichter zu machen, mit ihrem

Entsetzen fertig zu werden. »Durch den Rauch war sie schnell bewusstlos. Mum, Mum, wein nicht. Wahrscheinlich ist Granny eingeschlafen.«

»Ich wäre hingefahren, wenn ich gekonnt hätte.«

»Ich weiß. Aber du konntest Dad nicht allein lassen. Dir waren die Hände gebunden. Es war besser, dass du hier geblieben bist.«

»Ich hatte keine Ahnung, wie schrecklich der Brand ist.«

»Als sie dich anriefen, wusste das noch niemand.«

Ob Mum trotz ihrer offensichtlichen Niedergeschlagenheit und ihrem aufrichtig wirkenden Leid nicht doch in ihrem Innersten ein klitzekleines Aufblitzen von Erleichterung verspürt, dass ihre Mutter mit ihrer Selbstsüchtigkeit, ihren Ansprüchen und ständigen Forderungen nicht mehr da ist? Vor allem bei Dads augenblicklicher Verfassung? Eines steht fest, Mum braucht sich nicht wie andere Töchter mit Schuldgefühlen zu quälen, nicht alles für ihre Mutter getan zu haben. Vielleicht ist das jetzt ein gewisser Trost für sie.

»Mum, du warst wunderbar zu Granny. Und Dad ebenso. Ihr habt nie die Geduld verloren, ganz egal, wie ekelhaft sie war. Sie brauchte nur mit den Fingern zu schnippen und ihr wart zur Stelle, um ihr zu helfen. Sie hat sich so sehr auf euch verlassen und betrachtete eure Hilfe als selbstverständlich, aber ihr habt euch nie beschwert. Nicht wirklich. Granny hatte großes Glück mit euch.«

»Findest du, Jessie?«

»Ich bin überzeugt davon.«

»Sie hatte ein so schweres Leben«, sagte Mum und fing wieder an zu schluchzen.

»Und sie sorgte dafür, dass das auch jeder erfuhr«, entfährt es Jessie. »Dein Leben war genauso hart, und schau dich an. Wie du das mit Dad schaffst. Aber du bist nicht so verbittert.«

Jessie hilft Rose dabei, Michael nach oben zu bringen, ihn auszuziehen, zu waschen und ins Bett zu legen. Es ist fünf Uhr früh, als Jessie und Rose endlich selbst schlafen gehen.

»Was meinst du mit ›der letzte Tropfen‹?«, will Daisy von William wissen.

»Ich meine damit, nicht dass ich herzlos bin, aber ich versuche nur zu sagen, es kommt mir vor wie ein Netz, das sich um uns legt. Ein Unglück nach dem anderen, und dann noch diese Irre im Hintergrund, die Mäntel aufschlitzt und Kothaufen auslegt.«

»Du redest von mir und meiner Familie, William, und der Nähe, von der du einmal behauptet hast, du würdest mich darum beneiden. Wie gern du Granny hattest. ›Was für eine Type‹, hast du immer gesagt. Und ich, ich war in deinen Augen undankbar, nur weil ich manchmal wegen Mum stöhnte. Wie glücklich ich mich schätzen könne, hast du mir immer vorgehalten, wenn ich mich recht erinnere, als Kind geliebt worden zu sein. Ach, und du armer Kerl, deine Mum ruft dich nie an. Und dein Stiefvater kann dich nicht ausstehen. Na ja, jetzt haben sich die Gewichte verschoben, wo man von uns erwartet, unsererseits mal etwas zu geben.«

»*Gib etwas!* Lieber Gott!« William schlägt sich mit der flachen Hand auf die Stirn. »Da krieg ich ja die Platzangst. Deine Mum hat euch jetzt beide in der Tasche. Himmel, Daisy, du bist überhaupt nicht mehr hier.«

»*Du selbstsüchtiger Mistkerl!* Du hast nicht die geringste Ahnung, was es bedeutet, jemand anders in deinem Leben den Vorrang einzuräumen. Du kannst nicht einmal auf einen deiner wertvollen Abende verzichten, um mitzukommen und einen Abend bei Mum und Dad zu verbringen. Und jetzt erzählst du mir, du denkst nicht daran, mir bei den Beerdigungsvorbereitungen zu helfen. Wenn es nach dir ginge, wäre Dad längst in ein Pflegeheim abgeschoben worden.«

William, der gerade nach ein paar Bier mit Freunden aus seinem Rugbyclub gekommen ist, die Schuhe voller Schlamm, hält lautstark dagegen: »Ich finde einfach, du solltest dich nicht so vereinnahmen lassen. Und jetzt wird deine Granny in einem Feuer gegrillt. Was hat das zu bedeuten?« Er geht zum Kühlschrank und sucht nach einem Bier. »Soll ich mir etwa die verkohlten Überreste der Brandstätte vornehmen, du neben mir in Tränen aufgelöst, und mit dir nach Erinnerungsstücken suchen? Werde ich bei dieser verfickten Beerdigung deine Verwandten hin- und herkutschieren müssen? Gottverdammte Scheiße! Es ist mir einfach *zu viel.* Was ist mit dem normalen Leben passiert? *Warum halte ich ständig deine Hand?*«

»Und ich hatte mir etwas Mitgefühl von dir erhofft. Wie bescheuert ich doch bin. Ich habe gerade etwas erlebt, wonach die meisten Menschen reif für eine Therapie wären. Meine Granny verbrannte bei lebendigem Leibe und du reißt Witze…«

William zieht die Dosenlasche zurück. An der Oberfläche, doch nur an der Oberfläche, klingt seine Stimme ruhig und vernünftig. »Es tut mir so Leid, Daisy. Wirklich. Wie entsetzlich diese Nacht für dich gewesen sein muss, kann ich mir nur schwer vorstellen. Und für Jessie, und deine Mum. Ich möchte dich in meinen Armen halten und deinen ganzen Kummer wegküssen, aber ich kann nicht.« Er lässt sich aufs Sofa fallen. »Ich kann nichts davon ungeschehen machen und komme mir absolut nutzlos vor. Beschissen nutzlos. Ich kann so was einfach nicht. Vielleicht ist das irgendeine Macke oder ich bin zu blöd dafür oder sonst was. Ich sehe nur, dass uns diese ganzen Katastrophen auseinander reißen. Dein Leben ist eine Besatzungszone.«

»Ihr widert mich an. Menschen wie du. Jeder tut so, als sei das mein Fehler. Als genieße ich es.«

»Ich weiß nicht. Es ist, als liege auf dir und deiner Familie ein Fluch und ihr zögt diese Katastrophen geradezu an.«

»Wir sind krank, stimmt's?«

»In gewisser Weise ja.« William fängt an, sich eine Zigarette zu drehen. Er ist so betrunken, dass er sie kaum sehen kann, und überall auf dem Boden liegen Tabakbrösel.

»Und du hast keine Angst, du könntest dich anstecken?«

»Ich finde, ihr geht nicht so damit um, wie ihr solltet. Keiner von euch, um ehrlich zu sein. Ihr solltet die Sache mit Belinda der Polizei melden, dein Dad gehört ins Krankenhaus, so wie der Arzt es empfahl, und du konntest deine Granny nie ausstehen. Ich mochte sie lieber als du, warum also dieses scheinheilige Getue?«

Daisys Stimme ist so kalt wie Granit: »Du findest, wir sollten Mum nicht unterstützen? Du findest, wir sollten sie allein damit fertig werden lassen?«

»Nein, das habe ich nicht gesagt. Aber ihr habt irgendwie alle die Vorstellung im Kopf, Rose komme nicht allein zurecht. Dein Dad hat sein ganzes Leben damit verbracht, sie zu beschützen, obwohl sie sehr wohl allein klarkommt. Sie ist eine tüchtige Frau. Und du und Jessie, ihr macht eine Märtyrerin aus ihr.«

Voller Abscheu schnaubt Daisy: »Du bist wirklich ein Arschloch, weißt du!«

William ist schon zu alkoholisiert, um darauf angemessen reagieren zu können. »Wenn Sie das sagen.« Er verbeugt sich grinsend, wobei er beinahe vom Sofa plumpst. »Sie müssen es am besten wissen, Gnädigste.«

»Nehmen, nehmen, nehmen. Das ist alles, was du kannst. Wie traurig.«

»Daisy«, fleht William sie an und rülpst, »können wir da nicht morgen drüber reden?«

»Nein, das können wir nicht. Morgen früh geh ich gleich zu Mum. Und wenn du dich weigerst mitzukommen, kannst du von mir aus bleiben, wo der Pfeffer wächst.«

Sie liebt ihn – oh, und wie Daisy ihn liebt –, aber sie wird dieses Ungeheuer heute Nacht nicht in ihr Bett lassen.

Sie schlägt die Tür hinter sich zu und dreht den Schlüssel um. Dann wirft sie sich aufs Bett und weint heftig wegen einer Granny, die sie nie mochte, und wegen eines Mannes, der ihr irgendwie verloren gegangen ist.

21

»Ich bin die Auferstehung und das Leben, spricht der Herr, wer an mich glaubt, wird leben, auch wenn er stirbt.«

Hier ist die Kirche und dort ist der Turm, hört auf zu beten und schaut euch ruhig um.

Vereinzelt hebt sich eine einzelne Tanne dunkel ab vor den sich bunt verfärbenden Laubbäumen, finster und schwer, und doch fest und beständig wie der Tod selbst. Der schwarze Asphalt des Wegs ist gesäumt von Laub. Der Priester in seiner lilafarbenen Stola begrüßt sie in dem Portal, wobei sein Chorhemd im Wind weht wie die Flügel eines Engels, der sie willkommen heißt.

Als Erstes zieht Dinah in dic Kirche, Kopf voran, hinter ihr folgt, gesenkten Blickes, die Trauergemeinde.

Die Kirche ist kalt und die Schuhe klappern auf dem Steinboden. Heizung und Beleuchtung rentieren sich nicht wegen eines kurzen Trauergottesdiensts. Zu teuer.

Ob Michael sich unwohl fühlt, so schick in seinem Anzug und der Krawatte? Sogar in die Schuhe hatten sie ihn gezwängt, zum ersten Mal seit seiner Krankheit. Nein. Er sitzt auf der Kirchenbank neben Rose und den Familienangehörigen. Es muss etwas dran sein an kollektiven Gedankenwellen, denn wie sonst könnte er spüren, dass es sich hier um einen tragischen Anlass handelt?

Und dass er das spürt, daran besteht kein Zweifel. Obwohl der Großteil seiner Aufmerksamkeit seinen brennenden Wunden gilt. Es brennt, als sei diese stechende Flamme durch sein Trommelfell hindurch bis in seine Kehle gedrungen. Mit dem Schlucken hatte er schon zuvor Probleme, jetzt ist es noch schlimmer. Es ist so schmerzhaft, dass er regelmäßig würgen muss. Oben in der Nase hat er das Gefühl, die Schleimhäute seien mit heißem Siegelwachs überzogen. Das Ohr selbst brennt noch immer wie Feuer.

Jedes Mal, wenn sie in die Nähe kommen, versucht er, laut zu brüllen, um sie daran zu hindern, es zu berühren.

Doch die Medikamente sind zu stark, Michael kann sich noch immer nicht verständigen. Und wenn er die Hand an die Ohren führt, scheinen sie zu denken, der Fernsehapparat sei zu laut eingestellt.

Er kann Dinah Tates Sarg nicht sehen, der so feierlich und liliengeschmückt auf dem Sockel steht. Er weiß nicht, dass seine Schwiegermutter bereits eingeäschert wurde, dass nur noch ein mit verkohlten Knochen versetztes Aschehäufchen von ihr übrig blieb, sodass ihre Identität nur mit Hilfe ihres Zahnarztes festgestellt werden konnte.

»Du lässest sie dahinfahren wie einen Strom, und sind wie ein Schlaf, gleichwie ein Gras, das doch bald welk wird.«

Und weil nichts übrig geblieben war von der schweren Eichentür zu dem Kämmerchen unter der Treppe, geschweige denn der Riegel, gab es nicht den geringsten Hinweis, dass eine unsichtbare Hand die Tür hinter ihrem Rücken versperrt haben musste.

Alle möglichen Vermutungen waren geäußert worden, ob und warum sie Kerzen verwendet haben sollte, weil die Experten schließlich zu dem Schluss gekommen waren, dass Kerzen das Feuer verursacht hatten, das zunächst die Vorhänge im Flur entzündet hatte. Wegen der schwarzen Batterieüberreste und ein paar winziger Glasfragmente war jedoch klar, dass Dinah eine Taschenlampe in der Hand hielt, als sie starb. Vielleicht hatte sie die Kerzen angezündet, als sie die Taschenlampe suchte. Vielleicht bewahrte sie die Taschenlampe unter der Treppe auf. Und die Kerzen, erklärte Rose ihnen, hatten sich immer in der Küchenkommode befunden.

»Mutter war häufig verwirrt«, berichtete Rose dem Coroner. »Sie wurde zunehmend schwierig. Aber mit den ganzen Tabletten, die sie schlucken musste, und den ständigen Schmerzen, die sie wegen ihrer Arthritis hatte, war das verständlich. Sie war nicht besonders glücklich.«

Daher scheint für alle hier Versammelten die Vermutung nahe zu liegen, dass Dinah Tate womöglich ihren letzten Weg von der Küche zum Kämmerchen in der Diele mit Kerzen erhellen wollte. Der wirklich schreckliche zweite Teil – das Verbrennen – bleibt der Vorstellungskraft der kleinen Trauergemeinde überlassen.

War sie bereits bewusstlos, bevor sie Feuer fing? Hatte sie versucht, sich zu befreien? Schrie sie nach Hilfe, als der Rauch sie einhüllte und sie panisch nach einem Ausweg suchte? Wusste sie, welch entsetzliches Schicksal ihr bevorstand?

»Der Mensch, vom Weib geboren, knapp an Tagen, unruhvoll.«

Wie wahr.

Rose blickt hinunter auf Michael. Ihr Gesicht ist angestrengt, die Augen trocken. Es sind keine Tränen mehr übrig. Sie beugt sich vor, um ihm die Spucke vom Kinn zu wischen.

»Mitten im Leben sind wir vom Tod umfangen.«

Für die Trauernden wäre es einfacher, sie dürften die Kirche verlassen, bevor der Motor sich mit einem Klicken in Bewegung setzt. Die Vorhänge reißen mit einem beunruhigenden Ruck auf und der Sarg gleitet die Rampe hinunter. Die Sargträger, ein paar alte Männer in dunklen Anzügen, senken ernst den Kopf, so wie es die Queen und ihre Familie taten, als Dianas Sarg an den Palasttoren vorbeikam.

Ein dünnes Lied wird angestimmt, das vor allem der Messner mit seiner dröhnenden, zuversichtlichen Stimme zusammenhält.

Jasmine, in der zweiten Reihe und zurück von ihrer Woche in Cheshire, fällt ständig auf die Knie, wenn ein Gebet ertönt. Dann wieder sitzt sie mit im Schoß gefalteten Händen auf der Bank und starrt, einen glückseligen Ausdruck auf dem Gesicht, vor zum Altar, als erwarte sie eine Botschaft. Unter ihrem rostbraunen Anorak trägt sie ein langes schwarzes Wollkleid. Zur Verblüffung aller. Bisher hat sie noch niemand von der Familie in etwas anderem als ihren Jogginghosen gesehen.

Mrs. Hargreaves ist da und hat ihren schwarzen Beerdigungshut auf, daneben Mr. Hargreaves in seinem besten Sonntagsanzug. Neben ihnen William, der sich offensichtlich Mühe gegeben hat, die Haare mit Gel zu glätten, in seiner Jeans und einem Sakko, und sich unwohl zu fühlen scheint. Er weigerte sich, neben Daisy Platz zu nehmen.

Jessie und ihre Schwester sind auf ihrer ersten Beerdigung blind vor Tränen.

Herr, erbarme dich unser,
Christus, erbarme dich unser.
Herr, erbarme dich unser.

Wieder zu Hause plumpst Michael auf seinen Platz neben Roses Sessel.

Er spürt Bewegung um sich herum. Verschiedene Geräusche. Menschen. Sie berühren ihn, ihre Gesichter tauchen verschwommen vor ihm auf. Merkwürdig, dass keiner von ihnen den Rauch entdeckt, der, da ist er sicher, aus seinem Ohr qualmt. Er riecht Lachs, oder sind es Krabben, und Mayonnaise und Gurken und die Tomaten, die er selbst letzten Sommer in seinem Glashaus gezogen hatte.

Sie müssen eine Party feiern, oder vielleicht ist auch Weihnachten. Woher soll Michael das wissen? Wahrscheinlich würde er dann den Christbaum riechen, dieser Geruch nach Kindheit, dieses lamettabehangene Symbol verlorener Unschuld, aber ein solcher Baum ist nicht im Zimmer. Nur eines ist sicher, er muss die Medikamentendosis verringern, die ihm Rose jeden Abend verabreicht, zweifelsohne weil sie denkt, nur so könne er genesen.

Michael nimmt an, dass ein großer Teil seiner Hilflosigkeit zusammen mit dem komatösen Schlaf, den diese Medikamente auslösen, die Ursache seiner Probleme sind. Warum sonst fühlt er sich um so viel lebendiger, kurz bevor es Zeit für die nächste Dosis ist? Es fällt ihm in dieser Zeit leichter, seine Beine gezielt zu bewegen, und er kann sogar ein paar Laute ausstoßen.

Rose, die es nur gut mit ihm meint in ihrer Unschuld, ahnt nicht, in welcher Gefahr er schwebt. Er muss sie unbedingt warnen und, Gott steh ihm bei, wenn irgend möglich diesen Wahnsinnigen an seinem Werk hindern.

Er hat intensiv darüber nachgedacht, was für ein Monster von Mensch einen Mann blenden oder ihm Brandwunden zufügen würde. Daher ist sich Michael so gut wie sicher, dass sein Peiniger nur ein Fremder sein kann, ein abartiger, blutrünstiger Irrer, der sich mit einer guten Ausrede getarnt Zutritt zu diesem Haus verschafft. Er fürchtet sich schon vor der nächsten Attacke.

Er verflucht seine nutzlosen Sinne.

Er versucht zu hören, bemüht sich zu sehen.

Mit aller Kraft kämpft er gegen das Verlangen, in diesen alles vergessenden tiefen Schlaf zu versinken, in dem er so verletzlich ist. Nur ein Augenblick bei klarem Bewusstsein würde ausreichen, und er könnte seinen Gegner identifizieren, der so erpicht darauf ist, ihn zu quälen. Doch die Macht der Medikamente ist zu stark, als dass er gegen sie ankäme. Wenn Michael weiterleben will, muss er heute Abend verhindern, dass auch nur ein Tropfen in seinen Blutkreislauf gelangt.

Solange Menschen um ihn sind, ist er sicher.

Seltsam, keine Musik. Gäbe es Musik, würde er den Rhythmus spüren. Muss eine andere Art von Feier sein. Sollen sie sich doch amüsieren.

Ob Sheila, die Direktorin von St. Marks, eingeladen ist? Wohl nicht, Rose kennt sie kaum.

Er war gezwungen gewesen, Sheila noch einmal offiziell anzurufen, nachdem sich Belinda aus heiterem Himmel etwa eine Woche vor ihrer Venedigreise noch einmal bei ihm gemeldet hatte.

Der Anruf hatte ihn regelrecht geschockt.

Das Letzte, was Michael brauchte, war, erneut in die Fantasien dieses kranken Mädchens hineingezogen zu werden. Zumal er sich in der Annahme, ihr helfen zu können, indem er sich wie ein väterlicher Mentor benahm und ihr zuredete, falsch verhalten hatte. Ihre Reaktion war fatal gewesen und die Tatsache, dass sie ihn zu Hause anrief und nicht im Büro, als Alarmsignal zu sehen. Dann fand er eine alte Nachricht, die er in seiner Jacke versteckt hatte.

Falls Rose davon erführe, käme Jessies Geheimnis ans Licht und das träfe Rose zutiefst. Möglicherweise begänne sie sogar, Belindas lächerliche Liebesschwüre ernst zu nehmen. Und zum ersten Mal spürt Michael Angst, Angst davor, wie seine Frau damit umginge.

Mehrmals versuchte er, Belinda unter der Nummer anzurufen, die sie auf dem Telefonanrufbeantworter hinterlassen hatte, um sich weitere Anrufe zu verbitten. Jedoch ohne Erfolg. Er erreichte immer nur den Anrufbeantworter mit der Ansage, es doch später noch einmal zu versuchen.

Was zum Teufel hatte sie jetzt vor?

Michael und Sheila, beide eingespannt im Beruf, hatten vereinbart, sich zum Lunch zu treffen. Das Pub war voll, alle Tische waren besetzt, deshalb gingen sie nach oben in das etwas ruhigere Restaurant. Erneut fiel ihm auf, wie vernünftig und besonnen sie die Herausforderungen des Lebens anpackte. Auch ihr Äußeres gefiel ihm. Ende dreißig, vermutete er, geschieden, ehrgeizig, welterfahren und elegant.

Er erklärte Sheila, wie er sich bei Belindas letztem Kontaktversuch in ihrem Netz verfangen hatte.

»Sie hätten nicht versuchen sollen, sie zurückzurufen.« Sheila war entsetzt von seiner Naivität. »Sie hätten sofort zu mir kommen müssen.«

»Dann hätte sie mir vorwerfen können, unsere Freundschaft zu verraten«, antwortete Michael. »Und ich Idiot ließ mich auf ihr Spiel ein. Machte alles nur schlimmer. Wahrscheinlich fühlte ich mich sogar noch geschmeichelt. Ich bin kein Experte wie Sie im Umgang mit psychopathischen Teenagern. Aber ich habe nicht vor, mich dieses Mal hineinziehen zu lassen. Es reicht, dass ich mir letztes Mal die Finger verbrannt habe. Bitte übernehmen Sie, Ms. Gordon.«

»Machen Sie sich keine Sorgen. Ich werde schon mit ihr fertig. Aber falls Belinda erneut den Kontakt zu Ihnen suchen sollte, reagieren Sie bitte nicht darauf. Rufen Sie mich umgehend an.«

Die Kerze, die der Kellner unbedingt anzünden wollte, brachte das Grün in Sheilas Augen zur Geltung. Ihre dichten Wimpern waren lang und dunkel. Weil das Essen so lange auf sich warten ließ, tranken sie zu zweit vier Martinis. »Und ich würde Ihnen raten«, fuhr Sheila fort und spielte mit einer blonden Locke, »mit Rose darüber zu reden. Nur für den Fall, dass sich ein Sturm zusammenbraut. Und ja, ich weiß, was Sie wegen Jessies Geheimnis empfinden. Aber ehrlich gesagt, heutzutage ist das nichts Schlimmes mehr. Am besten spricht man offen über diese Dinge, um Missverständnissen vorzubeugen.«

Es war drei Uhr, bevor einer von ihnen wieder auf die Uhr sah. Die Kellner hatten ihnen schon böse Blicke zugeworfen. Vertieft in ihr Gespräch, bei dem sie so viele Gemeinsamkeiten festgestellt hatten, dass die Zeit bei zwei Flaschen Wein nur so verflogen war.

Sheila würde eine Besprechung versäumen. Sie verlegte auch ein Armband, das ihr viel bedeutete, doch sie hatten keine Zeit mehr, danach zu suchen. Michael hatte Glück, sein Terminkalender sah nichts weiter vor. Allerdings war er für den Rest des Tages durcheinander.

Er grübelte über Sheilas Rat nach. Er war gut und er hatte vor, ihn zu befolgen.

Jetzt, da Belinda wieder auf der Bildfläche aufgetaucht war, sollte er Rose davon erzählen. Sobald sie von Venedig zurück waren, würde er die Sache angehen. Schließlich wollte Michael nicht ihren Urlaub verderben durch Roses Grübeleien über Jessies sexuelle Orientierung und darüber, ob das irgendwie *ihre* Schuld sei? Müsste Jessie sich jetzt bis an ihr Lebensende mit solchen Problemen herumschlagen? Und hieß das, Jessie würde nie Kinder haben?

Zweifelsohne stand ihnen wegen Roses Eifersucht eine weitere Runde in dem alten Spiel bevor, warum Belinda sich Michael als Objekt der Begierde ausgesucht hatte. Rose würde über den Namen des Mädchens herfallen und ihn in der Luft zerreißen. Was hatte er getan, um es zu ermutigen? Hatte er es überhaupt ermutigt? Hatte er Belinda attraktiv gefunden?

Die bedauernswerte Rose würde ihn malträtieren mit ihren Ängsten, aber er sehnte sich nach einem harmonischen Urlaub, in dem er sich nicht mit solch überflüssigen Missverständnissen herumzuschlagen brauchte.

Wieder eine Nacht in diesem Karussell nach Nirgendwo.

Michael glaubt, ohne sich jedoch sicher zu sein, dass es Jessie und Daisy sind, die Rose dabei helfen, ihn nach oben zu bringen.

Er konzentriert sich mit aller Kraft darauf, einen Fuß vor den anderen zu setzen. Versucht, sich am Geländer festzuhalten, doch seine Hand fühlt sich weich und schwach an. Fände er sich in der dritten Welt wieder, säße er, Gandhisandalen an den Füßen und eine Kürbisflasche neben sich, auf den Stufen eines Tempels. Gott, wie er es hasst, dass sie ihn so sehen.

Er hofft, sie sind nicht dabei, wenn Rose ihn auszieht. Sie wird doch genug Einfühlungsvermögen haben, ihnen das nicht zuzumuten. Selbst als die Kinder noch klein waren, machten Rose und vor allem Michael die Badezimmertür hinter sich zu, statt ständig nackt vor ihnen rumzuhüpfen.

Er sabbert heute stärker als sonst, da jeder Versuch zu schlucken so höllisch brennt, als handle es sich um weiß glühende Lava, die sich blubbernd in seinen Schlund ergießt.

Draußen erlaubt das letzte Wolkenüberbleibsel dem Mond freie Fahrt, strahlend voll steht er am Himmel und scheint durch das Schlafzimmerfenster. Wäre Baggins noch hier, wäre der Vollmond Vorbote für einen weiteren Anfall.

Gleich wird er in seinem Pyjama stecken, eingehüllt in den Duft von Babypuder – Johnsons. Dumpfe Wut packt ihn. Winzige Muskeln zucken um seinen Mund, um den Mund, mit dem er einst lächelte. Er riecht das Badewasser, eine heiße Mischung aus Zitrone und Dampf. Seine Haut ist wund und seine riesig wirkenden Augen starren misstrauisch ins Leere. Seine Helfer legen eine Pause ein auf der Treppe, warten, bis er zu Kräften kommt.

Nachdem Rose ihm seine Medikamente verabreicht hat – heute sind die Tabletten dran –, wartet er, bis sie gegangen ist, bevor er den Brei über sein Kinn laufen lässt in der Hoffnung, dieser verliere sich wie das Gesabber eines Babys in dem strahlenden Weiß der Laken.

22

»Mein tiefstes Beileid.«

Ein Kreuz vor einer Art Felsen, ein heidnisches Symbol in diesem Kontext, das eher an den Ku-Klux-Klan erinnert als an etwas im entferntesten Sinne Christliches. Rose fröstelt, als sie weiterliest:

»Gott verspricht uns das ewige Leben, darauf vertraue in Glaube und Hoffnung. Und mögen die geliebten Toten für immer sanft ruhen in Jesu Armen.«

Mit meinen Gedanken bei Euch, Belinda.

Sie wirft die Karte ins Feuer und sieht befriedigt zu, wie sie verbrennt. Aus irgendeinem Grund glaubt diese Nutte also, sie bekomme Michael zurück. Belinda kann ihre Finger nicht von der Redfernfamilie und ihren Schicksalsschlägen lassen. Auf welche Weise erfuhr sie von Dinahs Tod? Eigentlich komisch, dass sie nicht versuchte anzurufen. Am Telefon hatte sie so unverschämt gewirkt, als genieße sie jeden Konflikt.

Rose geht hinüber zum Telefon und wählt Belindas Nummer. Sie kennt sie inzwischen besser als ihre eigene, so oft hat sie dort bereits angerufen, nur um immer wieder den nichts sagenden Ansagetext auf dem Anrufbeantworter zu hören.

Sie will mit Belinda reden, will sich unbedingt mit ihr treffen. Es gibt so viele offene Fragen, die ihr im Kopf herumschwirren, sie nicht zur Ruhe kommen lassen wie der Schürhaken, der ein erloschenes Feuer zum Leben erwecken will.

In der vergangenen Nacht gab es Probleme mit Michael. Erschöpft nach der Beerdigung und den innerfamiliären Problemen, die nach dem Weggang der Gäste zur Sprache kamen, wünschte sich Rose nichts, als in ihr Bett zu fallen im Gästezimmer, in dem es keine Erinnerungsstücke und nicht den üblichen Krimskrams gab, keine hässlichen Taten und bösen Gedanken.

Warum sie noch einmal in sein Zimmer zurückging, nachdem er bereits für die Nacht fertig gemacht und warm zugedeckt worden war, kann sie noch immer nicht sagen. Aber irgendetwas ließ ihr keine Ruhe, sodass sie nach dem Bad noch einmal hineinhuschte und das Licht anmachte. Um zu sehen, dass die Schlaftablettenmischung aus seinem Mund herausfloss und über sein Kinn rann.

Sie schlug ihn ins Gesicht, sie konnte nicht anders. Wusste er denn nicht, unter welcher Anspannung sie stand? Verstand er denn nicht, dass sie sich nur um seinetwillen so unmenschlich verhielt?

Sicher, die Welt um ihn mochte in Stücke gefallen sein, er hatte vielleicht Angst und Schmerzen, aber wie zum Teufel glaubte er denn, dass Rose sich fühlte, wenn ihr Mann sich in einem solchen Zustand befand und ihre Mutter gerade geröstet worden war? Die eine Tochter blass und voller Liebeskummer herumhing und sie selbst sich ständig sagen lassen musste, was am besten für ihren kranken Gatten sei?

Jesus, im Himmel, der Kerl hatte Nerven!

Obwohl sie ihn hart ins Gesicht schlug, verzog er keine Miene. Sie fragte sich, ob er etwas spürte. Oder ob ihm Schmerzen inzwischen nichts mehr ausmachten?

Schluchzend und mit den Nerven am Ende mixte sie ihm eine weitere Dosis und vergewisserte sich, dass die Flüssigkeit seine Kehle hinunterlief. Dieser Kontrollverlust und das überwältigende Bedürfnis, ihm wehzutun, machten ihr solche Angst, dass sie die Treppe hinunterstürzte, den Schraubverschluss einer ungeöffneten Flasche Gordons herunterriss und sich den Gin wie eine hart gesottene Trinkerin pur in ihr Glas schüttete. Sie zündete sich eine Zigarette an und setzte sich an den Küchentisch. Den Kopf in die Hände gestützt, versuchte sie, ihre Wut in den Griff zu kriegen.

Das Gespräch, das sie gestern nach der Beerdigung hatte,

während sie aufräumten, hatte ihr Selbstvertrauen erschüttert.

Diese zwei Außenseiter, Jasmine und William, schien die Tatsache, dass sie gerade die Beerdigung ihrer Mutter hinter sich hatte, nicht weiter zu beeindrucken. Offensichtlich ungerührt wendeten sie sich dem Thema Michael zu und dem ihrer Ansicht nach vernünftigen Vorschlag, eine Vollzeitschwester anzustellen.

Immer schien Rose es zu sein, die alles falsch machte.

Ständig ergriffen sie gegen sie Partei.

Sie versuchte, ganz ruhig ihre Argumente vorzutragen, während sie innerlich fast platzte.

»Mir macht es nicht das Geringste aus, mich allein um ihn zu kümmern«, erklärte sie. »Und er würde es hassen, wenn Fremde an ihm herummachten.«

»Aber du wirkst so erschöpft«, warf William ein, die neue Dose Lagerbier aus dem Kühlschrank schon wieder halb leer. »Bist du sicher, dass du dich nicht aus Schuldgefühlen heraus so unter Druck setzen lässt?«

Schuldgefühle? »Warum sollte ich Schuldgefühle haben?«

»Die Schuldgefühle, die jeder von uns empfindet, wenn er nicht genug für einen geliebten Menschen tun kann.«

»Jetzt hört mir mal alle gut zu«, Rose blickte in die Runde. »Falls irgendeiner von euch das Gefühl hat, ich zwinge ihn, mir mehr zu helfen, als er zu leisten vermag, dann soll er es einfach sagen. Falls es notwendig sein sollte, komme ich sehr gut allein zurecht.«

»Werd doch nicht gleich so aggressiv, Mum«, warf Daisy ein, »darum geht's doch gar nicht.«

Auch Jasmine musste ihren Senf dazugeben. »Eine Schwester würde mehr Ruhe für alle bedeuten. Und weniger Verantwortung.«

»Da bin ich mir sicher«, antwortete Rose. »Oder vielleicht ein ganzes Pflegeteam, jeden Tag eine andere Schwester. Ich bin jedoch nicht bereit, den Mann, den ich liebe, einer Horde liebloser Experten zu überlassen. Michael geht es von Tag zu Tag besser, selbst der Arzt ist dieser Ansicht.«

»Aber wir machen uns doch Sorgen um dich«, wirft Jessie ein.

»Ich denke eher, es ist euch unangenehm, euren Vater so hilflos zu sehen – und ihr findet es abstoßend. Es ist kein schöner Anblick, zugegeben, und für mich, als seine Frau, noch weitaus weniger schön – also gut, lasst uns jemand anderen finden, der sich um das verhasste Objekt kümmert, oder noch besser, schaffen wir es aus unserem Blickfeld, bringen wir es in ein nettes Pflegeheim, dann ginge es euch doch besser, nicht wahr, William? Das mag in eurer kalten, klinischen Welt so laufen, aber nicht in meiner, o nein.«

»Mum«, jammerte Daisy, »du musst doch nicht wieder damit anfangen. William will doch nur helfen. Er findet es schrecklich, uns so leiden zu sehen.«

»Nun, ich mache mir weniger um uns Sorgen, Daisy, sondern um Michael.« Rose versuchte, sich zu beruhigen. »Und ich finde, dass das vor allem Michael und mich etwas angeht. Ich bin müde und aufgewühlt und wünschte, wir hätten mit diesem Thema gar nicht erst angefangen. Heute war ein ausgesprochen schrecklicher Tag für mich.« Zu ihrer Rettung traten Rose Tränen in die Augen.

Es ist der Morgen nach dieser Diskussion. Rose ist soeben fertig geworden mit Michael. Mrs. Hargreaves hilft ihr scherzend dabei, ihn nach unten zu seinem Sessel zu bringen, als es an der Tür läutet. Rose flucht leise.

Belindas zynische Beileidskarte hat sie genug Nerven gekostet für diesen Tag. Die Leute sind so gedankenlos. Es ist noch nicht einmal zehn Uhr. Ihnen sollte doch klar sein, dass in einem Haushalt mit einem Pflegebedürftigen die Zeitabläufe andere sind. Um zehn Uhr ist sie normalerweise reif für eine Pause.

»Rose? Ich hoffe, ich komme nicht zu ungelegen. Mir ist klar, dass ich früh dran bin, aber ich wollte unbedingt vorbeikommen, um Michael zu besuchen und Ihnen meine Hilfe anzubieten.«

Es dauert etwas, bis Rose diese elegante Erscheinung mit dem riesigen Blumenstrauß – der auf einen teuren Floristen schließen lässt – einordnen kann. Sheila Gordon vom St. Marks College in ihrem beigen Kostüm und einem schwarzen Samtmantel, der locker um ihre Schultern hängt. Rose ist sich schmerzlich ihrer nicht vorhandenen Frisur, ihres Morgengesichts, des Hausanzugs und der mottenzerfressenen Schlafzimmerpantoffeln bewusst.

Verlegen antwortet sie: »Aber nein, überhaupt nicht. Es ist schön, Sie zu sehen, Sheila. Kommen Sie doch rein, ich fürchte, wir sehen schrecklich aus.«

»Soll ich Kaffee kochen, Mrs. Redfern?«

»Ja, wenn es Ihnen keine Mühe macht, Mrs. Hargreaves. Möchten Sie eine Tasse mit uns trinken, Sheila?«

»Das wäre nett. Ohne Milch und ohne Zucker.«

»Es ist leider Instantkaffee«, entschuldigt sich Rose und führt ihren Besuch durchs Wohnzimmer.

»Was für ein bezauberndes Zimmer«, ruft Sheila und eilt auf Michael zu.

Rose, die nie ihre Angst vor Lehrern abgelegt hat, fühlt sich durch die Anwesenheit dieser Frau und die natürliche Autorität, die sie ausstrahlt, eingeschüchtert.

»Hallo, Michael, wie geht es dir?« Sheila beugt sich herunter zu Michael.

»Er kann Sie nicht hören, fürchte ich«, sagt Rose.

»Wissen wir das denn?«, fragt Sheila lächelnd. »Können wir das mit Sicherheit sagen?«

Rose ist irritiert. Und ob sie das sicher weiß. Sie ist seit einem Monat mit ihm zusammen, Tag und Nacht, Herrgott noch mal. So genannte liberale Intellektuelle wie Sheila sind darauf bedacht, sich unbedingt korrekt zu verhalten, und haben so viele einschlägige Ratgebersendungen gesehen, dass sie einfach darauf bestehen müssen, alles am besten zu wissen.

Sheila rückt ihren Sessel etwas näher an Michael, damit er ihr Gesicht sehen kann, falls er dazu fähig ist. Was er nicht ist. An diesem Vormittag scheint er nur niedergeschlagen aus dem Fenster zu starren.

»Ich wollte schon viel früher vorbeikommen«, entschuldigt sich Sheila, »und habe ein ganz schlechtes Gewissen, so lange damit gewartet zu haben. Teils lag es an der Arbeit, teils an dem Wunsch, Ihnen bei der Flut von Besuchern, die in den ersten Wochen nach Michaels Schlaganfall über Sie hereinbrechen würde, nicht auch noch zur Last zu fallen.«

Sie überreicht Rose die Blumen und diese bedankt sich. »Sie sind wunderschön. Sieh mal, Michael. Sheila hat dir herrliche Blumen mitgebracht. Ich lasse Sie nur kurz mit Michael allein, um die Blumen ins Wasser zu stellen.«

Als Rose zurückkommt, sieht sie, wie Sheila Michaels Hand hält und intensiv auf ihn einspricht.

»Sie hatten wohl häufiger mit Michael zu tun, seit seine Firma sich um die Finanzangelegenheiten des Colleges kümmert?«, erkundigt sich Rose höflich. Sie hat Sheila bisher erst zweimal getroffen, das erste Mal, als sie mit Jessie das College besuchten, und das zweite Mal bei der offiziellen Einweihung des Bibliothekanbaus.

»Michael ist ein wahrer Schatz«, erklärt Sheila zu Roses Verwirrung. »Aber Sie als seine Frau wissen das natürlich.«

Rose nickt. »Wir stehen uns sehr nahe.«

»Sie bekommen die Unterstützung, die Sie brauchen?«

»Alle sind unglaublich nett und hilfsbereit.«

Sheila wendet sich direkt an Michael. Ebenso gut könnte sie mit einer Schaufensterpuppe sprechen. »Wir können es alle nicht erwarten, dass du wieder auf die Beine kommst.«

Rechnet sie mit irgendeiner Reaktion? Einer Art plötzlicher Wunderheilung, bewirkt durch ihre Worte? Sie wird eine Enttäuschung erleben. Michael stiert ins Leere. Aber Rose ist klar, Sheila hieße es nicht gut, wenn sie für ihn antwortete.

Das Schweigen hängt in der Luft, bis Sheila sich schließlich wieder Rose zuwenden muss. »Dass das jemandem wie Michael zustößt, scheint entsetzlich ungerecht. Wie man es dreht und wendet, er hatte ein schreckliches Jahr hinter sich. Ich nehme an, er erzählte Ihnen von dieser unglücklichen Affäre mit Belinda.«

Was? Rose schnappt nach Luft. Sie ringt um ihre Fassung. Jesus im Himmel, jetzt darf sie keinen Fehler machen. »Ja. Ja, das tat er.«

»Gut. Er hatte Angst, Sie könnten sich aufregen. Aber ich bin froh, dass er meinen Rat befolgte. Es ist immer besser, ganz offen über diese Dinge zu reden. Und wenn wir ehrlich sind, gilt so etwas heutzutage doch als normal. Und das ist gut so, denn Sexualität ist jedermanns Privatangelegenheit. Das Traurige an der Sache mit Belinda ist, dass sie so jung und durchtrieben war. Kein Wunder, dass Michael darauf hereinfiel.«

»Ja, kein Wunder.«

»Und jetzt ist diese Doppeltragödie.«

Was? »Ja, wirklich. Ich weiß.«

»Wie nett von Ihnen«, bedankt sich Sheila Gordon für den Kaffee von Mrs. Hargreaves' Tablett, dem mit den Blaukehlchen drauf. Glücklicherweise entgeht ihr ihre Wirkung auf ihre Gastgeberin.

»Frühstückt Michael mit uns?«

»Er bekommt in regelmäßigen Abständen zu trinken. Er hat eine Spezialtasse.«

Sheila weicht entsetzt ihrem Blick aus. »Ah ja, natürlich.«

Rose kämpft gegen die Versuchung, diesem parfümierten Wesen, das nicht die vageste Vorstellung von der Schweinerei und der Erniedrigung hatte, die Michaels Nahrungszufuhr bedeutete, einmal vorzuführen, wie abstoßend das sein konnte. Aber sie widersteht ihrem Verlangen, denn noch wichtiger ist ihr, ihren Besuch wieder auf das Thema Belinda zu sprechen zu bringen.

Wie kommt es, dass diese Frau, die für Rose fast fremd ist, so viel weiß? Warum sollte Michael sie einweihen, wenn seine eigene Frau zu Hause wartete? Trafen sie sich häufig? Offensichtlich hatte sie eine hohe Meinung von ihm und er wahrscheinlich ebenso von ihr.

»Jessie entwickelt sich gut«, erklärt Sheila an Michael gewandt. Rose ließ sie außen vor. »Wir sind sehr zufrieden mit ihr. Vor allem nach diesen anfänglichen Problemen. Und deine Arbeit hat vorübergehend ein Kollege übernommen, das läuft hervorragend. Übrigens, mein Armband habe ich wieder bekommen. Die bei Boaters haben es für mich aufgehoben – mit so viel Glück hatte ich gar nicht gerechnet.«

Boaters? Wann hatten die beiden dort gegessen?

»Das ist ein nettes Restaurant«, unterbricht Rose sie auf der Suche nach Hinweisen. Ihr ist jeder Hinweis recht.

»Nicht, wenn man wenig Zeit hat«, entgegnet Sheila, ohne eine Miene zu verziehen. Doch wäre sie so offen, wenn sie etwas zu verbergen hätte? »Wir haben etwas viel getrunken, fürchte ich, stimmt's, Michael? Und das an einem Arbeitstag?«

Michael stiert ins Nichts. Gaga.

»Wie die Zeit vergeht.« Sheila steht auf und streckt Rose eine ringbestückte Hand entgegen. Diese ist mit ihr aufgestanden und erwidert den Händedruck schwach. Sie fürchtet, stark zu blinzeln, ist jedoch dagegen machtlos. »Wahrscheinlich bin ich ohnehin schon spät dran, das bin ich zurzeit meist. Ständig auf Achse. Völlig verrückt. Es war schön, Sie wieder zu sehen, Rose. Und dich, Michael. Sieh zu, dass du bald gesund wirst. Wir möchten dich alle wieder haben.«

Selbst ihre Stimme klingt kultiviert, langsam, maßvoll und samtweich. Sheila Gordon versprüht Charme. Wäre Rose ein Mann, wäre Sheila eine Frau, in die sie sich verlieben würde. Und Rose und Michael haben denselben Geschmack, vor allem in solch persönlichen Dingen.

»Trägt die Nase etwas hoch, wenn Sie mich fragen«, bemerkt Mrs. Hargreaves, als Sheila gegangen ist.

Rose bleibt neben Michael sitzen. Sie kocht innerlich.

Ach Michael. Wie konntest du nur? Du Mistkerl.

Sie war also sehr jung, deine Belinda? Und konnte dich dennoch manipulieren, einen Mann, der selbst zwei Töchter hat, wahrscheinlich im selben Alter.

Michael, ich dachte, ich kennte dich. Ich hätte dir mein Leben anvertraut.

Sitzt da wie ein Holzkasper – hast deine Zeit im Spielzeugland genossen, hm?

Kein Wunder, dass du nicht mit der Wahrheit herausgerückt bist, obwohl ich dir immer wieder die Gelegenheit dazu gab. Lieber vertraust du dich bei einer Flasche Wein der umwerfenden Sheila im Boaters an. Hast du einen Steifen bekommen, als du darüber geredet hast? Richtig, wir können jetzt ruhig zu dieser Art Ausdrücken greifen, du und ich. Du hast also ihren Rat in den Wind geschlagen. Kein Wunder. Sie redete dir ein, ich hätte dafür Verständnis. Wie falsch sie damit lag. Jesus im Himmel.

Mrs. Hargreaves saugt um sie herum Staub. »Geht es Ihnen gut, Mrs. Redfern?«

»Ja, sicher«, seufzt Rose und steht aus ihrem Sessel auf. Doch die Beine zittern noch von dem Schock.

»Wollte hier nur ein bisschen sauber machen.«

»Es tut mir Leid. Ja, machen Sie nur weiter.«

»Solange ich Sie nicht störe.«

Das schmuddelige Bild von Michaels sexuellen Abenteuern begann langsam Gestalt anzunehmen. Wenn Belinda so jung ist, wie Sheila Gordon andeutet, ist es nicht verwunderlich, dass es ihr schwer fällt, ihre Macht über Michael schwinden zu sehen. Daisy ist jung und handelt stets aus dem Bauch heraus, ohne die Diskretion einer älteren Frau. Jung, single und geil – heutzutage verschwenden die Mädchen keine Gedanken daran, ob sie eine Ehe zerstören.

Michael erwähnte nie, dass er mit Sheila Gordon essen war. Machten sie das regelmäßig?

Rose brüllt innerlich, während die Angst ihre schwarzen Flügel regt. Was genau hatte Sheila gesagt? – »Es hat lange genug gedauert, dass die Engländer erwachsen mit Sex umgehen.« Demnach war zu schließen, dass sie nichts daran fand, mit Männern ins Bett zu gehen. Schadet ja niemandem.

Sexualität ist jedermanns Privatangelegenheit.

Mit wem trieb Michael es noch? Belinda, Sheila und halb South Hams, vermutet Rose. Na, jetzt zahlt er dafür, geschieht ihm ganz Recht.

Das Herz schlägt ihr bis zum Hals. Diese Panik. Selbst wenn er bei ihr bleibt, wieder gesund und vernünftig ist, wird sich ein solcher Schürzenjäger wie er jemals ändern? Und bei dem Gedanken an die Reaktion ihrer Töchter, sollten sie je erfahren, was sie mit Michael angestellt hat, erstarrt Rose fröstelnd.

Wenn sie daran denkt, was er getan hat und tun wollte, sollte Rose sich vielleicht die Frage stellen, ob sie diesen Mann überhaupt noch will. Diesen Wüstling. Liebt sie Michael nach diesem unfassbaren Betrug tatsächlich noch?

Vielleicht wäre es besser, ihn vor die Tür zu setzen und auszunehmen wie eine Weihnachtsgans. Nach dreißig Ehejahren müsste ihr ein hübsches Sümmchen zustehen. Und was die Einsamkeit anging, sie konnte sich unmöglich noch einsamer fühlen als in dieser Minute. Wenn die Mädchen sich gegen sie stellten, war das deren Entscheidung. Und wenn ihre Freunde sich auf Michaels Seite schlugen, sie war ohnehin nie der gesellige Typ und besonders viel liegt ihr nicht an ihnen.

Sie konnte neu anfangen. Konnte das Haus verkaufen, in ein Penthouse in London ziehen und mit anderen Männern flirten. Wenn ein Typ wie Jack Bennet auf sie steht, dann konnten ihre Chancen bei Männern doch nicht schlecht stehen. Sie konnte ja darauf bestehen, nur mit ihnen zu schlafen, wenn das Licht aus ist.

Und warum zum Teufel soll sie sich darum scheren, dass Michael es wie verrückt mit jungen Dingern treibt? Er ist nicht der Mann, für den sie ihn gehalten hat. Ja, so wie es aussieht, ist er genau der Typ Mann, den Rose zutiefst verabscheut. Aber es ist nicht so einfach, damit aufzuhören, jemanden zu lieben.

Es tut so weh, ihn anzusehen. Sie achtet darauf, dass Mrs.

Hargreaves im oberen Stockwerk ist, als sie ihren Tränen freien Lauf lässt.

23

Okay, okay. Zwar wiederholen sich Daisys Beziehungsdramen so regelmäßig, dass es allmählich langweilig wird, doch diesmal, unter den gegebenen Umständen, hat Jessie das Gefühl, sie sollte ihr den Rücken stärken.

In den letzten Wochen war Jasmine vollkommen von ihrer Rolle als Regisseurin des Krippenspiels beansprucht worden, das die Kingsmead School auf die Beine stellte. Sie hatte sogar versucht, Jessie mit einzubeziehen. Hatte sie nicht Lust, einer Gruppe autistischer Kinder dabei zu helfen, ihren Text zu lernen? Doch Jessie stellte sich nur unbeholfen an und gestand schließlich, dass sie nicht mit behinderten Kindern umgehen kann. Mit den geistig behinderten Kindern hat Jessie die meisten Probleme, sie kommen ihr so hilfsbedürftig und armselig wie ihr Dad vor.

»Exakt«, konstatiert Jasmine. »Und genau deshalb solltest du hier mitmachen. Es ist nur zweimal wöchentlich eine Stunde abends. Nur deine Angst hält dich zurück, diese Angst vor dem Unbekannten.«

Trotz Jasmines Interesse am Theater käme es ihr nie in den Sinn, Rose im Stich zu lassen. Sie kommt vielleicht etwas unregelmäßiger, ist rotgesichtiger als sonst, aber nach wie vor ist sie die verlässliche Stütze, auf die Mum sich stets verlassen kann.

Mum, die immer neugierig ist, alles über die Freunde ihrer Töchter zu erfahren, vor allem über so merkwürdige wie Jasmine, die wie Phönix aus der Asche hier aufgetaucht ist, stellt Jessie eine Menge Fragen, doch die weiß nicht mehr als sie. »Du sagtest, sie sei nach Cheshire gefahren, um dort eine Woche bei ihrer Familie zu verbringen. Was sind das für Leute? Hat Jasmine Geschwister?«

»Sie bewirtschaften einen Bauernhof«, erzählte ihr Jessie. »Und sie hat drei Brüder, aber sie spricht nicht viel über sich.«

»Es würde mich interessieren, wie lange Jasmine schon an der Schule ist.«

»Mein Gott, du fragst einem ja ein Loch in den Bauch.«

»Aber nein«, widerspricht Mum. »Jasmine ist ein reizendes Mädchen, aber du musst doch selbst zugeben, dass es schon eigenartig ist, wie sie aus heiterem Himmel hier auftauchte und sich diese Familie adoptierte. Sie lebt ja fast hier, ihre eigene Wohnung benutzt sie kaum noch.«

»Sie hat nicht viel von ihren Sachen bei sich. Sie lebt spartanisch. Die meiste Zeit schläft sie in Kingsmead.«

»Sie gehört fast zu uns«, fährt Mum fort, »und dabei weiß ich so gut wie nichts über sie.«

»Jasmine Smith ist ein Kind Jesu«, erklärt Jessie zynisch, »daher geht sie dorthin, wo man sie braucht.«

»Glaubst du, das ist der Grund, warum sie sich mit dir angefreundet hat?«

Lachend meinte Jessie: »Hab ich's so nötig?«

»Sag du's mir.«

Doch Jessie blieb ihr die Antwort schuldig.

Zu Daisys Verzweiflung zog William aus.

»Wir hatten vor, eine Woche gemeinsam wegzufahren«, heult Daisy, »um schon ein paar Weihnachtseinkäufe zu erledigen. Und jetzt hat er sich aus dem Staub gemacht. Warum sollte er bei diesem Wetter sonst mit dem Rucksack losziehen? Er hat seinen Pass hier gelassen, also bleibt er im

Land. Ich habe ihn angerufen, aber er wollte nicht mit mir sprechen. Meinte, er brauche etwas Abstand. Bitte, bitte sprich du mit ihm, Jessie. Versuch, es ihm auszureden.«

Unter glücklicheren Umständen hätten Mum und Dad sich darum gekümmert, doch diesmal hat Daisy das Gefühl, Mum nicht noch mehr Probleme aufhalsen zu können. Deren unglaubliche Belastungsfähigkeit zeigte in letzter Zeit erste Risse. Von Tag zu Tag sieht man ihr die Belastung deutlicher an. Und obwohl Jessie damals nach der Beerdigung bei dieser Auseinandersetzung nicht gegen Mum Partei ergriffen hatte, ist der Druck auf ihre Mutter inzwischen enorm – vielleicht sollte sie sich tatsächlich nach einer Rund-um-die-Uhr-Betreuung umsehen.

Jasmine hat Recht, Dad macht Fortschritte, selbst sein ständiges Herumschlurfen ist besser als dieses teilnahmslose Im-Sessel-Hocken. Und er kann mit etwas Unterstützung schon allein mit dem Löffel essen. Daisy sagte sogar, sie habe ihn einmal lächeln sehen.

Jessie versuchte heimlich auf denselben mentalen Wellenlängen mit Dad zu kommunizieren, die Mum zu verwenden schien. Am Ende kam sie sich blöd vor, saß da mit zusammengekniffenen Augen und sandte Botschaften durch den Äther, wobei sie Dads Hand so fest drückte, wie sie konnte, in der Hoffnung, ein Zeichen zu bekommen.

Beim letzten Besuch zu Hause hatte Jessie entsetzt entdeckt, dass Mums Hände zitterten. Sie versuchte sich damit zu beruhigen, Mum sei zu gestresst und überarbeitet, da könne man schon mal zittern. Bei ihr war es dasselbe gewesen, als sie in ihre Studentenbude gezogen war und ihre Kisten endlose Gänge entlanggeschleppt und die alten Möbel so lange herumgeschoben hatte, bis sie sich einigermaßen wohl gefühlt hatte. Doch das ist nicht das einzige Anzeichen, dass Mum kurz vor einem Nervenzusammenbruch steht. Sie vernachlässigt ihr Äußeres, benutzt kein Make-up, läuft die ganze Woche in denselben Klamotten herum, und wenn sie sich mal die Mühe macht, sich die Haare zu waschen, lässt sie sie einfach an der Luft trocknen. Weshalb sie zerzaust wie eine Hexe aussieht. Diese Angespanntheit ist völlig neu an ihr, doch bereits der Vorschlag, eine Krankenschwester zu engagieren, die im Haus wohnt, löst einen Streit aus.

»Ich könnte es nicht aushalten, jemand Fremden im Haus zu haben«, stellt Mum klar, »also hört einfach auf damit! Vergesst es!«

Sollte sie oder Daisy ihr anbieten, wieder nach Hause zu ziehen?

Daisy meint nein. Sie macht sich Sorgen. »Denk dran, wie schwer es für uns beide war, von zu Hause auszuziehen. Ich weiß, das klingt schrecklich, Jessie, aber stell dir vor, wenn Dad sich nicht erholt, kann es uns passieren, dass wir hier bis an unser Lebensende festsitzen.«

Auch Jessie würde nur äußerst ungern wieder nach Hause ziehen, weg aus dem Studentenwohnheim, wo fast immer etwas los war und Freunde auf eine Tasse Kaffee oder einen Joint hereinschauten, oder einfach um zu plaudern. Zu Hause ist es so deprimierend, es existiert nur ein Thema und das ist der arme Dad. Der ganze Tagesablauf dreht sich um ihn, und dann dieser Krankengeruch – oder riecht es nach Urin? Sie hasst sich für diese Gedanken, aber manchmal, nach einem Besuch, holt sie draußen tief Luft und jubelt innerlich vor Freude über das Versprechen von Leben, Hoffnung und Frische, das darin liegt.

Jasmine ist da ganz anders gestrickt. Sie glaubt, aus Schmerz und Leid könne Gutes entstehen. Für Jessie eine so entsetzliche Vorstellung, dass sie nicht rational darüber diskutieren kann, ebenso wenig wie über jeden anderen Aspekt der religiösen Haltung ihrer Freundin.

Jessie wartete an dem mit Bierrändern übersäten Tisch. Sie war überrascht gewesen, als William sich einverstanden erklärte, sie zu treffen.

»Aber du allein«, war seine einzige Forderung gewesen. »Bring nicht Jasmine mit und ich will auch nicht, dass plötzlich Daisy auftaucht.«

Er war wirklich ein scharfer Typ, denkt sie, als er sich über den Tresen beugt und für sie einen Wein und für sich selbst ein Bier bestellt. Da war Daisy ein kapitaler Fang vom Haken geschlüpft. Er ist sexy, intelligent und amüsant. Diese Erkenntnisse hätten sie eigentlich davon überzeugen müssen, nicht lesbisch zu sein. Sie wäre auf der Stelle mit ihm ins Bett gegangen, wäre er nicht Daisys Verflossener gewesen.

»Ich wollte ohnehin mit dir reden«, sagt er und setzt sich breitbeinig auf den Hocker. Seine Knie kommen den ihren bedrohlich nah.

»Du hast Schluss gemacht mit ihr«, beginnt Jessie ohne Umschweife.

William schüttelt den Kopf. »Wenn jedes Wort, das du sagst, dir im besten Fall ein Stirnrunzeln einbringt und im schlimmsten Fall einen Gefühlsausbruch, dann hast du keine andere Wahl als abzuhauen. Aber das ist nicht der Grund, warum ich mit dir reden wollte.«

»Ach?« Jessie wartet.

Er leckt sich den Schaum von der Oberlippe. »Mit dieser Scheiße muss endlich Schluss sein.«

»Welcher Scheiße?«

»Glaubst du bei dem Feuer wirklich an einen Zufall?«

Schockiert kann Jessie ihr Glas nicht loslassen, so feucht und klebrig ihre Finger auch sind. Sie wirft einen Blick über die Schulter, ob jemand lauscht, bevor sie so leise antwortet, als sei sie eine Spionin. »Anscheinend bist du anderer Meinung.«

Er wendet sich um und bläst den Rauch über seine Schulter, wenigstens ist er in dieser Hinsicht rücksichtsvoll. »Jessie, sei mal ehrlich, hast du dich nie gefragt, ob dahinter nicht wieder Belinda steckt?«

Das hatte sie natürlich, es lässt sich nicht leugnen. Aber die Vorstellung allein ist so furchtbar, dass sie darüber nicht allzu intensiv nachdachte. »Aufgeschlitzte Autoreifen, okay. Ein Haufen Scheiße im Schlafzimmer, ja. Ein zerschnittener Mantel, ja. Aber Jesus, William, eine Brandstiftung, bei der eine alte Frau ums Leben kommt, ist etwas anderes.«

»Das hier habe ich gefunden.«

Er wühlt in den Taschen seiner Lederjacke und zieht ein verkohltes Ding heraus, das einmal ein Kuscheltier hätte sein können. Es riecht nach Rauch.

Er hat Schwierigkeiten, das Ding auf den Tisch zu stellen, ohne dass es umfällt. Die Überreste der Hasenohren fallen nach vorne. »Augenblick«, sagt William und fingert ein Kettchen aus dem verfilzten Fell. Es hängt um den Hals des Tieres und auf dem Anhänger daran ist ein Buchstabe aufgeprägt, eindeutig ein B.

Jessie fröstelt und jedes Härchen an ihrem Körper richtet sich auf. »Woher hast du das?«

»Fand ich am Tag nach dem Brand. Wenn Belinda irgendetwas damit zu tun hatte, hätte sie wohl ein Zeichen hinterlassen. Dachte ich mir.«

Sie schaut ihm direkt in die Augen. »Das ist schlimmste Sensationsgier. Sag, dass du Witze machst. Das ist ein blöder Scherz.« Aber William hält ihrem Blick stand, bleibt erschreckend ernst. »Warum hat es nicht die Polizei gefunden?«

»Weil die Bullen nicht in dem alten Zeug herumwühlten, das am Rand verstreut lag. Sie suchten nicht wie ich nach einem Zeichen.«

Sie kann es noch immer kaum fassen. »Dann erklär mir doch bitte, warum Belinda, wenn sie so berechnend ist, einfach so dieses … Ding auf dem Rasen hinterließ in der Hoffnung, einer von uns findet es eines Tages.«

Mit einer wegwerfenden Handbewegung gibt William zu erkennen, für wie einfältig er ihren Einwand hält. »Ganz im Gegenteil. Die ermittelnden Beamten hätten es gefunden. Es wäre zu den anderen Asservaten gekommen, die nicht völlig verbrannt sind. Man hätte euch gebeten, diese Gegenstände zu identifizieren.«

Die Glasaugen des verkokelten Hasen erinnern Jessie an Dad. »Hat Daisy das gesehen?«

»Nein.«

»Sollte sie aber.« Jessie starrt das Ding an, bringt es jedoch nicht fertig, es zu berühren. Durch Williams Verdächtigungen ist dieses Ding zu etwas Bösem geworden. Bei dem Anblick dieses Kuscheltiers läuft es ihr kalt über den Rücken.

»In ihrer jetzigen Verfassung würde Daisy entweder durchdrehen oder jeden Zusammenhang abstreiten.«

»Warum zeigst du es dann mir?«

William zuckte die Achseln. »Ist ja schließlich deine Familie, dein Problem, nicht meines. Obwohl ich manchmal den Eindruck habe, ich bin der einzige Blödmann, der sich weigert, den Kopf in den Sand zu stecken. Alle anderen scheinen sich entweder zu weigern, ihren Verstand zu benutzen und zu handeln, oder sie sind dazu leider nicht in der Lage. Erkennst du diesen Hasen? Ist es ein Lieblingstier? Gehörte es deiner Mum? Gab es einen bestimmten Grund, warum deine Großmutter ihn aufhob?«

Jessie, die sich vor dem Hasen ekelt, muss ihn sich notgedrungen genauer ansehen. Schließlich schüttelt sie ratlos den Kopf.

»Das dachte ich mir schon«, meint William. »Ihr müsst dieses kranke Miststück Belinda finden. Ihr wolltet ja einfach nicht auf mich hören. Ich habe es euch so oft gesagt. Ihr hättet von Anfang an der Polizei Bescheid sagen müssen.«

»Damals war das etwas anderes: Diese Irre hatte kein Feuer gelegt. Und warum zum Teufel macht sie das? Aus Rache? Oder um mich zurückzubekommen?«

William schlägt mit der Hand auf den Tisch und das furchtbare Maskottchen fällt um. »Hör auf mit diesem Spiel. Mit Vernunft hat das nichts mehr zu tun. Du hast doch bestimmt von diesen Leuten gelesen, die andere verfolgen und ihnen auflauern. Du musst doch wissen, wie diese Menschen ticken. Die Schlimmsten unter ihnen belassen es nicht bei üblen Streichen, sie bringen ihre Opfer um. Sie sind zwanghaft und gefährlich. Diese Frau, Belinda, ist deine Angelegenheit, Jessie. Deine Schuld, wenn du so willst. Und du hast so verdammt viel Angst, dass deine Scheißmutter etwas von deiner kleinen lesbischen Liaison erfahren könnte, dass du dafür sogar riskierst…«

»Wir hatten noch etwas anderes im Kopf, wenn ich dich daran erinnern darf.« Musste das sein?

William nickt mit übertrieben zur Schau gestellter Geduld. »Ich weiß, ich weiß. Und deshalb kümmere ich mich darum. Ich werde nach Cardiff fahren und mir Belindas Zuhause ansehen. Mich bei den Nachbarn über sie erkundigen, Freunden, Schulen. Irgendjemand muss doch etwas wissen.«

Ach natürlich! Plötzlich macht alles einen Sinn. Angeekelt lehnt Jessie sich zurück. »Du witterst eine gute Story, darum geht's. Komm mir bloß nicht mit der Kreuzritternummer, die nehm ich dir nicht ab.«

»Und wenn es so wäre? Spielen meine Motive eine Rolle?«

Er war immer ehrgeizig gewesen. »Ich will mit dir fahren. Wie du gerade sagtest, es ist meine Angelegenheit, meine Schuld.«

»Ich fahre allein, und zwar morgen. Aber danke für dein Interesse.«

»Den Sarkasmus kannst du dir schenken, William. Wenn ich den geringsten Verdacht gehegt hätte, dass Belinda das Feuer gelegt haben könnte, wäre ich sofort zur Polizei gegangen, jeder von uns, und ich finde, genau das sollten wir jetzt tun. Dein geheimes Detektivspiel macht vielleicht alles nur schlimmer oder führt zu einer fatalen Verzögerung. Gott im Himmel, wenn du Recht hast, können wir uns das nicht leisten.«

»Tu mir den Gefallen.« William fährt mit seiner Zigarette nervös um den Rand des Aschenbechers. »Rede mit niemandem drüber. Nicht, bis ich zurück bin.«

»Sei nicht blöd, natürlich muss ich drüber reden. Ich muss Daisy warnen und Mum und Jasmine. Jede von uns könnte ihr nächstes Opfer sein. Wenn sie Granny aufs Korn nimmt, ist niemand sicher. Und warum überhaupt diese Geheimnistuerei? Hast du Angst, jemand könnte dir die Geschichte vor der Nase wegschnappen? Wer spielt hier also gefährliche Spiele?«

William ignoriert ihre schneidenden Bemerkungen und bestellt die nächste Runde Getränke. Erneut fällt ihr Blick auf den Hasen, der einmal rosa war. Diese rauchigen, dunklen Augen. Ein Symbol des Bösen, der Hölle. Unmöglich, sich vorzustellen, dass er einst von einem Kind geliebt wurde, dass ihn jemand nachts an sich drückte.

Wovon William da soeben gesprochen hatte, war so entsetzlich, so albtraumhaft.

»Hör mir zu, Jessie.« Mit feierlichem Gesichtsausdruck kommt er zurück an den Tisch. »Ich bitte dich nur um zwei

Tage. Bis du die Polizei holst, sie die Aussagen aufgenommen, ihre Computer angeworfen und ihre Erkundigungen eingezogen haben – und das werden sie ohnehin nur tun, wenn sie dich ernst nehmen, was nicht der Fall sein muss; es gibt kaum Beweise für meine Theorie –, habe ich gefunden, wonach ich suche. Falls nicht, gebe ich auf und unterstütze dich, wie immer du dich entscheidest.«

»Aber wenn Belinda auf die Idee kommt, auch noch Mums Haus abfackeln zu wollen? Oder Daisy auf dem Heimweg zu erwürgen? Oder Jasmine oder Mum heimtückisch zu erstechen?«

»Ich denke nicht, dass das geschieht. Gib mir nur zwei Tage, die reichen mir«, wiederholt William. »Wenn irgendjemand dort etwas erreicht, dann ich.«

»Du wirst nicht viel aus Belindas Eltern herausbringen. Die sind absolut misstrauisch und du bist ein arroganter Mistkerl.«

»Nein, ich bin gut in meinem Job. Und warum bist du nicht ehrlich und gibst es zu? Und wenn wir es auf diese Tour versuchen, besteht immerhin die Chance, dass ich mich irre – eine kleine Chance, aber immerhin – und dass Belinda nichts damit zu tun hat. Und in diesem Fall würde deine Mutter nie von deinen sexuellen Neigungen erfahren.«

»Du Arsch.«

William lächelt. »Das geringere Übel.« Er greift nach seinem Glas und hält es ihr entgegen. »Bist du meiner Meinung?«

Doch Jessie zögert. Dieses Geheimnis, dieses entsetzliche Geheimnis, lastet schwer auf ihr. »Fast wünschte ich, du hättest mir nichts davon erzählt. Ich verstehe noch immer nicht ganz, warum du es getan hast.«

»Vielleicht weil ich dir vertraue.«

»*Mir?* Warum? Warum nicht Daisy? Nicht Jasmine?« Stirnrunzelnd betrachtet Jessie das Glas vor ihr. »Ich hab noch immer das Gefühl, man sollte sie warnen.«

»Zwei Tage.«

Zögernd hebt Jessie ihr Glas und stößt mit William an. »Okay. Aber es gibt da eine Bedingung. Ich möchte, dass du mit mir in Kontakt bleibst. Ich möchte wissen, wen du dort triffst, wo du bist und was du herausfindest. Belinda ist hier – ich habe sie gesehen –, sie ist Hunderte von Meilen von Cardiff entfernt. Und wenn du irgendwas Wichtiges erfährst, wenn du einen Hinweis erhältst, wo sie sich jetzt aufhält, möchte ich es als Erste erfahren.«

William notiert sich die Nummer ihres Handys, das ist die einzige Garantie, die sie von ihm erhält.

»Und?«, stürzt Daisy auf Jessie zu, als sie bei Mum ankommt. »Was hat er gesagt? Kommt er zurück? Habt ihr über mich gesprochen? Ist es vorbei?«

»Er braucht Zeit für sich«, erklärt Jessie ausweichend.

»Das weiß ich«, ruft Daisy frustriert. »Wohin geht er? Wie lange bleibt er weg? Kommt er in die Wohnung zurück?«

Sie ist am Boden zerstört. Wenigstens ein paar aufmunternde Worte hätte sie aus ihrer stundenlangen Sitzung mit William für sie mitbringen können. Wie soll sie ihrer vom Kummer gebeugten Schwester beibringen, dass ihr Name kaum erwähnt wurde? Jessie hat keine Ahnung, welche Absichten William in Bezug auf ihre Schwester hegt. Sie ist sich nicht einmal sicher, ob seine Motivation, Belinda zu überführen, mit Daisy zusammenhängt.

»War er aufgewühlt?«, bohrt Daisy. »Vermisst er mich?«

Was bringt es, ihr unnötigerweise noch mehr Kummer zu bereiten. »Ja, er vermisst dich. Nein, er hat mir nicht gesagt, was er vorhat.«

»Das hängt mit alldem hier zusammen, stimmt's?« Mit einer hilflosen Handbewegung bezieht Daisy das Zimmer, das Haus und die ganze entsetzliche Misere mit ein. Mum ist oben und sieht nach Dad. »Er packt es nicht.«

Ein Schuss ins Blaue, der nicht weit daneben liegt. »Vielleicht kann William nicht damit umgehen, dich so unglücklich zu sehen.«

»Er ist wie ein kleines Kind«, beklagt sich Daisy. »Ständig braucht er meine Aufmerksamkeit.«

»Wirklich?« Das klingt ganz und gar nicht nach William. Das klingt weitaus eher nach dem Typ Mann, den Daisy gern in ihm sähe. Ein Seelenverwandter mit einer starken Schulter zum Anlehnen, dem Daisys Gesellschaft vollauf genügt. Jemand wie Dad, der ihr Geschichten erzählt, eine Generation Mann, die glücklich und zufrieden ist, zu Hause im Sessel zu sitzen.

»Ihn stört das Zusammengehörigkeitsgefühl in unserer Familie«, schnieft Daisy. »Er hat so etwas nie kennen gelernt, wie sollte er es da verstehen? Er ist keine Stütze. Er macht sein eigenes Ding – so wie jetzt –, einfach abhauen, wenn ich ihn am nötigsten brauche.«

Gequält von Schuldgefühlen ist Jessie erleichtert, dass Dad oben im Bett liegt und daher ihre Hilfe nicht mehr benötigt wird. Jasmine ist jetzt oben bei Mum und räumt die schmutzige Wäsche weg und leert die Bettpfanne.

Was täten sie ohne sie?

»Hat jemand nach den französischen Fenstern gesehen, ob sie zu sind?« Sie springt hoch, als ihr unvermittelt einfällt, welche Verantwortung nun auf ihren Schultern lastet, nachdem William ihr seinen Verdacht anvertraut hat.

»Mum erinnert Mrs. Hargreaves jeden Tag daran«, entgegnet Daisy gereizt, wegen solcher Bagatellen belästigt zu werden, wo doch ihre Zukunft auf dem Spiel steht und Jessie ihr nicht sagen will, was sie so gerne hören möchte. »Verreist er wirklich? Fährt er allein oder hat er jemand anders gefunden? Du kannst es mir ruhig sagen, Jessie. Du brauchst mich nicht zu schonen.«

»Nein, soweit ich weiß, hat William keine andere Frau. Und er verreist, aber nur für zwei Tage.« Jessie ist froh, ihrer Schwester zumindest so viel sagen zu können. Wenn Daisy es nur dabei beließe und nicht ständig wieder davon anfinge. Sie wünschte, sie könnte sich Daisy anvertrauen, ihr gegenüber Williams schrecklichen Verdacht äußern. Und Jasmine, nichts wäre ihr jetzt lieber als Jasmines gesunder Menschenverstand.

Hätte sie nur William nicht ihr Versprechen gegeben. Wären da nur nicht ihre eigenen Motive, die sie Williams Erfolg herbeisehnen ließen, statt gleich die Polizei einzuschalten.

Gott steh mir bei. Wenn jetzt etwas passiert, ist es allein meine Schuld.

Belinda könnte da draußen sein, in der Dunkelheit, sich hinter den Blumenstauden verbergen und nur darauf warten zuzuschlagen, zu morden, zu brandschatzen, zu verstümmeln oder zu zerstören, während Daisy hier sitzt und sich nur um eines Sorgen macht, ob ihr Mann, ihr wundervoller William, fremdgeht.

24

Rose ist sein nächtlicher Peiniger. Als Michael das endlich begriff, versuchte er zu brüllen. Nichts war zu hören. Er schluchzte geräuschlos in die Nacht und seine Augen brannten in der Dunkelheit. Vielleicht war es eine Art Selbstschutz, die ihn die Wahrheit so lange verdrängen ließ.

Doch wenn Michael sein Leben retten will, muss er die kurzen Intervalle, in denen er klar zu denken vermag, so gut wie möglich nutzen, denn sein gemarterter Verstand sagt ihm: Leben oder Tod, er oder Rose.

Er verflucht seine Dummheit, während ihm zugleich völlig klar ist, warum er so lange brauchte, um die Person zu identifizieren. Die Ironie lässt sich nur schwer fassen, eigentlich müsste ihm ein Stein vom Herzen fallen, dass er nicht wirklich krank ist, sein Körper ist einfach mit Beruhigungsmitteln voll gepumpt, die ihm seine Frau Tag und Nacht verabreicht. Und falls er keinen Langzeitschaden davonträgt, wird er eines Tages, eines wunderbaren, strahlenden Tages wieder sein altes Ich sein.

Er wird wieder klar denken und aufrecht gehen können. Er wird ohne fremde Hilfe essen und trinken und vielleicht sogar wieder lieben können. Er wird einfach wieder schlafen und nicht mehr in dieses finstere, traumlose Vergessen versinken, in dem er gezwungen ist, die meisten seiner endlosen Stunden zu verbringen.

Die Nächte. Wie er sie fürchtet. Wie sich ihm das Herz zusammenzieht bei dem bloßen Gedanken daran, dass das Bett sich neben ihm senkt, weil jemand sich zu ihm setzt – es muss Rose sein – und ihn anstarrt, als müsse sie ihre ganze Wut sammeln, um ihn auf diese entsetzliche Art zu quälen.

Die Nächte. Sie sind lang.

Es ist so einfach für sie. Sie ist allein im Haus – davon geht Michael aus –, sie kann sich die Stunde aussuchen, in der sie kommt, die Nacht und wie sie es angeht. Sodass niemand die inneren Wunden entdeckt. Sein entzündetes Ohr hatte zu eitern begonnen und die Hälfte des fauligen Schleims lief seine Kehle hinab. Letzte Nacht, es muss gegen Morgen gewesen sein, kam sie wieder und setzte sich zu ihm. Er stellte sich vor, dass sie etwas sagte, bevor sie sich vorbeugte und etwas in seine Nasenlöcher bohrte – vermutlich zwei Wattestäbchen.

Was für eine große Nase du hast.

Damit ich dich besser riechen kann.

Erst als er das Blut roch, drehte sich ihm der Magen um und er versuchte, sich zu übergeben.

Welch perverser Hass verbarg sich hinter derartigem Verhalten? Welch krankes Hirn? Welch grausamer Wahnsinn konnte einen Menschen dazu treiben, seine Wut auf diese Art auszutoben?

Danach hatte er Schwierigkeiten zu atmen. Und die Atmung war nur ein Schrecken unter vielen. Seine Kehle war wund und brannte noch immer wie Feuer, jedes Luftholen war eine Tortur, als stecke man ihm einen Tauchsieder in den Hals. Jetzt, da er Bescheid weiß über Rose, betet er manchmal zu Gott, er möge in dieser Nacht sterben und niemals mehr aufwachen.

Begriffen hatte er es in dem Augenblick, als sie ihm ins Gesicht schlug, weil er sich erlaubte, ihr widerliches Betäubungsgebräu auszuspucken. So verhielt sich keine Frau, der das Wohl ihres Ehemanns am Herzen lag. Selbst wenn die besten Ärzte des Landes ihr dringend angeraten hätten, ihn dazu zu zwingen, diese Medizin zu nehmen, hätte sie ihn nicht so brutal behandeln müssen.

Die Rose, die er gekannt hatte, hätte sich nie so verhalten. Nicht einmal einem Hund gegenüber. Seine Rose war sanft, liebevoll und herzensgut.

Es konnte nur daran liegen, dass diese Wut – oder was immer dieser Veränderung zu Grunde lag – von Woche zu Woche schlimmer wurde. War irgendetwas vorgefallen, von dem Michael nichts wusste, das einen tief in ihr schlummernden Wahnsinn zum Ausbruch gebracht hatte, der bislang durch ihr erfülltes Leben als Mutter und Ehefrau im Verborgenen geblieben war? Waren es die Veränderungen in ihrem Leben, die diese Krankheit auslösten? Die Hormone? Die Langeweile? Die Angst vor dem Alter? Der Wahnsinn ihrer Großmutter – die Leiche im Keller der Familie? Oder die Leere im Haus, nachdem die Kinder ausgezogen waren?

Rose hatte nie gewollt, dass die Mädchen von zu Hause weggingen, und Michael hatte getan, was er konnte, um die Mädchen in der Nähe zu halten.

Früher hatte Michael sich manchmal, wenn es ihm langweilig war, wenn er im Auto fuhr, in der Badewanne lag oder Baggins ausführte, ausgemalt, wie Rose reagieren würde, falls er sie verließe. Nichts hätte ihm ferner gelegen, aber deshalb kann man ja in Gedanken damit spielen.

Jedes Mal war er dabei zu dem Schluss gelangt, dass ein solches Verhalten zu ihrem Selbstmord führen würde. Es war sogar Teil ihrer abendlichen Routine, ihn zwischen Zähneputzen, Nachtcreme und Gekuschel ständig zu fragen: »Du wirst mich doch nie verlassen, Michael, oder?« Diese Frage hatte sie ihm bereits so oft gestellt, dass sie mittlerweile jede Bedeutung verloren hatte. Er antwortete meist ohne große Überzeugungskraft, so belanglos erschien ihm die Frage.

In der Nacht, als Michael die Wahrheit ahnte, bemühte er die letzten Reste seines Verstandes, um sich Venedig ins Gedächtnis zu rufen. Der Schlaf drohte ihn zu überwältigen, sein Gehirn ruhig zu stellen. Konnte er im Nachhinein irgendwelche Anzeichen für Roses Wahnsinn entdecken? Im Geiste durchquerte er verwunschene Lagunen und endlose Gässchen, wandelte über Brücken und unzählige Treppen, bis alles zu einem teuflischen *Tom-Raider*-Spiel wurde.

Es musste bereits dämmern, langsam wich die Dunkelheit und damit, wie üblich, die Wirkung der Drogen.

Als Erstes schoss ihm die Frage durch den Kopf, ob er die Nacht ohne neuen Vorfall überstanden hatte? Oder gab es eine frische Wunde, die so höllisch brannte? Er begann mit den Zehen und ging alles der Reihe nach durch. Die Ohren, die Nase und der Hals taten weh wie immer, aber da war nichts Neues, Gott sei Dank.

Er nahm den Faden wieder auf, wo er ihn vor acht Stunden im Gedankennebel verloren hatte. Er hatte überlegt, dass Rose, falls er sie verließe, Selbstmord beginge. Aber würde sie das wirklich tun? Würde Rose nicht viel eher ihn umbringen, bevor er seinen Koffer packen konnte? Ein Unfall mit dem Rasenmäher? Ein elektrischer Schlag mit dem Föhn? Oder vielleicht fiele er ihm in die Badewanne, während der Stecker noch in der Steckdose steckte? Ein Sturz vom Balkon oder ein falscher Tritt an einer Steilklippe?

Vielleicht, Michael wackelte mit den Zehen – er konnte sie spüren, jede einzelne bewegte sich –, vielleicht wollte sie nicht, dass er stirbt, sondern nur, dass er ihr Gefangener war, hilflos und abhängig. Wahnsinnig vor Angst.

O Gott im Himmel, steh mir bei, bitte hilf mir. Es war nicht nur sein Hals, der brannte, auch sein Hirn stand in Flammen.

Aber wie hatte sich der Gedanke, Michael wollte sie verlassen, nur so fest in Roses Kopf einnisten können?

Welchen Grund könnte Michael haben, seine Frau zu verlassen, wenn nicht die Liebe zu einer anderen Frau? Wie zum Teufel war Rose auf die Idee gekommen, er habe vor, sie zu verlassen, falls er denn richtig lag mit seinem Verdacht? Welche ungeheure Enthüllung konnte sie zu derart blinder Grausamkeit hinreißen?

Belindas Brief! In seiner Jackentasche. Lieber Gott. Sie

hatte ihm so viele geschickt in jenen Wochen und er hatte sie alle vernichtet. Bis auf den einen, an den er nicht mehr gedacht hatte.

Er versuchte sich an den Tag zu erinnern, an dem er ihn wieder fand. Er hatte vorgeschlagen, mittags essen zu gehen. Roses Reaktion war nicht übermäßig enthusiastisch ausgefallen und er hatte sich gefragt, ob sie Kopfweh hatte. Aber ihre Stimmung blieb nicht lange gedrückt.

Vielleicht hatte Belinda angerufen, als er im Büro war, bevor er dem ein Ende machen konnte, bevor er sich mit Sheila Gordon traf und ihr die Lösung des Problems überließ. Sheila wollte sofort Fachleute einschalten, doch Michael war in Venedig, weshalb sie sich nicht sofort mit ihm in Verbindung setzen konnte. Michael stöhnte auf, es war ein Laut der Verzweiflung.

Rose musste ans Telefon gegangen sein und die 1471 gewählt haben, um herauszufinden, woher der Anruf kam.

Sie musste Belindas Anrufbeantworter gehört haben.

Belinda in Bestform. Jesus im Himmel, natürlich, es war alles so offensichtlich. Michael erinnerte sich an seinen Entschluss, sich seiner Frau anzuvertrauen, sobald sie aus Venedig zurück waren. Das Perverse an der Situation traf ihn genauso brutal wie Roses Ohrfeige letzte Nacht.

Sie glaubte tatsächlich, dass er und Belinda … Sie hatte ihn nicht zur Rede gestellt, ihn nicht um eine Erklärung gebeten. Ihr schlimmster Albtraum war Wirklichkeit geworden und sie war zur Tat geschritten, nicht um ihn zu töten – was weitaus gnädiger gewesen wäre –, sondern um ihn zu behalten. Und bislang war ihr das auch irgendwie gelungen.

Dabei kennen so viele Menschen die Wahrheit über Belinda. Wie eigenartig, dass in diesen vielen schrecklichen Wochen nichts über Belinda bekannt wurde. Da sind Jessie, Daisy, William, Belinda selbst und Sheila. Jeder von ihnen könnte ihn retten. Aber wovor? Was quält Michael am meisten? Der Tod oder dieses permanente Dahinvegetieren, während in Rose, der Mörderin, langsam der Entschluss reift?

Panik erfasst Michael: Wenn Rose fähig ist zu töten, könnte es sein, dass sie, die Frau, die er liebte, etwas mit dem Tod ihres eigenen Vaters und dem ihres Bruders zu tun hat?

Nein, nein. So weit darf er nicht gehen.

Belinda ist ein Familiengeheimnis aus der – möglicherweise falschen – Annahme heraus, dass Rose am Boden zerstört hätte, wenn sie von der Affäre ihrer jüngsten Tochter mit diesem Mädchen erführe. Inwieweit hat er das durch seine Dummheit selbst verschuldet, aus dem Bedürfnis heraus, *sie zu beschützen?*

Erzählt Rose nichts davon. Beunruhigt Mum nicht. Sie hat genug um die Ohren. Die arme Rose.

Und weil Rose so unter Druck steht mit diesem Gemüse von Ehemann, würden ihre Liebsten umso mehr darauf achten, sie nicht noch zusätzlich zu beunruhigen. Sorgt bloß dafür, dass Mum nichts von Belinda erfährt. Am besten, wir vergessen es, ist ohnehin Schnee von gestern.

Wenn sich die Seite an seinem Bett absenkt, scheinen seine Nerven vor Anspannung zu bersten und er versteht, was es heißt, Todesangst zu haben.

Es ist wieder so weit. Und es gibt kein Entrinnen.

Entsetzt spürt er die Augen seiner Frau auf sich ruhen, spürt, wie sie sich in seine Seele bohren wie ein Presslufthammer in Beton. Wie sehen diese feindlichen Augen wohl aus? Wie glänzt das Böse? Michael möchte es lieber nicht sehen, nicht wissen. Rose erkennt nicht einmal den Schrecken ihres geblendeten Opfers, des Mannes, von dem sie einst sagte, sie liebe ihn mehr als das Leben selbst.

Er ist nicht mehr in der Lage, deutlich zu sehen, und hört nur dumpfe Laute, aber Michaels Nervenenden scheinen zu heilen, denn er spürt gut, gut genug, um grobe Hände zu erkennen, die sich an seinem Pyjama zu schaffen machen, ungeduldig die Bänder aufreißen und so lange an ihm ziehen und zerren, bis es ihnen – wenn auch langsam und umständlich – gelingt, ihm die Hose über den Hintern und über die Beine zu ziehen.

Mit nacktem Unterleib, die Beine gespreizt, die Arme dicht am Körper, ist er ein heidnisches Opfer, dargeboten auf dem Altar von Roses Wahnsinn. Erstarrt vor Schreck glaubt Michael die Schublade der Kommode quietschen zu hören. Er kann sich nicht erinnern, was sie darin aufbewahrt außer der Säure, die sie ihm in die Augen träufelte. Was bereits eine Ewigkeit zurückzuliegen scheint. Als versuche sein Gedächtnis zu verdrängen, was es nur zu gut wusste.

Selbst jetzt, wo seine Reaktionen so langsam sind, kann Michael vorgeben, sich gegen den Schmerz zu wappnen. Etwas Kleines, Kaltes ist kurz an der warmen Innenseite seiner Schenkel zu spüren. Und dann ein Geräusch, das er nicht deuten kann und der Druck von Fingern zwischen seinen Beinen.

Nein, nein. Nicht das.

Wie lange lässt sich ein solcher Schmerz ertragen? Solch kaltherzige Quälerei, solch Teufelszeug?

Die Schmerzen in seinem Ohr sind verschwunden.

Eine Nagelschere, die bewahrt Rose in ihrer Schublade auf, eine Nagelfeile, Nagellack und eine an der Spitze gekrümmte Nagelschere mit einem so zierlichen Silbergriff, dass er selbst für zarte Frauenfinger beinahe zu klein ist. Ich ging auf den Markt und kaufte eine Nagelschere, eine Feile, Nagellack, Nagellackentferner, Nachtcreme, ein Tagebuch, zwei Stifte, Wattepads, ein Päckchen Zündhölzer aus dem Hilton Hotel, Lippenbalsam, Rennies und Hustenbonbons.

Er wartet…

Und wartet…

Noch immer nichts… und dann ist sie weg, nachdem sie Michael durch ihr Hinhalten so gequält hat, dass er halb gelähmt ist.

Raffiniert, raffiniert. Die Angst vor dem Schmerz ist beinahe schlimmer als der Schmerz selbst. Als Michael sich schließlich sicher ist, allein zu sein, spürt er doch etwas. Warme Tränen laufen ihm über die Wangen, trösten ihn wie Freunde aus der Kindheit.

25

»Rose – Töten.«

»Mein Tagebuch«, flüstert Rose, höchst verwirrt auf ihrem Bett sitzend. »Sehen Sie. Der Stift, den bewahre ich in dieser Schublade auf. Wie kommt er auf den Tisch?«

»Das weiß nur Gott«, sagt Schwester Susan und starrt auf die in großen Lettern gehaltene Botschaft zwischen den Tapetenrosen.

Er weiß Bescheid! Michael weiß Bescheid! Lieber Gott.

Wenn sie nur als Erste hereingekommen wäre, dann hätte sie es irgendwie entfernen können.

Rose wendet sich erschöpft der Schwester zu. Sie ist noch nicht angezogen. Die Klingel hat sie geweckt und Schwester Susans fröhlich herausposaunte Entschuldigung: »Tut mir Leid, Sie zu so unchristlich früher Stunde zu stören, aber ich muss heute Nachmittag auf eine Beerdigung – meine Schwiegermutter, alles ganz furchtbar –, und ich wollte die wichtigsten Dinge erledigt haben, bevor ich mittags verschwinde. Ich hätte Sie warnen müssen, ich weiß. Dumm wie ich bin habe ich es Michael erzählt, ich habe mit ihm geschwätzt, wie Sie es immer tun, aber als ich dann ging, dachte ich nicht mehr dran.«

Ach, sie erwähnte es gegenüber Michael? Bedeutet das, Michael ist wach genug, um gegen sie Pläne zu schmieden?

Verdammter Mist. Sie wird mit Michaels täglicher Medikamentendosis warten müssen, bis die Schwester weg ist.

Rose lässt Michael nicht aus den Augen, als er den heißen, süßen Tee schlürft.

»Wir sollten das als gutes Zeichen sehen«, erklärt Schwester Susan, als sie Roses Verzweiflung sieht und daraus folgert, diese habe einen Schock erlitten. »Die Tatsache, dass Michael schreiben kann, bedeutet einen gewaltigen Fortschritt. Ab jetzt kann er mit der Welt in Kontakt treten, er ist nicht mehr zum Stillschweigen verurteilt. Das ist eine herrliche Entwicklung. Kommen Sie«, drängt sie Rose, »schauen wir, was geschieht, wenn wir …«

Und die Schwester setzt sich an den Bettrand, wobei ihr weißer Kittel Falten wirft, und schreibt in großen Buchstaben auf ihren Notizblock: »Guten Morgen, Michael!«

Keine Reaktion, er starrt nur leer vor sich hin. Falls er sich nur verstellt, ist er ganz schön raffiniert. Rose stellt sich vor, wie der leere Blick ihr folgt.

»Denken Sie sich nichts«, tröstet die Schwester sie, noch immer ganz rot vor Aufregung, und fixiert den winzigen Stift zwischen dem Zeigefinger und dem Daumen ihres Patienten. »Können Sie mich hören, Michael? Dann geben Sie mir ein Zeichen!« Zu Rose gewandt erklärt sie: »Es ist so interessant, wie manche Teile des Gehirns sich schneller erholen als andere.«

Lieber Gott, ihr Patient kann sie nicht hören, und Rose,

die den Atem anhält, um einen Brechreiz zu unterdrücken, dankt Gott für diesen überraschenden Aufschub.

»Sehen Sie, Michael«, lässt Schwester Susan nicht locker und wedelt mit dem Block vor seinen Augen, klopft mit dem Stift darauf. »Sehen Sie, wollen Sie uns nicht zeigen, was Sie heute Morgen schon alles können?«

Absolut nichts. Nur ein Pokerface.

»Na ja«, bemerkt die Schwester und wendet sich tröstend Rose zu. »Möglicherweise haben ihn diese zwei Wörter letzte Nacht zu sehr erschöpft. Aber es besteht kein Zweifel, der arme Mann wollte uns ein Zeichen geben. Ab jetzt müssen wir darauf achten, für den Fall, dass er noch einmal die Kraft dazu aufbringt.«

»Aber was wollte er uns damit sagen?«, fragte Rose. Hat die Schwester einen Verdacht geschöpft? Gibt ihr diese ungewöhnliche Wortwahl zu denken?

»Sie müssen verstehen, dass für uns die Konzentration wichtig ist, die es braucht, diese zwei Wörter zu Papier zu bringen, und nicht die Aussage an sich.« Sie legt Rose begütigend die Hand auf die Schulter. »Hören Sie mir gut zu, meine Liebe, es ist sehr wohl möglich, dass Ihr Mann um die Euthanasie bittet, weil ihm nicht klar ist, dass seine Beschwerden nur vorübergehend sind. Er glaubt wahrscheinlich, das würde für immer so bleiben.«

»Er bittet mich, ihn zu töten?«

Schwester Susan schüttelte den Kopf. »Das wäre eine Möglichkeit, aber nehmen Sie mich bitte nicht beim Wort, das ist nur eine Vermutung.«

Nachdem die Schwester Rose allein gelassen hat, starrt Rose in ihrer Benommenheit zunächst Michael an, der sich durch nichts verrät, und dann wieder auf die Wand, wo die entsetzlichen Worte ein Rankgitter bilden für die Rosen.

»Hallooo? Mrs. Redfern? Kann ich kommen?«

Rose reißt sich los von dem fernen Ort, an dem sie war, und findet sich wieder an der Tür, mit vor Scham und Angst zitternden Knien.

»Räuber und Gendarm, und der Gendarm bin ich…«

Ja, sie war dabei gewesen, als Jamie die Klippe hinunterstürzte. Sie kauerte zwischen den Ginsterbüschen und sah zu, wie er auf seinem Rad über die Böschung flog, nachdem er ihr mit seinem besten Freund Nicky eine lange Nase gedreht und gebrüllt hatte: »Ich kann dich sehen, Rosalind Tate.«

Nach dem metallenen Scheppern und der darauf folgenden Stille, nachdem Nicky heulend mit Kriegsbemalung und wehendem indianischen Federschmuck an ihr vorbeigerannt war, wurde Rose klar, es war etwas so Entsetzliches geschehen, dass sie nur noch davonlaufen und sich verstecken musste. Sie blieb unter der Leinenabdeckung der Hängematte hocken, wo es dunkel und grün war, wie in den Wäldern.

Es roch modrig, nach Mäusen.

Sie machte sich in die Hose.

Sie sang Kinderlieder, um die Zeit totzuschlagen, bis sie ihre Mutter nach ihr rufen hörte. Mit einer Stimme, die sie nicht kannte.

Trost, danach sehnte sich Rose. Und danach, Jamies Hand wieder in der ihren zu spüren.

Plötzlich stürzte helles Tageslicht auf sie ein, die grelle Sonne blendete sie, und ein Schraubstock legte sich um ihr schmales Handgelenk und zog sie in die Wirklichkeit, die Hölle.

»Mummy, Mummy…«

Keine Antwort.

Dinah zerrte sie nach oben, riss ihr die Kleider vom Leib und steckte sie ins Bett.

Die Diele unten war voller Erwachsener, sie konnte sie hören, aber Jamies Stimme konnte sie nicht hören und sein Bett war leer, bis auf seinen rosafarbenen Hasen.

Die Stunden vergingen. Es wurde dunkel und wieder hell. Niemand kam in ihr Zimmer, um die Vorhänge aufzuziehen oder ihr zu sagen, wann sie schlafen solle. Warum wurde sie so bestraft? Warum kam Dinah herauf und brachte ihr Rührei auf Toast, Hühnersuppe, Hering mit Brot und Butter und Gläser mit Milch und Orangenlimo, ohne ein Wort zu sagen? Warum durfte sie nicht nach unten? Und wo blieb Daddy? Hasste er sie auch? Hatte Mummy ihn dazu gebracht, seine kleine Tochter nicht mehr gern zu haben?

Sie las ihre Lieblingsbücher von Enid Blyton noch einmal von vorne bis hinten durch.

»Du hast die Grippe«, wiederholte Mum immer wieder. »Du hast hohes Fieber. Bleib, wo du bist.«

Glaubte Mum wirklich, sie habe etwas mit Jamies Sturz zu tun?

Dass sie ihn über die Klippe gestoßen habe?

Ihn mit Tricks dazu gebracht habe, eine gefährliche Route zu nehmen?

Als sie ihren Daddy wieder sah, warf sich Rose sogleich in seine Arme. Es war mitten in den langen Sommerferien und sie war braun wie eine Haselnuss, ihr Haar war dunkel gelockt, und sie hing so verzweifelt an seinem Revers wie ein kleines Affenbaby, das seine Eltern verloren hatte. Er flüstert ihr ins Ohr: »Mein kleines Mädchen, mein Herzchen, mein Schatz«, knuddelte sie und sie fühlte sich sicher, aber es dauerte lange, bis Mummy wieder mit ihrer Tochter sprechen und sie berühren konnte.

An dem Abend, bevor Papa vermisst wurde, nachdem sie gerade ein sündhaft teures Menü gegessen hatten und Mutter noch eine Runde durch die Duty-free-Läden gemacht hatte, bevor sie zu Bett ging, nahm Daddy sie wieder in die Arme und zog sie an seine Brust. Er roch genauso wie damals, als sie zehn war und zu Tode erschrocken.

»Du weißt, wie sehr ich dich liebe, Rose. Das weißt du doch, mein Herzchen?«

Rose nickte leicht verlegen.

»Ich war immer so stolz auf dich. Du bist ein so besonderes Kind, es ist so leicht, dich zu mögen.«

Warum redete Daddy so merkwürdig? Ihr war zunehmend unwohl zu Mute, bis sie nicht anders konnte, als zu erwidern: »Ich habe dich auch sehr lieb, Daddy.« Aber die Worte klangen etwas künstlich, das lag an ihrer Verlegenheit. Am liebsten hätte sie es noch einmal versucht, aber das hätte noch gesetzter gewirkt.

»Ich möchte, dass du verstehst, Rose, wenn du einmal älter bist und mehr über das Leben weißt, dass Liebe allein manchmal nicht reicht. Manchmal«, er zögerte und blickte traurig über das Meer – an diesem Abend hatte es ein bleiernes Silbern angenommen – und Rose sah Tränen in seinen Augen, »werden die Menschen so tief verletzt, dass das Leben sehr schwer wird. Ich habe es versucht, mein Schatz. Ich habe es versucht…«

Sie gingen alle schlafen.

Sie wachte in der Nacht auf und sah sein leeres Bett. Auf Zehenspitzen schlich sie sich aus der Kabine, um ihn zu suchen, verlief sich jedoch in dem Ganggewirr.

Am nächsten Tag war Daddy verschwunden. Die Lautsprecher blökten. Die Polizei durchkämmte das Schiff und schickte Hubschrauber los. Mummy war hysterisch. Rose und ihre Mutter kehrten schweigend nach Hause zurück, die Vorhänge blieben zugezogen. Es war genauso wie damals nach Jamies Tod, nur war diesmal Daddy verschwunden. Und alles war ihre Schuld.

Die darauf folgenden Monate waren gefüllt mit Schweigen, dem Geruch von Alkohol in Mutters Atem und den Tabletten, die sie sich mit anklagenden Augen in den Mund steckte. Rose lebte wie ein Einsiedler, stand morgens allein auf, um in die Schule zu gehen, packte sich ihren Ranzen, bereitete sich ihr Lunchpaket vor, bügelte sich ihre Bluse und ihre Jacke und machte sich abends eine Dose Bohnen auf.

Daddy, ihr Beschützer, war nicht mehr da. War so verzweifelt, dass er vom Schiff gesprungen war, um die Art friedvollen Vergessens zu suchen, nach dem sich Rose so oft sehnte während jenes Jahres, als Mummy ihren Nervenzusammenbruch hatte.

Rose war immer nett zu Mummy. Sie hatte derart Angst vor ihr, dass ihr gar keine andere Wahl blieb. Selbst als sie erwachsen war, hatte sie Angst, Mummy könne wieder durchdrehen.

Oft weinte Rose heimlich unter ihrer Bettdecke, die Hände zu kleinen, nassen Fäusten geballt. »Daddy, Daddy, ich liebe dich. Bitte, bitte komm zurück.«

Und dann, ein paar unglückliche Jahre später, tauchte Michael auf.

Nach Jessies Geburt musste Rose wohl an einer schlimmen Form der postnatalen Depression erkrankt sein. Noch heute schämt sie sich zutiefst über ihr Verhalten von damals.

Nachdem Michael das Haus verlassen hatte, um ins Büro zu gehen, pflegte sie im Nachthemd nach unten zu kommen und sich ans Telefon zu setzen. Sie rief die Samariter an und erzählte ihnen, sie habe ihren Bruder und ihren Vater umgebracht.

Angela, die erste Samariterin, reagierte nicht so entsetzt, wie Rose erwartet hatte. Ganz im Gegenteil, sie begegnete ihr mit Geduld und Verständnis. Rose dagegen schluchzte, aufgelöst vor Panik, am anderen Ende der Leitung. »Aber was für ein Monster muss ich sein, wenn ich zu so etwas fähig bin? Die zwei Menschen, die ich am meisten auf der Welt liebte. Ich hab's getan. Ich hab sie umgebracht. Ich möchte mich selbst umbringen, um wieder mit ihnen zusammen zu sein.«

»Wollen Sie mir nicht einen Namen nennen, damit ich Sie besser ansprechen kann. Alles andere ist so entsetzlich unpersönlich.

»Nein. *Kein Name.*« In diesem Punkt blieb Rose hart.

Am nächsten Tag rief sie wieder an, und am Tag darauf erneut. Nur um herauszufinden, dass Angela nicht da war. Aber Gregory und Stuart waren ebenfalls in Ordnung. Sie hörten zu und zeigten Mitgefühl. Rose war so aufgeregt, dass sie nachts kaum schlafen konnte. So sehr sehnte sie sich nach dem nächsten Morgen, wenn sie wieder anrufen und eine neue Geschichte zum Besten geben konnte. Es spielte keine Rolle, wie sehr sie ihre Lügenmärchen ausschmückte, es war ein wunderbares Ventil. Reinigend.

Nach all diesen Jahren voller Schuldgefühle, diesen wortlosen Vorwürfen. Zuweilen wurde ihr das Herz so schwer, dass sie fürchtete, es könnte zerspringen.

In den folgenden Wochen nahmen die Samariter die verschiedensten Anrufe von namenlosen Frauen an gefährlichen Orten entgegen – aus Telefonhäuschen auf Brücken, aus den obersten Stockwerken von Hochhäusern, aus verwahrlosten Wohnblocks neben Rangierbahnhöfen –, in sämtlichen Anrufen wurde mit Selbstmord gedroht und alle kamen aus der Diele in Roses Haus. Es war immer sie. Immer Rose in den verschiedensten Variationen.

Doch dann begann die Sache aus dem Ruder zu laufen. Sie fingen an, ihr einen persönlichen Besuch vorzuschlagen – selbstverständlich streng vertraulich. Sie stellte sich vor, die Typen tauchten vor ihrer Tür auf, vermummt und dabei so dezent wie die in braunes Papier gepackten Schnapsflaschen oder Kondome in Michaels Jugend. Und das Schreckliche daran war, sie hätte es ganz gerne gehabt, wenn sie vorbeigekommen wären. Im Grunde ihres Herzens wünschte sie es sich zutiefst. Aber sie war nicht die Frau, für die sie sie hielten, und sie wollte es keinesfalls riskieren, dass ihre Lügenmärchen ans Licht kamen. Eine von Selbstmitleid erfüllte Hochstaplerin, die die wertvolle Zeit anderer beanspruchte. Sie war nur Rose Allison Redfern, einsam und ausgehungert danach, mit jemandem zu reden. Sie würden fuchsteufelswild werden, wenn sie das erführen.

Daher beherrschte sie sich und setzte diesen Anrufen ein Ende. Zur großen Bestürzung von Angela, Stuart und Gregory, die genau wussten, was mit ihr los war, und denen es ganz egal war, wie oft oder wie lange sie anrief. Da, da ist sie wieder die Stimme. Grell triefend vor Wirklichkeit. »Hallooo, ich bin's.«

Tief Luft holend eilt Rose hinaus auf die Treppe. »Guten Morgen, Mrs. Hargreaves. Ich bin hier oben, wie üblich. Lassen Sie uns noch fünf Minuten Zeit, geht das?«

»Soll ich den Wasserkocher einstecken? Ist das recht?«

»Warum nicht?«

»Wie geht es Ihrem Patienten heute Morgen?«

»O prima, prima geht's ihm.«

»Kneifen Sie mich, wenn das kein Wunder ist.« Mrs. Hargreaves klatscht fröhlich in die Hände, wie ein Kind auf der Bühne, das sich für den Applaus bedankt.

Sie wirft Michael, der inzwischen in seinem Sessel am Kamin sitzt, einen Blick voll mütterlichen Stolzes zu.

Rose versucht Michaels Tat herunterzuspielen, tut so, als habe er nur ein paar unleserliche Striche an der Wand gemalt. Dann betont sie enthusiastisch Michaels Fortschritte und äußert mit Expertentonfall, dass er geistig weitaus weniger beeinträchtigt ist, als man vermutete.

»Sie glauben doch nicht etwa, er hat gehört, wie ich sagte, ich wolle nicht in dem Zimmer sauber machen, wenn er drin ist?«

»Und wenn, dann hätte es ihn nicht gestört. Er hätte es verstanden.«

»Er ist ein so netter Mann«, erwidert Mrs. Hargreaves. »Und ich muss schon sagen, er sieht um einiges besser aus. Aber Sie sagten, niemand hat ihn dabei gesehen?«

»Nein, ich schlief im Gästezimmer wie üblich. Ich wünschte, ich hätte gehört, wie er aufstand. Ich wünschte, ich wäre in diesem Moment bei ihm gewesen, als er geistig so wach war. Ich mache mir solche Vorwürfe, so tief geschlafen zu haben.«

»Vorwürfe, Vorwürfe, Vorwürfe.« Mrs. Hargreaves zieht theatralisch ihre Augenbrauen hoch. »Das bringt uns jetzt auch nicht weiter.« Ein romantischer Seufzer entfährt ihrer Brust. »Heute Nacht müssen Sie wieder bei ihm schlafen. Was wäre, wenn er wieder aufwachen würde und Sie wären nicht neben ihm? Jetzt darf er nicht mehr allein bleiben, weder Tag noch Nacht. Immer muss jemand bei ihm sein. Ich trage Ihr Bettzeug und Ihr Nachthemd hinüber. Das ist das Erste, was ich tue, wenn ich nach oben gehe.«

Mrs. Hargreaves wirkt nervös heute Morgen, sobald sie in Michaels Nähe kommt. Als könne sich dieser bedauernswerte Behinderte plötzlich aus seinem Stuhl erheben und sie samt ihrer Flasche Universalreiniger durchs Haus jagen.

Aber welchen Grund hat Mrs. Hargreaves, sich so unwohl zu fühlen? Warum sollte diese gequälte Seele sich ausgerechnet sie aussuchen, falls er sich aus seiner Lethargie erheben und in blinder Raserei ein Opfer suchen sollte?

Es wäre bestimmt nicht die Reinemachefrau. Und vor dem Albtraum hätte es niemanden gegeben, den er genug gehasst hätte, um so rachsüchtig und gemein zu werden. Doch nun … Nun, da er Bescheid weiß. Was trieb ihn dazu?

Welche fulminante Willenskraft trieb diesen sanften Mann dazu, sein lahmes Hirn dazu zu peitschen, diese verzweifelte Nachricht weiterzugeben?

Wie er sie verachten muss.

Wie er sie fürchten muss.

Wie er sich nach Rache sehnen muss.

Und Rose muss sich noch eine viel wichtigere Frage stellen: Warum dachte sie nicht daran, als sie ihren Plan ausheckte? Wie konnte sie sich einreden, sie könne jederzeit Schluss machen mit dieser Medikation, sobald sie den geeigneten Zeitpunkt für gekommen halte, und Michael würde glücklich und ohne zu zögern wieder genauso mit ihr weiterleben wie bisher?

So unglaublich dies unter den gegebenen Umständen scheint, aber Rose hatte geglaubt, seine Schuldgefühle wegen seiner schäbigen kleinen Affäre und sein Bestreben, alles wieder gutzumachen, würden es ihm erleichtern, Verständnis für ihr Handeln aufzubringen. Jetzt allerdings, nach den Vorfällen der vergangenen Nacht, dieser so ausgeklügelten und gegen sie gerichteten Aktion, muss Rose ihren Plan neu überdenken.

Nun wird es keine lichten Momente mehr für ihn geben, keine nächtlichen Wanderungen und Wandschmierereien. Rose muss die absolute Kontrolle über ihn erlangen. War es das, was sie sich insgeheim immer gewünscht hatte? Rose muss die Dosis erhöhen, sie, wenn nötig, verdoppeln und sich mit der erschreckenden Möglichkeit vertraut machen, Michael für immer als sabbernden Idioten an ihrer Seite zu haben, bis ans Ende ihrer Tage.

Oder ihn zu töten.

26

Mum ist ausgegangen heute Abend. Noch dazu mit Jack Bennet, diesem lüsternen alten Bock. Ins Theater, und zuvor zum Abendessen ins Restaurant.

Jacks Frau sei nicht da, irgendeine Konferenz, bei der sie über Nacht ausbleibe, deshalb habe sie seine Einladung angenommen, hatte Mum erklärt. Damit die Tickets nicht verfallen. Aber diese Spontaneität ist so untypisch für Mum, einfach so auszugehen – und dazu noch mit einem Mann, den sie kaum kennt, Gott sei Dank einem Partner Dads –, dass Jessie und Daisy ihren Verdacht, Mum könne unter dem Druck zusammenbrechen, immer mehr bestätigt sehen.

Mums Reaktion auf Dads Worte an der Wand letzte Nacht findet Jessie nicht überraschend. Auch wenn man nicht erwarten durfte, dass er einen perfekten Aufsatz abliefere. »*Rose – Töten*« konnte alles Mögliche bedeuten. Es konnte sogar die verzweifelte Bitte sein, seinem Leiden ein Ende zu setzen. Schließlich kann Dad nicht wissen, dass seine geistige Beeinträchtigung vorübergehender Natur ist. Er kann die täglichen Fortschritte nicht sehen, die für alle, die ihn lieben, so offensichtlich sind.

Aber was ist, wenn Dad sich körperlich erholt, jedoch nicht geistig? Nicht vorstellbar.

Zu Jessies Erstaunen fragte Daisy sie gestern: »Dad wird nicht mehr gesund werden, oder? Weder dieses Jahr, noch nächstes Jahr, noch irgendwann?« Jessie warf ihrer Schwester einen irritierten Blick zu, hatte sie nicht beinahe… erleichtert geklungen?

Was hätte Jessie geschrieben, so fragt sie sich nun, wenn sie während eines kurzen lichten Moments eine Botschaft hätte weitergeben wollen und niemand da gewesen wäre? Jessie versteht, warum Mum so mit ihren Nerven am Ende ist. Doch warum stylt sie sich dann derartig, um mit einem Mann wie Jack Bennet auszugehen?

»Ich brauche einfach mal Tapetenwechsel«, erklärt Mum mit fester Stimme. »Ich halte es nicht länger aus hier. Das Haus wird allmählich zum Gefängnis und ich sitze mitten drin und starre hinaus.«

»Ist Jasmine bei dir?«, fragt William mit seiner geheimniskrämerischen Telefonstimme.

»Nein, ich bin allein. Nur ich und diese Scheißarbeit, die ich bis morgen fertig haben muss. Jasmine ist zu Hause, bei Dad, weil Mum ausgegangen ist.«

»Was ist mit Daisy?«

»Eigentlich solltest du Daisy anrufen, William, nicht mich. Sie braucht dich. Na ja, egal jetzt, wo treibst du dich denn rum?«

»Du weißt doch, wo ich bin. In Cardiff. Halb erfroren, deprimiert, hungrig, und frag mich jetzt bloß nicht, wie's so läuft. Aber wart nur, bis ich dir erzähle, was ich herausgefunden habe. Du wirst mir kein Wort glauben. Die Situation ist eine völlig andere, als wir vermuteten. Morgen komme ich zurück.«

Das scheint Jessie irgendwie nicht der richtige Augenblick zu sein, um William die erstaunliche Neuigkeit von

Dads Fortschritten zu berichten, von diesen merkwürdigen Worten, die er letzte Nacht an die Wand kritzelte und die Schwester Susan in helles Entzücken versetzten und Mum eher verwirrt und nervös zurückließen. Das ist die beste Neuigkeit seit der Rückkehr ihrer Eltern aus Venedig, als die ganze Welt den Verstand zu verlieren schien.

»William, warum versuchst du nicht, dich zu beruhigen und alles der Reihe nach zu erzählen?«

»Der Anfang ist nicht das, was dich interessiert. Sondern das, was ich am Schluss herausfand.«

»Du hörst dich aber so aufgeregt an, dass du mich ganz durcheinander bringst. Erzähl mir, was heute passiert ist, ganz langsam und der Reihe nach.«

»Ich fand das Haus, die Adresse im Telefonbuch stimmte. Es heißt Beachwood und befindet sich in einer Siedlung, in der es jede Menge Kaffeemühlenhäuser mit netten Gärten drum rum gibt und jede Menge Labradorhunde, dazu Volvos und ab und zu ein Gartenzwerg.«

»Und?« Die Reaktion von Belindas Eltern, die schon Jessie so feindselig abblitzen ließen, als sie anrief, hatte William bestimmt den Kopf gewaschen. Geschah ihm ganz recht, diesem Klugscheißer.

»Ich stellte mich höflich vor, sagte, ich käme von einer Meinungsumfrage und würde gerne wissen, ob in ihrem Haushalt jemand aus der Altersgruppe zwischen achtzehn und fünfundzwanzig lebe.«

»Und?« Ob William sich wohl um ein ordentliches Auftreten bemüht hatte? Sie bezweifelte es.

»Es war eigenartig. Äußerst eigenartig. Der alte Herr war selbst an der Tür, sieht ziemlich normal aus, auf eine lässige Art gar nicht so unflott, Cordhose, hübsches Hemd von Ralph Lauren, in Orange, müssen Kohle haben. Er sagte: ›Was soll das hier?‹ Als hätte ich vor, seine Tochter zu entführen.«

»Hatte er Verdacht geschöpft?«, fragt Jessie lächelnd. Kein Wunder. William wäre besser offen gewesen und hätte ihm gesagt, er sei Journalist.

»Er erklärte mir, in diesem Haus lebe niemand aus der entsprechenden Altersgruppe, und versuchte, mir die Tür vor der Nase zuzumachen. Ich tat so, als krame ich in meinen Unterlagen und sagte, ich hätte hier jemanden namens Belinda eingetragen. Er wollte wissen, woher ich das habe, und ich sagte, aus dem Wahlregister.«

»Du kannst ja ganz schön hartnäckig sein, wenn du was willst«, bemerkt Jessie. Eine richtige Landplage.

»Ja, aber warte nur ab. Dieser Typ drehte völlig durch, er fragte mich, woher ich komme, was ich im Schilde führe und ob ich zu dem Pack aus der Stadt gehöre. Wie ich es wagen könne, in sein Privatleben einzudringen, herumzuwühlen und so fiese Fragen zu stellen.« William wirkt entrüstet über diese Beleidigung.

»Für wen hielt er dich denn?«

»Keine Ahnung«, stöhnt William. »Aber aus irgendeinem Grund fühlte sich der Typ bedroht. Und dann rief seine Frau aus dem Hintergrund und er antwortete, alles sei in Ordnung, nur ein Verkäufer versuche, ihm einen Staubsauger anzudrehen. Warum diese Lüge?«, fragt William sie.

»Das musst du doch wissen. Schließlich bist du hier der Journalist.«

»Ich steckte in einem so was von schauderhaftem Pub fest, dass du darin nicht tot aufgefunden werden möchtest. Am Boden Linoleum und an der Bar alte Männer mit roten Säufernasen und offenen Hosenschlitzen. Dazu der Duft von Desinfektionsmitteln, keine Heizung und Sport auf einem Fernseher, der von der Arche Noah stammt.«

»Spucknapf hatten sie keinen?«, lacht Jessie. »Das Ganze war deine Idee. Jetzt jammer mir nichts vor, ich kann da nichts dafür. So elend du dich auch fühlst, es ist nichts im Vergleich mit der Hölle, die Daisy durchmacht.«

»Wie geht es ihr?«

»Schlecht. Soll ich ihr liebe Grüße von dir bestellen?« Hiermit begibt sie sich auf gefährliches Terrain. Jessie konnte William schon immer gut leiden, diesen lässigen Typen, der so viel besser zu ihrer Schwester passte als all die Jungs, die sie über die Jahre hinweg geliebt und verlassen hatte. Daisy hat einfach deshalb solches Pech in der Liebe, weil sie so unrealistisch ist und sich zu sehr an Dad orientiert. Wie kann sie heutzutage erwarten, einen Kerl zu finden, der diesem hohen Standard entspricht? Was sie nicht davon abhält, die Burschen derart unter Druck zu setzen, dass sie wohl das Gefühl haben müssen, bei lebendigem Leibe verspeist zu werden.

Jessies Beziehung zu William ist locker und unbefangen. Sie albern herum und vermeiden schwierigere Themen.

»Wo ist Daisy?«, fragt William sie. Wahrscheinlich denkt er, das gehöre sich so.

»In eurer Wohnung, in Tränen aufgelöst, soviel ich weiß, dort, wo du heute Abend sein solltest, statt dich in der Ferne zu amüsieren und Detektiv zu spielen. Das ist Zeitverschwendung, William. Ich verstehe nicht, wonach du suchst. Belinda ist hier – ich habe sie gesehen.«

»Du irrst dich, Jessie. Total.«

»Sei nicht so melodramatisch. Das nervt. Erzähl mir langsam, was als Nächstes geschah.«

»McNab schlug mir die Tür vor der Nase zu, ich ging ein paar Häuser weiter und klingelte bei den Nachbarn.

Komischerweise hatte ich das Gefühl, die McNabs beobachteten mich – das alte Storesyndrom. Nur dass sie in der Mulberry Road keine Stores haben, sondern Vorhänge. Die ihren waren aus Samt und beige.«

Jessie hat ein schlechtes Gewissen, dass William ihr seine Geheimnisse anvertraut, während keine zwei Meilen entfernt Daisy sitzt und sich nach einem Anruf ihres Freundes verzehrt.

Andererseits kann sie verstehen, dass William sich danach sehnt, ein paar Tage diesem ständigen Druck ihrer Schwester zu entkommen. Auch wenn in ihrer Beziehung in der letzten Zeit der Streit dominierte, warum diese Heimlichtuerei? Warum die Täuschungsmanöver? Warum bestand er darauf, diesen unerhörten Verdacht für sich zu behalten, wenn dabei möglicherweise Menschenleben auf dem Spiel standen?

Nun, morgen ist er Gott sei Dank wieder zu Hause.

Jessies Nerven liegen blank. Sie hat sogar kurz überlegt, ob sie nicht Daisy überreden sollte, zusammen mit ihr und Jasmine bei Mum zu übernachten, damit sie auf alle ein Auge haben kann.

Sie alle waren, bis auf Mum, Gegenstand von Belindas manischer Rachsucht gewesen. Und wenn William mit seiner Vermutung richtig liegt, falls Belinda diesen Brand verursacht hatte – was Jessie noch immer nicht so recht glauben kann –, dann bleibt die monströse Eskalation ihrer Krankheit an Brutalität unübertroffen.

Jessie versucht angestrengt, an etwas anderes zu denken. Der schäbige Hase konnte kaum als ausreichender Beweis gelten. Nicht vor Gericht.

»Das waren lauter muffelige Typen, typisch für die Gegend, keiner wollte reden«, erzählt William und sie erkennt an seiner Stimme und dem Klirren seiner verbeulten Blechdose im Hintergrund, dass er sich eine Zigarette dreht. »Ich ging zum Kiosk, um mir eine Zeitung zu kaufen, und da stand dieses Mädchen mit lila Haaren und Nasenring, voll auf Gothic, und fing an, mir Blicke zuzuwerfen.«

»Das hätte dir so gepasst«, scherzt Jessie.

»Ich gab ihr eine Zigarette und erzählte ihr, nach wem ich suche. Sie kannte Belinda. Nannte sie Belle. Glück gehabt, sie war auf derselben Schule. Gott, sie roch so nach Dope. Das Letzte, was sie von Belinda gehört hatte, war, dass sie nach ihrer Rückkehr aus dem College ins Bullwood Hospital kam.«

»Dann sollte sie dort sein? Ist sie ausgerissen? Gibt es die Klinik noch oder haben sie schon dichtgemacht und die Irren rausgeschmissen, damit sie unter den Brücken erfrieren?«

»Ich bin direkt dorthin gefahren«, erzählt William. »Es ist zwanzig Meilen außerhalb der Stadt. Wohl aus Sicherheitsgründen. Ich hab sogar ein paar Kekse gekauft und eine *Cosmopolitan,* um mich als Besucher zu tarnen.«

Krankenhäuser, igitt, beim bloßen Gedanken daran stehen Jessie die Haare zu Berge. Dabei kennt sie sie nur von Besuchen. Wenn Jessie Dad wäre, hätte sie schreckliche Angst davor, eines Tages hinter den Gittern eines dieser sterilen Mausoleen von Krankheit und Tod zu landen. Das sprach für Mum, sie verteidigte ihn und behielt ihn zu Hause, und mit etwas Glück hatte sich das ausgezahlt.

»Ich versuchte, unbemerkt hineinzuschlüpfen.«

»Viel Glück.«

»Es klappte. Oder besser gesagt, es hätte geklappt, wenn ich mich nicht verlaufen hätte. Ich kam mir vor wie ein Patient, wie ich so verwirrt dreinschauend durch diese knallbunt gestrichenen Gänge lief, die einen in den Wahnsinn treiben, wenn man nicht sowieso schon durchgeknallt ist. Überall diese festgeschraubten Sitze, immer schön gegenüber, sodass man zur Kommunikation genötigt ist, wenn man sich am Kaffeeautomaten bedient. Ich brauchte Stunden, um den Wegweisern zur Kantine zu folgen. Ein Sandwich wollte ich, aber sie war zu. Nirgends konnte man rauchen, nur draußen, wo sie zwei massive graue Aschenbecher aufgestellt hatten. Unter den wackligen Stühlen lag ein dichter Kippenteppich. Scheiße, ich hatte das Gefühl, in einem Lungensanatorium gelandet zu sein.«

»Warum, um Himmels willen, hast du nicht jemanden gefragt? Warum bist du nicht am Empfang vorbei?«

Jessie fällt ihre Hausarbeit ein, die sie noch zu erledigen hat und mit der sie einfach nicht weiterkommt.

Wahrscheinlich würde sie Sally oder Kate um Hilfe bitten müssen. Aber wenn William noch länger so um den heißen Brei herumredet, liegen die beiden schon im Bett.

Jessie nimmt das Telefon in die andere Hand, ihre rechte ist ganz verkrampft und feucht, während William weiterspricht. »Einige Stationen waren geschlossen und einige sahen aus wie Spielzimmer im Kindergarten, klare Farben und abgerundete, bequeme Möbel. Ehrlich gesagt, ich fühlte mich wie zu Hause. Hätte nichts dagegen gehabt, dort zu bleiben – allerdings nur kurz.«

Er kostet jede Minute davon aus, denkt Jessie. Er ist der neugierigste Mensch, den sie kennt, außer Mum. »Kannst dich glücklich schätzen, dass sie dich nicht dabehalten haben.«

Soll sie Daisy von seinem Anruf erzählen? Jessie hasst es, ihre Schwester anlügen zu müssen.

»Ich suchte nach einem auf Belindas Altersgruppe spezialisierten Pfleger.«

»Super Idee, du Klugscheißer. Das ist der National Health Service!«, ruft Jessie.

»Woher sollte ich das wissen?«, schießt William zurück. »Aber du hast Recht. Sie haben sogar Frauen und Männer zusammengelegt, wie früher in Bedlam. Also ließ ich das sein und marschierte an die Rezeption, genau so wie du

Geistesgröße es von Anfang an getan hättest, und erklärte, ich wolle Belinda McNab besuchen. Sie schoben mich in ein Wartezimmer ab, in dem eine Palme vor sich hinwelkte und ein Goldfisch seine Runden zog. Schließlich kam eine Schwester und fragte mich, ob ich zur Familie gehöre.«

»Du sagtest natürlich Ja.« Vielleicht hat er noch was in petto und zieht deshalb seine Geschichte so in die Länge, um das Finale dramatisch zu gestalten. »Aber William, was soll das? Hast du nun Belinda gefunden? Ich hab wirklich zu tun …«

»Warte noch! Wart's ab! Ich bin gleich fertig. Hab nur noch etwas Geduld. Ich behauptete, ich sei ihr Bruder. Ich sagte, ich sei in Bosnien gewesen und hätte sie seit Monaten nicht mehr gesehen. Darauf schlug diese Schwester eine Akte auf und sah mich so merkwürdig an. Sie fragte mich, ob ich schon zu Hause gewesen sei. Ich sagte, ich wohne nicht zu Hause. Aber die dumme Nuss hatte mich bereits abgehakt und erklärte mir, ich solle mich schriftlich melden und um einen Termin bei der Oberschwester bitten. Jedes Argument war zwecklos. Sie war ein arrogantes Miststück und hat anscheinend gemerkt, dass ich nur eine Nummer abzog. Ich begann mich schon zu fragen, ob Belinda über die Mauer gesprungen war und das alles zu ihrem Selbstschutz diente, weil sie Angst davor hatten, es könne ihrem Ruf schaden, wenn es publik würde.«

»Sie hielten dich für einen Reporter?«

»Der Gedanke kam mir, ja.«

»Du hattest Glück, dass sie dich nicht rauswarfen. Normalerweise haben sie in solchen Anstalten Rausschmeißer.«

»Da ich über die so genannten offiziellen Kanäle nichts erreicht hatte, marschierte ich wieder zum Haupteingang und trieb mich dort eine Weile herum. Ich stellte mich zu einer Gruppe Raucher, weil ich mir dachte, die Typen müssen zurechnungsfähig sein, sonst würde man sie nicht mit Zündhölzern rumlaufen lassen.«

»Und dann hattest du das Gefühl, unter Freunden zu sein.«

»Ja, komischerweise. Die waren gut drauf, keine Spur verrückter als ich, wir redeten also und kamen gut miteinander aus. Als ich dann anfing, von Belinda McNab zu sprechen, hingen sie fasziniert an meinen Lippen. Halt dich gut fest, ich warne dich, Jessie, mach dich auf etwas gefasst...«

Jessie stellt sich die Szene vor.

Normalerweise müsste sie darüber schmunzeln, wäre es nicht so unheimlich und ginge es ihr nicht so nah. William wäre nicht da unten, wenn sie nicht so blöd gewesen wäre. Sie hatte mit Belinda geschlafen, das Bett und den Körper mit ihr geteilt. Und, ach, wenn sie das nicht getan hätte, dann wäre Granny vielleicht noch am Leben.

»Belinda ist tot«, lässt William die Bombe platzen.

Jessie hat das Gefühl, einen Tritt in den Bauch bekommen zu haben. Sie ringt nach Luft und krümmt sich um das Telefon. *»Was?«*

»Belinda starb vor Monaten, nicht lange, nachdem sie nach Bullwood gekommen war. Sie hängte sich an einer Vorhangstange auf. Man versuchte, sie wieder zu beleben – vergebens.«

»Jesus, nein!« Jessies Gedanken rasen. Das kann unmöglich wahr sein. »Aber ich hab dir erzählt, ich hab sie gesehen. Ich bin sicher, ich hab sie gesehen.«

»Du dachtest, du hättest sie gesehen. Du hast erwartet, sie zu sehen, weil du jeden Augenblick damit gerechnet hast, dass sie wieder auftaucht. Du warst zu der Zeit, wenn ich mich recht erinnere, nervlich am Ende. Das hätte weiß Gott wer sein können, dir wäre immer sofort Belinda eingefallen.«

Jessie kann nur noch stottern. »Wer hat dir gesagt, dass sie tot ist?« Ihre vergebliche Suche nach Belindas Adresse in St. Marks und die Verwirrung der Sekretärin fällt ihr wieder ein, als diese feststellte, dass die Akte fehlte. War das College offiziell benachrichtigt worden? Hatte es die Sekretärin nicht erfahren? War es im College üblich, derartige Tragödien unter Verschluss zu halten?

»Ich glaube dir kein Wort«, antwortet Jessie mit bebender Stimme.

»Es stimmt aber. Mitpatienten erinnern sich an solche Katastrophen im Krankenhaus. Es gab interne Ermittlungen, Aussagen wurden aufgenommen, neue Regeln eingeführt und, nach Auskunft einer ausgesprochen netten Frau, die in einem Bett in der Nähe von Belinda schlief – Hilda, ich gab ihr meine Trauben und das Magazin –, war deine alte Freundin eine Unruhestifterin und sorgte stets für Probleme. Man könnte sagen, gemessen an der kurzen Zeit, die Belinda in Bullwood verbracht hat, hat sie einen tiefen Eindruck hinterlassen.«

»Du stützt dich also auf das, was dir ein Patient erzählt hat?«

»Hauptsächlich Hilda und ein paar andere Patienten. Aber nenn sie nicht so. Auch wenn sie Patienten sind. Wieder mal typisch, die Raucher waren alle normal.«

»Erklärt das, warum Belindas Eltern so gereizt reagierten, als wir sie nach ihrer Tochter fragten?« Jessie versucht sich an ihren Anruf bei ihnen zu erinnern. Wenn das stimmt, was William sagt, muss allein ihr Name, als er so unerwartet fiel, ihnen einen kalten Schauer über den Rücken gejagt haben. Wahrscheinlich geben sie Jessie die Schuld am Tod ihrer Tochter. Jessie Redfern spielte sicher eine wichtige Rolle in dem düsteren Bild von Belindas letztem unglückseligem Jahr: ihre Verweisung vom College, Dads Einmischung. Und dann … Allein dieses Thema, ihre Tochter, war wohl schon ein zu wunder Punkt, und dann auch noch die Frage, wo sie lebe. Allmächtiger, für was für ein gefühlloses Ungeheuer mussten sie sie gehalten haben.

»Das ergäbe einen Sinn«, antwortet William. »Leute tauchen auf und stellen schmerzliche Fragen, obwohl die Eltern nur vergessen oder mit ihrem Kummer zurechtkommen wollen.«

»Aber sie kann nicht tot sein. Denk an die Anrufe, meine Reifen, den Mantel, diesen Haufen Scheiße – Belinda muss in meinem Zimmer gewesen sein –, und zum Teufel, was ist mit dem Feuer? Das wirft deine Theorie doch völlig über den Haufen.«

»Wer immer das ist, es ist nicht Belinda. Aber es ist jemand, der alles über sie weiß, und über dich, und was zwischen euch passiert ist. Und sie muss wissen, dass sie tot ist.«

Das ist zu viel. »Warum? *Warum um Himmels willen?*« Jessie hält abrupt inne. »Ich kann es noch immer nicht glauben, William.«

»Damit habe ich gerechnet. Deshalb ging ich auf den Friedhof, zurück in die Mulberry Road in Cardiff, bei der St. Mary's Church, das ist die nächstgelegene Kirche. Dort suchte ich den neu angelegten Friedhof auf der gegenüberliegenden Straßenseite – der alte ist schon zu voll, da ist kein Platz mehr.«

Jessie, die die Antwort weiß, sie jedoch nicht hören will, fragt leise: »Du hast ihr Grab gefunden?«

»Belinda McNab, im Alter von achtzehn Jahren, geliebte Tochter von …«

»Hör auf! Hör auf!« Das ist alles Jessies Schuld.

»Sie ruhe in Frieden.«

Amen.

»William, wo bist du jetzt?«

»Ich bin gerade dabei, das Krankenhaus zu verlassen. Möchte mich nur noch von meiner neuen Freundin Hilda verabschieden.«

»Von wem?«

»Meiner Informantin, Hilda. Du musst sie bei Gelegenheit kennen lernen. Ihr würdet euch mögen. Sie ist reizend.«

27

So wie sich draußen vor dem Fenster das letzte feuchte Herbstlaub verliert und verschwindet, so werden Michaels Hoffnungen fortgeblasen, um zu verrotten, bis nichts davon übrig bleibt.

Wie gerne hätte Michael seine Enkelkinder gesehen, bevor er stirbt. Ihre ersten Geburtstage, diese wunderbaren Weihnachtsfeste im Kreise der Familie. Wie stolz wäre er gewesen, Jessies Abschluss zu erleben und Daisys Hochzeit, nach der sie sich so sehnt. Wie sehr freute er sich auf seinen Ruhestand, mit mehr Zeit für Rose und seinen Garten. Die Urlaubsreisen, die sie noch gemacht hätten, die Orte, die er jetzt nie mehr sehen wird, die Bücher, die er schon immer lesen wollte, und die Abenteuer, die er sich selbst versprochen hatte. Wie fliegen lernen, mit Delfinen schwimmen und mit dem Kanu durch den Regenwald schippern.

Und, nicht weniger wichtig, die Kleinigkeiten, die Feldwege und Landstraßen in der näheren Umgebung auf dem Pferderücken erkunden, eine Sauna bauen und den Zaun ausbessern.

Sein Hilferuf blieb unbeantwortet.

Diese neun Buchstaben an die Wand zu schreiben hatte ihn seine ganze Kraft gekostet. Und falls er je wieder die Energie dazu aufbringt, taucht wahrscheinlich Rose als Erste auf, um ihn nur noch stärker als beim letzten Mal dafür zu bestrafen.

Merkwürdigerweise ist es ihm unmöglich, Rose zu hassen.

Gefühle wie Angst, Wut und Abscheu kann er durchaus empfinden, aber da er sie nun einmal so gut kennt und versteht, ist ihm klar, dass sie nichts für ihr psychopathisches Verhalten kann. Sie liebt ihn – zumindest liebte sie ihn früher – und er verbrachte den Großteil seines Lebens sicher und glücklich in diesem Wissen.

Jemand hat Rose derart zu Tode erschreckt und in die Enge getrieben – und er glaubt zu wissen, wer –, dass sie, verletzlich wie sie immer war, die Grenze zum Wahnsinn überschritten hat.

Belinda? Wer sonst.

Und soviel Michael weiß, treibt Belinda noch immer ihr Unwesen, bedroht und manipuliert seine Ehefrau auf dieselbe berechnende Art und Weise, mit der sie sich einst in sein Leben einmischte. Glücklicherweise hatte er sich rechtzeitig an Sheila Gordon gewandt. Doch weil er und Rose so bald nach jenem Treffen nach Venedig flogen, erfuhr er nie, was Sheila bei ihren Nachforschungen herausgefunden hatte.

Er hatte angenommen, dass Sheila, zuverlässig und tüchtig wie sie war, diese unangenehme Angelegenheit sofort anging. Aber falls es ihr nun nicht gelungen war, Belindas wahnsinnigen Eskapaden ein Ende zu bereiten? Wahrscheinlich hatte sie zunächst versucht, Belindas Eltern zu kontaktieren, die unmöglich gewusst haben konnten, was ihre Tochter im Schilde führte. Die letzte Möglichkeit, die Sheila blieb, war wohl die Polizei.

Während Michael so macht- und verdammt sprachlos neben dem Kamin sitzt und sich vor dem nächsten Angriff fürchtet, der womöglich sein letzter ist, verflucht er die übertriebene Rücksichtnahme, wegen der er so viel vor seiner Frau geheim hielt. Warum war sein Bedürfnis, sie zu beschützen, so groß, dass er die ganze Belinda-Geschichte von ihr fern gehalten hatte? Warum hatte er so sehr ihre Reaktion auf Jessies sexuelle Neigung gefürchtet?

Ganz abgesehen von Roses Täuschungsmanövern, mit denen sie ihn zu einem hilflosen Krüppel machte, ganz abgesehen von den bösartigen Bestrafungen, die er bislang überlebt hat, wie zum Teufel will sie diesen Albtraum beenden? Und was glaubt sie, geschieht mit ihr, wenn ihr bestialisches Verhalten ans Licht kommt? Michael ist kein Anwalt, aber es fällt ihm nicht schwer, sich auszumalen, welche Strafe ein Gericht für jemanden parat hätte, der eines solchen grausamen, kaltblütigen Verbrechens für schuldig befunden wurde.

Und wenn sie ihn umbringt? Was dann? Eine lebenslängliche Haftstrafe wegen Mordes und vielleicht zog jemand zwei vergilbte Akten hervor, die im Büro eines Coroners vor sich hin staubten … ihr Vater womöglich? Oder ihr Bruder?

Seine Töchter würden zu monströsen Ausstellungsstücken, sähen sich der schrecklichsten Publicity ausgesetzt, würden an die Öffentlichkeit gezerrt und zerstört. Ihr ganzes weiteres Leben wäre überschattet von Ereignissen, an denen sie unschuldig waren? Diese düsteren Gedanken bereiteten Michael weitaus größere Schmerzen als die Vorstellung, bald sterben zu müssen.

Allmächtiger Herr im Himmel – so nah und doch so fern –, könnte er Rose doch nur die Wahrheit über Belinda sagen und ihr versprechen, dass er, wenn sie mit diesem Wahnsinn aufhört und er sich vollkommen erholt, nichts gegen seine Frau unternehmen wird.

Aber wäre das genug? Sie würde ihn verlieren und darum geht es, ihre entsetzliche Angst davor ist ihr Motor.

So sehr er sie auch versteht, Michael kann sich nicht vorstellen, auch nur eine Nacht in demselben Haus zu verbringen wie diese Kranke, die ihm das angetan hat. Er würde sie weiterhin finanziell unterstützen – keine Frage – und er würde alles tun, damit sie glücklich ist, damit sie die richtige psychiatrische Hilfe in einer passenden Einrichtung erhält. Wahrscheinlich würde er sie weiter auf seine beschützende Weise gern haben, aber er könnte ihr nie wieder auch nur für eine Sekunde vertrauen.

Interessanterweise hat die Person, die er für Rose hält, ihn in der letzten Zeit in Ruhe gelassen. Und letzte Nacht, während er zitternd darauf wartete, wieder gefoltert zu werden, gab sie ihm seine Medizin später als gewöhnlich und schlief in dem Stuhl neben der Tür.

Jemand war da. Das Nachttischlämpchen war an und er bildete sich ein, gehört zu haben, wie jemand umblättert. Natürlich konnte das ebenso eine Nachtschwester gewesen sein, die Rose neuerdings beschäftigte, um sich etwas zu schonen.

Trotz allem schlief er so tief wie ein Toter. Keine Träume, keine Bilder.

An diesem Morgen verabreichte ihm Rose wieder seine Dosis und nun fühlte er sich, zu seiner großen Verzweiflung, noch benommener als sonst. Eine natürliche Reaktion auf seinen fehlgeschlagenen Hilferuf.

Er hofft, sie entscheidet sich dafür, ihn zu ersticken. Bei dem geschwächten Zustand, in dem er sich befindet, würde das wohl nicht allzu lange dauern. Michael ist so schwach und verwirrt, er könnte sich unmöglich wehren, mit Blutergüssen war also nicht zu rechnen. Aber falls sie ihn obduzierten, bestand die Möglichkeit, dass sie Blut in seinen Lungen entdeckten.

Doch würden sie sich die Mühe machen, jemanden zu obduzieren, der ohnehin schon halb tot war? Und ist Rose inzwischen nicht längst so weit in ihrer psychopathischen Wut aufgegangen, dass sie sich über die Folgen ihres Tuns keine Gedanken mehr macht?

Es ist nicht sein Ende, das ihm nun Kopfzerbrechen bereitet, sondern die barbarische Folter, die Rose für ihn als krönenden Abschluss ihrer Bestrafung vorgesehen hat. Wenn Belinda sie überzeugen konnte, dass Michael sie betrogen hat, dann wird Rose vor nichts zurückschrecken – und dabei denkt Michael an jenen Moment vor zwei Nächten, als er den kalten Stahl zwischen den Beinen spürte. Dieses traumatische Erlebnis geht ihm nicht mehr aus dem Sinn.

Immer wenn Michael auftaucht aus dem Nebel, der ihn gefangen hält, kreisen seine Gedanken mehr und mehr um diese entsetzliche Möglichkeit. Er hat gehört, dass der Schmerz bei einer schnell durchgeführten Amputation durch einen Maschinenunfall oder einen Haiangriff erst später kommt. Er bezweifelt jedoch, ob das auch für die langsame und bewusste Durchtrennung von Fleisch, Sehnen und Muskeln gilt. Er erinnert sich an einen Besuch auf einer Farm, er war noch ein Kind, als die Farmersfrau sie in den Stall zu ihrem Mann schickte, einem Freund seines Vaters.

Das Kalb war mit einem Seil angebunden, die Hinterbeine gespreizt, und das Messer, mit dem der Farmer die Hoden der bedauernswerten Kreatur abtrennte, war klein, aber tödlich scharf. Michael blickte zu spät zur Seite. Anfangs verstand er gar nicht, was diese groteske Veranstaltung ohne Anästhesie sollte. Er sah den schnellen Schnitt, das Blut, sah das violette Desinfektionsmittel spritzen und das Weiße in den aufgerissenen Augen des Opfers. Er hörte die Schmerzenslaute und die nüchterne Erklärung des Farmers: »Macht denen nichts. Ist gleich wieder auf der Höhe, wirst sehen, Kleiner.«

Rose wäre nicht in der Lage, diese Tat schnell und gnädig durchzuziehen. Schließlich hatte dieser Farmer ein Leben lang Erfahrung darin gesammelt, den Tieren die Hoden abzuzwicken. Rose dagegen ging es um etwas ganz anderes. Seine Hoden wären nicht das eigentliche Ziel. Sie wäre vor allem darauf aus, ihm so viel Schmerzen wie irgend möglich zuzufügen, bevor sie sich daran machte, die Blutung zu stillen und ihre Tat unter einem dicken Verband zu verbergen oder ihren Mann gleich ins Jenseits zu befördern.

Und wäre das nicht ein gefundenes Fressen für die Presse? Es fiel ihm nicht schwer, sich die Schlagzeilen auszumalen und die verheerende Wirkung, die so ein Skandal auf seine Töchter hätte. Schlimm genug, wenn ein Mann tot aufgefunden wird mit einer Mandarine im Mund, die dort nichts zu suchen hatte. Das würde der Geschichte doch die richtige Würze geben.

Der Höhepunkt dieser makabren Affäre rückt mit jedem Tag näher. Gäbe es irgendeinen Ausweg, irgendeine Möglichkeit, diesen Zug aufzuhalten, der geradewegs auf den Abgrund zudonnerte, sie wäre ihm eingefallen, er hätte getan, was er konnte. Die einzige Option, die er jetzt noch hat, und es gibt keine Alternative, ungeachtet der Risiken, ist, seine Medizin in der Kehle zu behalten und sie auszuspucken, sobald Rose gegangen ist.

Was für ein Mitleid erregendes Bündel Mensch er geworden ist. Nichts ist ihm geblieben als die Erinnerung eines alten Mannes, der nur noch eine begrenzte Zeit zu leben hat.

Wie stolz war er gewesen, als er zu seinem ersten kurzen

Ausflug mit Daisy im Kinderwagen aufbrach. Am liebsten hätte er seine Freude in die Welt hinausgebrüllt. Und wie betrübt er war, dass seine Begeisterung nicht von jedermann geteilt wurde.

Dann der Schock, als drei Jahre später Jessie kam und von ihrem Wesen her so ganz anders war als ihre leicht zufrieden zu stellende ältere Schwester. Die schlaflosen Nächte, die Wutanfälle, die Tränen. »Nächtliches Aufschrecken«, erklärte der Kinderarzt. »Dagegen kann man nichts machen, fürchte ich. Mit der Zeit gibt sich das. Normalerweise sind es meist die Erstgeborenen, aber letztlich sind alle Kinder verschieden.«

Ständig wurden sie mit diesen Binsenweisheiten abgespeist, während Rose, erschöpft und gepeinigt von Selbstzweifeln, nur noch ein Schatten ihrer selbst war. Was machte sie falsch? Stimmt etwas mit diesem Kind nicht? Sollte sie einen Spezialisten aufsuchen? Oft rief sie Michael im Büro an, weinte am Telefon, brabbelte unzusammenhängendes Zeug. Er fühlte sich dabei wie ein Egoist, weil er insgeheim erleichtert war, dieses Irrenhaus jeden Morgen verlassen zu können.

Jeder Ausflug endete mit Wutausbrüchen. Jede Mahlzeit wurde zu einem Albtraum. Jeder Abend, wenn die beiden zu Bett gebracht wurden, wurde zur Horrorveranstaltung, bei der die arme Daisy zitternd dasaß, zu Tode erschreckt von ihrer kleinen Schwester, auf die sie die ganze Hoffnung einer Dreijährigen gesetzt hatte, die sich eine Spielkameradin wünscht.

Aber die Fachleute hatten Recht behalten. Abgesehen von ein paar Schwierigkeiten in der Pubertät und dem unglückseligen Belinda-Fiasko, war Jessie zu einem fröhlichen und intelligenten Mädchen herangewachsen. Sie und Daisy standen sich seit ihrer Kindheit sehr nahe.

Großartige Kinder. Nette Kinder. Er kann sich glücklich schätzen.

Er weiß noch, wie sie weinten, als sie zum ersten und zugleich letzten Mal den Zoo besuchten. Michael hatte sie dorthin mitgenommen, ohne einen Gedanken daran zu verschwenden, wie in Käfigen eingesperrte Tiere auf ein Kind wirken mussten. Sie weinten auch bei *Dumbo* und saßen eng umschlungen im Kino, um sich gegenseitig zu trösten. Rose musste beim Fernsehen immer aufpassen, damit ihnen die grausamsten Bilder von Hungernden und Sterbenden erspart blieben. Sie hatten so ein weiches Herz, waren, ganz wie Rose, stets auf der Seite der Unterdrückten, der Kleinen und Hilflosen.

Sie hatten eine so herrliche Zeit zusammen, lachten und hatten Spaß. Diese Unschuld. Und gleichzeitig war es so leicht für sie, ihn um den Finger zu wickeln. Picknicks, Sandhaufen, Spielplätze, Partys. »Lass sie nicht so nahe an den Abgrund, Michael.« »Hol Jessie von dem Baum da runter!« »Nimm dem Kind die Schere weg.« »Sie ist noch viel zu klein, um allein über diese Straße zu gehen.«

Diese Szenen aus der Vergangenheit mit Rose als Muttertier, das sich übertrieben um die Sicherheit ihrer Kinder sorgt. Da er wusste, was sie durchgemacht hatte und warum, ließ Michael ihr meist ihren Willen. Was seine Kinder nicht selten zur Weißglut trieb.

Nein, eine glücklichere Familie hätte Michael sich nicht wünschen können. Und er fragt sich, ob er, wären die beiden Jungs gewesen, weniger vorsichtig gewesen wäre.

Ist es in Ordnung, dass er selbst jetzt, da er zu einem hilflosen, sabbernden Idioten geworden ist, sich mehr mit dem Schicksal seiner Töchter beschäftigt als seinem eigenen? Ist es normal, dass er sich über ihre diversen Beziehungen den Kopf zerbrach – allerdings vor allem Rose zuliebe, um der

Wahrheit die Ehre zu geben –, nachdem sie erwachsen geworden waren und das Haus verlassen hatten? Sollten sie inzwischen nicht gelernt haben, auf eigenen Füßen zu stehen und Wert auf ihre Unabhängigkeit zu legen, statt bei dem geringsten Problem nach Haus zu laufen?

Es gibt Kinder, bei denen das der Fall ist. Aber das hier sind seine Kinder, sie sind anders. Er hätte sein Leben für sie gegeben, und Rose genauso – damals.

Wenigstens war finanziell vorgesorgt. Michael hatte das Glück gehabt, in seinem Leben genug Geld zu verdienen, um einen ordentlichen Teil für Versicherungen zur Seite legen zu können. Und sein Fachwissen als Buchhalter hatte ihm geholfen, kluge Investitionsentscheidungen zu treffen. Natürlich fallen mit seinem Tod all seine weltlichen Güter an Rose und, sollte sie im Gefängnis landen, wohl an einen Trust für seine Kinder.

Jesus, kann er sich da überhaupt sicher sein?

Als Michael sein Testament machte, war Rose gesund, aber sie ist nicht mehr die Frau, die er kannte. Was, wenn es keine Obduktion gibt und Roses Verbrechen unentdeckt bleibt? So wie bereits die ersten beiden Male, und in dem labilen Zustand, in dem sie sich befindet, keinen Gedanken an Daisy und Jessie verschwendet? Er malt sich aus, wie die beiden auf der Straße schlafen müssen…

Warum glaubt Michael, dass Belindas neueste Machenschaften sich allein gegen ihn richten? Belinda könnte ebenso gut Daisy und Jessie im Visier haben, Rose gegen ihre Töchter aufbringen in dem Versuch, bei ihrem Rachefeldzug die ganze Familie zu spalten. Zum Teufel noch mal, was geht da draußen vor, in dieser Welt, die ihm verschlossen ist? Sind seine Töchter in Sicherheit? Und Rose?

Michael ist kurz davor, aus Belinda, dem verhaltensgestörten Kind, eine Ränkeschmiedin zu machen, so skrupellos und krank wie die bedauernswerte Rose es nun ist. Als Belinda diesen kindischen Brief schrieb, konnte sie nicht wissen, wie extrem Roses Reaktion ausfallen würde, falls sie ihn fände. Belinda wollte nur auf ihre eigene krankhafte Art Unruhe stiften und auf sich aufmerksam machen. Es ist daher nicht Belindas Schuld, dass sie eine solche Lawine von Missverständnissen und psychotischem Verhalten auslöste.

Heute Abend keine Rose? Er ist sich sicher, Rose ist nicht unter den Helfern, die ihn auf der Treppe stützen.

Und es hat keinen Zweck, dass Michael sich den Kopf darüber zerbricht, ob eine der beiden Helferinnen oder alle beide seine Töchter sind. Auf seine Hände kann er sich nicht verlassen, sein Gehirn ist nicht in der Lage, Größe oder Gestalt richtig einzuschätzen, seine Ohren nehmen nur undefinierbare Geräusche wahr und seine Augen schemenhafte Bilder.

Diese zwei Menschen, die sich mit ihm abmühen – zwei Frauen –, könnten Pflegerinnen sein oder Nachbarinnen oder sogar seine Schwestern aus Kalifornien. Michael weiß es nicht. Doch die letzte Vermutung scheint ihm eher unwahrscheinlich, er hatte kein enges Verhältnis zu seinen Schwestern. Schließlich war die Jüngste, Gale, acht Jahre älter als er. Die beiden haben ihr eigenes Leben und ihre eigene Familie, die er nie kennen lernte. Er nimmt an, sie wurden informiert über die missliche Lage, in der er sich befindet. Doch ein Brief voller Mitgefühl erscheint ihm wahrscheinlicher als ein Besuch.

Dass sie ihn auskleiden und waschen, bedeutet, so hofft Michael, dass es sich um Pflegepersonal handelt. Er kann sich nicht vorstellen, dass die Nachbarn regelmäßig einspringen. Eine zu enge nachbarschaftliche Beziehung ist in dieser Gegend nicht erwünscht. Man kauft gelegentlich füreinander ein, nimmt die Post an oder erlaubt das Parken vor der Einfahrt, wenn eine Party gefeiert wird und man selbst eingeladen ist.

Sie legen ihn auf das Bett, wer immer sie sind, und ziehen ihn vorsichtig aus.

Die wunde Stelle an seinem Rücken versorgen sie nicht, das ist Roses Aufgabe, kein Wunder. Die entzündete Stelle braucht niemand sonst zu sehen.

Sie waschen ihn auch nicht, denn das gehört zur morgendlichen Routine. Abends ist nur Katzenwäsche angesagt, ein nasser Waschlappen fürs Gesicht und kurz die Zähne putzen. Gott sei Dank. Was Michael angeht, ist es umso besser, je weniger Rose sich an ihm zu schaffen macht.

Am Schluss kommt abends die Spritze. Heute ist vielleicht Michaels letzte Chance, sich dagegen zu wehren.

Was wartet auf ihn in den unerträglichen acht Stunden Dunkelheit, die vor ihm liegen? Wird er den Morgen erleben? Wird der Schmerz seine Kräfte übersteigen und er, bitte, lieber Gott, das Bewusstsein verlieren?

28

»Ein Unglück kommt selten allein, hereinmarschiert ihr drei«, bemerkt Mrs. Hargreaves, als die jungen Redferns zum »Brunch« vorbeikommen, und das an einem Werktag.

Wenn es nur drei wären, denkt Rose, die noch immer nicht über die peinliche Situation gestern Abend hinweg ist.

Als Jack Bennet sie einlud, sah Rose nur einen Lichtstrahl am Horizont, einen Hoffnungsschimmer in der Finsternis, die sich um sie zusammenbraute.

Sie wollte raus. Sie wollte Sicherheit, einen Mann, an den sie sich anlehnen konnte und der sie liebte und sie von diesem Albtraum, zu dem ihr Leben geworden war, befreite.

Wie sollte sie die Sache jetzt, nachdem Michael ihr auf die Schliche gekommen war, zu Ende bringen? Diese Frage quälte sie Tag und Nacht. Wäre es wirklich so schrecklich, wenn sie Michael erlaubte, sich zu erholen und mit Belinda abzuziehen, als ihn wochen-, vielleicht monatelang leiden zu sehen? Inzwischen fällt es ihr bereits schwer, ihn anzuschauen, diese leere Hülle, diesen lebenden Beweis ihrer skrupellosen Grausamkeit, geschweige denn, ihn zu berühren.

Aber die Vorstellung, das Ganze zu einem vernünftigen Ende zu bringen, war nur eine kranke Fantasie. Warum nur hatte sie so lange gebraucht, um das herauszufinden? Michael wird nicht aufwachen, ohne Hilfe aufstehen, sich anziehen und in den Sonnenuntergang davonmarschieren. Er weiß, was sie treibt, und hat bereits aufbegehrt. Um sicherzugehen, dass er in Zukunft schweigt, muss seine Dosis erhöht werden und Rose muss die Nächte bei ihm verbringen, jede Nacht.

Wenn Michael aufwacht, wird ihre Welt untergehen. Und wie soll Rose die Konsequenzen ihres barbarischen Tuns ertragen? Den Abscheu ihrer Kinder? Den Tratsch der Nachbarn? Eine Gerichtsverhandlung, vielleicht Jahre im Gefängnis?

Warum nur hat sie das getan? In welchem Zustand hatte sie diesen verfluchten Plan ausgeheckt – damals schien alles so einfach, beinahe natürlich. Die Angst, ihn zu verlieren, hatte ihren Verstand ausgehebelt. Wie hatte sie je glauben können, dass Michaels Affäre im Lauf der Zeit unbedeutend würde und Rose und er dort weitermachen könnten, wo sie aufgehört hatten?

Was immer nun geschah, Rose hat Michael verloren. Sie wird den Rest ihres Lebens in Ketten verbringen, als Monster wie Myra Hindley oder Rose West, ihre Namensschwester. Angestarrt und zur Schau gestellt von Psychologen sowie den Bluthunden der Boulevardpresse und eine Zielscheibe für die anderen Gefängnisinsassen.

Am vorangegangenen Abend packte Rose den Stier bei den Hörnern und warf sich schamlos Jack Bennet an den Hals. Es war interessant zu sehen, wie sich sein Gesichtsausdruck veränderte. Anfangs, als sie anfing, mit ihm zu flirten, animierte ihn das und er ließ sich begeistert auf das Spiel ein. Das war der angenehme Teil des Abends.

Sie löcherte ihn wegen des Appartements an der Algarve und er schwärmte davon. Die Infrastruktur sei ausgezeichnet – Pool, Golf, Restaurants, Strand, Sauna, Tennis und so weiter. Wenn Jack sich in fünf Jahren zur Ruhe setzt, wollen er und Barbara die Winter größtenteils dort unten verbringen.

»Steht es denn im Augenblick leer? Vermietet ihr es nicht?«

»Barbara gefällt die Vorstellung nicht, dass Fremde das Badezimmer benutzen.«

Rose beschrieb, wie elend das Leben mit Michael war. Die Kameradschaft fehlte ihr, das Lachen, zusammen auszugehen und der Sex.

Jack verstand. Er nannte sie eine Seele von einem Menschen.

Seine Hand landete auf der ihren. Sie ließ es zu und suchte seinen Blick.

Er fuhr fort, mit ernster Stimme zu erläutern, wie unglücklich seine Ehe sei und wie schnell man in die Falle tappe, seinen Partner als selbstverständlich zu sehen, sich in einer emotionalen Routine festzufahren und sich nach etwas Neuem, Aufregendem zu verzehren.

»Ich weiß genau, was du meinst, Jack«, antwortete Rose entschlossen.

»Du bist eine wunderschöne Frau, Rose«, sagte Jack.

Rose lächelte. »Du selbst hast dich auch nicht schlecht gehalten.«

Dann erhob er sich aus seinem Stuhl und küsste sie über dem Tischarrangement aus Schlüsselblumen.

Er musste einen Schuh abgestreift haben, denn Rose spürte plötzlich seinen Fuß zwischen ihren Beinen hochgleiten.

»Was wirst du tun«, fragte Jack sie und in seinen Augen funkelte es, »wenn Michael nicht mehr gesund wird?«

Sie wirft ihm einen viel sagenden Blick zu. »Das hängt von den Umständen ab, Jack, oder?«

»Warum lassen wir das Theater nicht einfach ausfallen, trinken noch etwas und bleiben einfach hier und reden?«

Als sie dann mit der Nachspeise spielten, hatte Rose das Gespräch auf die unbefriedigende und deprimierende Wirkung von bedeutungslosen Affären gelenkt. Gegenüber saß Jack merkwürdig verkrampft, sein Fuß war an ihren Oberschenkeln angelangt.

»Du meinst, wenn du dir einen Liebhaber nähmst, würdest du dir eine langfristige Beziehung mit ihm vorstellen?«, fragte Jack überrascht.

»O ja, ich bin kein so oberflächlicher Mensch«, sagte Rose. »Und ich bezweifle, dass du einer bist, Jack.«

»Eine richtig enge Beziehung?«

»Aber sicher. Im Idealfall noch mehr.«

Anscheinend wollte Jack nicht begreifen, was sie mit dieser Bemerkung meinte.

Sie nippte an ihrem Likör – Van de Hum –, während Jack

seinen Brandy schwenkte, um sich darüber klar zu werden, worauf sie hinauswollte.

»Wie schön wäre es, noch einmal ganz von vorne anfangen zu können«, erklärte Rose.

»Mit einem neuen Partner?«

»Einem neuen Partner, einem neuem Zuhause, einem neuen Land, einem ganz neuen Leben.«

Jacks Fuß verschwand und seine Augen lösten sich von den ihren, um sich der Flüssigkeit zuzuwenden, die an dem gewölbten Glas in seiner Hand leckte. »Und du wärst bereit, neu anzufangen?«

»Ich denke schon«, antwortete Rose aus der gewissen Verzweiflung heraus. »Wenn ich einen Mann fände, der es wert wäre, sich mit mir einzulassen.«

Als Jack langsam dämmerte, worauf sie hinauswollte, lehnte er sich in seinem Stuhl zurück. »Und ich dachte, du und Michael, ihr hättet eine so wunderbare Beziehung. Barbara und ich, wir stellten uns beide immer vor, du würdest mit ihm durch dick und dünn gehen, ganz egal, was passiert.«

»Du dachtest also, ich wäre nicht wirklich zu haben?«

»Nun …«

»Du warst überrascht, als ich deine Einladung für heute Abend annahm?«

»Ich war überrascht«, gestand Jack, »und habe mich gefreut. Wie du weißt, bewundere ich dich, Rose, und fand dich immer sexuell anziehend.«

Rose drehte den Kopf, sodass sie ihm ihr Gesicht aus dem attraktivsten Winkel zuwandte, und biss sich auf die Unterlippe. »Und nun gehe ich auf deine Avancen ein.«

»Barbara und ich …«, begann Jack langsam.

»Erzähl mir jetzt nicht, du hättest es nötig zu arbeiten«, platzte Rose heraus. »Wenn du Michael nur annähernd das

Wasser reichen kannst, könntest du bis an dein Lebensende bequem von deinem angelegten Geld leben. Du hast eine Ferienwohnung in Portugal. Du könntest Barbara eine großzügige Abfindung zahlen. Sie hat ohnehin ihre eigene Karriere. Ihr habt keine Kinder, um die ihr euch Sorgen machen müsstet. Und du sagst, du hättest immer schon ein Auge auf mich geworfen, was hält dich also zurück?«

»Das kommt alles sehr plötzlich, Rose«, erklärt Jack Bennet, dem das Blut aus dem Gesicht gewichen ist. »Das ist nicht die Art von Entscheidung, die man aus einer Laune heraus treffen …«

»Und ich dachte, du wärst ein echter Kerl!«

»Aber wovon du sprichst, das ist irreal, ein Traum.«

»Das müsste es nicht bleiben, wenn wir die Gelegenheit beim Schopf packten.«

»Du bist nicht du selbst«, versuchte Jack sie zu trösten. Ihre Stimme wurde schriller. Andere Gäste begannen den Kopf zu wenden. »Kein Wunder bei dem, was du in den vergangenen Wochen durchgemacht hast. Ich kann verstehen, was in dir vorgeht.«

Rose holte tief Luft. »Jack, mein Leben ist ein einziger Scherbenhaufen.« Sie senkte die Stimme. Das musste klappen, unbedingt. »Hilf mir da raus. Hilf mir!«

Jack, der nicht damit gerechnet hatte, den Abend mit Problemgesprächen zu verbringen, und außerdem versuchte, eine gewaltige Erektion zu verbergen, die zugegebenermaßen im Begriff war, schnell zu schwinden, fragte mit sanfter Stimme: »Dir geht es nicht um mich, Rose, stimmt's? Sondern um einen Ausweg. Es tut mir Leid, ich kann deine Situation unmöglich ausnutzen.«

»Du Feigling!« Rose starrte auf die Tischdecke.

»Du willst, dass ich meine Frau verlasse, meine Arbeit aufgebe und mit dir an die Algarve ziehe? So habe ich dich verstanden, korrigiere mich, wenn ich mich irre. Und ich muss dir sagen, Rose, was immer du von mir hältst, ich könnte Barbara nie verlassen. Wir lieben uns. Das klingt jetzt vielleicht merkwürdig, ich weiß, du hältst mich für einen geilen Bock, der in der Gegend rumbumst…«

Sie musste einen letzten Versuch wagen. Wieder sehr beherrscht und sich ihrer Umgebung bewusst fragte sie leise: »Lass mich nicht im Stich, Jack. Bitte. Denkst du, mir fiel es etwa leicht, heute Abend hierher zu kommen und mich so anzubieten? Erlaube mir wenigstens, dein Appartement zu benutzen. Wenn du irgendetwas für mich empfindest, ich bitte dich inständig darum…«

»Ich muss Barbara fragen.«

»Quatsch«, entgegnete Rose ruhig.

»Sie schöpft bestimmt Verdacht…«

»Quatsch, Quatsch, Quatsch.«

Wie sie es hasst, einen Mann so anbetteln zu müssen. Ihr ganzer Stolz ist dahin, sie ist nur noch verzweifelt.

Jack hebt abwehrend die Hände. »Okay, okay, beruhig dich. Wenn du das Appartement willst, kannst du es haben. Ich sage Barbara, du willst einige Zeit dort wohnen, um nach einer geeigneten Ferienwohnung für dich und Michael zu suchen. Aber ich möchte dadurch keine Probleme bekommen, Rose. Und ich muss dich fragen, wenn du ein solch dringendes Bedürfnis verspürst, von zu Hause wegzugehen, wer soll sich dann um Michael kümmern?«

Michael? Muss sie diese Frage aufrechterhalten? »Wenn es nicht anders geht, wird er eben in ein Pflegeheim müssen. Das meinen sowieso alle. Aber«, und Tränen treten ihr in die Augen, »ich muss jetzt an mich denken, Jack. Ich habe Angst durchzudrehen. Und ich wäre dir sehr dankbar, wenn du für dich behalten würdest, wie ich mich heute Abend benommen habe. Ich bin nicht besonders stolz darauf.«

Er brachte sie nach Hause.

Er kam nicht mit rein.

Sie saß die ganze Nacht neben Michael und beobachtete ihn.

Womit Rose ihr Schlupfloch gefunden hatte.

Sie kann Portugal binnen weniger Stunden erreichen, sollte sich die Notwendigkeit ergeben. Kann dort die Gesellschaft älterer Engländer genießen, diesen staatenlosen Leuten, Flüchtigen und Flüchtlingen, mit ihren Golfclubs, Whistrunden und ihrer sonnengegerbten Haut. Und das ist ein gewisser Trost. Aber sie wird allein sein, voller Angst und ohne Schutz – all das, was sie erst dazu bewegte, ihr entsetzliches Verbrechen überhaupt zu begehen. Für Rose, die ihren Daddy verlor, ist ein Leben ohne einen Beschützer ein Leben voller Furcht, Wahnsinn und Bedrohung.

Daisy hatte nicht sagen wollen, warum sie unbedingt mit ihr reden mussten. Sie sagte Rose nur, sie solle sich vorbereiten, sie hätten ihr etwas Wichtiges zu sagen.

Rose sitzt wie betäubt neben Michael, als William das Wort ergreift und ausführlich die Geschichte der Belinda McNab schildert, der Horrorgestalt aus Roses Albträumen.

Das schwache Summen in Roses Kopf wächst sich zu einem rhythmischen Dröhnen aus. Das kann nicht sein. Er muss sich irren. Sie hält sich am Kamin fest, um nicht vom Stuhl zu fallen. »Ruhig, Mum. Reg dich bloß nicht auf«, sagt Jessie, die scheinbar befürchtet, sie habe mit ihrer gleichgeschlechtlichen Affäre die Familie entehrt.

Rose lauscht gebannt Williams knappem Bericht über die Folge von Jessies Affäre mit Belinda: deren Verfolgungen und Drohungen, die dazu führten, dass Michael involviert wurde, und wie alle glaubten, nun sei das Schlimmste vorüber. Und während die Familie versuchte, all diese Probleme zu bewältigen, ließ man Rose vollkommen außen vor und unwissend.

»Doch dann kam sie zurück«, unterbricht Jessie ihn.

»Zumindest dachten wir, sie sei zurückgekommen«, korrigiert William sie. »Jessie bildete sich sogar ein, sie gesehen zu haben. Sie war so fertig, sie sah hinter jedem Schatten Gefahren lauern. Belinda war jedoch zu diesem Zeitpunkt bereits tot, sie hatte sich im Bullwood Hospital erhängt.«

Rose kaut an ihren Fingernägeln. Wollen sie ihr allen Ernstes weismachen, Belinda stelle keine größere Bedrohung für ihre Ehe dar als ein Stuhl, der in China umfällt? Aber wer war es dann, wenn nicht Belinda?

»Jemand anders warnte Jasmine vor Jessie, hinterließ diesen Dreckhaufen in Jessies Zimmer, verfolgte sie, zerstach ihre Reifen, schlitzte Daisys Mantel auf und …« William bricht mitten im Satz ab und blickt hinüber zu Jessie, senkt die Stimme und fährt fort: »… setzte Dinahs Haus in Brand.«

»Jemand anders?«, krächzt Rose, bevor ihr die Stimme versagt.

»Und wir wissen nicht, wer«, erklärt William.

An diesem traurigen Nachmittag setzt sich Rose hin und beginnt, einen Brief zu schreiben. Sie hatte versucht, sich von den Mädchen so normal wie möglich zu verabschieden. Vor einer halben Stunde hatten sie sich gemeinsam mit William auf den Weg gemacht, um Jasmine zu finden und sie zu warnen. Rose hat noch zwei Stunden Zeit bis zu ihrem Aufbruch zum Flughafen, bevor jemand das Geheimnis lüftet, das sie zerstören wird.

Sie legt ihre Einkaufsliste für Weihnachten zur Seite. Damit hatte sie angefangen, bevor sie nach Venedig aufbrachen, hatte sich erst ein paar Notizen gemacht, noch nichts Besonderes. Michael hatte sie eine Digitalkamera kaufen wollen. Wie es ihm gefallen hätte, daran herumzufummeln und damit zu experimentieren. Das war nun hinfällig.

Mrs. Hargreaves wird sich noch den Rücken vor lauter Neugierde verrenken, was hier läuft. Bislang vergebens. Aber Rose kann es nicht riskieren, zu lange zu bleiben.

Zwei Stunden noch. Wenn sie dieses Flugzeug verpasst, ist sie erledigt. Eine jahrelange Gefängnisstrafe wäre ihr Tod.

Rose sperrt sich im Schlafzimmer ein und hievt zwei Koffer vom Schrank herunter. Sie sieht sich im Spiegel, voller Angst, die Augen weit aufgerissen. An einem Griff hängt noch der Venediganhänger, Zeichen aus einer glücklicheren Zeit, bevor die Welt in Stücke brach und sie in diesen finsteren Abgrund stürzte.

Nervös zündet sie sich eine Zigarette an. Wenn Belinda tot ist, lieber Gott, wer steckt dann hinter alldem?

Bedeutet das, dass Michael nach allem, was sie ihm angetan hat, tatsächlich unschuldig ist? Dass nichts davon nötig gewesen wäre? Wie kann sie so etwas denken, ohne dabei den Verstand zu verlieren?

Es kümmert sie nicht, was sie in die Koffer stopft. Es ist nicht mehr wichtig, wie sie aussieht. Trotzdem holt sie aus Gewohnheit ihr liebstes Stück von Clinique von der Schminkkommode und steckt es in ihren Toilettenbeutel. Sie weiß nicht, welchen Badeanzug sie einpacken soll, T-Shirts, Pullis, Jeans und ein paar Kleider – mehr braucht sie nicht. Für Rose ist das Leben, das vor ihr liegt, beinahe schlimmer als der Tod. Sie erwägt, dem allem mit einer Rasierklinge ein Ende zu setzen. Wenigstens würde sie dann in ihrem eigenen Badezimmer sterben, ihrem eigenen Haus und in ihrem eigenen Land und auf einem englischen Friedhof beerdigt werden. Nachdem inzwischen Selbstmörder und Mörder nicht mehr von Friedhöfen verbannt waren. Allerdings würde sie nicht neben Michael beerdigt, jetzt nicht mehr.

Aber was wäre, wenn sie versagte und man sie fand und in eine Anstalt brachte?

Sie schiebt die Koffer unter das Bett, für den Fall, dass Mrs. Hargreaves nach oben kommt und sie sieht. Sie holt ihr Brautkleid aus der Plastikhülle. Tränen steigen ihr in die Augen, doch für solche Sentimentalitäten hat sie jetzt keine Zeit. Es sind noch immer hunderte von Ampullen und kleinen schwarzen Fläschchen zwischen den Falten und Biesen. Und all das, das Kleid und der Rest, wird in die Mülltonne wandern, die morgen geleert wird.

Die Zeit verstreicht. Bald wird Mrs. Hargreaves auf ihre Uhr sehen und sagen: »Wenn Sie mich nicht mehr brauchen, gehe ich jetzt.« Dann kann Rose sich auf den Weg machen in die Freiheit.

Um ihren letzten Brief an Michael zu schreiben, geht Rose nach unten und setzt sich zu ihrem Ehemann. Eine ruhende Gestalt mit undurchdringlichen Augen – weiß er, dass sie hier ist?

Mit flatternder Hand schreibt sie ihre Gefühle nieder. Wo soll sie anfangen? Wie schreibt man über eine dreißigjährige Liebe? Nicht Wut quält sie, sondern kranke Verzweiflung. Nichts davon hätte geschehen müssen. Eine zarte Melancholie tritt an die Stelle des Schmerzes. Ihre Augen bleiben an vertrauten Gegenständen haften, ohne sie wahrzunehmen, bevor sie wieder zu Michael zurückkehren. Immer wieder Michael, es war immer Michael gewesen.

Er hat mich geliebt. Wenn Rose eines sicher weiß in ihrem Leben, dann ist es das.

Das Glück, das sie empfand, wenn sie heimkam und wusste, dass Michael auf sie wartete. Den Spaß, den es ihr bereitete, ein Kleid anzuziehen, bei dem sie sich sicher war, dass er es bewundern würde. Die Freude, eine Mahlzeit zuzubereiten und ihm anschließend dabei zuzusehen, wie er sie verschlang. Das Geräusch, wenn er den Wein entkorkte und fluchend nach sauberen Gläsern suchte. Die Sicherheit, die sie in seinen Armen fand.

Doch was tut Rose ihrer Meinung nach hier? Sie hängt einem Traum nach, versucht den Schmerz zu übertünchen. Vorbei, vorbei.

Wahrscheinlich hat jeder Mensch auf der Welt in Gedanken Böses ausgeheckt, das niemals ans Licht der Öffentlichkeit dringen sollte. Warum musste ausgerechnet sie diesen Gedanken in die Tat umsetzen? Warum hatte der Schmerz nicht nachgelassen, bevor sie diesen Plan ausführte? Welche Verzweiflung hatte sie dazu getrieben?

Rose schreibt weiter.

Die Uhr auf dem Kaminsims schlägt zwei.

Niemand schenkt den beiden Schlägen Beachtung.

»Gut dann«, sagt Mrs. Hargreaves. »Wenn Sie meinen, dann gehe ich jetzt.«

Rose blickt von ihrem Brief auf. »Ja, gehen Sie nur. Ich weiß, Sie haben noch Einkäufe zu erledigen.«

Rose verschließt den Umschlag und schreibt auf die Vorderseite Michaels Namen. Sie legt ihn auf den Tisch und eilt nach oben, um ihr Gepäck zu holen, schleppt es schnaufend nach unten. Sie stellt es neben der Haustür ab und legt die Autoschlüssel bereit, um sich zu verabschieden.

Traurig nimmt sie sein mattes Gesicht in die Hände und hebt es hoch. Sie blinzelt kurz, um die Tränen zu unterdrücken. Sie sollen nicht ihren letzten Blick auf den Mann beeinträchtigen, der so lange Zeit ihr Leben war. Möglicherweise darf Glück nicht ewig währen. Vielleicht haben sie Recht, es ist nur für den Augenblick geschaffen. Aber du hast mich glücklicher gemacht, als ich mir das je vorstellen konnte. »Es tut mir Leid, Michael, so schrecklich Leid.«

Sie sucht in seinen Augen nach einer Antwort, aber sie findet nichts.

Da klingelt es unvermittelt an der Tür, laut und schrill. Das Läuten kratzt über diesen Augenblick, es klingt wie ein fluchendes Kleinkind. Rose springt auf. Sie werden doch nicht schon wieder zurückkommen. Sie hat ihre Chance vertan. Man wird ihre Koffer entdecken. Wie soll sie sich herausreden? Wissen sie es bereits? Sind das Daisy und Jessie oder ist es die Polizei?

Gott steh mir bei. Roses Herz tut einen Sprung, bevor es ihr wie ein Stein in die Magengrube sinkt. Jasmine ist im Haus, bevor Rose einen Grund hervorstoßen kann, um ihr den Zutritt zu verwehren.

»Ich dachte, ich schau kurz vorbei wie immer«, erklärt Jasmine und zieht ihren dunkelblauen Fleecepulli aus. Sommersprossenübersäte Arme quellen muskulös aus den Ärmeln einer weißen Aertexbluse hervor. Das Band ihrer Armbanduhr ist aus Stretchnylon, sportlich weiß-blau gestreift. Unter ihren Armen sind zwei halbmondförmige Schweißflecken. Sie reibt sich die großen Hände und tritt ans Kaminfeuer. Die steifen blonden Härchen auf ihrer Haut fangen das Licht ein. Eine Flamme spiegelt sich in ihrem Kruzifix wie ein Signalfeuer. »Wie geht's ihm? Wieder was geschrieben?«

Rose setzt sich vorsichtig, ihre Beine sind zu schwach, um stehen zu bleiben. Sie darf ihr Flugzeug nicht versäumen. Auf keinen Fall.

»Ich war den ganzen Tag unterwegs«, erzählt Jasmine. »Ein Riesenspaß. Wir gingen mit der fünften Klasse zu der Matinee von *Peter Pan on Ice* im Palace. Du hättest die kleinen Gesichter sehen müssen.«

Rose fröstelt. Die magischen Worte »Peter Pan« klingen in ihrer derzeitigen Situation wie Hohn. Jasmine hat den Winter hereingebracht.

Sollte Rose Jasmine vor dieser Person warnen, die sich als Belinda ausgibt? William hat Jasmine anscheinend verpasst, denn sie weiß offensichtlich nicht Bescheid. Aber ihr die ganze Geschichte zu erzählen, die Gefühle, die damit verbunden sind, würde Roses Flucht in die Freiheit den Schwung rauben.

Wenn sie nicht bald geht, fliegt ihr Flugzeug ohne sie. Außerdem muss sie noch die Bank anrufen, bevor sie zum Flughafen aufbricht. Sie will das ganze Geld vom Festgeldkonto auf das Girokonto überweisen. Es handelt sich nur um ein paar tausend Pfund, aber sie würde es brauchen und noch mehr. Schade, dass es noch sechs Monate dauert, bis Mutters Versicherung ausbezahlt wird.

»Waren das Koffer neben der Tür?«, fragt Jasmine beiläufig. Ihren kleinen Augen entgeht einfach nichts.

»Nur ein paar Kleider, die mir nicht mehr passen«, antwortet Rose rasch. »Ich habe sie aussortiert für den Secondhandladen.«

»Super Idee«, geht Jasmine darauf ein. »Soll ich dir helfen, die Koffer zum Auto zu tragen? Die sehen schwer aus.«

Rose nickt zögernd. Warum lange protestieren? Sobald das Gepäck einmal im Kofferraum des Saabs verstaut war, saß sie innerhalb einer Sekunde hinter dem Steuerrad und war auf dem Weg zum Flughafen. Den Flug hatte sie mit der Kreditkarte gebucht und ihr Pass ist sicher in ihrer Handtasche verstaut. Die Schlüssel zum Appartement der Bennets in Portugal erhält sie bei dem Agenten vor Ort. Jack hat ihr versichert, der Mann sei von ihrer bevorstehenden Ankunft informiert.

Alles war geregelt.

Mein Gott! Wie Jasmine diese Koffer hebt. Sie ist so stark wie ein Mann, sie könnte eine russische Sprinterin sein. Nimmt sie Steroide? Oder ist dieser Körperbau normal?

»Was hast du denn da drin?«, fragt Jasmine, als sie zurückkommt. Sie bewegt sich in dem Haus, als sei sie hier zu Hause. »Das Spülbecken?« Rose achtet darauf, wo sie die Autoschlüssel hinlegt.

Diese Spannung, diese in der Luft zuckenden Blitze werden Rose sogleich verraten. Das scheint unvermeidlich zu sein. So sehr sie sich bemüht, Rose kann ihren Drang zu verschwinden nicht verbergen.

»Ist alles in Ordnung mit dir, Rose? Du wirkst irgendwie gestresster als sonst.«

»Nein, nein, mir geht es gut. Wirklich.« Doch Rose sitzt wie festgewachsen auf dem Stuhl.

»Kann ich noch irgendetwas für dich tun? Soll ich die Kartoffeln schälen?«

Das kann so nicht weitergehen. Der Druck wird unerträglich. Rose muss etwas sagen. Überrascht merkt sie, dass sie aufstehen kann, wenn sie sich an den Kamin lehnt. Die Hände aus Angst zu zwei Fäusten geballt, bemüht sie sich mit aller Kraft, die Stimme ruhig zu halten. »Entschuldige mich, Jasmine, aber ich muss jetzt weg. Tu mir den Gefallen und bleib bei Michael, nur für kurze Zeit.«

Jasmine lässt ihre Augen nicht los. Sie leuchten unglaublich hell. Irgendetwas in diesem Blick dringt in bisher verborgene Tiefen vor. Was will Jasmine ihr mitteilen? Warum ist sie hier? Rose steht kurz vor einem Nervenzusammenbruch – plötzlich ist ihr klar, was diese Augen sie fragen. Sie klagen sie an, sie bestehen auf einer Antwort. Rose wird schwindlig. Ihre Stimme ist von diesem Kampf erschöpft, als sie antwortet: »Du weißt es, nicht wahr? Du weißt, was ich getan habe?«

»Ja, Rose. Alles. Jedes Detail.«

Roses Stimme zittert. Sie ist machtlos dagegen. Das ist also die Schreiberin des Beileidsbriefs und der Nachricht »Ich weiß Bescheid«. Aber warum sollte Jasmine den Buchstaben B verwenden? Warum unterschrieb sie nicht mit ihrem eigenen Namen? Rose ist zu erschöpft, um sich auf dieses Puzzle zu konzentrieren. »W… wie hast du es herausgefunden?«, fragt sie verwirrt. »Wie lange weißt du schon Bescheid?«

»Von Anfang an.«

Wann war der Anfang? So sehr sie sich auch bemüht, Rose kann sich nicht mehr erinnern.

29

»Gott, bin ich blöd. Sie ist es: Jasmine!« William schlug sich an den Kopf, als ihm auf der Fahrt zur Kingsmead School die Wahrheit dämmerte. »Gestern früh, als mir meine Freundin schöne Grüße für die Krankenschwester mitgab, die Schwester aus der Psychiatrie, die sich mit Belinda angefreundet hatte, fragte ich mich die ganze Zeit, wen zum Teufel sie meinen könnte. Welche Krankenschwester? Ich kenne keine Krankenschwester. Warum klickte es da nicht bei mir? Warum zum Teufel hat das so lange gedauert?«

»Ich verstehe kein Wort«, sagte Jessie irritiert neben ihm.

»Es ist Jasmine«, wiederholte William wie ein Roboter. »Verfluchte Scheiße. Die ganze Zeit über. Jasmine war Belinda.«

»Du bist verrückt«, unterbrach ihn Daisy vom Rücksitz aus. Sie hatte sich geweigert, neben William zu sitzen. Sie war ihm noch immer böse und das sollte jeder sehen.

»Die Krankenschwester aus der Psychiatrie. Wer sonst? Es muss Jasmine sein, Freundin Jesu und Gefährtin Belindas.« William ist ganz begeistert von seiner Entdeckung, die Bremsen quietschen und Jessie schnappt nach Luft: »Jesus! Du Idiot, pass auf!«

»Nach dem, was meine Freundin Hilda erzählte, die gesprächige Patientin aus dem Bullwood Hospital, war eine Schwester ziemlich fertig mit den Nerven, als Belinda sich einfach umbrachte. Sie waren sich nahe gekommen, die beiden, erzählte mir Hilda, nachdem ich ihr eine Schachtel Zigaretten gegeben hatte. Die Schwester fuhr total auf Cricket ab und versuchte Belinda dafür zu interessieren. Sie hatte im Krankenhaus ein Team gebildet. Na, wer außer Jasmine täte etwas derart Schräges? Mehr noch, wie Hilda erzählte, mauerten Belindas Eltern, nachdem sich diese erhängt hatte, und verweigerten jede Form von Therapie oder Beratung.«

»Also hat Hilda zumindest in einem Punkt Recht«, erklärte Jessie. »Sie weiß, wovon sie spricht.«

»Oh, Hilda ist nicht verrückt«, versicherte ihnen William, »sie hat nur Angst vor der Welt draußen.«

»Das kann nicht stimmen. Warum sollte Jasmine …? Das ist so krass? Welche Gründe hätte sie, es sei denn, zwischen Belinda und ihr ist was gelaufen?« Daisy wirkte so geschockt wie die anderen beiden. »Rache? Sie war schließlich nur ihre Krankenschwester. Du musst dich irren, William. Das ist nur eine Vermutung.«

»Vielleicht hatten die beiden ein Verhältnis. Das wäre schon möglich, auch wenn Jasmine bei mir nie Annäherungsversuche machte. Und wenn das so wäre«, bei dem Gedanken hält Jessie sich die Hand vor den Mund, als wolle sie die Worte zurückhalten, »gab Jasmine vielleicht mir die Schuld am Tod ihrer Patientin? Liebe oder nicht, Belinda vertraute sich bestimmt Jasmine an. Sie muss über unsere Beziehung Bescheid gewusst haben und über Belindas anschließende Reaktion. Sie muss gewusst haben, welche Rolle Dad bei dieser Angelegenheit spielte. Es wäre durchaus denkbar, dass sie hierher kam, um sich zu rächen.«

»Das ist alles zu weit hergeholt.«

»Das sind die Geschichten, die das Leben schreibt, ziemlich oft sogar.« William, dessen Nerven zum Zerreißen gespannt sind, tritt auf die Bremse.

»Um Himmels willen, jetzt werd bloß nicht langsamer. Wir müssen Jasmine finden. Warte mal. Gehen wir das doch noch einmal in aller Ruhe durch. Wir müssen versuchen, klar zu denken«, rief Jessie. Ihr Mund war so trocken, als sei sie auf Kokain. »Ist Williams Theorie tatsächlich so an den Haaren herbeigezogen? Jasmine sprach mich an meinem ersten Tag in Kingsmead an, was mir ganz recht war, ich brauchte ja jemanden zum Quatschen.« Jessie überlegte. »Sie war offen und ehrlich. Und als sie mir von Belindas Anruf erzählte, in dem diese sie angeblich vor mir gewarnt hatte, meckerte sie nicht an mir herum und machte auch kein Aufhebens davon. Warum sollte sie auch, wenn das wahr ist, was wir vermuten? Und überlegt mal, wie sehr sie uns half. Nichts war ihr zu viel.«

»Kingsmead School und St. Marks arbeiten eng zusammen«, führte William aus und wich einem Radfahrer aus. »Falls Jasmine es also auf Jessie abgesehen hatte, bedeutete ein Job dort eine Garantie, sie irgendwann zu treffen.«

Jessie pflichtete ihm sofort bei: »Jeder aus meinem Jahrgang verbrachte einen Tag dort.«

»Und war es nicht Jasmine, die dich darin ermutigte, Belindas Eltern anzurufen?«

»Richtig, ihr war wohl klar, wie sie reagieren würden.«

»Aber Grannys Haus anzuzünden! Lieber Gott! Wenn sie wusste, dass Granny da drin ist?«

»Und der Hase mit dem Kettchen um den Hals? Was sollte das bedeuten? Was für einen Sinn macht das?«

Plötzlich rief Daisy von hinten hervor: »Jetzt erinnere ich mich, sie kam bei Granny vorbei wegen so eines doofen Kirchenflohmarkts. Granny sagte ihr, sie solle doch im Dachboden nachsehen. Ich war dort, als sie mit einem schwarzen Müllsack voll Zeug runterkam. Granny wollte sehen, was sie alles darin hatte. Also zeigte sie es ihr, Stück für Stück. Allerdings kam sie nicht bis auf den Boden des Sacks, weil Granny die Geduld verlor. Bei der Gelegenheit muss sie in irgendeiner schmuddeligen Ecke auf den Hasen gestoßen sein. Wahrscheinlich dachte sie sich, das Ding wäre ideal, um dem Horror noch eins draufzusetzen.«

William bremste und fragte sie: »Gehen wir jetzt zur Polizei?«

»Ich würde lieber zuerst mit ihr selbst reden«, meinte Jessie. »Geben wir ihr eine Chance, alles zu erklären. Möglicherweise liegen wir völlig daneben, aber ich möchte auf keinen Fall die Gelegenheit versäumen, aus ihrem eigenen Mund zu hören, was sie getan hat.«

»Und wenn wir sie nicht sofort finden?« Sie fuhren die Einfahrt zur Schule hoch. »Können wir es riskieren, dass sie noch mehr Schaden anrichtet?«

Aber da gab es noch ein Problem. Sie hatten überhaupt keine Beweise. Würde die Polizei ihnen glauben, dass Jasmine sich absichtlich um eine Stelle in der Nähe des Colleges ihrer ehemaligen Patientin beworben hatte? Fände Williams Vermutung Gehör, dass Belinda und Jasmine sich im Bullwood Hospital eine gewisse Zeit nahe standen, vielleicht zu nahe? Würde man ihnen die unglaubliche Geschichte abnehmen, dass Jasmine sich aus Rache als Belinda ausgegeben hatte, Jessie und Daisy schikanierte und das Feuer legte, bei dem deren Großmutter ums Leben kam? Oder würde man das als zu weit hergeholt ablehnen, als von der Presse erfundenes Schauermärchen abtun?

Wenn Jasmine nicht unter Druck gestehen würde, was sie getan hatte, würde die Geschichte als reine Fantasie behandelt. »Schauen wir erst mal, ob sie hier ist«, sagte William. »Hören wir uns an, was sie zu sagen hat, dann können wir immer noch entscheiden.«

30

Das war's, mehr erträgt Rose nicht. Als sie ihre Tochter angeführt von William sieht, huscht sie an ihnen vorbei zum Auto. Sie muss verschwinden, bevor Jasmine ihnen alles erzählt. Zeit zum Abschiednehmen bleibt nicht.

»Mum?«

Rose dreht mit schweißnassen Fingern den Autoschlüssel. Gott sei Dank springt der Motor sofort an.

»Aber Mum… wohin…?«

»Kümmert euch um Daddy. Mir zuliebe.«

Sie sind sich sicher gewesen, Jasmine hier zu finden.

Nachdem das Chaos sich gelegt hat, der letzte hochgespritzte Kiesel in der Auffahrt wieder zu Boden gesunken ist und die Wolken aus dem Auspuff nur noch als weiße Schleier in der Luft hängen, nimmt Jasmine ruhig und wie selbstverständlich Roses leer gewordenen Platz in dem Sessel vor dem Kamin ein. Merkwürdig, wie sie da mit gefalteten Händen sitzt, das Gesicht rosa strahlend vor Selbstgerechtigkeit.

Das ist das Zimmer, in dem sie vor vielen Jahren im Kamin Kastanien rösteten, auf diesem Teppich mit ihren besten Freundinnen Angela und Bryony Pictionary spielten und auf dem kleinen Ablagetisch malten. Der Christbaum steht immer in der Ecke dort drüben. An der Bilderleiste hängt noch immer an einem Blu-tack-Klebekissen ein winziges Stück Girlande.

Ruhig verteidigt sich Jasmine gegen diese grausamen Fragen.

»Ich kann euch nicht sagen, *wohin* Rose gefahren ist. Aber ich weiß, *warum* sie weg ist.«

Jasmine ist ebenso entrüstet wie erstaunt. Auf die Anschuldigung, sie habe absichtlich Dinahs Tod herbeigeführt, reagiert sie mit gespitztem Mund und dem Mienenspiel einer Heiligen, die zum Scheiterhaufen geführt wird. Sollen doch die Flammen ruhig an ihr lecken. Jasmine Smith wurde persönlich das ewige Heil versprochen.

»Jesus schickte mich, nicht Belinda, Gott sei ihrer Seele gnädig.«

Am liebsten schlüge Jessie sie ins Gesicht. Jasmines religiöse Phrasen sind hier fehl am Platze. Jessies gesunde und vernünftige Mutter ist ohne jede Erklärung hysterisch in der Dämmerung verschwunden. Jessie hat die letzten zwei verrückten Stunden mit einem Mann verbracht, der die Gesellschaft seiner Freundin kaum erträgt, und einer liebeskranken Schwester, die wie benommen wirkt durch den Schock.

Während dieser Zeit, in der sie vergeblich nach Jasmine suchten, machte diese in der Vorstellung der drei eine Metamorphose durch von der kranken Psychopathin zur teuflischen Bestie, die um jeden Preis gestoppt werden musste. In ihrer verzweifelten Suche nach Jasmine einte sie und William das Wissen, wozu diese Sadistin fähig war, während wertvolle Zeit verstrich, in der sie neues Unheil anrichten konnte.

Sie hätten direkt zur Polizei gehen sollen. Wieder hatte Jessie alles vermasselt. Mit ihrem erbärmlichen Egoismus. Sie wollte den Dämon stellen. Und da sitzt nun Jasmine in ihrer selbst gebastelten Kanzel, vor selbstgerechter Empörung sprühend.

In diesem Zimmer, wo sie auf dem glatten Holzboden Rollschuh laufen lernten. Dem Zimmer, das der Familie im Sommer eine kühle und im Winter eine wärmende Zuflucht bietet. Dem Zimmer, wo die Kinder in Partykleidern Reise nach Jerusalem spielten und mit ihrer Götterspeise kleckerten.

»Ich kam hierher, um zu helfen«, erklärt Jasmine. »Um der Familie etwas zurückzugeben, die einen solch tiefen Eindruck auf die bedauernswerte Belinda gemacht hatte. Besonders dein Vater, der so freundlich, geduldig und verständnisvoll war. Er schenkte ihr viele Stunden seiner Zeit, war ihr eine zuverlässige Stütze, und auf ihre eigene Mitleid erregende Art liebte Belinda ihn. Ich wusste, es würde kein Problem sein, Jessie zu finden. Aber ich war entsetzt, als ich merkte, dass ihr alle dachtet, Belinda sei noch am Leben.«

»Warum zum Teufel hast du es uns denn nicht gesagt?«, fragt William sie erstaunt.

»Weil jemand anderer sich als Belinda ausgab«, antwortet Jasmine, als müsse dies jedem klar sein. »Eine andere gequälte Seele. Es war wichtig herauszufinden, wer das sein könnte. Und als Außenseiter, dachte ich, sei ich am besten dazu in der Lage, dieses Rätsel zu lösen. Es gab so manche Lektion zu lernen.«

»Die du uns lehren wolltest, lieber Gott im Himmel?«

Jessie ringt um Fassung. »William, lass es, wir sollten jetzt die Polizei anrufen.«

»Warte«, hält er dagegen, »das hier könnte interessant werden.«

Jasmine ist sich ihrer Sache absolut sicher. »Für Jessie, die sich einbildete, Belinda gesehen zu haben, muss das ein traumatischer Schock gewesen sein. Sie hatte es versäumt, sich mit ihrer Schuld auseinander zu setzen, und sich so die Chance verbaut, errettet zu werden. Obwohl sie sich einmal so nahe gestanden hatten, erwähnte sie Belinda nie.«

»Scheiße, ich habe nur deswegen nie von ihr gesprochen, weil ich die Bedrohung hasste, zu der sie geworden war.«

»Und dann«, fährt Jasmine fort, ohne auf die Unterbrechung einzugehen, »erhielt ich diesen ungewöhnlichen Telefonanruf, als du und Daisy bei Dinah wart, der angeblich von Belinda kam. Natürlich wusste ich, dass es nicht Belinda sein konnte. Aber ab diesem Zeitpunkt steckte ich tief mit drin. Daraufhin war Jessie zu einer Erklärung gezwungen. Erinnerst du dich?«

»Du willst also sagen«, mischte Daisy sich nun ein, noch immer blass, aber innerlich vor Empörung kochend, »dass nicht du es warst, die meinen Mantel aufschlitzte, diesen schrecklichen Haufen in Jessies Zimmer versteckte, ihre Reifen zerstach, sie verfolgte und am Schluss aus lauter Wahnsinn auch noch Grannys Haus anzündete?«

»Ich war es nicht«, stellt Jasmine nüchtern fest, als befinde sie sich im Gerichtssaal. »Nicht Rache brachte mich hierher, ich kam, um euch eure Güte zu vergelten. Ich bin Christin – ich liebe den Frieden und ich liebe Gott. Derartiges zu tun, wie ihr mir hier unterstellt, hieße, dem barmherzigen Gott den Rücken zuwenden.«

»Aber du kannst doch nicht leugnen, dass du dich in Bullwood mit Belinda angefreundet hast.«

»Ich habe mich um sie gekümmert und mich mit ihr angefreundet.« Ein frommes Lächeln erstrahlt auf Jasmines

Gesicht. »Belinda brauchte dringend Freunde. Jede Schwester und jeder Pfleger bekam einen Patienten zugewiesen, das war Teil der Therapie.«

»Mag sein«, murmelt Jessie. »Aber deine wertvolle Freundschaft hat ihr nicht viel genützt.«

»Traurigerweise nicht«, antwortet Jasmine. »Aber nun tanzt ihre Seele zwischen den Wolken im Himmel.«

Das war Baggins' Lieblingsteppich. Er pinkelte immer vor Aufregung an den Türpfosten, wenn sie ihn zu lange allein gelassen hatten und dann reinkamen, um nach ihm zu rufen. Wenn Jessie und Daisy sich eins ihrer Lager bauten, schichteten sie die Sofakissen aufeinander und warfen die Decke darüber.

Jasmine scheint so abgehoben in Frömmigkeit und Fanatismus zu schweben, daher erkundigt sich William freundlich: »Du hast gesagt, du seist hierher gekommen, um uns zu helfen. Wie wolltest du das machen, Jasmine? Bisher sehe ich kein Anzeichen von Erfolg.«

Jasmine trägt mit feierlichem Gesichtsausdruck ihre Geschichte vor: »Nicht nur Jessie brauchte meine Hilfe. Ein weitaus vielschichtigeres Bild tat sich vor meinen Augen auf – ein schwer kranker Vater, eine Mutter in ärgster Bedrängnis und zwei junge Mädchen, die von einer gequälten Seele bedroht wurden. Da draußen war ein Teufel, der Belindas Namen benutzte, um euch alle zu martern und zu peinigen. Und es lag an mir, meine ganze Kraft zu geben, euch zu helfen und mit Rat und Tat zur Seite zu stehen.«

»Quatsch mit Soße«, fährt Jessie sie an. »Komm runter von deinem Podest.«

Jasmine schnappt nach Luft. »Ich habe versucht, dich dazu zu überreden, in meine Kirche zu kommen. Ich wollte, dass du mir mit den Kindern hilfst, damit du den wahren Geist der Barmherzigkeit kennen lernst. Ich versuchte dich in das Krippenspiel mit einzubeziehen. Weil ich dachte, das sei ein möglicher Weg für dich. Doch die ganze Zeit, und das kannst du nicht abstreiten, versuchte ich dir und deiner Familie zu helfen und den richtigen Weg zu zeigen.«

»Und dieser Zufall, dieser Job in Kingsmead?«

»Gut ausgebildete Krankenschwestern werden überall gesucht, vor allem Psychiatrieschwestern. Schulen wie Kingsmead inserieren ständig in der Zeitung, nicht nur Krankenhäuser.«

Kann diese merkwürdige Geschichte wirklich wahr sein? Jasmine hat sie zumindest ohne das geringste Stocken oder Zögern erzählt.

»Was hast du Mum getan, bevor wir hier ankamen?«, fragt Daisy sie. »Warum ist sie in absoluter Panik davongerannt? Jetzt tu bloß nicht so, als sei sie nicht völlig aus dem Häuschen gewesen und als hättest du nichts damit zu tun. Du musst doch wissen, wo sie hingefahren ist. Du musst mehr wissen, als du uns erzählt hast.«

»Ihr alle verschließt noch immer eure Augen vor der Wahrheit.« Jasmine seufzt verzweifelt. »Öffnet eure Augen und eure Herzen. Besäßet ihr nur meine Kraft, die mir durch das Wissen gegeben wurde, dass Jesus alles sieht und alles weiß.«

Dad sitzt zusammengesunken in seinem Sessel, ohne etwas mitzubekommen von der Schlacht, die um ihn herum tobt. Keiner von ihnen glaubt ernsthaft, dass Rose nie mehr zurückkommen könnte. Nicht, wenn Michael so auf sie angewiesen ist. Sie muss abends zurück sein, um ihm sein Essen zu geben und ihn zu baden.

»Deine Mutter ist die arme Sünderin, die Belindas Namen benutzte«, verkündet Jasmine. »Sie hat irgendwie von

Jessies Affäre erfahren – ich vermute, Michael hat es ihr erzählt – und sie war entschlossen, ihre Tochter dafür zu bestrafen.« Mit leuchtenden Augen sieht sie William, Jessie und Daisy an. »Und heute sagte ich ihr, dass ich Bescheid weiß. Sie fragte mich geradeheraus und ich sagte ihr die Wahrheit.«

Jessie lacht laut auf. Ein kaltes, hartes Lachen. Und fixiert Jasmine. »Du bist böse, Jasmine, das ist es. Absolut böse. Die Missionarin, die aus der Hölle kam.«

»Nein, lass das. Hören wir uns an, was sie zu sagen hat. Hören wir uns an, wie verrückt sie tatsächlich ist. Erzähl uns doch, Jasmine, warum sollte Rose sich so verhalten? Sie wusste nichts von Belinda, sie hatte bis heute Morgen noch nie von ihr gehört.«

»Wie kommst du darauf?«, fragt Jasmine.

»Weil Dad ihr nie von ihr erzählte.«

»Das weißt du doch gar nicht.«

Jessie wirft William einen Blick zu, sieht hinüber zu Daisy und runzelt unsicher die Stirn.

»Du musst dich irren«, fährt Jasmine in ihrer Predigt fort. »Rose wusste alles über Belinda. Und ich vermute, dass Michael es ihr in Venedig erzählte. Sie war entsetzt. Ihr wurde schlecht bei der Vorstellung, ihre Tochter könne eine solch gottlose Beziehung haben. Dann wurde er krank, ein zweiter Schlag für seine Frau, die ohnehin an einem schwierigen Wendepunkt in ihrem Leben stand.«

»Das ist doch vollkommen absurd.«

»Jessie, hör doch zu.«

»Nein, ich hör da nicht länger zu. Eine solche Scheiße hör ich mir nicht an. Will Jasmine allen Ernstes behaupten, dass Mum, in ihrem Alter, mit all den Problemen, die sie hatte, mit einem in einen Lumpen gewickelten Scheißhaufen in mein Zimmer schlich und das Ding auf meinem Teppich deponierte? Kann sie sich allen Ernstes vorstellen, wie Mum in ihrem Kamelhaarmantel sich in der Bibliothek herumtreibt, eine Gartenschere in der Tasche, bis sich eine Gelegenheit ergibt, sich in die Angestelltengarderobe zu stehlen und Daisys Mantel zu zerschnipseln – und das alles, um mich wegen einer lesbischen Affäre zu bestrafen? Will sie uns sagen, dass Mum das Haus ihrer eigenen Mutter abfackelte, der Mutter, die sie so sehr liebte und um derentwillen sie bereit war, jedes Opfer auf sich zu nehmen?«

»Willst du wirklich, dass wir dir diese Geschichte glauben?«, fragt William Jasmine. »Und wenn ja, warum hast du es uns nicht früher gesagt?«

»Nur der Herr sieht in die Seele der Menschen. Nur er versteht, was sie antreibt. Ich weiß nicht, warum Rose sich so verhielt. Sie stand unter enormem Druck, so viel weiß ich. Ich war in letzter Zeit häufiger mit Rose zusammen als ihr alle.« Achselzuckend blickt Jasmine gen Himmel. »Was das Feuer angeht, bin ich mir sicher, dass Rose das nicht getan haben kann. Ich denke, das Feuer war ein Unfall.«

»Aber du hast keinen Beweis für das, was du sagst?«

»Nur dass die letzten Worte, die Rose zu mir sagte, lauteten: ›Du weißt es, nicht wahr? Du weißt, was ich getan habe?‹ Und dann verschwand sie. Ihr habt sie gesehen.« Jasmines Augen strahlen wie die eines Außerirdischen. »Und ich bezweifle, ob ihr eure Mutter je wieder seht.«

William bricht das Schweigen. »Ist noch jemand hier meiner Meinung, es könnte sein, dass Rose diesen Brand legte?«

»Nein!«, ruft Daisy. »Wie kannst du so was sagen? Ich weigere mich, diesen ekelhaften Geschichten länger …«

William fährt ruhig fort: »Lasst euch das durch den Kopf gehen. Sagt einen Augenblick lang nichts. Hier gibt es eine Unmenge unter den Teppich gekehrter Konflikte. Rose hatte eine merkwürdige Beziehung zu ihrer Mutter. Sie nahm alles hin, verzieh ihr alles, sie war zu nett und unnatürlich geduldig, als habe sie vor etwas Angst. Ich habe keine Ahnung, was dahinter stecken könnte und ich behaupte nicht, dass ich richtig liege, ich sage nur, dass ich es für möglich halte. Und wenn Rose von zu Hause weggegangen ist, kann genau das der Grund dafür gewesen sein.«

»Was zum Teufel meinst du? Du nimmst Jasmines irres Geschwätz ernst?«, brüllt Jessie aufgebracht. »Sie lügt wie gedruckt, siehst du das denn nicht? Du lässt ihre Kontakte mit Belinda völlig außer Acht, und dass sie hierher kam, um Belindas Tod zu rächen, so einfach ist das.«

»Warum sollte ich ihren Tod rächen wollen?« Jasmine wirkt erstaunt. »Belinda war ein unglücklicher Mensch, jetzt ruht sie sicher und zufrieden bei Jesus.«

Das Gespräch entgleitet ihnen. William versucht dagegenzusteuern. »Jetzt soll die Polizei entscheiden. Sie kann Jasmines Geschichte auseinander nehmen oder bestätigen. Wir können es uns nicht leisten, sie unbeaufsichtigt hier zu lassen.«

»Warte, William«, stöhnt Daisy. »Du glaubst doch nicht, dass sie am Ende noch Jasmines Geschichte glauben und anfangen, Mum zu verdächtigen, sie habe …«

»Das ist wohl kaum wahrscheinlich«, fährt Jessie sie an.

»Aber wo ist Mum? Warum ruft sie nicht an? Warum hat sie uns keine Nachricht hinterlassen?«

»Sie hat eine hinterlassen«, wirft Jasmine ein. »Sie liegt hinter dir auf dem Tisch.«

William hebt sie auf und reicht sie Daisy. »Sie ist an deinen Dad adressiert.«

Es ist grau in dem Zimmer, sehr grau, als geselle sich die erste winterliche Düsternis zu den Menschen in dem Raum. »Ich denke, wir sollten das lesen«, meint Jessie, greift widerstrebend nach dem Umschlag und öffnet ihn.

Mein Liebster,
ich liebe dich.
Ich habe Dinge getan, die ich nie für möglich gehalten hätte. Ich habe den Menschen Schaden zugefügt, die mir auf der Welt am wichtigsten sind. Mein Schmerz ist so groß, dass es mir schwer fällt zu schreiben. Und mir ist klar, es gibt keine Hoffnung auf Vergebung.
Ich liebe dich. Ich bitte dich nicht um Vergebung. Nach einem Leben voller Liebe habe ich dich betrogen. Dafür gibt es keine Entschuldigung außer den alten Ängsten, die mich, wie du weißt, mein ganzes Leben verfolgen und dir das Zusammensein mit mir so erschwerten. Die Angst vor Verlust, vor mir selbst, die Angst vor der Grausamkeit der Welt. Vielleicht ließ mich das so grausam werden. Diese alte Gewohnheit der Frauen, denen wehzutun, die sie am meisten lieben.
Ich liebe dich.
Dank dafür, dass du etwas in mir gefunden hast, das auch du lieben konntest.
Ich musste gehen. Ich hätte es nicht ertragen, deinem Blick standzuhalten, wenn du aufwachst. Ich könnte es nicht ertragen, Daisy und Jessie unter die Augen zu treten, wenn sie erfahren, was ich für ein Mensch bin und welcher schrecklichen Dinge ich fähig bin.
Auf ewig meine ganze Zuneigung und Liebe,
Rose.

Die anschließende Pause, schicksalsschwer und unangenehm, scheint kein Ende zu nehmen. Endlich legt Jessie den Brief weg und faltet die Hände im Schoß.

Jasmine steht noch immer am Kamin, diesen seligen Ausdruck in ihrem Gesicht. Was geht ihr durch den Kopf? Dass sie jetzt gebraucht wird? Dass sie sich ihren Segen wünschen? Diese kleine Familie, die einen so tragischen Verlust ertragen muss.

»Verschwinde von hier«, sagt Jessie leise.

»Ich denke nicht, dass du …«

»Verschwinde«, wiederholt Daisy, die sich zunehmend krank fühlt.

»Ich glaube, es ist am besten, du gehst jetzt«, erklärt William und steht auf, um Jasmine hinauszubegleiten.

»Aber Michael, er braucht mich, ich kann ihm helfen!«

»Geh jetzt – bitte, in Gottes Namen«, stößt Jessie mit gebrochener Stimme hervor, die nur schwer zu verstehen ist bei dem behaglich prasselnden Feuer.

31

Zu schnell bricht die Nacht herein.

Michaels Sinneswahrnehmungen sind noch immer gestört, seine Arme und Beine, seit Wochen unbenutzt, schmerzen ihn stärker als sonst.

Alles ist so unklar, so verschwommen, ihm wird übel davon. Die Schatten über seinen Augen heben sich und obwohl der Schlaf ihn – ganz gegen seinen Willen – noch bedrängt, sind die wachen Momente zunehmend realer und nicht mehr so, als rase er durch einen Tunnel.

Die abendliche beschwerliche Reise in die obere Etage scheint heute später stattzufinden als sonst, aber sein Zeitgefühl ist noch schwach. Dann dieselbe Routine wie immer – die Treppe hinauf und ins Bett, seine Oberbekleidung ausziehen, das erniedrigende Waschen, das Wickeln – aber heute Abend sind die Hände, die ihn waschen und trockenreiben, sanft und liebevoll.

Er bildet sich ein, leises Stimmengewirr zu hören, das könnte jedoch auch Teil eines Traums, eines Wunschtraums, sein.

Er weiß, später kommt Rose. Rose kommt immer. Wenn sie nicht kommt, um ihn zu quälen, dann, um ihm seine Medikamente zu verabreichen, die er wieder versuchen wird auszuspucken, denn das ist seine einzige Chance auf Rettung.

Zärtliche Finger scheinen über die Stirn zu streichen, und diesmal folgt nicht dieses laute Kratzen, an das er sich gewöhnte, seit eine bloße Berührung Explosionen in seinen Ohren auslösen kann. Ob er allmählich gefühllos wird? Er bildet sich ein, auf der rechten Wange einen Kuss zu spüren.

Er spürt ein Kribbeln, das ist neu und alles, was neu ist, macht Michael entsetzliche Angst. Wie unbedeutend es scheinen mag, jedes unbekannte Symptom kann eine neue Folter bedeuten, deren Zweck noch nicht absehbar ist. Der Kopfschmerz, der ihn quält, seit er denken kann, normalisiert sich zusehends, wird wieder zu einem Schmerz, wie er ihn vor Roses teuflischer Therapie kannte, ein Schmerz, der sich mit Aspirin behandeln lässt. Sollte er sich je wieder von dieser Marter erholen, wird er nie wieder ein Wort über derart belanglose Beschwerden verlieren.

Allein, die endlose Nacht vor sich, ist Michael lang genug wach, um mit seinen alten Erfolgen zu experimentieren.

Er versucht, den Kopf vorsichtig hin- und herzurollen, ohne dieses merkwürdige Zucken, was er früher unter Einsatz seiner ganzen Willenskraft bereits mehrmals schaffte. Es gelingt, jedoch ohne dass er sich so ausgelaugt fühlt und stundenlang schlafen muss. Er sieht, dass das Telefon nicht mehr auf seinem Nachtkästchen, sondern auf der Kommode steht. Aber selbst wenn es direkt neben ihm stünde, würde es ihm gelingen, den Hörer abzuheben und eine Nummer zu wählen?

Er fängt mit dem kleinen Finger an und ist erstaunt, wie gut er ihn bewegen kann. Ängstlich auf mögliche Krämpfe achtend fährt er mit den anderen Fingern fort. Er hebt die Hand auf die Bettdecke, das bereitet keine Probleme. Er führt sie an seine Augen. Sie fühlt sich schwer und abgestorben an, als gehöre sie nicht zu ihm. Er erinnert sich, früher, in seiner verwirrenden Vergangenheit, dieses Gefühl gehabt zu haben, wenn er auf seinem Arm eingeschlafen war.

Was geschieht mit ihm? Sein Herz schlägt laut und kräftig wie ein Hammer. Er kämpft gegen den Schlaf an wie ein Mann, der sich an einer Klippe festklammert.

Rose muss jeden Augenblick kommen. Die Sekunden verstreichen und seine Angst steigert sich. Sie verspätet sich anscheinend, bisher hatte sie ihm nie gestattet, ein solches Maß an Bewusstsein zu erlangen. Jede Bewegung, die er macht, solange er dazu in der Lage ist, muss eine Wohltat sein für seinen kranken, steifen Körper. Wie erbärmlich das für jeden Gesunden auch aussehen mag, für Michael sind diese kleinen Erfolge athletische Meisterleistungen.

Nach einem Feuerwerk von Anweisungen an sein noch immer verwirrtes Gehirn gelingt es ihm, die Knie so zu beugen, dass die Füße flach auf der Matratze stehen. Er hebt triumphierend beide Arme und stellt sich vor, blumenbekränzt auf einem Siegertreppchen zu stehen. Das Publikum tobt, eine Hymne wird gespielt, aber er hat keine Frau, die zu ihm eilt, um ihn zu umarmen. Nein, Herr im Himmel, die hat er nicht. Er will nicht den Mut verlieren, nicht in diesem Moment. Das kann er sich nicht leisten, nicht jetzt, wo er solche atemberaubende Höhen körperlicher Leistungsfähigkeit erklimmt.

Michael macht eine Pause, legt sich flach hin und beginnt mit seinem Gesicht zu experimentieren. Er bildet sich ein, seine Augenbrauen hochziehen zu können. Unglaublich. Sein Gehirn hat seine Anweisung sofort befolgt. Er stellt fest, dass hochgezogene Augenbrauen sich unangenehm anfühlen, während ein leichtes Lächeln die Gesichtsmuskeln zu entspannen scheint.

Er übt, die Augen zu schließen und zu öffnen, die sich inzwischen, Gott sei Dank, wieder vollkommen von dieser Säureattacke erholt haben. Das Ohr, die Nase und der Hals tun ihm noch immer weh und er hat Angst, sie könnten entzündet, vielleicht permanent geschädigt sein. Doch bis zu diesem herrlichen Augenblick hätte er nicht geglaubt, dass ihn eine solche Beeinträchtigung jemals ernsthaft stören könnte. Wozu braucht ein tief in der Erde vergrabenes Gemüse eine perfekte Sinneswahrnehmung?

Noch immer kämpft er gegen diese Sehnsucht nach Schlaf an. Er hat solche Angst, dies könnten seine letzten bewusst verbrachten Momente sein.

Wo nur bleibt Rose? Die Hysterie droht ihn zu überwältigen.

Ob er ohne Hilfe aus dem Bett kommt? Ist er kräftig genug, dies zu wagen?

Er bewegt den Kopf, sodass er seinen Körper ganz sieht. Er liegt so ordentlich unter seiner Bettdecke wie eine Leiche unter dem Leichentuch. Hofft er, er könne sich gegen sie zur Wehr setzen, wenn sie heute Abend mit der Medizin anrückt. Er weiß, wie schwach er ist verglichen mit der Kraft einer wütenden, zu allem entschlossenen und vielleicht wahnsinnigen Frau, aber seine Verzweiflung ist real. Käme es darauf an, würde er seine ganze verbliebene Kraft aufbieten können im letzten Kampf auf Leben und Tod?

Vorsichtig versucht Michael, sich zum Bettrand zu schieben und ohne Hilfe aufzusetzen. Gelänge ihm dies, könnte er vielleicht aufstehen und zum Telefon humpeln oder, wenn eine Schwester im Haus ist, an die Tür gehen und rufen? Doch ist er überhaupt in der Lage zu reden? Seine letzten Versuche waren katastrophal gescheitert.

Michael hievt sich mit krabbenartigen Bewegungen an den Bettrand. Er räuspert sich, so gut es geht, und ignoriert den brennenden Schmerz. Welche Worte braucht er? Er kennt die Nummer – 999 –, lässt sich leicht mit einem Finger drücken. Dann muss er seinen Namen und seine Adresse angeben. Er hatte einmal gehört, das reiche beim Notruf. Selbst wenn die Leitung unterbrochen wird, kann der Anruf zurückverfolgt werden.

Ein Hilferuf aus dem Grab. Die Stimme eines Toten. Aber zumindest ein identifizierbares Geräusch, selbst wenn es von einer gepeinigten Seele stammt. Das Bedürfnis nach Schlaf wächst mit jeder Sekunde. Diese Anforderungen, die er an seinen ungeübten Körper und Geist stellt, verlangen ihren bekannten Tribut.

Ruhe. Ruhe. Alles in ihm ruft nach Ruhe.

»M… M… M« Wie er es hasst, seinen Namen so abzukürzen: Mike. Ha, was für ein Witz. Wenn er diese Abkürzung jetzt rausbrächte, wäre er glücklich, ab jetzt immer so genannt zu werden. »Mike. Mike R… R… Red.«

Aber werden sie in einer Notrufzentrale so viel Geduld aufbringen?

Vielleicht wäre es besser, sich auf seine Adresse zu konzentrieren. Um Himmels willen, der Name ist doch unwichtig. Hauptsache, sie wissen, wo sie hinkommen müssen. Hauptsache, sie lassen sich nicht ewig Zeit, sondern erkennen, dass das ein wirklicher Notfall ist.

Verdammter Mist! Das rechte Bein ist gerade über der Bettkante, aber das linke weigert sich, ihm zu folgen. Es zuckt an einem unsichtbaren Faden. Beruhige dich, Michael. Beruhige dich und lasse dir Zeit. Aber ich habe keine Zeit, schluchzt er voller Selbstmitleid.

Als die Tür aufgeht, erstarrt Michael. Zu spät. Seine letzte Chance. Zu spät.

Er wappnet sich für den Angriff, der jeden Augenblick kommen wird. Wenn Rose sieht, welche Fortschritte er gemacht hat, wird sie sogleich zur Tat schreiten. Und dies kann vielerlei Formen annehmen, wie er nur zu gut weiß. Doch zuerst die Medikamente, das Gewürge und die Erstickungsgefühle, wenn der bittere Klumpen in seiner geschwollenen Kehle hängen bleibt.

Nichts geschieht. Sie lässt sich Zeit zu beobachten, wie hilflos er ist. Wie armselig seine Anstrengungen ihm nun vorkommen. Im Bruchteil der Zeit, die er brauchte, um sich über die Bettkante zu stemmen, liegt er wieder in der Bettmitte. Ein bisschen Ziehen und Drücken, mehr braucht es nicht, um die Mühe und harte Arbeit einer halben Stunde ungeschehen zu machen.

Michael ist in zweifacher Hinsicht unglaublich erleichtert, erstens, als ihm klar wird, dass es nicht seine Frau ist, die so unvermittelt hier auftaucht, und zweitens, als er feststellt, dass die Geräusche für ihn plötzlich einen Sinn ergeben.

Er kann hören. Zwar erreichen die Geräusche nur sein gesundes Ohr, aber dieses Erlebnis ist genauso intensiv, als tauche er aus dem Wasser auf.

»Daddy, ich bin's.«

Daisy? Drei magische Wörter. Er wird sie nie vergessen.

Oh, Gott sei Dank. Gott sei Dank.

Augenblicklich verwirft er all seine Pläne, bis auf den einen: sich von seinem Bett zu erheben und die Arme um seine wunderschöne Tochter zu legen. Wie kann er sich ihr schnell genug mitteilen, bevor Rose Daisy ins Zimmer folgt und sie hinausschickt – Zeit für die Medizin!

Doch Daisy scheint nicht zu bemerkten, wie aufgewühlt ihr Vater ist. Sicher ist sie schon zu oft in sein Zimmer gekommen, ohne die geringste Reaktion entdecken zu können, warum sollte sie jetzt auf eine hoffen? Nein, Daisy hat einen Auftrag zu erledigen, einen Teil der täglichen Routine, vermutet er. Eine der vielen Tätigkeiten, von denen er nichts mitbekam wegen dieses tiefen Schlafs.

Während er in der Mitte des Bettes liegt, überlegt er hin und her, wie er sich seiner Tochter am besten verständlich machen soll. Er darf nicht unterschätzen, welchen Schock es für sie bedeuten könnte, wenn er sich zu koordiniert bewegte. Er wird es tun, aber er muss es, um Daisys willen, langsam angehen.

Warum fummelt sie an seinem Mund herum? Weshalb macht sie sich an seinen Zähnen zu schaffen?

Er spürt sogar Daisys lange Haare in seinem Gesicht, als sie in seinen Mund starrt. Sie betastet seine Zunge, zieht daran. Das tut weh. Wieder wird die Nagelschere aus der Schublade geholt, er hört es klirren, als sie auf das Holz gelegt wird. Ob er eine wunde Stelle auf der Zunge hat, die ihm bei all den anderen Schmerzen bislang entgangen ist und die behandelt werden muss, bevor Rose nach Hause kommt?

Doch hier geht es um Leben und Tod, und Michael will gerade seinen ersten, verzweifelten Versuch unternehmen, sich Daisy mitzuteilen, als diese sagt: »Was für große Zähne du hast. Damit ich dich besser fressen kann.«

Es hört sich an wie ein Lachen, das jedoch nichts Menschliches hat, als sie ihre schlanken, zierlichen Finger durch den Griff der Schere steckt. Während Michael mit seinem vor

Entsetzen dumpfen Verstand die Bedeutung all dessen zu verdauen sucht, peilt Daisy mit der scharfen, gebogenen Nagelschere seine Zungenwurzel an.

»Und jetzt hat mich deinetwegen auch noch William verlassen.«

Sie legt die kleine scharfe Klinge um den großen rosa Muskel, auf den sich ihre ganze Wut konzentriert, hebt ihn mit dem Zeigefinger und dem Daumen ihrer freien Hand hoch und drückt mit ihrer ganzen Kraft die zwei Klingen der Schere zusammen.

Kaum schneidet die Schere in seine Zunge, fährt Michael hoch und schlägt seine Tochter mit einer Handbewegung weg.

Würgend vor Schmerz fällt er ins Bett zurück und hält sich die Hand vor den Mund, nur um entsetzt zu entdecken, dass Daisy sich bereits für einen zweiten Angriff vorbereitet. Sie wirft sich auf ihn, in der erhobenen rechten Hand die Schere, deren Klingen im Dunkeln blitzen wie ein winziger Dolch. Wieder und wieder sticht sie zu und jedes Mal wieder ist sein Mund ihr Ziel. Ihr hübsches Gesicht zwischen den dunklen Haaren ist nicht wieder zu erkennen, so verzerrt ist es. Es erinnert an ein Frettchen, mit den gebleckten kleinen weißen Zähnen, den vor Hass flackernden, aufgerissenen schwarzen Augen.

»*Halt*«! Michaels erstes Wort. Und es ist vollkommen.

Woher kommt diese neue Kraft? Er sitzt aufrecht, steht noch nicht ganz, doch seine Arme sind stark genug, dieses Ungeheuer zu bändigen. Doch sie sticht weiterhin ungezielt auf ihn ein. »Ich habe sie alle verloren. Ich habe sie verloren, du Mistkerl. Ich habe sie verloren, Daddy, deinetwegen …«

»Daisy?«

»Du wolltest nie, dass ich glücklich bin. Du wolltest, dass ich zu Hause bleibe. Du wolltest mich für dich haben.«

Wie kommt sie nur auf diesen Unsinn?

Daisy brüllt wie am Spieß und schlägt wild um sich, reißt und zerrt an ihm in ihrem verzweifelten Kampf um Freiheit. Jetzt zielt sie auf seinen Hals. »Du und Mum, ihr habt immer zusammengehalten. Sie hat dir gesagt, was du machen sollst, und du hast es getan.«

Verflucht, sie entgleitet ihm. Ihre Handgelenke sind zu glitschig vom Schweiß.

Das Blut aus seinem Mund fließt auf das Bett. Er hat das Gefühl, mit den Knien darin zu schwimmen. Die Schmerzen machen ihn verrückt. Er versucht, ihre Faust aufzuzwingen und ihr die Schere zu entwinden. Wieder und wieder ist er kurz davor, doch Daisy ist ungeheuer stark.

Michael bemerkt nicht, dass William ins Zimmer stürzt, eine schreiende Jessie hinter ihm. Er weiß nur, dass mit einem Mal ein entsetzliches Gewicht von ihm abfällt und er sich stöhnend zusammenkrümmen kann.

Krankenhäuser. Wie herrlich. Niemals wieder wird Michael sie als die letzte Haltestelle vor dem Krematorium bezeichnen. Wenigstens haben sie ihn in eine internistische Abteilung gesteckt, obwohl er ständig zu hören bekommt, dass die Narben auf seiner Seele am längsten brauchen werden, um zu heilen.

Jessie, die noch immer versucht, tapfer zu sein, nachdem sie auf einen Schlag ihre halbe Familie verloren hat, versichert ihm, dass es Daisy gut geht und sie sich in besten Händen befindet. »Sie wusste nicht, dass Belinda tot ist, das war Daisy auch gar nicht wichtig. Für sie war das nur eine Möglichkeit, uns dafür zu bestrafen, dass wir uns gegen sie verschworen hatten.«

Michael kann es noch immer nicht fassen. »Aber Rose und ich, wir haben sie nie an etwas gehindert.«

»Mum war immer wie eine Glucke und du hast dich regelmäßig auf Mums Seite gestellt. Ihre Therapeuten glauben, dass es ihr anfangs nur darum ging, euch den Venedigurlaub zu vermiesen. Sie machte diesen ersten Telefonanruf und den Rest hast du mit dem Brief besorgt, den du in deiner Jackentasche vergessen hast.«

»Du liebe Güte, Daisy beließ es doch nicht dabei. Und ich dachte immer, es sei deine Mutter – diese nächtlichen Besuche durch die französischen Fenster. Ich hätte das Augenlicht verlieren können, das Gehör und am Ende sogar das Leben.«

»Dad, Daisy hat dich angebetet. Und bis ich auftauchte, war sie dein Augapfel. Ich war das Problemkind. Ich schlief nicht, ich brüllte, benahm mich unmöglich und du warst gezwungen, mir deine ganze Aufmerksamkeit zu schenken. Sie erinnert sich sogar noch daran, wie du ihr einmal eine Geschichte vorgelesen hast und ich hereinkam und sie von deinem Schoß schubste.«

»Das passierte ständig. Du warst richtig schlimm. *Rotkäppchen*, ihr Lieblingsmärchen.«

»Danach wollte sie nicht mehr glauben, dass der Jäger kam und das Kind rettete. Sie riss die letzte Seite heraus – daran kann ich mich noch genau erinnern, sie kritzelte sie voll.«

»Ich habe sie enttäuscht.«

»Sie dachte, du seist vollkommen.« Jessie senkt die Augen. »Mum übrigens auch.«

Michael stehen Tränen in den Augen. »Aber das ist doch uralter Kinderkram.«

»Sie hat nie aufgehört, dich in anderen Menschen zu suchen. Aber kein Mann kam auch nur annähernd an dich ran. In ihren Augen warst du schuld an ihrem Unglück.«

Selbst wenn ihr die beste Behandlung zuteil wird, wird Daisy kaum rechtzeitig in der Bibliothek sein können, um den nächsten Weihnachtsbestseller zu lesen.

Michaels betäubte Zunge mit dem tiefen Schnitt in der Mitte bereitet ihm weniger Probleme als sein Hals, der jedoch nach Auskunft der Ärzte durch die Antibiotika bald besser werden sollte. Eine Operation am Ohr steht ihm bevor, doch da das Zeit hat und sein Körper ohnehin genug geschunden wurde, soll das auf später verschoben werden.

Zweimal täglich wird er von einem Krankengymnasten malträtiert. Das einzig Positive ist, dass sein von Schuldgefühlen gequälter Hausarzt, Neil Jarvis, der einen wunderbar bestückten Weinkeller hat, dazu übergegangen ist, ihm als Wiedergutmachung Geschenke daraus mitzubringen.

William zeigt ihm das Band vom Anrufbeantworter, das er in Daisys Schmuckkästchen gefunden hat. Sie spielen es an Michaels Bett ab. Gemeinsam lauschen sie dem nachgemachten walisischen Akzent, den scharfen, mitunter kaum verhohlen feindseligen Tönen. »Sie benutzte ihren Faxanschluss«, erklärt William. »Und jedes Mal, wenn ich ausging, was in letzter Zeit immer häufiger der Fall war, wechselte sie die Bänder. Sie verwendete ein altes, beschädigtes Band, um ihre Stimme unkenntlich zu machen.«

»Ich hab mir die Nummer nie gemerkt«, meint Michael.

»Das hat wohl niemand getan«, bemerkt William. »Daisy benutzte das Fax selten, ich auch nicht. Das lief bei uns fast ausschließlich über E-Mail.«

Daisy dachte, je größer und dramatischer das Theater, desto leichter könne sie Williams Herz gewinnen. Schließlich hatte sich ihre kleine Schwester auf diese Weise damals mit der Methode in das Herz ihres Vaters gestohlen.

Allerdings hatte Daisy – ebenso wenig wie Jasmine – eine

Ahnung davon, dass Rose Michael unter Drogen gesetzt hatte. Niemand hatte das bisher gewusst.

»Aber warum wollte sie dir solche Angst machen, Jessie?«

»Heischen nach Aufmerksamkeit. Es ging ihr nur darum, William für sich zu gewinnen. Auch das Feuer. Arme Daisy. Noch eine Tragödie. Dabei hätte sie es kaum ungeschickter anstellen können. Für William war dieser Druck zu viel.«

»Die arme Dinah.«

»Ja, Daisy hasste Dinah. Wenn William nach diesem Schock, den der Brand für uns bedeutete, noch immer nicht alles stehen und liegen ließ, um sich ganz um die verzweifelte Daisy zu kümmern, wann dann?« Jessie pflückt sich eine kernlose Traube. Sie schmeckt gut, so süß. Sie nimmt sich mehr davon, verdrückt ihre Tränen und sieht traurig auf ihren Vater hinunter. »Ich hätte es durchschauen müssen, als Daisy uns erzählte, Jasmine habe in Grannys Dachboden nach Gerümpel für den Kirchenflohmarkt gesucht. Sie versuchte, es so hinzustellen, als habe Jasmine dabei den rosa Hasen gefunden. Dabei hätte Granny niemals einem Fremden erlaubt, dort oben herumzustöbern. Ihren Enkelinnen, ja klar, aber doch nicht Jasmine. Ich habe einfach nicht geschaltet, nicht richtig zugehört.«

Das ist zu viel für Michael. Vielleicht wird er seine kranke Tochter besser verstehen, wenn er sie trifft und mit ihr spricht, so wie Jessie es bereits getan hat.

Einer der Polizeipsychiater meinte, bei Daisy könne eine erbliche Komponente mit eine Rolle spielen. Schließlich hatte Dinahs Mutter die letzten zehn Jahre ihres Lebens hinter den Gittern einer Anstalt verbracht. Michael hat seine Zweifel. Jessie gegenüber sagte er: »Das ist unwahrscheinlich, Rose war ja auch nicht betroffen davon. Sicher, einige

Leute finden, Roses Verhalten sei wahnsinnig gewesen, doch dahinter verbarg sich eine verzweifelte Logik. Und abgesehen von diesem besitzergreifenden Zug hatte sie sich nie zuvor grausam verhalten. Rose hätte nie jemandem absichtlich wehgetan. Nein, Rose war nicht verrückt wie ihre Großmutter, genauso wenig wie Dinah, warum sollte also Daisy diesen Fluch geerbt haben? Das hat nichts mit Genen zu tun.«

Daisy wird wegen Mordes an ihrer Großmutter angeklagt, befindet sich aber im Krankenflügel in Untersuchungshaft. Man nimmt an, dass ihr Verhalten vorübergehender Unzurechnungsfähigkeit zugeschrieben wird. »Aber was wollte sie mit diesem grotesken Hasen? Ihre Großmutter war tot, wie wollte sie noch mehr Mitgefühl herausschinden?«, fragt Michael.

»Hing vielleicht mit der Intrige zusammen«, mutmaßt Jessie. »Die ganze Belinda-Geschichte, denk ich. Daisy war so krank im Kopf, wahrscheinlich fand sie, das wäre das dramatische i-Tüpfelchen. Und auf gewisse Weise ging der Plan auf. William sprang ganz sicher darauf an, allerdings nicht so, wie Daisy sich das gewünscht hatte. William wollte der Sache an sich auf den Grund gehen. Und ich dachte, er sei nur hinter der Story her. Ich war gemein zu ihm.«

»Das bist du immer«, entgegnet Michael und haut ihr auf die Finger, als sie sich wieder an der Obstschale zu schaffen macht.

»Ich verstehe nicht, Daddy«, fängt Jessie an, »wieso dir Daisy, nach allem, was sie dir angetan hat, noch immer etwas bedeuten kann.«

»Man hört nicht auf, seine Kinder zu lieben«, erklärt Michael. »Was sie auch tun, man sorgt sich um sie.«

»Und Mum?«

Michael blickt zur Seite. Diese Frage kann er nicht beantworten.

Alle Augen folgen ihr, als sie durch die Station zu Michaels Bett geht. Ihr schwarzer Samtmantel schwingt mit jedem Schritt. Ihre hochhackigen Stiefel sind aus weichem Leder und klacken jedes Mal, wenn sie auf das polierte Linoleum treffen. Ein betörender Hauch von Designerparfüm weht hinter ihr her.

Aus ihren grünen Augen leuchtet die Liebe. So lange hat sie auf ihn gewartet – so viele geheime Treffen, so viele einsame Stunden.

»Sie haben mir aufgetragen, dir das zu bringen«, erklärt Sheila Gordon und zieht Roses Brief aus ihrer Handtasche. »Sie halten dich jetzt für stark genug dafür.«

Aber Michael zerknüllt ihn in der Hand, während sie sich zu ihm beugt und ihn sanft küsst.

»Ich sagte, ich würde auf dich warten, ganz egal, wie lange es dauert. Und ich habe es getan«, sagt Sheila. »Ich bin hier, wie versprochen. Wenn du mich noch willst.«

»Darauf gibt es nur eine Antwort«, entgegnet Michael. »Und ich muss dir nicht sagen, wie die lautet.«

Sheila lächelt ihn liebevoll an. Dann zieht sie zwei langstielige Gläser aus einer hellblauen Kühltasche. Gekonnt schenkt sie den Champagner ein. Sie reicht Michael ein Glas und stößt mit ihm an. »Je früher, desto besser, das ist alles. Cheers.«

»Je früher, desto besser. Auf uns.«

Vom Wein feuchte Lippen, ein Lächeln dazu – so endet die Geschichte …

… Nun ja, nicht ganz so.

Epilog

Das Jahr darauf. Zufällige Auszüge aus Roses Tagebuch.

14. Juni

Gott sei Dank, heute kam das Geld von Mutters Versicherung an. M.'s Anwälte hatten sich drum gekümmert. Endlich kann ich mir selbst ein Appartement suchen und bin Barbara und ihre ständigen Einmischungsversuche los. Ein Schlafzimmer, denke ich, und eine Garage. In einem der neueren Gebäude hier in der Anlage. Nicht ganz so protzig – gemütlicher?

Ging heute Vormittag mit Sylvia und Adelle auf einen Kaffee. Anschließend mit Glo in den Club zum Lunch. Nachmittags Aerobics, wie üblich. Und Karaoke in Reids Bar. Sang »My Way«. Mir wurde übel.

Brief von Jessie, schon etwas weniger förmlich. Noch immer glücklich mit William. Hier hat sich ganz schön was getan. Mit Daisy geht's aufwärts, aber sie hat sich noch immer nicht nach mir erkundigt.

Keine Nachricht von M.

1. Juli

Anzahlung gemacht für Appartement. Nenne es Baggins' Zuflucht. Vernon kümmerte sich darum, nachdem wir mit Julia und Brett heute Vormittag neun Löcher gespielt hatten.

Lunch im Golfclub.

Quizabend in Reids Bar. Machten sich einen Scherz und

klebten einen Zettel mit meinem Namen auf den Barhocker in der Ecke.

Brief von Jessie. Großes Aufatmen allenthalben. Daisy von Mord freigesprochen. M. hat eine Neue.

Keine Nachricht von M.

30. August

Zu viele Leute am Pool. Noch dazu so unangenehme Typen. Die meisten Hapimag-Aktionäre. Fuhr mit Vernon in die Berge. Gut gegessen in der Villa d'Or. Vernons Fahrerei jedoch entsetzlich. Und er trinkt viel zu viel.

Nicht geschlafen. Zu heiß. Schreckliche Albträume. Furchtbar deprimiert.

Keine Nachricht von M.

10. September

Jessie und William planen größere Reise für nächstes Jahr. Erwähnten nicht, dass sie hier vorbeischauen wollen.

Heute Vormittag Haarefärben bei Wendy. Sehr blond geworden.

Tennisclub-Sommerball im Hotel Miranda. Vernon heute Abend besonders nervig.

Keine Nachricht von M.

19. Oktober

Vernons Hochzeit mit Patsy Taggert. Feuchtfröhliche Feier in Reids Bar. Nachts geschwommen. Kam nicht vor 4 Uhr morgens ins Bett. Versuchte den besagten Brief zu schreiben. Kann noch immer nicht schlafen. Prozac hielt nicht.

Keine Nachricht von M.

24. November
Habe das Damenturnier gewonnen. Silberpokal und ein Satz Gläser. Tanzte den ganzen Abend mit George, dem Golflehrer.

Blieb die Nacht über.

Entsetzlich.

Keine Ahnung, wann ich wieder den Mut aufbringe, mich im Golfclub blicken zu lassen.

Keine Nachricht von M.

24. Dezember
Nette Karte, Glasvase und Brief von Jessie und William.

Überraschung – Jasmine in Kingsmead School fest angestellt.

Heute Vormittag Haarefärben bei Wendy. Strähnchen, grau und platinblond.

Einkaufsbummel und Brunch mit Sylvia. Schickes, enges, schwarzes Kleid mit gewagtem Rückenausschnitt gekauft. Ziehe es morgen an, für Reids Bar. Vernon wird Augen machen.

Karte von M. Schreibt, er und Sheila kommen im Januar herüber, um »bestimmte Angelegenheiten zu besprechen«.

Ab jetzt keine Einträge mehr – zu gefährlich. *Der Ort*, neben dem lockeren Geländer, unter dem sich direkt die Klippen befinden. *Der Zeitpunkt*, wenn ich die Drinks rausbringe und die Sonne hinter der Rahnock versinkt. Sollte problemlos über die Bühne gehen. Mutter würde den Braten riechen. Mutter hatte immer einen Verdacht und Mutter hatte, wie üblich, Recht damit. Versuch's doch mal auf dem unterspülten Weg, Jamie. Es war ein Kinderspiel. Mit Daddy, der ja ganz schön was wog, war es natürlich weitaus schwieriger.

GOLDMANN

Das Gesamtverzeichnis aller lieferbaren Titel erhalten Sie
im Buchhandel oder direkt beim Verlag.
Nähere Informationen über unser Programm erhalten Sie auch im Internet unter:
www.goldmann-verlag.de

★

Taschenbuch-Bestseller zu Taschenbuchpreisen
– Monat für Monat interessante und fesselnde Titel –

★

Literatur deutschsprachiger und internationaler Autoren

★

Unterhaltung, Kriminalromane, Thriller
und Historische Romane

★

Aktuelle Sachbücher, Ratgeber, Handbücher und
Nachschlagewerke

★

Bücher zu Politik, Gesellschaft, Naturwissenschaft und Umwelt

★

Das Neueste aus den Bereichen
Esoterik, Persönliches Wachstum und Ganzheitliches Heilen

★

Klassiker mit Anmerkungen, Anthologien und Lesebücher

★

Kalender und Popbiographien

★

Die ganze Welt des Taschenbuchs

★

Goldmann Verlag • Neumarkter Str. 18 • 81673 München

Bitte senden Sie mir das neue kostenlose Gesamtverzeichnis

Name: ____________________

Straße: ____________________

PLZ / Ort: ____________________